Håkan Östlundh
Sterbensstille

PIPER

Zu diesem Buch

Auf der schwedischen Insel Gotland herrscht Stille. Sterbensstille. Denn in einer noblen Villa an der Westküste wird der Millionär Michael Nordborg ermordet aufgefunden. Sein Körper wurde an einen Stuhl gefesselt, sein rechtes Auge verätzt. Für Kommissar Fredrik Broman und sein Team steht fest: Wer auch immer den Unternehmer auf dem Gewissen hat, ist sichergegangen, dass dieser vor seinem Tod Höllenqualen litt – und dass am Tatort keine Spuren hinterlassen wurden. Entsprechend mühsam gestalten sich zunächst die Ermittlungen. Es ist, als würden sie einem Phantom hinterjagen, einem stillen, unsichtbaren Mörder. Doch als weitere Opfer auftauchen, die alle in einem engen Verhältnis zu Nordborg standen, beginnt ein Wettlauf gegen die Zeit. Denn spätestens jetzt erkennt Broman, dass stille Wasser manchmal nicht nur tief, sondern auch abgrundtief böse sein können …

Håkan Östlundh, geboren 1962 im schwedischen Uppsala, ist Journalist und Autor erfolgreicher Kinderbücher, Romane und Drehbücher. Seine Kriminalromane um den Inspektor Fredrik Broman spielen auf Gotland, wo der Autor mit seiner Familie seit vielen Jahren seine Sommer verbringt. Im Winter wohnt er mit seiner Frau und den drei Söhnen in Stockholm.

Håkan Östlundh

STERBENSSTILLE

Kriminalroman

Aus dem Schwedischen von
Katrin Frey

PIPER
München Berlin Zürich

Mehr über unsere Autoren und Bücher:
www.piper.de

Von Håkan Östlundh liegen im Piper Verlag vor:
Gotland
Nordwind
Sterbensstille

MIX
Papier aus verantwortungsvollen Quellen
FSC® C083411
FSC
www.fsc.org

Deutsche Erstausgabe
Juli 2015

Titel der schwedischen Originalausgabe:
»Män ur mörkret«, Bokförlaget Forum, Stockholm 2014

Umschlaggestaltung: Hauptmann und Kompanie Werbeagentur, Zürich
Umschlagmotiv: Stephen Carroll/Trevillion Images
Satz: Satz für Satz. Barbara Reischmann, Wangen im Allgäu
Gesetzt aus der Janson Text
Druck und Bindung: CPI books GmbH, Leck
Printed in Germany ISBN 978-3-492-30722-2

I

Ein Pool.

Ein Pool, ein Pool, ein Pool.

Bei jedem Schwimmzug im gechlorten Wasser dröhnten die Worte in seinem Kopf. Kindisch, aber er konnte die innere Stimme nicht abstellen. Wozu auch? Das erste Bad des Jahres im eigenen Schwimmbecken. Vergangenen Herbst war er nur ein einziges Mal schlotternd hineingesprungen, bevor es winterfest gemacht wurde.

Freibäder in Schweden – im Grunde eine maßlose Verschwendung, dachte er grinsend. Doch er hatte es sich redlich verdient. Den Pool und alles andere. Das Haus mit Blick auf die Ostsee. Das Wohnzimmer mit den Dimensionen eines Kirchenschiffs und dem majestätischen Kamin. Wie in einer mittelalterlichen Burg. Auch das eine maßlose Verschwendung.

Noch eine Bahn, bevor er aus dem Wasser stieg. Die Maisonne wärmte bereits. Michael Nordborg schlüpfte in einen Bademantel aus dickem weißem Frottee und ließ sich auf einem der Liegestühle nieder. Er streckte die Arme über den Kopf und spürte, wie der Stoff an den Ärmeln spannte. Mit seinen siebenundvierzig Jahren war er noch jung und durchtrainiert. Na ja, zumindest jugendlich. Erst letzte Woche hatte er auf dem Tennisplatz einen Fünfundzwanzigjährigen fertiggemacht, und sein Schwanz stand wie eine Eins. Bis jetzt hatte er ihn noch nie im Stich gelassen.

Er stand schon stramm, wenn er nur an Johanna dachte. Am Nachmittag würden sie sich sehen. Diesen Freitag hatte er sich freigenommen. Auch das hatte er sich verdient. Johanna ebenso wie den freien Tag.

Michael Nordborg hatte ein hartes Jahr hinter sich. Diese verdammten Ökofreaks hätten ihm beinahe den letzten Nerv geraubt, aber nun schien die Angelegenheit endlich überstanden zu sein. Formal gab es nur noch ein einziges Hindernis: Der Beschluss des Umweltgerichts stand noch aus.

Doch das war nicht sein Problem. Als Chef der Öffentlichkeitsarbeit kämpfte er nicht an der juristischen Front, und er wusste, dass die Zeit für sie arbeitete. Bald würde die öffentliche Aufmerksamkeit erlahmen. Auch wenn die Fanatiker nicht lockerließen, hatte der Durchschnittsbürger von Kalkbrüchen und Abholzung irgendwann die Nase voll. Und sobald der kleine Mann auf der Straße genug von einem Thema hatte, verloren auch die Journalisten das Interesse daran.

Im Moment wollte er nicht an die Arbeit denken. Er griff nach seinem Handy und rief Johanna an.

Sie meldete sich nach dem ersten Klingeln. »Hallo, ich habe gleich eine Besprechung.«

»Das weiß ich. Ich wollte nur deine Stimme hören.«

»Das hast du ja jetzt.«

Ein Lachen kräuselte ihre Worte wie ein zarter Windhauch. Oder eine Liebkosung. Eine Hand auf einem nackten Bauch in der Sonne.

»Sag noch was«, bat er.

Wieder plätscherte ihre Stimme auf ihn ein und füllte seine Brust mit Jubel.

»Ich liebe dich«, brach es aus ihm heraus.

Das hatte er noch nie gesagt. Am anderen Ende wurde es still. Hatte er eine Grenze überschritten? Doch da war sie wieder.

»Ich muss jetzt gehen. Wir sehen uns um drei.«

Sie konnte nicht frei reden.

»Um drei«, wiederholte er.

Es rauschte im Handy, Absätze klapperten.

»Ich liebe dich auch. Mein geiler Bock.«

Nur für seine Ohren hingehaucht, dann war sie weg. Mit dem Handy in der Hand blieb Michael sitzen und spürte die Meeresbrise im Gesicht und den Ständer in der nassen Badehose.

Camilla hatte die morgendliche Fähre genommen und würde nicht vor Montagnachmittag zurückkommen. Sie hatten das ganze Wochenende für sich. Ein ungewohnter Luxus.

Er lachte laut und kam sich wunderbar kindisch vor. Kraftstrotzend, unvernünftig und geil. Johanna und er trafen sich seit fast zwei Jahren, und sein Schwanz wurde immer noch so hart wie bei einem ersten Date.

Ohne Johanna hatte er auch düstere Momente. Mit ihr fühlte er sich frei. Mit ihr zusammen war er immun.

Michael atmete die frische Luft tief ein. Er war ein Überlebenskünstler, so einfach war das. Er schloss die Augen, hielt sein Gesicht in die Sonne und lag eine Weile so da, bis ihn etwas aufhorchen ließ.

Die Verandatür stand weit offen. Sein Blick irrte in die Dunkelheit, aber die weiße Fassade blendete ihn. Am Boden bewegte sich etwas. War ein Tier ins Haus eingedrungen? Mäuse gab es um diese Jahreszeit bestimmt nicht. Vielleicht eine Katze?

Er stand auf, schloss seinen Bademantel und marschierte auf das Haus zu. Dann sah er sie. Zwei dunkle Augen.

2

Alles war so neu, blitzblank. Glänzende Kacheln, ein makelloses Spülbecken. Nichts war schief oder abgenutzt wie in ihrem alten Steinhaus auf Gotland.

Während Ninni mit dem Makler in der Küche blieb, ging Fredrik Broman die Treppe hinunter. Der Vertrag war unterzeichnet, es gab kein Zurück mehr.

Die Dreizimmerwohnung war nicht groß, wirkte aber geräumig und hell. Vom Wohnzimmer hatte man eine fantastische Aussicht auf den Järlasee. Das Haus stand praktisch mit den Füßen im Wasser. Fredrik öffnete die Tür zur Terrasse, die von Sanddornsträuchern vor Blicken geschützt war. Er ging durch eine Pforte und ein paar Stufen hinunter an den Steg, der zur Strandpromenade gehörte.

Als er in etwa dreißig Metern Entfernung ein großes Motorboot reglos im Wasser liegen sah, zuckte er vor Schreck zusammen. Es war eher eine Jacht als ein Boot und konnte sich annähernd mit denen messen, die während der vom Jetset dominierten Stockholmwoche im August vor Visby ankerten.

Das protzige Schiff bereitete ihm Unbehagen. Passten sie wirklich hierher? Ein Kriminalpolizist und eine Mittelstufenlehrerin?

Kein Zurück mehr. Die Wortwahl war möglicherweise etwas zu pathetisch, aber für ihr Leben war dies tatsächlich ein großer Schritt. Aufs Festland ziehen. Zurück nach Stockholm.

Joakim hatte seine gesamte Jugend auf Gotland verlebt und war dort erwachsen geworden, bevor er vor fast einem Jahr zum Studieren nach Stockholm gegangen war. Simon hatte einen Großteil seines Lebens auf der Insel verbracht. Er war der Gotländischste von ihnen. Fredrik hatte geglaubt, das Leben auf Gotland wäre ihre Zukunft. Nun zeigte sich, dass es nur eine Episode gewesen war.

Järlasee war teuer, aber das Haus auf Gotland hatte zum Glück so stark an Wert gewonnen, dass sie sich die Gegend trotzdem leisten konnten. Zumindest die Wohnung. Ihre direkten Nachbarn spielten zwar in einer vollkommen anderen Liga, aber Fredrik hoffte von Herzen, dass sie die Ausnahme darstellten.

Er betrachtete das weiße Boot, das schwerfällig und offenbar von seiner Umwelt völlig unbeeindruckt zwischen den Leinen vor sich hin dümpelte. Hatten sie Stockholm nicht wegen genau solcher Sachen den Rücken gekehrt?

Oben im Haus unterhielten sich Ninni und der Makler begeistert über Natur, den Outdoorpark Hellas, das Naturreservat Nacka und af Petersens Familienfideikommiss Erstavik. Die Ländereien erstreckten sich bis zum Vorort Saltsjöbaden.

»Ursprünglich gehörte Saltsjöbaden ja auch zu Erstavik, wurde aber Ende des neunzehnten Jahrhunderts verkauft«, plapperte der historisch bewanderte Makler.

Sie waren nicht einmal eingezogen, doch die Klassengesellschaft rückte ihnen bereits auf die Pelle.

»Sind wir fertig?«, fragte Fredrik.

Der Makler, ein rothaariger Mann von Mitte dreißig im grauen Anzug, hielt inne und strahlte übers ganze Gesicht. »Aber sicher. Wenn Sie keine Fragen mehr haben oder sich noch ein Weilchen umsehen wollen, sind wir so weit fertig.«

Fredrik sah Ninni an.

»Ich bin zufrieden«, sagte sie.

»Ich auch.«

»Gut.« Der Makler grinste. »So haben wir es gerne.«

Er deutete auf die Tür. Ninni und Fredrik gingen voran, der Makler schloss hinter ihnen ab.

»Dann sehen wir uns in einem Monat bei der Übergabe. Falls Sie noch Fragen haben, melden Sie sich ruhig.«

Er gab ihnen die Hand und ging mit großen Schritten den Hügel zum Parkplatz hinauf.

Fredrik und Ninni legten den guten Kilometer bis Sickla, wo Fredriks Vater wohnte, zu Fuß zurück. Sie waren gestern Abend mit der Nachmittagsfähre gekommen und würden bis morgen bleiben. Um elf fuhr ihre Fähre in Nynäs ab. Simon war am Morgen mit der ganzen Klasse und vier Elternteilen auf Abschlussfahrt nach Polen gegangen und würde am Mittwochabend zurückkommen.

Das Ganze hatte damit begonnen, dass Fredrik halb im Scherz und leicht ironisch vorgeschlagen hatte, sie könnten sich ja eine Wohnung in der Nähe seines Vaters und in fußläufiger Entfernung vom Einkaufszentrum Sickla suchen, einem praktischen, aber abstoßenden Gewerbegebiet. Nun würden sie tatsächlich in einem Monat hierherziehen.

Hatten sie sich von der Lage am Wasser und dem wunderbaren Blick blenden lassen? Andererseits war es wirklich schön hier. Durchaus möglich, dass sie sich wohlfühlen würden. Vielleicht regte sich da nur seine protestantische Erziehung. Es würde sicher alles gut werden. Zumindest solange nicht der Nachbar im Clubblazer bei ihnen aufkreuzte und sich ungefragt über den typisch schwedischen Neid ausließ.

Gunnar Broman reinigte seine Pfeife, stopfte sie neu, zündete sie laut schmatzend an und paffte große Wolken über den Küchentisch. Fredrik verband den bläulichen Rauch mit seiner Kindheit. Immer präsent. Auf dem Land, abends, zu Weihnachten und an Geburtstagen, nach dem Essen und sogar im Auto.

Manchmal auf Reisen oder wenn sie bei anderen Leuten zu Gast waren, hatte sein Vater eine Zigarette geraucht. Ein schwindelerregendes Erlebnis. Denn er schien sich bei solchen Gelegenheiten zu verwandeln. Für einen Moment bekam Fredrik einen Eindruck von einem Erwachsenenleben, das nichts mit ihm zu tun hatte. Ein Leben, in dem sein Papa ganz anders war: gefährlicher und ein bisschen cooler.

Die Pfeife und die bläuliche Wolke symbolisierten Sicherheit, auch wenn Fredrik auf der Rückbank ihres kleinen R4 davon schlecht geworden war.

Mit der Pfeife in der Hand stand sein Vater auf und holte drei Weingläser und eine langhalsige Flasche, die ihre elsässische Herkunft verriet, bevor man das Etikett lesen konnte. Sein liebstes Weinanbaugebiet.

»Während wir auf das Essen warten, würde ich euch gern einen kleinen Aperitif anbieten.« Er drückte sich bewusst feierlich aus.

»Herrlich«, sagte Ninni.

Fredrik warf einen Blick auf die Küchenuhr. Erst zehn nach drei. Seine protestantische Erziehung schon wieder. Was würde der Nachbar mit dem imaginären Clubblazer dazu sagen? Doch der war wahrscheinlich längst besoffen. Oder auf dem Golfplatz.

Sein Vater entkorkte den Wein, wie erwartet ein Gewürztraminer, und schenkte verschwenderisch ein. Zwischen den langstieligen Gläsern bildete sich eine kleine Weinlache. Seine Hand war schon ein wenig zitterig.

An seinem Platz war der Tisch mit Asche und Tabakkrümeln bedeckt, obwohl Fredrik ihn am Morgen abgewischt hatte. Ihm war aufgefallen, dass in den Ecken Staub lag und die Arbeitsplatte hinter der Kaffeemaschine und an anderen schwer zugänglichen Stellen hartnäckige Flecken aufwies. Ganz zu schweigen von dem braungelben Belag an der Decke, gegen den nur ein neuer Anstrich etwas ausrichten könnte.

Fredriks Vater wirkte für seine dreiundachtzig Jahre noch rüstig. Die meisten schätzten ihn auf zehn Jahre jünger. Fredrik und Ninni hatten zwar nicht an ewige Jugend geglaubt, aber doch gedacht, er werde immer ein Mann mittleren Alters bleiben.

Doch langsam wurde er alt. Richtig alt. Als Fredrik den Gedanken an sich heranließ, verflüchtigte sich die Ironie. Vielleicht war es gar keine schlechte Idee, in die Nähe seines Vaters zu ziehen. Wer wusste, wie lange er noch alleine zurechtkommen würde?

Doch wenn man ihn gut gelaunt über das Essen und den Wein dozieren hörte, traten solche Überlegungen wieder in den Hintergrund.

»Es gibt Saibling in Morchelsoße, zum Dessert eine charmante Käseauswahl und als krönenden Abschluss Moltebeeren mit Vanilleeis.«

Sein Vater sprach mit einer Begeisterung und Freude, als hätte er einen göttlichen Geistesblitz empfangen und würde ihnen nun ein himmlisches Überraschungsmenü kredenzen. Dabei hatte er bei besonderen Anlässen schon immer genau diese Speisefolge auf den Tisch gebracht.

»Herzlich willkommen und zum Wohl!« Sein Vater hob das Glas.

Sie stießen an und tranken den aromatischen Wein, der mit sanfter Selbstverständlichkeit die Kehle hinunterglitt.

Fredrik betrachtete seinen Vater und stellte sich vor, wie sie gemeinsam im neuen Wohnzimmer am Fenster stehen und sich über das große Motorboot lustig machen würden.

3

Die zusammengerollte Kunststoffabdeckung des Pools knarrte im Wind. Das Geräusch erinnerte an Schritte im Schnee. Die Türen zur Terrasse standen noch offen.

Michael Nordborg war an einen der Liegestühle gefesselt. Dickes, silbergraues Gafferband an Handgelenken und Knöcheln. Ein Seil um die Brust, fest verzurrt und an der Rückenlehne verknotet. Ein weiteres Seil an den Oberschenkeln. Klebeband an den Fußgelenken. Ein Küchenlappen im Mund, ebenfalls mit Klebeband befestigt. Immer wieder stieß er mit der Zunge gegen das Schwammtuch, um nicht zu ersticken.

Er starrte voller Hoffnung zur Terrassentür, und obwohl er gar nicht gläubig war, betete er zu Gott, dass dort jemand erscheinen würde. Ein Nachbar, ein Drücker oder jemand von den Stadtwerken, der den Stromzähler ablesen wollte.

Krampfhaft versuchte er, die aufkeimende Gewissheit zu verdrängen, dass die Sache böse ausgehen würde, dass dies schlicht und einfach das Ende war und er, falls er wider Erwarten mit dem Leben davonkommen sollte, einen hohen Preis dafür zu zahlen hätte.

Michael Nordborg saß mit dem Rücken zum offenen Kamin und starrte das andere Ende des Raumes an, wo eine Kücheninsel die Grenze zum Wohnzimmer markierte. Dort hantierte der fremde Mann herum, der ihn beim Hereinkommen überrascht und an den Stuhl gefesselt hatte. Was genau er trieb, war nicht zu erkennen, weil die Kücheninsel ihn verdeckte. Michael nahm jedoch an, dass er die Schränke und Schubladen durchsuchte. Er hatte keine Ahnung, warum, aber es machte ihm Angst. Es gab dort nichts von Wert. Wäre es ein Raubüberfall gewesen, hätte der Fremde sich nicht die Mühe gemacht, die Küchenschränke zu durchwühlen. Und falls es kein Raub war, was war es dann?

Der Fremde trug einen weißen Schutzanzug mit Kapuze, einen hellblauen Mundschutz, blaue Schuhüberzieher und dünne weiße Einmalhandschuhe. Das machte ihm mehr Angst als der Umstand, dass er gefesselt war. Wenn es dem fremden Mann so wichtig war, keine Spuren zu hinterlassen, war er offenbar drauf und dran, ein Verbrechen zu begehen, das ihn für lange Zeit hinter Gitter bringen konnte. Dass Michael fröstelte, lag nur teilweise an seiner nassen Badehose. Vor allem hatte er Angst.

Der fremde Mann im Schutzanzug war aus seinem Sichtfeld verschwunden. Offenbar hockte er hinter der Kücheninsel. Michael Nordborg hörte ein leises Rascheln, dann tauchten die weiße Haube und der blaue Mundschutz wieder auf. Eine Weile saß der Mann so da und war mit irgendetwas beschäftigt, schließlich stand er auf und sah ihn an.

Michael fürchtete sich vor dem Blick des Mannes, wollte ihn aber auch nicht aus den Augen lassen. Er versuchte, in seine Richtung zu sehen, ohne ihn direkt anzustarren. Es war wie mit der Sonne. Man durfte sie nicht ansehen, weil man sonst geblendet wurde und sich eine ernsthafte Augenverletzung zuzog. Aber vielleicht konnte man einen raschen Blick riskieren.

Der fremde Mann kam ganz ruhig auf ihn zu. Die Überzieher, die er über seine Schuhe gestreift hatte, knisterten auf den großen Fliesen aus dunklem Kalkstein.

Verzweifelt bemühte sich Michael, etwas aus seinem Gedächtnis auszugraben, was ihm in dieser Situation nützen würde, aber ihm fiel nur ein, dass man eine Beziehung zum Täter aufbauen sollte, weil dieser dann größere Hemmungen hätte, einem etwas anzutun. Allerdings war er sich auch ziemlich sicher, dass dies für Entführungsopfer galt, die Tage oder sogar Wochen mit ihrem Entführer verbrachten, und irgendetwas sagte ihm, dass er nicht mehr so viel Zeit hatte. Außerdem war es mit einem Schwammtuch im Mund nicht ganz einfach, eine Beziehung aufzubauen.

Der Mann im Overall zog einen Stuhl heran und setzte sich ihm gegenüber. Er bewegte sich ruhig und kontrolliert und schien nicht im Geringsten unter Druck zu stehen. Offenbar hatte er keine Angst, dass jemand hereinkommen und ihn auf frischer Tat ertappen könnte.

Michael dachte an Johanna. Wenn er heute Nachmittag nicht kam, würde sie sich wundern. Aber würde sie besorgt genug sein, um zu ihm nach Hause zu fahren, nachdem sie ihn telefonisch nicht erreicht hätte? Besorgt genug, um die Polizei einzuschalten? In Anbetracht ihres Verhältnisses war das eher unwahrscheinlich. Außerdem waren es noch Stunden bis dahin.

Der Fremde rückte seinen Stuhl zehn Zentimeter näher. Michael sah, dass er etwas in der Hand hielt, genauer gesagt zwischen Daumen und Zeigefinger. Etwas Rotes, das ihn an diese Kaugummis aus dem Automaten erinnerte, die es in seiner Kindheit gegeben hatte.

Plötzlich wurde ihm alles klar. Die Küche, das Durchsuchen der Schränke, das Rascheln, die rote Kugel. Es war die Kugel auf den blauen Spülmaschinentabs, die in einem Karton unter der Spüle standen.

Der Mann streckte die linke Hand aus und drückte sie fest an Michaels Stirn. Er wollte sich abwenden, aber der Kopf saß wie festgeschraubt auf seinem Rumpf. Seine Atmung wurde schneller, und er begann zu keuchen oder vielmehr zu schnaufen, da er nur durch die Nase Luft bekam. Sein Körper zuckte und spannte sich an, um aufzustehen und zu fliehen, aber er kam nicht von der Stelle. Er wehrte sich, obwohl es sinnlos war. Adrenalin wurde in seinen Blutkreislauf gepumpt, sodass sich sein Gesichtsfeld auf einen Tunnel verengte. Außer der Spülmittelkugel im Fokus nahm er kaum noch etwas wahr.

Als der Mann die rechte Hand hob, sah Michael keine andere Möglichkeit, als die Augen so fest wie möglich zuzukneifen. Die Lider waren das Einzige, was er noch mehr als einen Millimeter bewegen konnte. Der Mann presste die Kugel gegen einen seiner Augendeckel und drückte sie mit einer derart gnadenlosen Härte gegen den Wimpernkranz, dass er das Gefühl hatte, sein Augapfel würde platzen. Michael brüllte in das Schwammtuch und schaffte es mit einem übermenschlichen Ruck, seinen Kopf ein paar Zentimeter zur Seite zu drehen.

Er hörte einen Gegenstand auf den Steinfußboden fallen, einige Male davon abprallen und schließlich davonrollen. Das musste die Kugel gewesen sein. Das heftige Heben und Senken seines Brustkorbs beruhigte sich ein wenig. Ein Etappensieg, dachte er. Trotz seiner hoffnungslosen Lage hatte er den Mann daran gehindert, ihm das Ding ins Auge zu stecken.

Schritte. Nicht mehr ganz so kontrolliert. Schneller, gereizt. Er riskierte einen Blick. Mit dem Rücken zu ihm riss der Mann Klebeband von der breiten Rolle ab. Dann drehte er sich um und kam auf ihn zu. Sicherheitshalber schloss Michael die Augen wieder.

Das klebrige Gewebe wurde an seine Stirn gedrückt. Er versuchte, sich dem Griff zu entwinden, war aber nach weniger als einer Minute an der Stuhllehne fixiert. Zwei Finger zupften an seinem Lid, dann wurde die Kugel eingeführt. Es brannte, als hätte ihm jemand Kies ins Auge gestreut.

Er öffnete die Augen, weil er das in diesem Moment für das Klügste hielt. Vielleicht konnte er die Kugel hinausblinzeln. Bislang spürte er keine Schmerzen außer denen, die von der unsanften Behandlung herrührten und dem Unbehagen, weil sich ein Fremdkörper in seinem Auge befand. Möglicherweise würden seine schlimmsten Befürchtungen nicht eintreten.

Der fremde Mann durchbohrte ihn mit seinem Blick. Nachdem er bisher alles getan hatte, um den direkten Augenkontakt zu vermeiden, fühlte sich Michael nun gezwungen, ihm ins Gesicht zu sehen. Er hatte auch ohne Anweisung begriffen, dass der Mann genau das von ihm wollte. Er beendete das ohnehin wirkungslose Blinzeln. Langsam führte der Mann die Hand zum Kinn und entfernte den Mundschutz.

Michael Nordborg hatte den Mann noch nie gesehen, aber nun begriff er, dass er gekommen war, um ihn zu töten.

4

Sara Oskarsson war mit Handschellen an ein Heizungsrohr im Schlafzimmer gekettet. Nach drei Stunden taten ihr die Handgelenke weh. Drei Stunden!

Von dort, wo sie lag, konnte sie zwar nicht das Zifferblatt des billigen Ikeaweckers auf der anderen Seite des ungemachten Bettes sehen, aber immerhin die Turmuhr schlagen hören. Eine Uhr.

Was, wenn er einfach nicht zurückkam? Es war Samstag. Vor Montagmorgen würde niemand sie vermissen. Was sollte sie tun, wenn er nicht wieder auftauchte? Um Hilfe rufen? Und sich dann splitterfasernackt und in dieser ziemlich eigenwilligen Position einem Nachbarn oder gar irgendwelchen Kollegen gegenübersehen, die sich mithilfe des Hauswarts Zutritt zu ihrer Wohnung verschafft hatten?

Falls das die Runde machte, würde sie von der Insel wegziehen müssen, und wenn das Gerücht sie bis aufs Festland verfolgte, konnte sie den Polizeiberuf an den Nagel hängen.

Sie hatte vollkommen unvorbereitet im Bett vor sich hin gedöst, als er ihr plötzlich die Handschellen angelegt hatte. Einen Moment lang hatte sie es für ein Spiel gehalten. Keins, auf das sie Lust hatte, aber ein Spiel. Kurze Zeit später war ihr klar geworden, dass die Dinge anders lagen.

Mit einem merkwürdigen Lächeln auf den Lippen hatte er ihre Schlüssel an sich genommen und sie alleine zurückgelassen. »Ich bin gleich wieder da«, hatte er gesagt. Inzwischen waren fast drei Stunden vergangen.

Das Arschloch. Sie würde ihn umbringen. Wäre die Alternative nicht ein absoluter Gesichtsverlust gewesen, hätte sie ihn am liebsten nie wiedergesehen. Sie gönnte ihm weder das Vergnügen noch das Gefühl, Macht über sie zu haben.

War es eigentlich besser, von ihm gedemütigt zu werden, als sich zum Idioten zu machen? Schwere Entscheidung.

Ob sie sich befreien konnte? Anfangs hatte sie nicht darüber nachgedacht, weil sie so mit Warten beschäftigt gewesen war, doch als aus den Minuten Stunden wurden, begriff sie, dass sie eine Lösung finden musste. Vielleicht hatte er gar nicht vor zurückzukommen.

Mit den Armen hinter dem Rücken konnte sie nicht viel unternehmen, aber es musste doch möglich sein, die Beine hindurchzuzwängen, sodass sie die Hände vor dem Körper hatte. Und dann? Das Rohr mit einem der Metallringe zerschlagen? Die Überschwemmung war ihr egal. Lieber ein Nachbar, der sie wegen eines Wasserschadens schief anguckte, als ein ganzes Haus, das sich ins Fäustchen lachte und sie hinter ihrem Rücken als Schlampe bezeichnete.

Als sie sich noch einmal vor Augen führte, was sie in den vergangenen Wochen erlebt hatte, war ihr plötzlich ein Rätsel, wie sie so bescheuert hatte sein können. War das alles etwa nur ein Vorspiel gewesen? Hatte er sie die ganze Zeit zum Narren gehalten und nur darauf gewartet, sie zu erniedrigen? Vielleicht war es tatsächlich so.

Wäre er kein ehemaliger Kollege gewesen, hätte sie ihn niemals schon nach dem ersten Date zu seinem Haus mitten im Wald begleitet. Sie hatte sich sicher gefühlt. Wie dumm von ihr. Sie hatte zwar überprüft, ob er wirklich Polizist gewesen war, sich dann aber mit dieser Information zufriedengegeben und nicht weiter nachgeforscht.

Sie hatte ihm vertrauen wollen, denn schließlich mochte sie keine von den Frauen sein, die Männer vor dem ersten Treffen auf Herz und Nieren prüften.

Sara rutschte an die Heizung, bis die Kette etwas durchhing. Sie zog die Beine an die Brust und drückte die Hände nach unten. Als ihr Rücken sich bemerkbar machte, hielt sie inne, weil sie fürchtete, sich wie ein gescheiterter Zirkusartist in eine schmerzhafte Position zu manövrieren und gezwungen zu sein, sofort um Hilfe zu rufen.

Sie musste es schaffen. Bevor sie vorsichtig, aber zielstrebig weitermachte, atmete sie zehnmal tief ein. Beim vierten qualvollen Versuch gelang es ihr.

Die Arme waren steif und taten nach drei Stunden hinter dem Rücken fürchterlich weh. Behutsam streckte sie sie nach oben und zur Seite, ließ sie wieder sinken und rollte mit den Schultern, um die Durchblutung anzuregen. Sie hätte nicht gedacht, dass sie sich in ihrer eigenen Wohnung jemals so schutzlos und ausgeliefert fühlen würde. Am liebsten hätte sie einfach die Decke vom Bett gezerrt, was in der neuen Position möglich gewesen wäre, hätte ihren nackten Körper darunter verborgen, sich zusammengerollt und die Augen geschlossen. Aber damit hätte sie das Problem nur aufgeschoben.

Sie drehte sich um und nahm die Heizung in Augenschein. Es handelte sich um ein schweres altertümliches Modell, dessen Füße auf dem abgenutzten Holzfußboden standen. Die Rohre waren offenbar irgendwann ausgetauscht worden, denn sie wirkten eher mickrig. Wenn sie die Kette bis zu einem Verbindungsstück schob und sich mit ihrer ganzen Kraft dagegenstemmte, musste es möglich sein. Sobald sie von der Heizung loskäme, könnte sie auch die Handschellen öffnen. Sie hatte einen Schlüssel. Dann würde sie sich schnell anziehen und etwas gegen die Überschwemmung unternehmen. Es würde nicht ganz einfach werden, das beschädigte Rohr zu erklären, aber mit diesem Problem würde sie sich später befassen.

Sara schob die massive Kette bis zum Verbindungsstück, stellte einen Fuß an die Wand und stemmte sich dagegen. In dem Moment wurde ein Schlüssel ins Schloss gesteckt.

Hastig überlegte sie, welche Möglichkeiten sie hatte. Dann legte sie sich wieder hin. Es war das Beste, wenn sie mitspielte, bis er sie befreite. Ihn zur Rede zu stellen kam nicht infrage, solange sie an diese Heizung gekettet war.

5

Ninni baute einen der Umzugskartons auf, die zusammengefaltet im Flur lagen, und nahm ihn bis zum begehbaren Kleiderschrank mit. Der Umzug würde zwar erst in über einem Monat stattfinden, aber es schadete nicht, schon mit dem Packen anzufangen.

Als sie das Licht in der kleinen Kammer einschaltete und die unzähligen dunklen Jacken, wattierten Hosen und Winterstiefel betrachtete, hatte sie das Gefühl, vor den Ablagerungen eines ganzen Lebens zu stehen. Eines Lebens auf Gotland.

Das Herz wurde ihr schwer, und der Raum wirkte noch düsterer. Sie war betrogen worden, sie hatten sich getrennt, waren wieder zusammengezogen, Fredrik hatte eine schwere Verletzung erlitten, wäre beinahe ums Leben gekommen, hatte aus nicht ganz unbegründeter Eifersucht einen ihrer Kollegen attackiert und hätte um ein Haar seinen Job verloren. Ganz zu schweigen davon, dass im ersten Sommer auf der Insel ein geistesgestörter Mörder mit dem Messer auf sie losgegangen war.

All das hatte vielleicht nichts mit Gotland, sondern mit dem Leben selbst zu tun, aber sie war trotzdem froh, hier wegzukommen. Sie sehnte sich seit Jahren nach Stockholm zurück, vielleicht sogar von Anfang an, und die Sehnsucht war mit der Zeit immer stärker geworden, anstatt abzunehmen, wie man vielleicht erwartet hätte.

»Kommst du voran?«

Sie zuckte zusammen, als habe jemand sie ertappt, während sie in etwas Verbotenem kramte. Fredrik stand in der Tür und nahm ihr das letzte bisschen Tageslicht, das in den Raum gedrungen war.

»Ich überlege gerade, was wir davon noch gebrauchen können.« Sie deutete auf die Kleidungsstücke. »Bei manchen Klamotten frage ich mich echt, warum wir sie aufbewahrt haben. Muffige alte Jacken zum Beispiel.«

»So schlimm ist es nun auch wieder nicht.« Prüfend fuhr er mit der Hand über ein paar der Sachen.

»Das hier könnte man zum Beispiel an einem matschigen Oktobertag im Garten anziehen, aber willst du damit durch Stockholm spazieren?«

Sie nahm eine platt gedrückte Daunenjacke von der Stange und stocherte in einem Riss, aus dem die weiße Füllung quoll.

»Nacka«, sagte Fredrik. »Wir werden in Nacka lustwandeln.«

Sie lächelte milde. »In Stockholm doch auch, nehme ich an.«

»Vielleicht eignet sie sich ja zum Pilzesammeln in Hellas«, sagte Fredrik. Er strich über den Riss und fuhr mit verstellter Stimme fort:

»Aber auf den Ländereien von diesem af Petersen möchte man natürlich nicht wie ein Dienstbote herumlaufen.«

»Glaubst du wirklich, dass du das Ding jemals wieder anziehst?«

»Vermutlich nicht.«

Er nahm ihr die Jacke aus der Hand und stopfte sie in einen halb vollen schwarzen Müllsack, der an der Wand lehnte.

»Danke.«

»Gern geschehen. Zum Pilzesammeln werde ich mir wohl einen Lodenmantel zulegen.«

Er richtete den Müllsack wieder auf, der kurz vorm Umfallen war, und seufzte laut. »Wie sollen wir das bloß alles schaffen? Am liebsten würde ich einen Scheiterhaufen errichten und den ganzen Scheiß verbrennen.«

»Warum nicht?«, meinte Ninni und lachte. »Vielleicht solltest du das tun.«

Fredrik antwortete nicht. Er blickte in den Garten hinaus, als hätte er dort bereits ein Feuer entzündet.

»Irgendwie bekommen wir das schon hin«, sagte Ninni.

Er antwortete noch immer nicht. Ninni fragte sich, ob er sie überhaupt gehört hatte. Manchmal versank er tief in seinen Gedanken oder was immer ihn beschäftigte. Irgendetwas ging in seinem Kopf vor. Ob er schon vor dem Unfall so gewesen war, wusste sie nicht mehr so genau.

»Hauptsache, es wird niemand umgebracht.«

Fredrik wachte auf und drehte sich um.

»Umgebracht?«

»Sonst hast du so viel zu tun, meine ich.«

»Es ist jetzt schon genug.« Er betrat ebenfalls den begehbaren Kleiderschrank. »Soll ich dir helfen, oder willst du es lieber alleine machen?«

»Es wäre nett, wenn du deine Sachen selbst aussortieren würdest.«

»Okay.«

Er schob die Kleiderbügel hin und her, nahm schließlich eine zerschlissene blaue Baumwolljacke heraus und ließ sie im Flur auf den Fußboden fallen. Dann grinste er.

»Übrigens spielen wir nicht gemütlich Käsekästchen, während wir darauf warten, dass die Leute sich die Köpfe einschlagen.«

»Ich weiß«, gab Ninni zurück. »Ich meinte ja auch nur, wir sollten die Daumen drücken, dass nichts Schlimmes passiert.«

Irgendwas, das dazu führt, dass du am Ende von einer Klippe stürzt oder am Strand einen fünfundzwanzigjährigen Kidnapper erschießt, dachte sie.

»Nein«, sagte er, »das stimmt. Lass uns die Daumen drücken.«

6

Um vierzehn Minuten nach eins kam Fredrik vom Mittagessen zurück. Im Obergeschoss standen einige Türen einen Spalt offen, und in einem der Zimmer hörte er jemanden telefonieren.

Im Zuge von Umstrukturierungen hatte sich die Kripo auf weitere Bereiche des Hauses verteilt, aber die Abteilung für Gewaltverbrechen war im ersten Stock geblieben. Fredrik war vorübergehend ihr Leiter. Ihn als Leitung einzusetzen hatte nicht nur ihm, sondern auch seinen Vorgesetzten gut in den Kram gepasst. So hatten sie ein halbes Jahr Zeit, eine dauerhafte Lösung zu finden, und er durfte wenigstens eine Zeit lang diesen ehrenvollen Posten ausfüllen, bis er im Sommer aufhören würde.

Nach der montäglichen Besprechung mit den anderen Kripoleitern hatte er mit Gustav Wallin und Sara Oskarsson Mittag gegessen. Sara hatte müde ausgesehen. Lag ein anstrengendes Wochenende hinter ihr? Dass er die beiden vermissen würde, wusste er jetzt schon. Mit Gustav hatte er acht Jahre lang zusammengearbeitet, mit Sara sechs. Gustav und seine Frau Lena waren schnell zu engen Freunden von ihm und Ninni geworden. Joakim war in dieselbe Klasse gegangen wie ihr Sohn Martin.

Und jetzt? War das alles vorbei? Würden sich Gustav und Lena langsam, aber sicher von ihnen entfernen, wie es viele ihrer Stockholmer Freunde während ihrer Jahre auf Gotland getan hatten?

Er betrat sein Zimmer und zog die Tür hinter sich zu. Als Chef der Abteilung für Gewaltverbrechen hatte er ein größeres Zimmer bekommen, aber es konnte sich höchstens um ein paar Quadratmeter mehr handeln. Er ließ sich auf seinen Schreibtischstuhl fallen, um die mäßig aufregenden Verwaltungsaufgaben in Angriff zu nehmen, die zu dem neuen Job gehörten: den Kollegen Dienstbescheinigungen ausstellen und sich mit den Protesten der Ermittler auseinandersetzen, die dazu verdonnert wurden, gewisse wenig beliebte Schichten in der Funkstreife zu übernehmen. Um die Moral in seinem Team zu erhöhen, hatte er selbst eine Nacht im Streifenwagen verbracht.

Erst vor einem halben Jahr hätte er beinahe seinen Job verloren. Mit einem Notruf und einem angeknacksten Gewissen war er noch einmal davongekommen, nachdem er sich erfolgreich durch eine ganze interne Ermittlung gemogelt hatte.

Bereits als er an jenem stürmischen Herbsttag das Tor vor Jonathan Westmans Haus aufgetreten hatte, war ihm im Grunde klar gewesen, dass es keine gute Idee gewesen war, dorthin zu fahren. Trotzdem konnte er es nicht lassen. Es sprach doch nichts dagegen, bei Jonathan anzuklopfen und ihn zur Rede zu stellen, hatte er beschlossen. Ein ernstes, aber zivilisiertes Gespräch unter Erwachsenen. Ein verheirateter Lehrerkollege, der sich bei einer Feier im Kollegium an seine Frau herangemacht hatte.

Wie viel einfacher wäre alles gewesen, wenn er seinen Stolz oder was immer sein Antrieb gewesen war, hinuntergeschluckt hätte und umgekehrt wäre.

Ninnis Kollege hatte kein Interesse an einem Gespräch unter Männern. Und Fredrik auch nicht, wie sich herausstellte. Er hatte Jonathan geschubst. Es war kein heftiger Stoß gewesen, aber Jonathan hatte das Gleichgewicht verloren und war unsanft auf den Hintern gefallen. Woraufhin er Fredrik wegen Körperverletzung angezeigt hatte.

Was Fredrik getan hatte, war vollkommen idiotisch, aber er hatte nicht vor, sich wegen einer solchen Lappalie versetzen zu lassen oder gar rauszufliegen. Deshalb hatte er in seiner Zeugenaussage einige kleine, aber wesentliche Änderungen vorgenommen.

Er gab an, Jonathan aufgesucht zu haben, um ihm in gewählten Worten seine Meinung zu den Ereignissen auf der Feier im Lehrerkollegium zu sagen. So weit stimmte das auch, doch dann behauptete er, Jonathan sei sofort aggressiv geworden, habe Fredrik aufgefordert, sich zu verpissen, und sei drohend auf ihn zugekommen. Fredrik habe die Hand gehoben, um sich vor einem Schlag auf den Kopf zu schützen, aber aufgrund der Wucht, mit der Jonathan sich ihm genähert habe, hätte er das Gleichgewicht verloren und sei hintenübergefallen.

Die internen Ermittler hatten beschlossen, es dabei zu belassen.

Fredrik hatte Jonathan Westman seitdem einige Male getroffen. Zuletzt vor dem Fischgeschäft in Hemse. Jonathan war bei seinem Anblick zusammengezuckt, aber dann hatte er sich weggedreht und so getan, als ob nichts wäre.

Weder auf die Lügen noch auf die Vorgeschichte war er stolz, aber er hatte keine andere Wahl gehabt. So sah er das jedenfalls.

Er ließ seinen Blick durch das Büro schweifen. Sein Blick blieb an den neuen Schulterklappen mit den zwei Eichenlaubreihen hängen. Sie lagen immer noch in Plastik verpackt im Bücherregal. Er fragte sich, ob Jonathan Westman wusste, dass er befördert worden war.

7

Camilla Nordborg parkte ihren umweltfreundlichen Toyota Prius neben dem Audi ihres Mannes und öffnete den Kofferraum, um ihr Gepäck herauszuholen. Sie war müde und beschwingt zugleich, ja, ihr war fast ein bisschen schwindlig. Das Wochenende bei ihrer Schwester auf Lidingö war erfreulich verlaufen. Am Samstag waren sie shoppen gewesen und anschließend in einem schicken neuen Restaurant in der Innenstadt essen gegangen. Das Lokal war auf eine Weise groß und chaotisch, die ihr gefiel, und die französische Speisekarte war eher luxuriös als versnobt.

Da sie vergessen hatte, wie das Restaurant hieß, würde sie Ann anrufen und nach dem Namen fragen müssen, damit sie es ihren Freunden empfehlen konnte, wenn wieder einmal einer von ihnen nach Stockholm wollte.

Sie hievte den Rollkoffer und die Einkaufstüten aus dem Auto. Sie enthielten neue Kleidung und ein Paar schicke schwarze Schuhe von Hope mit viel zu hohen Absätzen. Hope war Anns Lieblingsmarke, und nach einem Glas Wein zum Mittagessen war es ihr gelungen, auch Camilla zu bekehren. Mit den schweren Tüten in der Garagenauffahrt war ihr jedoch längst nicht mehr so religiös zumute wie in der Boutique in der Smålandsgatan. Vielleicht waren die Sachen etwas zu trendy für Visby, einen Tick zu cool.

Aber das spielte keine Rolle. Sie hatte ein großartiges Wochenende gehabt. Am Sonntag hatten sie eine Ausstellung im Moderna Museet besucht, und abends hatten sie mit Anns Familie und Camillas beiden Töchtern, die vor einigen Jahren nach Stockholm gezogen waren, zu Hause auf Lidingö zu Abend gegessen.

Der Koffer rollte mühelos über die Schieferplatten, die zur Haustür führten. Als sie es zum ersten Mal sah, war Camilla nicht so begeistert von dem Haus gewesen. Sie hatte gefunden, dass es mit der schmucklosen weißen Fassade und dem flachen Blechdach einem Schuhkarton ähnelte. Trotzdem hatte sie sich überreden lassen und mit der Zeit die Schönheit der klaren Linien und der großzügigen offenen Räume schätzen gelernt. Seit sie die Küche von Grund auf renoviert, das Mosaik aus den Neunzigern durch einen Steinfußboden ersetzt und den Induktionsherd und den großen Kühlschrank eingebaut hatten, war nichts mehr daran auszusetzen.

Es war eindeutig das richtige Haus für eine Frau in hochhackigen Pumps von Hope. Da Visby hingegen nicht der passende Ort war, würde sie sie zu Hause tragen müssen. Vielleicht brachte das Micke wieder ein wenig in Fahrt, mit dem in letzter Zeit im Bett nicht viel anzufangen war. Sie hatte mit Ann Witze über seine kümmerliche Performance gerissen, aber eigentlich war ihr gar nicht nach Lachen zumute gewesen.

Er schob es auf die Arbeit, wenn er sich wieder einmal verweigerte. Sie hatte wirklich Verständnis dafür, dass er viel um die Ohren hatte. Eine Zeit lang hatte er rund um die Uhr gearbeitet. Dazu hatte er sich mit dem ganzen Dreck befassen müssen, mit dem er und die anderen aus dem Vorstand beworfen wurden. Als rücksichtslose Zerstörer und machtgeile Kapitalisten wurden sie beschimpft, nur weil sie versuchten, die Anlage von Finkalk wieder zum Leben zu erwecken. Doch wenn sie ehrlich war, musste sie sich eingestehen, dass es bereits einige Monate vor den ersten Demonstrationen und Protesten angefangen hatte.

Es war gar nicht so, dass sie nie miteinander schliefen, aber sein Engagement hielt sich in Grenzen. Häufig schien er gar nicht richtig anwesend zu sein. Er war freundlich und geistreich wie immer, aber zerstreut.

Camilla schloss die Tür auf, hob den Koffer über die Schwelle und stellte die Tüten im Flur ab. Den Blazer hängte sie an einen Haken unter der Treppe, aber die Schuhe behielt sie an. Sie mochte das Klackern der Absätze auf dem Steinfußboden.

Nach wenigen Metern blieb sie stehen, weil sie einen fremden Geruch wahrnahm. Er war nicht stark, aber unangenehm. Irgendwie faulig. Wahrscheinlich hatte Micke vergessen, den Müll hinauszubringen, oder sich einfach nicht die Mühe gemacht zu lüften. Einmal im Herbst hatte er hinter den Stiefeln im Flur eine Tüte voller Krabbenschalen stehen lassen. Ein widerwärtiger Geruch.

Sie ging weiter in die Küche. Drei Stunden auf der Fähre und ein Übermaß an Filterkaffee hatten sie durstig gemacht. Sie drehte das kalte Wasser auf, wandte sich um und nahm ein Glas aus dem Schrank. Als sie es füllen wollte, entdeckte sie ihn.

Erst begriff sie nicht richtig, was sie da vor sich hatte, und glaubte für einen Moment, er habe sie auf seltsame, fast obszöne Weise überraschen wollen, fast rechnete sie damit, noch jemanden, wahrscheinlich eine Frau zu ertappen …

Michael lag mit aufgeklapptem Bademantel und nichts als einer Badehose darunter auf einem der Liegestühle, die sonst am Pool standen. Allein das Möbelstück drinnen vor dem Kamin war merkwürdig.

Langsam stellte Camilla das leere Glas auf die Arbeitsplatte und ging dann rasch ans andere Ende des Raums. Das Geräusch ihrer Absätze hallte von der hohen Decke wider. Ihre Unterlippe bebte, die Schultern hoben sich unkontrolliert, und die Haut an ihren Unterarmen zog sich zusammen.

Der Raum war groß, und sie musste die Hälfte der Strecke zurücklegen, um zu begreifen, was die merkwürdige Blässe des Körpers, die blauroten Flecken an den Füßen und Unterschenkeln, der stiere Blick sowie die Taue und das Gafferband zu bedeuten hatten, womit ihr Mann an den Stuhl gefesselt war.

Als sie nah genug war, um das verunstaltete rechte Auge und die Flüssigkeit zu erkennen, die daraus auf die Wange getropft war, blieb sie ruckartig stehen. Sie streckte eine Hand nach ihm aus, war aber unfähig, sich von der Stelle zu rühren. Eine heftige Welle der Schuld raubte ihr fast den Atem. Am liebsten hätte sie ihre eben noch so belanglos vor sich hin plätschernden Gedanken ausradiert. Sie wollte nicht, dass sie wie eine zählebige Dünung in ihr weiterwogten, während sie vor seinem entstellten Gesicht stand. Aber sie konnte ihnen keinen Einhalt gebieten, denn sie schienen ein Eigenleben zu führen.

Sie hickste auf und gab einen jämmerlichen Laut von sich.

Dann senkte sie die Hand und legte sie sich auf die Brust, aber der Reflex war nicht zu stoppen. Japsend und nach Luft schnappend erstickte sie fast an den Schreien, die ihr im Hals stecken blieben.

8

15:56 Uhr. Angetrieben von der Digitalanzeige am Armaturenbrett, bog Fredrik von der Kreisstraße 149 in Richtung Själsö ab. Als Leiter der Einheit für Gewaltverbrechen musste er dafür sorgen, dass alle wussten, was sie zu tun hatten, bevor er sich selbst auf den Weg machte. Seit dem Notruf waren vierzig Minuten vergangen, in seinen Augen eine Ewigkeit. Er und Gustav würden als Letzte eintreffen.

Fredrik rief Ninni auf dem Handy an.

»Jetzt ist es passiert«, sagte er. »Tut mir leid.«

»Passiert? Was denn?«

»Das, worüber wir geredet haben. Ein Mordfall.«

»Nein ...«

Mehr sagte sie nicht. Am anderen Ende der Leitung wurde es so still, wie es nur in einem Mobiltelefon sein kann. Stiller als in der Wirklichkeit.

»Nur damit du Bescheid weißt. Ich muss jetzt aufhören. Es wird spät, nehme ich an. Oder besser gesagt, ich garantiere es dir.«

»Ninni?«, fragte Gustav, nachdem Fredrik das Handy wieder eingesteckt hatte.

»Ja. Wir haben vor ein paar Tagen darüber gesprochen, dass ein Mord das Letzte ist, was man mitten in den Umzugsvorbereitungen gebrauchen kann.«

»Die Leute nehmen einfach keine Rücksicht.«

»Ich weiß. Es ist zum Kotzen.«

Nachdem sie ein schmales Fachwerkhaus passiert hatten, das

sich hier wie ein Fremdkörper ausnahm, erreichten sie das Meer. Die Straße verlief parallel zur Steilküste. Sie kamen an einigen älteren Sommerhäuschen und dann an einem kleinen Hafen vorbei, der geschützt hinter eine Landzunge mit Fischerhütten lag. Ein einsames Fischerboot war am Kai vertäut. Dahinter wurde die Bebauung moderner und immer exklusiver.

»Warst du hier schon mal?«, fragte Fredrik.

»Nein, erstaunlicherweise nicht. Scheint ja eine richtig edle Wohngegend zu sein.«

Die meisten Häuser sahen so aus, als seien sie in den vergangenen zwanzig Jahren errichtet worden. Die älteren waren ausgebaut und mit großen Fenstern zum Meer ausgestattet worden. Auf einer Veranda vor einem grauen Holzhaus spielte ein kleines Mädchen mit seinem Vater, der Bart und Wollmütze trug.

»Sogar hier gibt es Hipster«, meinte Gustav und seufzte.

Er spähte durch die Windschutzscheibe zu einem kostspielig aussehenden Adlerhorst, der direkt auf der Klippe balancierte.

Alle Gebäude hier hielten gebührenden Abstand voneinander, die Grundstücke waren groß und durch einzelne ältere Bäume und eigens gepflanzte Hecken vor Einblicken geschützt.

Vor einem zweigeschossigen Haus mit strenger weißer Fassade auf der linken Seite standen bereits zwei Streifenwagen, ein ziviles Auto und der Bus der Kriminaltechnikerin Eva Karlén.

Das Nachbarhaus der Nordborgs gehörte zu den älteren der Gegend. Es lag rechts vom Weg auf der Landseite und fügte sich im Gegensatz zu dem etwas protzigeren der Nordborgs unauffällig in die Landschaft ein. Auf dem Rasen stand ein Mann im grünen Hemd und beobachtete sie, während sie vorbeifuhren. Gustav erwiderte seinen Blick. Als der Mann bemerkte, dass er ihre Aufmerksamkeit auf sich zog, drehte er sich um und ging auf eine offene Verandatür an der Seite des flachen Gebäudes zu.

Fredrik bremste und blieb hinter dem VW-Bus stehen. Bevor sie ausstiegen, steckte Gustav seinen Notizblock und die Lumixkamera ein.

Die beiden Autos hinter der Absperrung mussten zum Haushalt gehören, ein dunkelgrauer Audi und ein schwarzer Prius.

Fredrik und Gustav tauchten unter dem Band hindurch, das ein Polizeianwärter bewachte, ein junger Kerl vom Festland. Gustav zog seine sportliche braune Lederjacke glatt, die knapp unter der Taille endete, und machte den Reißverschluss nur so weit zu, dass seine Dienstwaffe den schlanken Look nicht zerstörte.

Sie sahen zum Haus. Die Ostfassade lag im Schatten, aber die Glasscheibe in der Eingangstür verriet das warme Sonnenlicht auf der gegenüberliegenden Seite. Gustav strich sich über das Kinn, als gäbe es etwas zu überlegen. In Wirklichkeit hatte er sich diese Unart erst angewöhnt, seit er vor über einem Monat seinen Bart abgenommen hatte. Offenbar schien er immer noch nicht glauben zu können, dass er nicht mehr da war.

»Wo ist der Tote?«, erkundigte sich Fredrik bei dem Polizeianwärter. »Auf der anderen Seite?«

»Nein. Im Haus.«

»Drinnen? Hat der Wachhabende nicht gesagt, er sei an einen Liegestuhl gefesselt?«

»An einen Liegestuhl *im Haus* gefesselt«, sagte der junge Mann tonlos.

Ein Plastikband zu bewachen, während sich alles Interessante zwanzig Meter entfernt abspielte, war offenbar frustrierend.

Michael Nordborg roch säuerlich, ungefähr wie eine Packung Schinken, die man ganz hinten im Kühlschrank vergessen, aber gerade noch entdeckt hat, bevor die richtig seltsamen Dinge passieren. Die Sonne schien durch die drei großen Verandatüren herein. Fredrik nahm an, dass der Tote schon seit ein paar Tagen hier saß.

Er blickte auf Michael Nordborgs einäugiges Gesicht hinunter. Sie mussten einige mögliche Szenarien in Betracht ziehen. Ein durchgeknallter Sadist, für den ein einsamer Mann in einem relativ abgeschiedenen Haus besonders attraktiv war, oder ein Raubüberfall, der in eine Katastrophe gemündet hatte, nachdem Nordborg auch unter Zwang nicht den Code für den Tresor herausgerückt hatte. Sie würden überprüfen, ob es einen Geldschrank oder ein anderes Versteck für Wertsachen gab.

Trotzdem hatte Fredrik sofort das Gefühl, dass jemand in der bewussten Absicht gekommen war, Michael Nordborg zu töten, und zwar aus einem ganz bestimmten Grund.

Das eine Auge starrte ins Leere, das andere war gerötet, leicht geschwollen und halb geschlossen. Eine hellrote Flüssigkeit war aus dem Auge auf die Wange geronnen. Auf der Haut war sie getrocknet, aber im Augenwinkel schimmerte sie immer noch feucht. Fredrik hatte viele Tote gesehen, darunter Leichen, die um einiges übler zugerichtet waren als diese, und trotzdem tat Nordborgs Anblick weh. Fast nackt und nicht nur gefesselt, sondern regelrecht am Liegestuhl fixiert, war er zur Reglosigkeit verurteilt und wirkte dadurch so entsetzlich hilflos.

»Was ist deiner Ansicht nach mit dem Auge passiert?«, fragte er Eva, die gerade eine erste Untersuchung der Leiche vornahm.

Die Kriminaltechnikerin richtete sich auf, ohne den Blick von dem Mann abzuwenden. »Im ersten Moment denkt man, es wäre ausgestochen worden, aber ich glaube, dann wäre die Blutung stärker gewesen. Mal sehen, was die Rechtsmedizin sagt.«

Eva zupfte an der Taille ihres orangefarbenen Schutzanzugs herum. Sie hatte sich die Kapuze des Overalls über die blonden Haare gezogen und die untere Hälfte ihres Gesichts mit einem Mundschutz bedeckt. Nur die blauen Augen und ein Teil der Stirn waren zu sehen. Fredrik, der sich nur einen Eindruck verschaffen wollte, hatte sich mit Überziehern für die Schuhe und Handschuhen begnügt.

»Dass er so sorgfältig gefesselt und getapt wurde, spricht für eine geplante Tat«, fuhr Eva fort. »Hier ist nichts zufällig passiert.«

Sorgfältig. Das Wort hatte beinahe einen perversen Beiklang, wenn es beschreiben sollte, was der Täter Nordborg angetan hatte.

»Ja«, sagte Fredrik. »Entweder sollte Nordborg dazu gebracht werden, etwas Bestimmtes zu sagen, oder jemand wollte ihn leiden sehen.«

»Es könnte auch ein Sexspielchen sein, das aus dem Ruder gelaufen ist«, meinte Sara Oskarsson. Sie stand dicht hinter

Gustav und Fredrik auf den Trittplatten, die Eva ausgelegt hatte. Ihr schwarzes Haar hatte sie mit einer braunen Spange hochgesteckt.

»Ein Sexspielchen?«

»Ja.«

Fredrik drehte sich zu dem Toten im Sonnenstuhl um. Jetzt, da Sara es gesagt hatte, wurde ihm bewusst, dass ihm dieser Gedanke auch als Erstes durch den Kopf gegangen war, als er den Raum betreten hatte. Doch da hatte er die Leiche von Weitem gesehen. Als er dem wehrlosen Mann näher gekommen war, hatte sich sein Bild verändert.

»Ich habe Schwierigkeiten, mir Sexspielchen auszumalen, bei denen man sich die Augen ausdrückt, bin aber auf diesem Gebiet ein blutiger Anfänger.« Gustav grinste gequält in Saras Richtung.

»Ich habe ja auch gesagt, es könnte aus dem Ruder gelaufen sein«, wiederholte Sara und gestikulierte dabei wild mit ihrem blauen Schutzhandschuh.

»Wir sollten es vielleicht nicht ausschließen«, sagte Fredrik schnell.

Er sah sich in dem großen Raum um. Psychedelische Sonnenreflexe vom Pool mäanderten langsam über die verputzten Wände. Am anderen Ende befanden sich eine nagelneue Küche und rechts davon die Türen zum Garten und zum Pool. Neben der Eingangstür, die zur Straße hinausging, führte eine Treppe ins Obergeschoss.

»Was ist oben?«, fragte er.

»Zwei Schlafzimmer und ein Büro.«

Draußen am Pool, der in seiner Einfassung aus hellgrauem Kalkstein türkis schimmerte, saß eine in sich zusammengesunkene Frau um die vierzig, die sich eine Wolldecke um die Schultern gelegt hatte. Ihr schwarzes Haar war von einigen grauen Strähnen durchzogen, und sie wirkte groß, soweit sich das im Sitzen beurteilen ließ, und sehr schlank.

Direkt neben ihr stand klein und stämmig Ove Gahnström. Im letzten halben Jahr war er deutlich schmaler geworden und hatte wieder angefangen, Sport zu treiben. Er keuchte auf den letzten Stufen zum Kommissariat zwar nicht mehr, als hätte sein letztes Stündlein geschlagen, aber bis er wieder zwei Kilometer in zehn Minuten schaffen würde, wie es bei der Aufnahmeprüfung für die Polizeihochschule einst verlangt worden war, würde er wohl noch eine Weile brauchen.

»Ist das Nordborgs Frau?« Fredrik nickte in ihre Richtung.

»Ja«, antwortete Sara, »Camilla Nordborg. Sie ist mit der Elf-Uhr-Fähre aus Nynäshamn gekommen. Offenbar war sie übers Wochenende verreist und ist erst seit einer Stunde wieder zu Hause.«

»Ich gehe raus.«

Fredrik wollte mit ihr sprechen, bevor sie die ganze Geschichte zu oft wiederholt hatte. Solange sie noch die Kraft hatte. Falls sie überhaupt dazu bereit war.

Genau in diesem Moment stand die Frau auf und ging am Pool entlang. Doch, sie war tatsächlich groß. Die Decke, die auf ihren Schultern gelegen hatte, rutschte an ihrem Rücken hinab wie eine Schleppe, doch sie hielt sie noch genauso vor der Brust zusammen wie eben auf dem Stuhl. Eine Ecke der Wolldecke geriet unter ihren Absatz. Der Stoff spannte sich, als sie mit dem Fuß darauf trat, und brachte sie ins Wanken. Für einen winzigen Moment schien sie sich ans Nichts zu lehnen, dann ruderte sie mit den Armen und fiel.

Fredrik traute seinen Augen kaum. Niemand sonst hatte etwas bemerkt. Nur Ove streckte eine hilflose Hand nach Camilla Nordborg aus.

Ihr Mund öffnete sich, vielleicht schrie sie auf, aber falls sie es tat, dann nicht laut genug, um sich durch die geschlossene Verandatür Gehör zu verschaffen. Es war reines Glück, dass sie nicht mit dem Kopf auf den Steinboden schlug. Stattdessen landete sie mit dem Kopf im Wasser und rollte langsam, aber unerbittlich in den Pool.

9

»Scheiße«, war alles, was Fredrik herausbekam. Er drängte sich an Sara und Gustav vorbei und stürzte zu einer der Flügeltüren.

»Nicht da lang«, brüllte Eva ihm hinterher.

Doch das ignorierte er, riss die Tür auf und rannte auf die andere Seite. Ove kniete bereits am Rand des Pools und hatte Camilla Nordborgs Arm gepackt. Mit vereinten Kräften hievten sie die Frau aus dem Wasser.

Klitschnass stand sie auf. Ein Schuh war im Pool zurückgeblieben, den anderen streifte sie bedächtig ab.

»Wie geht es Ihnen?«, fragte Fredrik. »Sind Sie verletzt?«

Anstatt ihm zu antworten, sah sie ihn skeptisch an.

»Ich heiße Fredrik Broman«, erklärte er, »und leite die Ermittlungen.«

Er wollte ihr die Hand geben, hielt sich aber zurück. Unter diesen Umständen erschien es ihm seltsam förmlich. Camilla Nordborg begnügte sich mit einem kurzen Nicken.

»Haben Sie Schmerzen?«

Immer noch keine Antwort.

Im Kies unterhalb der Terrasse waren Schritte zu hören. Sara kam auf sie zu. Sie hatte den vorgeschriebenen Weg durch die Eingangstür genommen und das Haus umrundet.

»Sie brauchen etwas Trockenes zum Anziehen«, sagte Fredrik zu Camilla Nordborg.

»Ich gehe nicht ins Haus.« Ihre Stimme klang brüchig, aber entschieden.

»Das müssen Sie auch nicht«, versicherte er ihr. »Meine Kollegin kann Ihnen bestimmt ein paar Kleidungsstücke holen, wenn Sie ihr sagen, was Sie haben möchten.«

»Natürlich«, meinte Sara. »Alles okay?«

»Ich bin durchnässt und peinlich berührt«, sagte Camilla Nordborg. »Auch wenn mir das unter diesen Umständen vielleicht egal sein sollte.«

Sie sah die Polizisten fragend an und senkte dann zitternd

den Kopf. Fredrik ließ den Blick schweifen und blieb an einem Häuschen hängen, in dem vermutlich die Gartenmöbel und die Pumpe für den Pool ihren Platz hatten.

»Könnten Sie sich dort umziehen?« Er deutete in die Richtung.

Sie nickte, ohne den Blick von ihren Zehen in der Strumpfhose abzuwenden. Die beiden begleiteten sie zu dem Schuppen. Camilla Nordborg überlegte eine Weile und erklärte Sara dann, was sie brauche und wo es zu finden sei. Kurze Zeit später kam Sara mit der gewünschten Kleidung zurück.

»Was ist passiert?«, erkundigte sich Fredrik bei Ove, während Camilla Nordborg sich umzog.

»Ich habe keinen blassen Schimmer. Plötzlich steht sie auf und geht los. Keine Ahnung, wohin sie wollte«, erwiderte Ove leise.

Nach einigen Minuten kam Camilla Nordborg wieder zum Vorschein. Wie bereits vor dem Sturz in den Pool war sie überwiegend schwarz gekleidet, trug aber jetzt keinen Rock mehr, sondern eine Hose und anstelle der dünnen Bluse einen Pullover. Wortlos setzte sie sich auf eine Bank an der Außenwand des Schuppens.

In der Sonne war es heiß. Wie schon seit einigen Jahren lief der schwedische Sommer bereits im Mai auf Hochtouren. Wenn es wie gewohnt weiterging, würde pünktlich zum Beginn der großen Ferien Dauerregen einsetzen.

Als Fredrik auf sie zuging, blickte Camilla Nordborg auf. Der Weg bis zur eben erst verwitweten Frau erschien ihm quälend lang. Ihr Blick ging geradewegs durch ihn hindurch, als hätte sie etwas vollkommen anderes vor Augen. Den Mann im Haus, nahm Fredrik an. Seine einäugige Fratze der Angst war die letzte Nachricht, die er hinterlassen hatte.

Fredrik setzte sich neben sie. Vor ihnen glitzerte die Ostsee. An einem Tag wie diesem von geradezu höhnischer Schönheit.

»Mein Beileid«, sagte er. »Für Sie muss es ...«

Als er bemerkte, dass Camilla Nordborg zusammenzuckte, als hätte sie Angst, von ihm berührt zu werden, verstummte er.

»Ich kann es mir gar nicht vorstellen«, fuhr er vorsichtig fort.

Sie nickte dreimal, wie um ihm einzuschärfen, dass er das nicht konnte. Nicht im Geringsten.

»Wenn Sie einverstanden sind, würde ich Ihnen gerne einige Fragen stellen. Ich habe Verständnis, falls Sie damit lieber warten wollen, aber es wäre uns eine große Hilfe.«

»Mein Bruder kommt gleich und holt mich ab.«

»Ich werde Sie hier nicht festhalten«, erklärte Fredrik, »aber wäre es möglich, dass ich Sie bis dahin ein paar Dinge frage?«

»Gut, aber wenn er da ist, verabschiede ich mich. Sie können gerne zu ihm nach Hause kommen, wenn noch etwas ist, aber hier will ich nicht bleiben.«

Dagegen konnte er nichts einwenden. Er fragte sich, ob sie trotz der Sonne fror. Sie kauerte mit hochgezogenen Schultern neben ihm.

»Brauchen Sie eine Decke?«

»Nein danke. Ich komme schon zurecht.«

»Ganz sicher?«

»Ja.«

Er räusperte sich und sammelte Kraft für den Schmerz, den er ihr zufügen musste. »Könnten Sie sich vorstellen, dass jemand …«

»Das kann man sich doch an fünf Fingern abzählen«, sagte sie in scharfem Ton, bevor er zum Punkt gekommen war. »Diese Schwachköpfe haben Michael mit so viel Dreck beworfen, und jetzt ist er tot.«

Auf Fragen dieser Art bekam er selten so konkrete Antworten. Meistens gar keine.

»Es war jemand von den Typen da oben in Ojnare. Wer sollte es sonst gewesen sein?«

Da Fredrik nicht ganz folgen konnte, überspielte er seine Verwirrung, indem er ein konzentriertes, aber neutrales Gesicht aufsetzte. Irgendetwas war ihm offenbar entgangen. Was hatte Michael Nordborg mit den Protesten gegen Finkalks neuen Kalkbruch in Ojnare zu tun?

»Er ist bedroht worden. Mehrmals. Es kamen Mails und Briefe

und …« Sie machte eine wedelnde Geste, die schwer zu deuten war.

»Inwiefern bedroht?«

Camilla Nordborg machte eine Pause und hielt den Atem an.

»Ich durfte die Briefe nicht lesen, aber er hat mir davon erzählt.« Sie fixierte ihn. »Es waren grobe und brutale Beleidigungen. Sie haben ihn damit überschüttet. Mit dem Tode bedroht wurde er auch.«

Warum wusste er nichts davon? Hatten sie keine Anzeige erstattet?

Schotter knirschte auf dem Asphalt, als hinter dem Haus ein Auto ruckartig stehen blieb. Er hoffte, dass es nicht der Bruder war. Noch wollte er sie nicht gehen lassen.

»Was hat Ihr Mann beruflich gemacht?«

Bestürzt sah sie ihn an, als müsste er das eigentlich wissen. »Er war Chef der Öffentlichkeitsarbeit bei Finkalk.«

Fredrik schloss für einen Moment die Augen. Bevor er das Polizeigebäude verließ, hatte er eine kurze Recherche angestellt. Nordborg war nicht vorbestraft und verdiente fünfhundertvierundsechzigtausend Kronen im Jahr, wobei der Audi in der Einfahrt vermutlich ein Firmenwagen war. Aus dem Register war auch hervorgegangen, dass er mit Camilla Nordborg verheiratet war und zwei erwachsene Töchter hatte, die in Stockholm und auf Lidingö wohnten. Er hätte sich etwas mehr Zeit nehmen oder einen Kollegen veranlassen sollen, tiefer zu bohren. Die Situation war ihm peinlich.

Beim Namen Nordborg klingelte es noch immer nicht, aber er erinnerte sich jetzt wieder an einige Artikel und Nachrichtenbeiträge über einen schlanken, elegant gekleideten und in jeder Hinsicht sympathischen Mann, der geduldig kritische Fragen beantwortete und die Haltung der Firma Finkalk in der Öffentlichkeit vertrat.

Konnte wirklich einer der Aktivisten in Ojnare hinter diesem kaltblütigen Mord stecken?

Schritte hinter dem Haus, ein kurzer Wortwechsel, dann erschien ein glatzköpfiger Mann im dunkelblauen Anzug. Eilig kam er auf sie zu, der Autoschlüssel baumelte noch in seiner Hand. Camilla stand auf und drehte sich zu ihm um.

Der kahle Mann, der ihr Bruder sein musste, schloss Camilla in die Arme und drückte sie fest. Aus der Nähe verriet ein dunkler Schatten über seiner Stirn, dass die Glatze zumindest teilweise von einem Rasierapparat zustande gebracht worden war.

Diskret wandte Fredrik sich ab, weil er nicht tatenlos herumstehen und die beiden anstarren wollte.

»Du kümmerst dich mit Sara um die Nachbarn«, sagte er leise zu seinem Kollegen.

Ove nickte und warf einen Blick auf seine Armbanduhr.

»Die Leute kommen wahrscheinlich bald von der Arbeit.«

Camillas Bruder machte einen Schritt auf Fredrik und Ove zu, um sich vorzustellen. Er hieß Thomas Edman.

»Wir fahren jetzt«, sagte er dann. »Camilla möchte hier weg.«

»Das verstehe ich«, erwiderte Fredrik und wandte sich dann an Camilla. »Ich hätte noch ein paar Fragen.«

»Ich …« Sie seufzte.

»Es dauert nicht lange …«

»Können Sie denn nicht ein bisschen Rücksicht nehmen?« Thomas Edman legte Camilla beschützend den Arm um die Schultern.

Fredrik wollte die Vernehmung fortsetzen. Falls die Angaben über die Drohungen Substanz hatten, waren sie möglicherweise von entscheidender Bedeutung für die Ermittlungen. Vielleicht führten sie sie auf direktem Wege zum Täter.

»Das versuchen wir natürlich, aber …«

Camilla warf ihrem Bruder einen flehentlichen Blick zu. »Können wir nicht einfach fahren? Bitte!«

Thomas Edman sah Fredrik wütend an. Wenn er sich nicht unmöglich machen wollte, ließ er die beiden lieber gehen.

»Fahren Sie ruhig«, sagte er. »Ich komme nach, sobald ich kann.«

Thomas wollte protestieren, aber Camilla hielt ihn zurück. »Das ist schon in Ordnung. Ich habe ihm gesagt, dass ich einverstanden bin.«

Sie strich sich eine Strähne ihres frisch gebürsteten Haars aus dem Gesicht und machte einen unsicheren Schritt zur Seite. Hätte Fredrik es nicht besser gewusst, hätte er vermutet, sie wäre betrunken.

»Gut, dann machen wir uns auf den Weg«, sagte Thomas Edman.

Fredrik bekam die Adresse, dann gingen sie. Thomas Edman hatte den Arm seiner Schwester fest umfasst.

10

Sara Oskarsson riss unfreiwillig die Augen auf. Magdalena Widstrand, die ungefähr zweihundert Meter südlich vom Haus der Nordborgs wohnte, hatte keine Haare auf dem Kopf. Dabei hatte sich eine Frau um die vierzig, die mit einer pfirsichzarten Glatze herumlief, vermutlich längst an die Reaktionen der Leute gewöhnt.

Magdalena Widstrand schien auch keine Augenbrauen und Wimpern zu haben. Trotzdem sah sie erstaunlich gut aus. Sie hatte ihre Augen mit schwarzem Kajal umrandet, und ihre rot geschminkten Lippen strahlten.

»Hallo, ich bin Sara Oskarsson von der Polizei Visby.« Sara zeigte ihre Dienstmarke.

Magdalena Widstrands Lächeln schwand. »Aha, hallo. Was wollen Sie?«

»Ich würde Ihnen gerne ein paar Fragen stellen. Darf ich reinkommen?«

»Na klar. Das kann ich Ihnen ja wohl kaum verweigern.« Sie lachte nervös. »Ist etwas passiert?«

»Bei einem Ihrer Nachbarn ist etwas vorgefallen«, sagte Sara. »Können wir uns irgendwo setzen?«

Das niedrige Haus war vermutlich ein ausgebautes Sommerdomizil. Falls der Meeresspiegel tatsächlich in dem Maße ansteigen würde, wie es die Weltuntergangspropheten vorhersagten, hatte Magdalena Widstrand Pech gehabt.

»Gehen wir in die Küche?«

»Wunderbar.«

Die Küchenschränke waren türkis, die Kacheln knallrot, und durch die hohen Sprossenfenster sah man das Wasser. Von besonders viel Meerblick konnte zwar angesichts der Lage keine Rede sein, aber das Grundstück wirkte offen und hell.

Sara dachte an ihre eigene dunkle Einzimmerwohnung in der Innenstadt und das, was erst vor zwei Tagen passiert war. Schnell schob sie die Erinnerung daran beiseite und riss sich von den Fenstern los.

»Kennen Sie Michael Nordborg?«

»Ja, wir sehen uns öfter. Außerdem sind wir beide im Vorstand des Hauseigentümervereins«, sagte Magdalena Widstrand. Dann verengten sich ihre Augen zu Schlitzen. »Wieso?«

Ohne ins Detail zu gehen, teilte Sara ihr mit, dass Michael Nordborg tot aufgefunden worden und wahrscheinlich ermordet worden sei.

»Mein Gott, das kann nicht wahr sein. Es klingt vollkommen verrückt.« Magdalena Widstrand starrte Sara mit offenem Mund an. »Machen Sie Witze?«

Sara fand, dass sie diese Frage nicht zu beantworten brauchte.

»Mein Gott«, wiederholte Magdalena Widstrand und legte sich eine Hand auf den kahlen Kopf.

»Waren Sie eng befreundet?«

»Wir kannten uns erst seit ein paar Jahren, aber wir waren gute Freunde. Wir haben uns immer prima verstanden.«

Überraschend war Freude aus ihrer Stimme herauszuhören, die jedoch schnell wieder gedämpft wurde.

»Was ist denn eigentlich passiert? Wie ist er gestorben?«

»Das darf ich Ihnen nicht sagen.«

Magdalena Widstrand strich die aufgekrempelten Ärmel ihres Jeanshemds glatt und sah aus dem Fenster.

»Waren Sie am Wochenende zu Hause?«

»Ja.«

»Ist Ihnen etwas aufgefallen?«

Magdalena Widstrand seufzte, erwiderte aber nichts darauf.

»Fremde Personen, Fahrzeuge oder Geräusche?«, sagte Sara, um ihr auf die Sprünge zu helfen.

Magdalena Widstrand schüttelte den Kopf.

»Und am Freitag?«

»Da habe ich gearbeitet.«

»Was machen Sie beruflich?«

»Ich bin Gymnasiallehrerin in Visby.«

Wenn sie mit der Frisur als Lehrerin arbeitete, war sie hart im Nehmen.

»Haben Sie Familie? War noch jemand hier?«

»Mann und ein Kind, aber die waren nicht zu Hause. Mein Mann unterrichtet an der Hochschule. Das Haus haben wir geerbt.«

Sie hatte den letzten Satz angehängt, als bedürfte es einer Erklärung, dass sich ein Lehrerehepaar ein Haus in Själsö leisten konnte.

»Wann sind Sie hier weggefahren?«

»Am Freitag?«

»Ja.«

»Gegen acht. Normalerweise muss ich früher los, aber freitags habe ich erst um zehn Unterricht.«

»Haben Sie das Haus als Letzte verlassen?«

»Ja. Mein Mann hat sich schon um halb acht auf den Weg gemacht und unterwegs Nelly abgesetzt.«

»Und Ihnen ist nichts Besonderes aufgefallen?«

»Nein. Da ich Richtung Visby fahre, komme ich ja gar nicht am Haus der Nordborgs vorbei.«

»Gar nichts? Denken Sie nach. Was haben Sie von dem Morgen noch im Kopf? Es kann auch ganz trivial sein.«

Magdalena Widstrand schloss die Augen und überlegte eine Weile.

»Bevor ich abbog, habe ich tatsächlich einen Blick zum Grundstück der Nordborgs geworfen, aber es war alles wie immer.«

»Wann haben Sie Michael Nordborg zuletzt gesehen?«

»Das weiß ich nicht genau. Es muss bei einem Abendessen vor ungefähr einem Monat gewesen sein. Camilla habe ich am Donnerstag getroffen. Sie erzählte mir, dass sie am Wochenende ihre Schwester in Stockholm besuchen wollte.«

»Hat sie noch was gesagt? Wirkte sie beunruhigt?«

»Das kann ich wirklich nicht behaupten. Sie schien sich auf ihre Schwester zu freuen.«

Magdalena Widstrand nestelte nervös an ihrer Kette aus schwarzen Holzkugeln. »Das ist doch verrückt. Im eigenen Haus ermordet. Hier in Själsö.«

»Wissen Sie, ob er Feinde hatte? Personen, die möglicherweise die Absicht hatten, ihm Schaden zuzufügen?«

Widstrand holte tief Luft und zog die Schultern hoch. »Es gab viel Wirbel um diese Sache mit Finkalk. Feinde hat er gewissermaßen schon. Es ging hart zur Sache, Demonstrationen, Kundgebungen, Besetzungen und so weiter. Aber da kann doch kein Zusammenhang bestehen. Wegen so etwas bringt man niemanden um. Es ist ja nicht Michaels Firma. Da könnten sie auch gleich die Arbeiter da oben erschlagen.«

Langsam ließ Magdalena Widstrand die Schultern wieder sinken und lehnte sich zurück.

»Das ist völliger Wahnsinn. Es wird doch wohl keiner von diesen Müsliessern gewesen sein, oder?«

Müsliesser, dachte Sara, das klang so friedlich. Nach einer Truppe von Leuten mit Rucksäcken und langen Bärten, die zum Frühstück Tannennadeln aßen. Aber sie wusste es besser.

11

Fredrik ging zurück zum Haus. Er wollte die Vernehmung von Camilla Nordborg so schnell wie möglich fortsetzen, ihr aber auch die Gelegenheit geben, vorher in Ruhe bei ihrem Bruder anzukommen.

Vor Michael Nordborgs Leiche blieb er stehen. Eva Karlén war dabei, den Fußboden rings um den Toten zu staubsaugen.

»Kannst du schon etwas über die Todesursache sagen?«, fragte er.

Sie schaltete den Staubsauger ab und strich sich mit dem Ärmel ihres Overalls einen Schweißtropfen von der Augenbraue.

»Es gibt keine äußeren Anzeichen von tödlicher Gewalt. Er wurde nicht erstickt oder erwürgt. Möglicherweise …« Schweigend betrachtete sie den Mann im Liegestuhl und setzte mit nahezu unhörbarem Seufzen hinzu: »… hat der enorme Stress einen Schlaganfall oder einen Herzinfarkt hervorgerufen. Aber das ist nur eine vage Vermutung.«

Siebenundvierzig Jahre alt und allem Anschein nach körperlich in guter Verfassung. Möglich, aber nicht sehr wahrscheinlich.

Gustav kam die Treppe herunter.

»Da oben hängt ein Werk von Jockum Nordström«, sagte er. »Ist das nicht ein Vermögen wert?«

»Ich glaube schon«, antwortete Fredrik.

Er hatte in der Zeitung gelesen, dass der Künstler sich irgendwo im Norden von Gotland niedergelassen hatte.

»Einige Millionen Kronen«, sagte Eva. »Nordborg muss es zu einem guten Zeitpunkt gekauft haben, denn so dicke hatte er es doch auch wieder nicht.«

»Jedenfalls nicht, soweit uns bekannt ist«, erwiderte Fredrik.

Er warf einen Seitenblick in Nordborgs Richtung. Eva arbeitete ruhig und systematisch weiter, während Nordborgs stummes Gesicht seinen Schmerz in den großen Raum hinausatmete.

»Wir fahren zu Edman«, erklärte Fredrik.

Gustav nickte und wartete an der Tür auf ihn.

»Wenn da oben so ein kostbares Gemälde hängt, war es kein Raubüberfall.«

»Oder der Einbrecher hatte keinen Riecher für Kunst«, erwiderte Fredrik.

Thomas Edman wohnte gleich südlich der Stadtmauer in einer Villa aus den Zwanzigerjahren, die mit einem neuen Blechdach versehen war. Ein Plattenweg schlängelte sich zum Eingang. Fredrik klingelte.

»Ja?«, sagte Thomas Edman, nachdem er geöffnet hatte, als wäre ihm ein Rätsel, was sie hier wollten.

»Wie geht es Ihrer Schwester?«, fragte Fredrik. »Wir müssen ihr ein paar Fragen stellen.«

Camillas Bruder sah ihn verwundert, fast abschätzig an. Fredrik hatte es bereits als Erniedrigung empfunden, erneut erklären zu müssen, was Edman bereits wusste, und als er dessen angewiderte Miene sah, war er zunehmend verärgert.

»Ich halte den Zeitpunkt für ungünstig«, erklärte Thomas Edman.

»Könnten wir sie vielleicht trotzdem sprechen?«, fragte Gustav.

Sie traten ein, ohne eine Antwort abzuwarten. Edman schnaubte.

»Es geht ihr überhaupt nicht gut. Meiner Ansicht nach sollten Sie mit Ihren Fragen noch warten. Ich habe einen Arzt gerufen.«

»Hat sie sich hingelegt?«, wollte Fredrik wissen.

»Ja.«

Da Edman sich zwischen sie und die Treppe gestellt hatte, befand sie sich wahrscheinlich im Obergeschoss. Er verlagerte sein Gewicht von einem Fuß auf den anderen und wieder zurück, als wäre er bereit, sie aufzuhalten, falls sie versuchen sollten, an ihm vorbeizukommen.

»Wir könnten doch abwarten, was der Arzt sagt«, schlug Gustav vor.

Edman seufzte, aber er widersprach nicht.

»In der Zwischenzeit würden wir Sie gerne ein paar Dinge fragen«, sagte Fredrik.

Wieder der erstaunte Blick.

»Können wir uns irgendwo setzen?«

Ohne weitere Proteste führte Edman sie weiter ins Haus hinein. Vielleicht hatte er das Gefühl, seine Schwester zu schützen, indem er sich selbst der Befragung aussetzte.

Ins angrenzende Eckzimmer, einer Art Bibliothek oder Salon, strömte das Licht durch zwei große Fenster herein. Die Männer setzten sich an einen großen Tisch, auf dem eine weiße Tischdecke lag.

»Ich nehme an, Sie sind über Michaels Leben gut informiert. Sie und Camilla scheinen sich ja recht nahezustehen«, begann Fredrik.

»Stimmt«, gab Edman zu, »das eine oder andere ist mir bekannt.«

»Fällt Ihnen jemand ein, der ihm möglicherweise Schaden zufügen wollte?«

»Schaden?«, fragte Edman aufgebracht. »Er ist doch tot. Ermordet.«

»Das ist wahr«, sagte Fredrik vorsichtig. »Die Person, die das getan hat, könnte ihn in der festen Absicht aufgesucht haben, ihn zu töten, war aber möglicherweise auch nur darauf aus, ihm einen Schrecken einzujagen. Vielleicht hat das Ganze schlimmer geendet als geplant.«

Edman sah Fredrik an, als hätte er den Verstand verloren.

»Sie klingen, als wären Sie der Anwalt des Mörders.«

»Das hoffe ich nicht«, sagte Fredrik, »aber ich möchte Sie bitten, sich nicht nur auf einen potenziellen Mörder zu versteifen, wenn Sie darüber nachdenken, ob es in seiner privaten oder beruflichen Umgebung jemanden gegeben haben könnte, der es auf ihn abgesehen hatte.«

»Okay. Ich verstehe, was Sie meinen.« Edman wandte sein Gesicht der Sonne zu und blinzelte. »Da war diese Sache mit der neuen Grube von Finkalk. Das ganze Drumherum. Michael wurde bedroht.«

»Sie wussten von den Drohungen?«
»Ja.«
»Warum hat er keine Anzeige erstattet?«
Edman lehnte sich über den Tisch. »Ich habe es ihm geraten, aber er … na ja, er schien der Frage irgendwie auszuweichen. Sinngemäß hat er gesagt, er wolle die Sache in Abstimmung mit der Unternehmensleitung regeln. Da müssen Sie diese Leute fragen.«
»Wie sah sein Bekanntenkreis aus?«, fragte Gustav.
»Michael hatte unheimlich viele Freunde.« Edmans Stimme kippte. »Und eine unüberschaubare Schar von Bekannten, muss man wohl hinzufügen. Ich nehme an, in seinem Job hat man die Aufgabe, Kontakte zu knüpfen. Er und Camilla waren ständig zu irgendwelchen Unternehmensevents, aber auch zu privaten Feiern eingeladen.«
Während der Formulierung des kleinen Nachrufs war hinter der gefassten Oberfläche des Schwagers ein Hauch von Trauer hervorgeblitzt, aber da war noch etwas. Fredrik war sich nicht sicher, ob es Stolz oder Neid war.
»Wenn Sie sich auf einen engeren Kreis beschränken«, schlug er vor. »Die Leute, die er wirklich gut kannte oder oft sah.«
Edman ließ seine Hände auf dem Tisch liegen. »Sie treffen sich häufig mit den Nachbarn. Von den meisten kenne ich nur die Vornamen. Erik und seine Frau Mia, Peter, der ist alleinstehend, aber all diese Dinge weiß natürlich …«
Edman verstummte. All das wusste natürlich Camilla am besten, dachte Fredrik. Er hatte das Gefühl, dass sie mit Thomas Edman ihre Zeit vergeudeten. Falls sie wirklich nicht mit Camilla sprechen konnten, sollten sie sich besser auf Nordborgs Arbeitsplatz konzentrieren. Alles schien in diese Richtung zu weisen: die Proteste gegen die neue Grube in Ojnare, die Drohungen.
»Eine letzte Frage. Hat Michael außer den Drohungen noch irgendwas erwähnt, das ihm Sorgen bereitete?«
»Nein. Jedenfalls nicht, soweit ich mich erinnern kann. Er hat meistens über seine Arbeit geredet, wie Sie sich denken können.«
»Und Camilla? Hat sie etwas erwähnt?«

»Vor einiger Zeit hat sie etwas von einem Auto erzählt«, sagte Edman zögerlich.

»Was war da?«

»Sie hatte vor ihrem Haus einen Wagen gesehen, den sie nicht kannte. Richtig, so war das.«

»Und das war alles?«, bohrte Fredrik weiter. »Dass hin und wieder ein fremdes Auto vorbeikommt, ist doch an sich nichts Besonderes.«

»Es ist ein kleines Wohngebiet ohne viel Verkehr.«

Vielleicht hatte Edman recht. Ein fremder Wagen fiel dort mehr auf als in der Stadt oder in einem Wohnviertel mit Durchgangsverkehr.

»Das Auto war ihr während einiger Tage mehrmals aufgefallen«, fügte Edman hinzu. »Wahrscheinlich deshalb.«

»Wie sah es aus?«

»Das weiß ich nicht.«

Fredrik beschloss, dass es Zeit war zu gehen. Sie verschwendeten hier wirklich ihre Zeit.

»Ich rufe vorher an«, sagte er, »aber wir kommen auf jeden Fall in ein paar Stunden wieder. Wir müssen so bald wie möglich mit Ihrer Schwester sprechen.«

Als sie die Tür hinter sich zugemacht hatten, sahen sie einen Mann in Jeans und abgewetzter Jeansjacke, der eine schwarze Tasche in der Hand hielt und ihnen eilig auf dem Plattenweg entgegenkam. Er hatte dunkles, fast schulterlanges Haar, das er sich hinter die Ohren gestrichen hatte, und wirkte unrasiert. Während er an ihnen vorbeikam, musterte er sie mit seinen braunen Augen. Aus der Entfernung hatte er aufgrund der jugendlichen Frisur und des schwungvollen Gangs wie ein Dreißigjähriger ausgesehen, aber nun stellte Fredrik fest, dass sie vermutlich gleichaltrig waren.

Doch nicht das Alter, sondern die Tasche machte ihn stutzig.

»Sind Sie der Arzt?«, fragte er den Mann, der inzwischen fast die Tür erreicht hatte.

Er drehte sich um und hielt sich die Tasche vor die Brust. »Ja, wieso?«

Fredrik stellte sich vor.

»Andreas Fischer«, sagte der Arzt.

»Wir müssen Camilla Nordborg im Laufe des Abends kurz vernehmen«, erklärte Fredrik, »und ich wäre Ihnen dankbar, wenn Sie ihr kein starkes Schlafmittel verabreichen oder sie zumindest bitten würden, es erst nach unserem Besuch einzunehmen.«

»Ich behalte das im Hinterkopf«, sagte Andreas Fischer, »aber in erster Linie bin ich für das Wohl der Patientin verantwortlich.«

12

»Getötet? Was soll das heißen?«

Peter Malms Augen wanderten rastlos hin und her, und er stemmte sich gegen die Armlehnen seines Stuhls.

Ove hatte Peter Malm draußen im Garten entdeckt und vorgeschlagen, dass sie sich auf die Terrasse setzten. Peter Malm war Nordborgs direkter Nachbar. Er war etwas untersetzt, sein Haar war ergraut und am Scheitel dünn geworden. In der Brusttasche seines hellgrünen Hemds steckte eine Lesebrille.

»Sie waren eng befreundet?«, fragte Ove.

»Eng?«, wiederholte Peter Malm.

Suchend sah er zu Nordborgs Haus hinüber. Sein Blick war leer, er hatte etwas Verlorenes an sich. Der verwilderte Garten war voller Tulpen, die in unterschiedlichen Farbkombinationen büschelweise aus dem Rasen ragten. Die Kronen der Apfelbäume bildeten ein Meer aus rosa Blüten.

Ein idyllischer Rahmen für eine Vernehmung in einem Mordfall.

»Ja, vielleicht«, fuhr er fort, als hätte er noch nie darüber nachgedacht. »Wir haben uns oft gesehen. Über den Gartenzaun sozusagen.«

Er grinste freudlos und machte eine Handbewegung, die offenbar eine Art Gegenseitigkeit signalisieren sollte. Auch Ove blickte zu Nordborgs Haus hinüber. Da er keinen Zaun entdecken konnte, nahm er an, dass Malm es im übertragenen Sinne gemeint hatte.

»Wie geht es Camilla?«, erkundigte sich Malm.

»Sie ist bei Verwandten«, antwortete Ove neutral.

Peter Malms Kiefer bewegten sich. Ove wartete. Als er Malms schlecht gebügeltes Hemd sah, empfand er eine gewisse Sympathie mit dem Mann. Er war selbst kein Meister im Bügeln, auch wenn seine Frau das nicht akzeptieren wollte. Ständig hackte sie auf ihm herum. Wie könne ein Mann, den man mit der Aufklärung eines Mordfalls betraute, nicht in der Lage sein, sein eigenes Hemd zu bügeln? Aus irgendeinem feministischen Eifer heraus hatte sie sich geweigert, ihm zu helfen, bis er gelobte, sich um die gesamte Wäsche zu kümmern, wenn sie das Bügeln übernahm.

Malm schluckte schwer. »Ich habe etwas gehört«, sagte er dann, und der Ernst in seiner Stimme überschattete für einen Moment die Unruhe in seinem Blick. »Ich bin mir nicht sicher, aber manchmal ist man plötzlich der festen Überzeugung, dass etwas passiert ist.«

»Was haben Sie gehört?«, fragte Ove.

»Einen Schrei.« Malm sah Ove an. Vielleicht rechnete er mit einer Reaktion. Als keine kam, fuhr er fort: »Im ersten Moment dachte ich, es wäre ein Tier. Ich saß genau hier, als es passierte. Obwohl ich vermutete, ein Tier hätte das Geräusch verursacht, bekam ich Angst. Ich sprang auf und lauschte, aber es blieb still.«

»Wie klang es?«

»Schwer zu beschreiben. Es war ein kurzer Schrei, laut, aber trotzdem gedämpft. Vielleicht aufgrund der Entfernung. Zuerst glaubte ich, es wäre ein Fasan, aber um von einem Vogel zu stammen, erinnerte er zu stark an einen menschlichen Schrei. Zu diesem Schluss bin ich jedenfalls gekommen. Und dann war ich mir immer sicherer, dass es tatsächlich ein Mensch gewesen sein musste.«

»Aus welcher Richtung kam der Schrei?«

»Von da drüben irgendwo.«

Peter Malm deutete mit seinem Arm einen Halbkreis an. Die Bewegung war alles andere als exakt, zeigte jedoch in Nordborgs Richtung.

»Und wann haben Sie den Schrei gehört?«

»Das war am Freitag gegen elf. Irgendwann zwischen elf und zwölf.«

»Was die Uhrzeit angeht, sind Sie sich sicher?«

»Ja.«

Eine laue Brise brachte einen starken Tulpenduft mit.

»Ich dachte wirklich, es wäre ein Mensch gewesen«, sagte Malm. »Wenn ich gehört hätte, woher er gekommen war, hätte ich vielleicht etwas tun können. Hätte ich gewusst, dass es Michael war … Vielleicht hätte ich verhindern können, dass er …«

»Über solche Dinge sollte man nicht zu viel nachdenken«, entgegnete Ove. »Sie haben ja zunächst geglaubt, es wäre ein Tier.«

»Das stimmt natürlich.«

Mit leicht zitternder Hand strich er sich die Haare aus der Stirn. Er schien über Oves Worte nachzudenken, wirkte aber nicht ganz überzeugt.

»Wieso waren Sie eigentlich zu Hause?«, fragte Ove. »Hatten Sie frei?«

»Nein, ich habe von zu Hause aus gearbeitet. Das mache ich ein paar Tage in der Woche.«

»Und es war sonst niemand hier? Außer Ihnen hat keiner das Geräusch gehört?«

»Nein, nur ich. Ich lebe alleine.«

Das hatte Ove bereits vermutet. Nicht wegen des knittrigen Hemds. Es gab einen anderen Grund, den er nicht benennen konnte, obwohl er ebenso deutlich wahrnehmbar war wie Mundgeruch.

»Ist Ihnen zu dem Zeitpunkt noch etwas aufgefallen?«

»Nein. Soweit ich mich erinnern kann, nicht.«

Peter Malm überlegte kurz.

»Jedenfalls nichts Erwähnenswertes.«

»Sie meinen, da war doch etwas, aber es erscheint Ihnen trivial?«

»Der Postbote war hier. Er kommt immer gegen elf. Aber das war alles.«

Ove notierte sich, dass er sich bei der Post erkundigen musste, welcher Zusteller für diese Gegend zuständig war.

»Wann hatten Sie zuletzt Kontakt mit Michael Nordborg?«

»Das muss am Mittwoch gewesen sein.«

»Wie hat er da auf Sie gewirkt?«

»Er war wie immer«, sagte Malm mit zitternder Stimme, »genau wie immer.«

Offenbar verwirrte es ihn, dass Nordborg offenbar nicht geahnt hatte, wie wenig Zeit ihm noch blieb.

»Worüber haben Sie gesprochen?«

»Ach, nichts Besonderes. Über etwas, das in der Zeitung stand, und über unsere Pläne fürs Wochenende. Er sagte, in der Firma werde es allmählich ruhiger.«

»Hat er denn etwas Konkretes zu seinen Wochenendplänen gesagt?«

»Nein. Ich fragte ihn, ob er bei gutem Wetter mit nach Kronholmen wolle.«

»Zum Golfen?«

»Ja.«

»Und?«

»Er sagte, er werde sich melden, weil er nicht wisse, ob er Zeit habe. Ich fand das ein wenig seltsam, weil Camilla am Wochenende verreisen wollte und er ja angeblich nicht mehr so viel zu tun hatte. Ich habe aber nicht nachgehakt, weil er vielleicht einfach keine Lust hatte.«

»Sie haben ihn nicht noch einmal gefragt?«

»Nein.«

Peter Malm zog seine Brille aus der Brusttasche und fummelte daran herum, setzte sie aber nicht auf. Angespannt blickte er zu Nordborgs Haus hinüber.

Ove ging auf, dass hinter dem, was er zunächst als Trauer oder Schock interpretiert hatte, etwas ganz anderes steckte. Peter Malm hatte Angst.

13

Während der Fahrt nach Storugns, wo Finkalk seinen Hauptsitz hatte, fasste Fredrik in Gedanken zusammen, was sie bis jetzt wussten.

Michael Nordborg war alleine im Haus gewesen. Seine Frau war übers Wochenende verreist. Er hatte Drohungen erhalten. Der neue Kalkbruch von Finkalk erhitzte die Gemüter, zumal das Unternehmen schon vor der endgültigen Entscheidung des Umweltgerichts mit der Abholzung des Waldes begonnen hatte. Da das Umweltgericht zum Thema Wald keine Stellung beziehen würde, konnte niemand Finkalk daran hindern, die Bäume zu fällen, auch wenn der Kalkabbau vielleicht noch gestoppt werden würde. So argumentierte jedenfalls das Unternehmen.

Um die Demonstranten aus dem Ojnarewald zu vertreiben, hatte die Polizei Gotland Verstärkung vom Festland angefordert. Mit der Fähre waren noch einmal so viele Beamte gekommen, wie für die gotländische Behörde tätig waren.

»Weißt du über diese Finkalkgeschichte Bescheid?«, fragte er seinen Kollegen.

»Geht so«, antwortete Gustav. »Soweit ich verstanden habe, geht es bei der Argumentation um Wald und Grundwasser kontra Arbeitsplätze und Industrie. Allerdings gehen die Angaben bezüglich der Anzahl der Arbeitsplätze weit auseinander.«

»Dann sind wir ungefähr auf dem gleichen Stand«, bemerkte Fredrik.

Die eine Seite sah den Kalkbruch im Kontext der Zementindustrie auf der Insel und behauptete, diese wäre bedroht, falls der Abbau gestoppt würde. Die Gegner führten ins Feld, dass der von Finkalk abgebaute Kalk für den Export bestimmt sei, nicht viele Arbeitsplätze erzeuge und für die Wirtschaft in der Region nur von geringer Bedeutung sei.

Der Konflikt hatte nicht nur Familien gespalten, in denen sich Landwirte und Angestellte bei Finkalk gegenüberstanden, sondern auch Parteien, ja, er hatte sogar für Unruhe innerhalb der Polizei gesorgt. Einige Kollegen weigerten sich, in den Norden der Insel zu fahren und Demonstranten abzuschleppen. Das war eindeutig ein Verstoß gegen die Dienstvorschriften, aber da es sich nur um wenige Kollegen handelte, hatte die Leitung der Einfachheit halber Gnade vor Recht ergehen lassen und dafür gesorgt, dass die Betroffenen anderweitig beschäftigt waren, wenn die Einsätze in Ojnare stattfanden.

»Zum Glück müssen wir nur Nordborgs Mörder finden und brauchen nicht dieser ganzen Scheiße auf den Grund zu gehen«, sagte Gustav, als sie sich Storugns näherten.

Der Hauptsitz des Unternehmens befand sich fünf Kilometer nördlich von Kappelshamn in den firmeneigenen Hafenanlagen. Das Gebiet, um das so erbittert gestritten wurde, lag noch zehn Kilometer weiter nordöstlich.

Sie passierten ein Schild mit dem Firmenlogo und mehrere Warnschilder. Kurz darauf befanden sie sich in einer tristen Landschaft aus grauen Kalkhaufen, die von Transportbändern auf hohen Pfeilern verbunden wurden. Gelbe Lastwagen tuckerten zwischen dem Hafen, den Kalkhaufen und dem Kalkofen hin und her, der neben einem Betonsilo in die Höhe ragte.

Fredrik parkte vor einem zweistöckigen Backsteingebäude. »Wir glauben an Gotland«, verkündete die Fassade.

»Jesus liebt dich«, sagte Gustav.

»Stimmt, klingt fast ein bisschen religiös.«

An der Rezeption kam ihnen ein dunkelhaariger Mann entgegen, der etwa zehn Jahre jünger und zehn Zentimeter kleiner als Fredrik war. Er hinkte mit dem rechten Bein und ging beim Gehen leicht in die Knie.

»Paul Klingemann«, begrüßte er sie in ausgeprägtem gotländischem Dialekt. »Ich bin der Sicherheitsbeauftragte von Finkalk.«

Obwohl ein Sicherheitsbeauftragter für ein Unternehmen wie Finkalk selbstverständlich war, nahm Fredrik an, dass sein Aufgabenfeld in der letzten Zeit etwas anders als sonst ausgesehen hatte.

»Es ist furchtbar«, fuhr Klingemann fort, sobald Fredrik und Gustav sich vorgestellt hatten. »Man kann es kaum glauben.«

Er schüttelte den Kopf und forderte sie auf, ihm zu folgen.

»Haben Sie eine Ahnung, wer das getan haben könnte?«, fragte er, ohne sich umzudrehen.

»Dafür ist es ein wenig zu früh«, erwiderte Fredrik.

Klingemanns geräumiges Büro war mit etwas älteren Teakholzmöbeln eingerichtet und bot eine schöne Aussicht auf die Bucht. Am Kai lag ein rostiges Schiff. »Botnia«, las Fredrik am Heck.

Sie ließen sich in einer Sitzecke aus Teaksesseln nieder. Die dünnen Polster waren mit grobem sandfarbenem Stoff bezogen. Klingemann schob einen Aschenbecher zur Seite, in dem ein zusammengeknülltes Kaugummipapier lag, und sah sie ernst an.

»Womit kann ich Ihnen dienen?«

Fredrik antwortete mit einer Gegenfrage: »Wie lange hat Nordborg hier gearbeitet?«

»Zweieinhalb Jahre.«

»Und in letzter Zeit wehte ihm ein ziemlich scharfer Wind ins Gesicht.«

»Das kann man so sagen.« Paul Klingemanns dunkle Stimme füllte den gesamten Raum.

»Wie war er als Kollege?«

»Er wurde geschätzt, weil er soziale Kompetenz hatte und intelligent war. Mit dieser kniffligen Situation ging er unheimlich geschickt um.«

Klingemann kreuzte die Beine, legte sich die geflochtenen Hände um die Knie und lächelte zaghaft.

»Wann haben Sie ihn zuletzt gesehen?«

»Am Donnerstag. Gegen fünf, glaube ich. Am Freitag hatte er frei.«

»Aus einem bestimmten Grund?«, fragte Fredrik.

»Nicht dass ich wüsste, er brauchte wahrscheinlich einfach mal ein langes Wochenende. Die letzten Wochen waren hart für ihn, für uns alle eigentlich.«

»Und heute? Haben Sie ihn heute Morgen nicht vermisst?«

Klingemann seufzte, als hätte Fredrik ihm einen Vorwurf gemacht.

»Michael hat recht frei gearbeitet. Er saß nicht den ganzen Tag im Büro.«

»Er soll Drohungen erhalten haben. Stimmt das?«, fragte Fredrik.

In Paul Klingemanns Augen blitzte es. Bevor er antwortete, räusperte er sich hinter vorgehaltener Hand. »Ach, davon wissen Sie also schon. Das … nun … das ist richtig.«

»Sie hatten nicht vor, Anzeige zu erstatten?«

Klingemanns Augen weiteten sich ein wenig, und er nickte nachdenklich. »Wir haben es in Erwägung gezogen, uns dann aber gegen eine Anzeige entschieden, zumindest vorerst. Natürlich wurde dieser Beschluss gemeinsam mit Michael gefasst.«

»Was hat Sie zu dieser Entscheidung veranlasst?«, wollte Fredrik wissen.

Klingemanns Gesicht lag im Gegenlicht, aber seine besorgte Miene war nicht zu übersehen. »Wie Sie sich vielleicht vorstellen können, haben die Diskussionen über unsere neue Kalkgrube im Ojnarewald in der Bevölkerung einige Reaktionen hervorgerufen.«

Das war eine sehr diplomatische Beschreibung.

»In der Flut von Meinungsäußerungen, die uns – vor allem per E-Mail – erreicht haben, ließen sich Beschimpfungen und Zuspitzungen kaum von echten Drohungen unterscheiden.«

»Aha«, sagte Gustav, der auf dem Sofa an der Wand saß, »ist das wirklich so schwierig?«

Klingemann lächelte entschuldigend. »Die Flut von Zuschriften auch nur zur Kenntnis zu nehmen, hat uns fast an die Grenzen unserer Belastbarkeit gebracht. Es ist heutzutage so leicht, eine anonyme E-Mail zu verschicken, und einige Leute scheinen das als geeignete Methode zu betrachten, um uns mit Protest zu überschütten. Unser Server ist mehrmals zusammengebrochen. Außerdem haben wir uns gegen eine Anzeige entschieden, um nicht noch mehr Aufmerksamkeit auf uns zu ziehen. Zumindest im Moment.«

»Ich hatte aber den Eindruck, dass es um konkrete Drohungen ging, oder habe ich das missverstanden?«

Fredrik hatte allmählich genug von Klingemanns umständlichen Ausführungen, mit denen er vermutlich nur seine eigenen, womöglich nicht so klugen Beschlüsse rechtfertigen wollte.

Klingemann verstummte vorübergehend. Auf der gegenüberliegenden Seite der Bucht wendete ein Auto und fuhr langsam davon.

»Nein, es gab tatsächlich E-Mails, die sich direkt an Michael Nordborg richteten, und Briefe, die an die Firma adressiert waren.«

»Alle anonym?«

»Ja, aber wir haben Nachforschungen angestellt und mithilfe der IP-Adressen die Namen einiger Absender ermittelt. Die Namen von Personen, die sich extrem hasserfüllt und brutal ausdrückten, haben wir gesammelt, auch wenn ihre Botschaften nicht unbedingt Drohungen enthielten. Wir wissen, welche der Akteure am militantesten und kompromisslosesten sind. Dieses Material können Sie natürlich einsehen.«

Fredrik tauschte einen hastigen Blick mit Gustav. Anstatt Anzeige zu erstatten, hatte man selbst polizeiliche Ermittlungen angestellt.

»Können Sie uns für das, was Sie als konkrete Drohung einschätzen, vielleicht ein Beispiel nennen?«, fragte Gustav.

»Auswendig weiß ich nichts, aber …«

Mühsam erhob sich Klingemann aus dem niedrigen Sessel, ging quer durch den Raum zu einem schwarzen Metallschrank, schloss ihn auf und holte einen Kunststoffhefter heraus. Eine Weile blätterte er darin.

»›Wenn das Volk die Macht übernommen hat, werden solche wie du an den Laternenpfählen hängen.‹ Das war direkt an Michael adressiert.« Klingemann zuckte die Achseln. »Aber ist das nicht so ein typisches Klischee von Revolutionären?«

Wenn man das Aufhängen von Menschen an Laternenpfählen als Klischee betrachten wollte, hatte er natürlich recht, dachte Fredrik, verstand aber, was Klingemann meinte. Solche Äußerungen brauchte man vielleicht nicht ernst zu nehmen.

»›Wenn der Wald stirbt, sterben Magnusson und Nordborg mit ihm‹«, zitierte Klingemann weiter. »Per Magnusson ist unser Geschäftsführer. Diese E-Mail ging an unsere Info-Adresse.«

Er suchte noch ein Blatt aus der Mappe heraus.

»Das hier ist ein normaler Brief. Aus nachvollziehbaren Gründen ohne Absender.«

Als Fredrik sah, wie nachlässig der Sicherheitsbeauftragte von Finkalk mit dem Papier umging, hoffte er, dass es eine Fotokopie war.

»›Du denkst, in deinem schönen Haus mit dem neuen Swimmingpool wärst du sicher, aber eines Tages, wenn du überhaupt nicht damit rechnest und dich gemütlich in deinem eigenen Glanz sonnst, dann kommen wir. Dann haben wir dich.‹«

14

Das Schloss von Johanna Wrangels Wohnungstür gehörte eher zu der älteren und einfacheren Sorte. Der nicht besonders stabile Zylinder brauchte nur um neunzig Grad gedreht werden, um den Kolben zu verschieben. Hätte ein Nachbar zufällig durch den Spion geschaut, hätte er nur einen Mann in dunkler Kapuzenjacke bemerkt, der mit einem Schlüssel die Tür öffnete. So schnell ging das, wenn man geschickt war und wusste, wie es ging.

Er zog die Tür hinter sich zu. Dabei hatte er dieselbe Papierserviette über die Klinke gelegt, die er benutzt hatte, als er die Tür von außen geöffnet hatte. Praktischerweise lagen direkt hinter der Wohnungstür Werbeprospekte, auf die er sich stellte, während er sich die Schuhschützer überstreifte. Er zog Handschuhe an und band sich einen Mundschutz um, bevor er die Reklame zusammenfaltete und in eine seiner Jackentaschen steckte.

Johanna Wrangel würde vermutlich frühestens in einer Stunde kommen, aber darauf durfte er sich nicht verlassen. Lautlos bewegte er sich in den zwei Zimmern und der Küche und orientierte sich schnell.

Das Schlafzimmer war klein und dunkel, die geräumige Küche blitzend neu. Er blieb einen Augenblick stehen und musterte die schlichten Küchenschränke und die sauberen Arbeitsflächen. Der Stil erinnerte an das große Haus mit dem Schwimmbecken. Eine kostspielige Schlichtheit, ein kaschierter Luxus.

Er ertappte sich dabei, wie er die Zähne zusammenbiss, und holte dreimal tief Luft, um einen kühlen Kopf zu bewahren, bevor er von der Küche zum Wohnzimmer am anderen Ende der Wohnung ging. Es war kaum größer als die Küche, hatte aber einen Blick auf eine Kirchenruine, die die gegenüberliegende Häuserzeile überragte. Die Fenster der anderen Zimmer gingen auf einen Innenhof hinaus und konnten von den nur sechs Meter entfernten Nachbarn eingesehen werden.

Er versuchte, sich vorzustellen, was Johanna Wrangel tun würde, wenn sie nach Hause kam. War sie hungrig und ging gleich in die Küche, oder zog sie sich zuerst um? Vermutlich war sie bei der Arbeit schick gekleidet und schlüpfte zu Hause gerne in etwas Bequemeres. Oder würde sie direkt ins Wohnzimmer gehen und die Nachrichten einschalten? Politiker gehörten zu den Leuten, die manisch die Nachrichten verfolgten. Aber es kam darauf an, wann sie nach Hause kam.

Das Wohnzimmer war gut, weil es von außen nicht einsehbar war. Ins Schlafzimmer konnten zwar die Nachbarn gucken, aber auch nur auf das Bett, und solange es draußen hell war, gab es dort eigentlich nicht viel zu sehen.

Er entschied sich für das Schlafzimmer. Das große Bett mit der weißen Tagesdecke stand links. An der rechten Wand stand ein Kleiderschrank. Gleich links auf einem weißen Stuhl lagen eine dünne Bluse und eine Strumpfhose. Nachdem er die Glühbirne aus der Fassung der Deckenlampe geschraubt hatte, fegte er die Kleidungsstücke auf den Fußboden und setzte sich, um zu warten.

Das Schlafzimmer war eine gute Wahl. Er konnte sie überraschen, wenn sie nach dem Lichtschalter tastete, ihren Arm packen und sie mit einer einzigen Bewegung aufs Bett drücken. Bevor sie begriffen hatte, was los war, würde es vorbei sein.

Es fragte sich nur, ob er wirklich wollte, dass es so schnell ging.

15

Obwohl es schon auf sieben Uhr zuging, war es hell draußen. Der Frühsommertag würde erst nach zehn einer blassen Nacht weichen.

»Ich begreife nicht, warum sie keine Anzeige erstattet haben«, sagte Fredrik auf der Fahrt zurück nach Visby. »Hat Finkalk die Drohungen wirklich nicht ernst genommen?«

Als sie aus dem Wald herauskamen, glitzerte links von der Straße der See Tingstäde träsk durch eine Baumreihe hindurch.

»Wahrscheinlich wollten sie die Sache nicht an die große Glocke hängen, das hat er doch auch gesagt«, erwiderte Gustav.

»Aber sie hätten doch einen Vorteil daraus ziehen können. Die Gegner werden dadurch in dieselbe Ecke gerückt wie militante Irre.«

Hinter Tingstäde gab Fredrik Gas, um Zeit zu gewinnen und möglichst noch mit Camilla Nordborg zu sprechen, bevor sie so viele Beruhigungstabletten intus hatte, dass man kein vernünftiges Wort mehr aus ihr herausbekam.

»Der Brief stimmt jedenfalls beängstigend genau mit der Wirklichkeit überein«, sagte Gustav.

Er war am 27. April abgestempelt, das lag drei Wochen zurück.

»Es scheint, als hätten Michael Nordborg und seine Frau die

Drohungen nicht auf die leichte Schulter genommen – ganz im Gegensatz zu Finkalk. Auch wenn sie auf Wunsch des Unternehmens keine Anzeige erstattet haben.«

»Tja«, seufzte Gustav. »Im Unternehmen sieht man die Sache jetzt wahrscheinlich auch mit anderen Augen. Aber wer sich nach der Lektüre dieses Briefs noch an seinem Pool sonnt, dürfte nicht allzu verängstigt gewesen sein.«

»Vielleicht hat sich Camilla Nordborg mehr Sorgen gemacht als ihr Mann«, sagte Fredrik.

Auch diesmal öffnete ihnen Thomas Edman.

»Ach, Sie sind wieder da?«

Das habe ich doch angekündigt, dachte Fredrik und erinnerte sich dann, dass er versprochen hatte, vorher anzurufen.

»Wir müssen mit Camilla sprechen«, erklärte er. »Zumindest sollten wir es versuchen. Es geht nur um einige wenige Fragen.«

»Dazu ist sie momentan nicht in der Lage, fürchte ich.«

»Ich werde mich garantiert kurzfassen.«

»Der Arzt …«

Camilla Nordborgs Bruder verstummte, als sich hinter ihm eine Tür öffnete, die schon einen Spalt offen gestanden hatte, und eine junge Frau herauskam.

»Sind Sie von der Polizei?«, fragte sie.

»Ja.«

Fredrik stellte sich und Gustav vor.

»Helena Nordborg.« Die Frau betrachtete sie mit höflichem Misstrauen.

Die Tochter hatte ähnlich dunkles und glattes Haar wie Camilla, war etwa gleich groß, sah ihr aber ansonsten nicht besonders ähnlich. Sie war blass und hatte offenbar geweint. Nachdem sie vom Todesfall erfahren hatte, musste sie direkt zum Flughafen gefahren sein.

»Sie wollen Camilla vernehmen«, erklärte Thomas Edman seiner Nichte.

Fredrik hatte das Wort Vernehmung bewusst vermieden, aber es hatte ihm offenbar nichts genützt.

»Soll ich sie holen?«, fragte Helena Nordborg.

»Nein. Andreas hat ihr ausdrücklich Ruhe verordnet.«

Andreas, das klang familiär. Der Arzt schien ein Freund zu sein.

»Vielleicht ist es ja wichtig?«

Fredrik sah eine Möglichkeit, die Tochter auf seine Seite zu ziehen und auf diese Weise den überbehütenden Bruder zu umgehen, als die Treppe knarrte und Camilla Nordborg herunterkam.

»Ich dachte, ich hätte etwas gehört.«

Sie artikulierte deutlich, klang aber gleichgültig.

»Ich habe ein paar Fragen an Sie, für die vorhin keine Zeit war«, sagte Fredrik.

»Dann sollten wir es hinter uns bringen.«

Camilla Nordborg blieb nicht einmal stehen, sondern ging direkt weiter in das Zimmer, in dem sie auch mit Thomas Edman gesessen hatten.

Die Glut hinterm Vorhang war zu einem Hauch von Rosa verblasst. Camilla Nordborg zog ihren Stuhl ganz nah an den Tisch heran und legte die Arme auf die weiße Tischdecke.

»Sie haben vorhin die Drohungen gegen Ihren Mann erwähnt«, begann er.

»Ja?«

Langsam strich sie sich mit der rechten Hand die Haare aus dem Gesicht und hielt sie im Nacken fest.

»Er hat nie Anzeige erstattet.«

In ihren glanzlosen Augen rührte sich etwas. »Ich war dafür. Ich habe ihm gesagt, dass er es tun soll.«

»Was hat er darauf geantwortet?«

»Er wollte lieber abwarten, weil die Polizei ohnehin nichts tun könne. Die Drohungen waren ja anonym.«

Träge drehte sie sich zum Fenster um, das sich in ihren Augäpfeln spiegelte. Zwei kleine Rechtecke aus Licht.

»War er besorgt?«

»Eher unangenehm berührt, würde ich sagen. Er sagte, es könne nichts passieren, aber vielleicht wollte er mich nur beruhigen.«

»Was war denn Ihr Eindruck?«

»Ich weiß nicht. Trotzdem fand ich, er sollte zur Polizei gehen. Doch er hat sich immer gefügt.«

»In was?«

»In das, was Finkalk gesagt hat. Ich weiß nicht, ob er Angst hatte, als illoyal zu gelten, wenn er zur Polizei gegangen wäre, oder ob er einfach dachte, er dürfte es gar nicht ohne Erlaubnis, weil die Drohungen ja an ihn als Angestellten der Firma gerichtet waren.«

»An Ihre private Adresse kamen keine Drohungen?«

Sie schüttelte den Kopf.

»Sind Ihnen andere merkwürdige Dinge aufgefallen?

»Nicht direkt. Wenn einen jemand bedroht, macht man sich natürlich Sorgen. Man achtet auf fremde Autos und Personen, die man nicht kennt. Allein das ist eine Plage.«

»Ihr Bruder sagte, Sie hätten ein Auto gesehen?«

»Ja. Beziehungsweise ich weiß es nicht genau.« Sie blickte zur Seite.

»Alles kann wichtig sein.«

Sie seufzte erneut. »Das ist mir schon klar«, sagte sie. »Es ist nur so, wie ich gesagt habe. Plötzlich ist alles von Bedeutung.«

Sie hielt sich die Finger an den Kopf, spreizte sie ab wie zehn davonjagende Gedanken und legte die Hände wieder auf den Tisch.

»Ich habe vor einem Monat ein Auto gesehen. Ein großes dunkelblaues Auto, eine Art Jeep. Es stand ein Stück entfernt an der Straße. Wer fährt denn dahin und parkt dort? Ich fand das irgendwie … mysteriös. Seltsam.«

»Saß jemand in dem Auto?«

»Das konnte ich nicht sehen.«

»Können Sie sich im Zusammenhang mit dem Wagen an noch etwas erinnern? Wissen Sie, an welchem Tag es war?«

Camilla Nordborg sah Fredrik müde an.

»Alle Drohungen hatten etwas mit Ojnare zu tun. Suchen Sie dort.«

»Das werden wir tun«, versicherte er ihr.

Im Zimmer nebenan hörte er die Stimmen von Thomas Edman und Gustav.

»Sie waren übers Wochenende verreist«, stellte er fest.

»Ja.«

»Um was zu tun?«

»Ich habe meine Schwester und meine Kinder besucht.«

»In Stockholm?«

»Ja.«

Die innere Beteiligung, die in ihrer Stimme zum Ausdruck gekommen war, als sie über die Drohungen gesprochen hatten, erlahmte wieder. Die Antworten bereiteten ihr sichtlich Mühe.

»Wann sind Sie in Visby losgefahren?«

»Ich habe die Fähre um sieben genommen.«

»Am Samstag?«

»Am Freitag«, korrigierte sie ihn.

»Am Freitagmorgen haben Sie Ihren Mann also zum letzten Mal gesehen?«

Nach langem Schweigen brachte Camilla Nordborg ein Ja heraus.

»Haben Sie am Wochenende telefoniert?«

»Ich habe ein paarmal angerufen, aber er ist nicht rangegangen.«

»Hat Sie das nicht beunruhigt?«

»Ich fand es schade, dass er nicht zurückgerufen hat, aber Sorgen habe ich mir nicht gemacht. Es war ein intensives Wochenende.«

Sachte zog sie ihre Fingernägel über das Tischtuch.

»War nie die Rede davon gewesen, dass er Sie begleiten könnte?«, wollte Fredrik wissen.

In ihren Augen erlosch das letzte bisschen Licht. Sie blickte zur Tür, stützte sich auf die Tischplatte und schien aufstehen zu wollen, sank aber wieder auf den Stuhl.

»Ich kann verstehen, dass es anstrengend für Sie ist, aber ich habe nicht mehr viele Fragen. Es wäre wirklich gut, wenn Sie noch ein Weilchen durchhalten würden.«

Sie blieb vollkommen reglos und gab durch nichts zu erkennen, ob sie einverstanden war oder nicht.

»Geht es noch?«, fragte er.

Immer noch keine Antwort, ihr Blick war starr auf die Struktur der weißen Tischdecke gerichtet.

»War vor Ihrer Abreise am Freitagmorgen alles wie immer?«

Sie sah ihn mit matten Augen an. »Er war so fröhlich. Er hat richtig gestrahlt.«

Camilla Nordborg hingegen wirkte stumpf und kraftlos wie ein Herbstblatt und schien in den vergangenen Stunden um zwanzig Jahre gealtert zu sein.

Sie richtete sich auf und machte zwei Schritte auf die Tür zu. Fredrik hörte sie flüstern: »Dieses Arschloch.«

Dann brach sie zusammen.

16

Der Schlüssel klemmte. Heute schien sich alles gegen sie verschworen zu haben. Johanna Wrangel knallte die Tür hinter sich zu und schleuderte die Pumps mit einer solchen Wucht von den Füßen, dass einer von ihnen in der Küche auf den Herd prallte und schließlich auf den französischen Zementfliesen landete.

Sie ging auf Strümpfen hinterher, holte ein Weinglas aus dem Schrank und füllte es zur Hälfte mit Wein aus dem Tetrapak, der im Kühlschrank neben den Milchpackungen stand. Ein ungewöhnlich knackiger Chardonnay. Sie war keine Säuferin. Wenn sie niemandem etwas abgeben musste, reichte eine Box bei ihr zwei Wochen. Kein Grund zur Aufregung. Manchmal waren es nur zehn Tage, aber auch das war nicht der Rede wert.

Sie trank einen großen Schluck von dem eiskalten Wein, lehnte sich an die Arbeitsplatte aus gotländischem Kalkstein und betrachtete ihr verschwommenes Spiegelbild in der Kühlschranktür aus Edelstahl. Nach dem zweiten Schluck ließ ihr Frust langsam nach.

Das Spiegelbild bestand nur aus drei Farbflecken. Ein blonder für die Haare, ein grauer für den Blazer und ein dunkelroter für das Kleid. Die Beine waren nur ein Strich.

Hatte sie kein besseres Schicksal verdient? Am liebsten hätte sie jemanden geohrfeigt. Oder einen Teller zerdeppert.

Das Treffen mit der Ortsgruppe ihrer Partei hatte sich in die Länge gezogen. Keine große Überraschung. Wenn es einer guten Sache diente und die Arbeit zu irgendetwas führte, hielt sie das gerne aus. Heute hatten sie Krabbelgruppe für politische Amateure gespielt. Zwei Idioten, die nicht wussten, was sie wollten, keinen blassen Schimmer davon hatten, wie Beschlüsse gefasst und Projekte vorangetrieben wurden, und offenbar riesigen Spaß daran hatten, die kostbare Zeit anderer Menschen zu verschwenden.

Sie wollte mehr. Politik auf nationaler Ebene. Professionelle Politiker und keine dilettantischen Labersäcke. Es wurde höchste Zeit für sie.

Johanna Wrangel stellte ihr Glas ab und ging zum Küchenfenster, um das kleine Tischradio der Marke Tivoli einzuschalten. Irgendetwas ließ sie zusammenzucken. Sie drehte sich um und starrte in den Flur.

Ein Knacken, ein Rascheln? Oder ein Geruch? Oder hatte es nur in ihrem Kopf stattgefunden?

Sie eilte in den Flur und weiter ins Wohnzimmer, drehte sich um und ging genauso schnell zurück. Vor dem Schlafzimmer blieb sie stehen: das Bett und ein Streifen Abendsonne. Sonst nichts. Alles so, wie es sein sollte.

Dennoch beschlich sie das unangenehme Gefühl, nicht alleine zu sein. Dass jemand da war, der sich im Dunkeln versteckte. Was lächerlich war, da es noch gar nicht dunkel war. Von ihrem Frust war kein Funken mehr übrig. Da war nur noch Angst.

Auf wackligen Beinen legte sie das letzte Stück bis zur Küche zurück. Seit sie zwölf war, überkam sie immer wieder diese unerklärliche Angst. Mit der Zeit und im Laufe einer einjährigen

Verhaltenstherapie hatte sie begriffen, dass die Panikattacken natürlich alles andere als unerklärlich waren.

Jetzt lag es vielleicht an der misslungenen Sitzung der Ortsgruppe, dem Gefühl, niemals dem regionalen Sumpf zu entkommen, oder der Enttäuschung am Wochenende, die sie eiskalt erwischt hatte.

Mit einem Anflug von Selbsthass griff sie nach dem Weinglas. Doch dann machte sie diese Tür schnell wieder zu. Michael war ein Idiot, und es war nicht ihre Schuld, dass in der Partei vollkommen verwirrte Leute in wichtige Positionen gewählt wurden. In diesem Fall war es nichts anderes als Vetternwirtschaft. Eindeutig.

Sie wünschte sich das Gefühl zurück, jemandem eins aufs Maul geben zu wollen. Auch das war anstrengend, aber viel besser als diese nagende Unruhe. Sie setzte sich an den Küchentisch, zog ihr Handy aus der Tasche und rief Ulrika an. Nach einiger Zeit meldete sich die Mailbox.

»Hallo, hier ist Johanna. Was machst du? Kannst du bitte zurückrufen?«

Sie legte das Handy weg, fand ihre eigene Stimme dünn und trank noch etwas Wein. Das half zumindest ein bisschen.

Hatte sie nicht etwas Besseres verdient, als hier zu sitzen und Angst zu haben? Wirklich nicht?

17

»Was ist eigentlich passiert?«, fragte Gustav. »Hast du sie zusammengeschlagen?«

»Für blöde Witze ist es zu spät«, erwiderte Fredrik.

»Okay.«

Gustav lachte kurz auf, während er das Auto in die Tiefgarage fuhr.

Bei Thomas Edman zu Hause hatte er sich das Lachen noch

verkneifen können. Camilla Nordborg war sofort wieder zu sich gekommen, doch während der wenigen Augenblicke, in denen sie bewusstlos gewesen war, hatte sich im ganzen Haus Chaos verbreitet. Die Tochter hatte geweint, und der Bruder hatte zuerst Fredrik und Gustav beschimpft und dann zum Telefon gegriffen. »Ich rufe Andreas an«, versuchte er, seine Nichte zu beruhigen.

Sobald sie sich vergewissert hatten, dass Camilla Nordborg nichts Ernsthaftes fehlte, waren sie gegangen. Es blieb ihnen nicht viel anderes übrig.

Von der Tiefgarage aus gingen sie durch den langen Flur ins Tote Meer, ein meist menschenleeres Großraumbüro voller Postfächer und verwaister Schreibtische, und die Treppe hinauf zur Kripo.

»Ich frage mich, ob es an einer Frage lag, die ich ihr gestellt habe«, sagte Fredrik, als sie in sein Zimmer kamen. Er legte seinen Notizblock und sein Handy auf den Schreibtisch.

»Ich dachte, du wolltest nicht darüber reden?«, gab Gustav zurück.

Die Andeutung eines Grinsens.

»Nein, ich habe nur gesagt, dass mir nicht nach blöden Witzen zumute ist.«

Fredrik setzte sich an den Schreibtisch und nahm die Müdigkeit in seinem Körper wahr, obwohl sein Kopf auf Hochtouren lief. Er arbeitete seit fast zwölf Stunden. Die ersten sechs hatten aus gemächlicher Routine bestanden, doch die zweite Hälfte war wie im Flug vergangen, ohne dass er auch nur fünf Minuten Zeit gehabt hätte, eine Tasse Kaffee zu trinken.

»Ich musste daran denken«, nahm Fredrik den Faden wieder auf, »dass wir kurz vor ihrem Zusammenbruch über ihr Wochenende in Stockholm gesprochen haben. Sie war doch verreist.«

Gustav reckte sich.

»Ich hatte sie gefragt, ob nie die Rede davon gewesen sei, dass ihr Mann sie begleiten könnte«, fuhr Fredrik fort. »In diesem Moment ist anscheinend irgendwas passiert. Oder hatte es mit seiner Fröhlichkeit zu tun?«

»Welcher Fröhlichkeit?«

»Sie sagte, er sei so fröhlich gewesen und hätte am Morgen richtig gestrahlt. In diesem Moment schien ihr etwas einzufallen.«

»Oder wurde ihr nur bewusst, wie traurig es ist, dass er da noch so fröhlich war und jetzt nicht mehr lebt?«, schlug Gustav vor.

»Das kann natürlich auch sein. Aber da war noch etwas. Sie hat geflüstert: ›Dieses Arschloch.‹ Es klang wie ein Vorwurf.«

»Hast du nicht nachgefragt?«

Fredrik seufzte. »Ich bin nicht dazu gekommen, weil sie ohnmächtig wurde.«

Gustav maß Fredriks Spekulationen offenbar keine größere Bedeutung bei. Er hielt die Arme über den Kopf und dehnte seinen Oberkörper.

»Was machen wir jetzt?«, wollte er wissen. »Sollen wir den Drohungen nachgehen?«

»Ja. Außerdem will ich wissen, wer an der Spitze des Widerstands gegen den neuen Kalkbruch steht. Wer hat sich besonders exponiert? Vor allem die militanten Gegner, die Klingemann erwähnt hat, interessieren mich. Sieh dir die Namen an, die er uns genannt hat, aber recherchiere bitte auch selbst nach. Liste alle auf, die dir begegnen. Ich sorge dafür, dass wir mehr Leute bekommen.«

Gustav stand auf.

»Wenn wir mit Volldampf arbeiten, wird schon was herauskommen.«

»Noch was?«

»Im Moment nicht.«

Gustav ging, und Fredrik griff zum Hörer, um ein Team zusammenzustellen. Mindestens drei Personen sollten sich einen Überblick über den Ojnarewiderstand verschaffen.

Es war höchste Zeit, mit dem Mord an die Öffentlichkeit zu gehen, doch da es schon spät war und es sich keine Nachrichtenredaktion auf Gotland leisten konnte, nach achtzehn Uhr Reporter zu beschäftigen, begnügte er sich mit einer kurzen Pressemitteilung, in der für den nächsten Vormittag eine Pressekonferenz angekündigt wurde.

Als es an der Tür klopfte, blickte Fredrik auf. Eva betrat den Raum und blieb vor einem der Sessel stehen, ohne Platz zu nehmen.

»Nordborgs Auge«, begann sie, »ist mit irgendeiner ätzenden Chemikalie behandelt worden.«

Fredrik merkte auf und rollte mit seinem Bürostuhl zurück.

»Du meinst, der Täter hat ihn auf dem Stuhl festgebunden und ihm Säure ins Auge geschüttet?«

»Ob es Säure war, weiß ich nicht, aber etwas Vergleichbares muss es gewesen sein.«

»Das ist ja schlimmer, als ich dachte«, sagte Fredrik.

»Ja, und zwar ziemlich ausgeklügelt. Es scheint weder eine spontane Eingebung noch ein gewöhnlicher Raubüberfall gewesen zu sein. Abgesehen von dem verätzten Auge gibt es wenig Hinweise auf Gewalt. Die blauen Flecken auf den Armen hat er sich wahrscheinlich zugezogen, als er überwältigt wurde. Den Abdrücken auf dem Steinfußboden nach zu urteilen, ist Nordborg vermutlich direkt hinter der mittleren Terrassentür angegriffen worden. Peter Malm, der nächste Nachbar, hat gegen halb zwölf einen Schrei gehört. Das könnte passen.«

»Es gibt also Fußabdrücke?«

»Na ja, die nackten Füße von Nordborg haben deutliche Spuren hinterlassen, aber der Täter … Ich glaube, er hat irgendwelche Überzieher getragen.«

»Professionell.«

»Auf dem Gafferband, das er verwendet hat, waren auch keine Fingerabdrücke. Dabei handelt es sich um ein Klebeband, das man in jedem Eisenwarenladen in ganz Schweden kaufen kann. Das Tau ist eine Art Bootstampen, den es ebenfalls überall gibt.«

»Wie groß ist die Chance, dass der Täter überhaupt Fingerabdrücke hinterlassen hat?«

»Äußerst gering.«

»Hast du *irgendwelche* verwertbaren Spuren gesichert?«

Eva sah ihn mit hochgezogenen Augenbrauen an.

»Das war keine Kritik«, fuhr er fort. »Ich wundere mich nur.«

»Unter Nordborgs Fingernägeln habe ich weiße Synthetikfasern gefunden. Ich habe sie schnell mit den Schutzanzügen verglichen, die wir verwenden. Es handelt sich um die gleiche Sorte.«

Abgesehen von dem Sondermodell in Orange, das Eva trug, dachte Fredrik.

»Sag nichts!« Er hob die Hand. »Das Material ist wahrscheinlich auch gängig.«

»Ich weiß nicht, ob es genau die gleichen sind, aber ich nehme an, unten bei der landwirtschaftlichen Genossenschaft bekommt man die auch.«

Fredrik schwieg. Dies war kein gewöhnlicher Mord. Und kein gewöhnlicher Mörder. Heutzutage wussten zwar viele, wie man es anstellte, keine Spuren am Tatort zu hinterlassen, aber dieses Wissen in der Praxis anzuwenden war etwas anderes. Zum einen liefen die meisten Morde nämlich anders ab, da sie nicht geplant waren, zum anderen erregte man in einem normalen Wohngebiet nur unnötige Aufmerksamkeit, wenn man in Schuhüberziehern und Schutzanzug herumstiefelte. Es erforderte schon einiges an Vorbereitung und Kaltblütigkeit, um unbeobachtet in ein Haus einzudringen und eine geeignete Ausrüstung anzulegen, bevor man sein Vorhaben in die Tat umsetzte.

»Also keine Schuhabdrücke im Haus«, fuhr er fort. »Und draußen? Es wäre doch denkbar, dass der Täter die Überzieher abgestreift hat, als er das Haus verließ.«

»So weit sind wir noch nicht.«

»Okay.«

Fredrik stand auf und ging zum Fenster.

»Was siehst du?«, fragte er. »Wenn du das Ganze betrachtest?«

Eva legte ihre Unterlagen auf den kleinen Ablagetisch.

»Wenn wir einen Raubmord ausschließen, wobei es natürlich Schwarzgeldzahlungen gegeben haben könnte, von denen wir nichts erfahren sollen …«

»Als PR-Chef und Betriebswirtin waren die beiden Nordborgs nicht im entsprechenden Bereich tätig«, warf Fredrik ein.

»Stimmt. Bleiben zwei Möglichkeiten. Entweder der Mörder wollte etwas anderes aus Nordborg herauspressen.« Eva machte eine Pause.

»Oder?«

»Er wollte ihn einfach quälen.«

Sie sahen sich an, hatten aber eigentlich Michael Nordborg vor Augen, der in einem riesigen Wohnraum an einen Liegestuhl vor dem offenen Kamin gefesselt war. Nichts an diesem Bild sprach gegen Evas Vermutung.

»Und wann ist er gestorben?«, fragte Fredrik, um zu den konkreten Fakten zurückzukehren.

»Wenn der Nachbar Nordborg tatsächlich schreien gehört hat, würde ich sagen, am Freitag zwischen halb zwölf und achtzehn Uhr. Am Vormittag hat er mehrmals vom Handy aus telefoniert, vorausgesetzt, er hat es selbst betätigt. Zuletzt um vier Minuten nach elf.«

»Also irgendwann zwischen elf und sechs?«, fragte Fredrik.

»Ja.«

»Sonst war nichts auf dem Handy zu finden?«

»Am Freitag hat er einige Anrufe bekommen. Am Samstag war anscheinend der Akku leer. Ich warte noch auf den Einzelverbindungsnachweis.«

»Kann man darauf sehen, wer versucht hat, ihn zu erreichen?«

»Ich glaube schon.« Sie nahm die Unterlagen in die Hand und überflog sie. »Diese Informationen habe ich aber noch nicht.«

Im Flur waren Schritte zu hören, kurz darauf kam Gustav um die Ecke. Er hielt einen Ausdruck der Onlineausgabe von *Gotlands Allehanda* und *Gotlands Tidning* in der Hand.

»Wir haben gerade erst angefangen«, sagte er, »aber es ist ein Name aufgetaucht, der mich stutzig gemacht hat. Johnny Melander, siebenunddreißig Jahre alt. Über ihn wird ständig berichtet, und man findet sein Bild überall in den Zeitungen und im Netz.«

Fredrik nahm ihm den Artikel aus der Hand. Unter der Überschrift: »Wir geben nicht freiwillig auf!« war ein Foto mit sieben Personen zu sehen, die im Ojnarewald Wache hielten.

»Der da.«

Gustav zeigte auf den zweiten Mann von rechts. Er war groß und breitschultrig, hatte kurze Haare und trug eine khakifarbene Outdoorjacke.

»Melander steht auch auf der Liste der Leute, deren IP-Nummern man bei Finkalk geknackt hat. Er verfügt über verschiedene E-Mail-Adressen. Ich habe Klingemann angerufen und erfahren, dass Melander ihm wohlbekannt ist. Er soll bei mehreren Protestaktionen feindselig aufgetreten sein und hat sich offenbar auch direkt bei Nordborg gemeldet, um ihn persönlich zur Rede zu stellen oder, wie Klingemann sich ausdrückte, ›die Medieneinheit von Finkalk zu entwaffnen‹.«

»Ist das alles?«

»Nein, da ist noch etwas«, sagte Gustav und sah sie eine Weile schweigend an.

»Was denn?«

»Melander ist ein ehemaliger Polizist. Kriminaltechniker. Und er fährt einen dunkelblauen Hyundai, einen SUV.«

18

Johanna Wrangel hatte nie das Gefühl gehabt, die »Nebenfrau« oder »Geliebte« zu sein. Sie und er gehörten zusammen, alles andere zählte nicht. Mit ihm war sie glücklich. Mit ihm wollte sie zusammen sein. Bis Freitag zumindest.

Dabei war sie wohl selbst schuld.

Sie hatte über eine Stunde gewartet, dann hatte sie ihn angerufen, aber er war nicht ans Telefon gegangen. Anfangs war sie sich nicht mehr sicher gewesen, was sie vereinbart hatten. *Um* drei oder *nach* drei? Nachdem sie eine weitere Stunde nichts von ihm gehört hatte, begann sie, sich Sorgen zu machen. Ob er wohl einen Unfall gehabt hatte? Oder einen Herzinfarkt? Er war zwar körperlich fit und erst siebenundvierzig, aber beruflich hatte er eine lange anstrengende Phase hinter sich, und sie wusste, dass er ein Mittel gegen Bluthochdruck nahm. Innerhalb der nächsten halben Stunde hatte sie noch zweimal seine Nummer gewählt. Noch immer ohne Erfolg.

Gegen neun Uhr abends hatte sie ein letztes Mal angerufen. Dann war die Unruhe in Enttäuschung übergegangen. Vermutlich war Michael mit seiner Frau nach Stockholm gefahren. Entweder aus freien Stücken oder weil ihm keine Ausrede eingefallen war. Und dort hatte er sicher keine Gelegenheit zu telefonieren.

Nein, das konnte nicht sein. Er hätte sich schließlich auf die Toilette zurückziehen und ihr wenigstens eine SMS schicken können. Das dauerte höchstens dreißig Sekunden. Nicht einmal das. Also war ihm das Ganze nicht so wichtig. Oder er hatte sein Handy ausgeschaltet, um sich nicht von ihren Anrufen stressen zu lassen.

Sie dachte sich Rechtfertigungen für ihn aus. Wie bescheuert konnte man eigentlich sein?

Johanna Wrangel hatte ihr Weinglas leer getrunken. Sie überlegte, ob sie sich noch einmal nachschenken sollte, ließ es aber bleiben. Am Dienstag hatte sie lauter Besprechungen und musste klar im Kopf und gut vorbereitet sein.

Sie spülte ihr Glas aus, füllte es mit kaltem Leitungswasser, das sie hastig austrank, und stellte es auf die Spüle.

Am Samstag hatte sie ebenfalls versucht, ihn zu erreichen. Kurz vor dem Mittagessen hatte sie ihm noch eine SMS geschickt, aber damit war ihr Erniedrigungslimit erreicht gewesen. Wenn er auf ihre erste Nachricht nicht reagierte, brauchte sie keine weiteren zu senden.

Inzwischen hatte sie sich überlegt, ob Michaels Frau womöglich gar nicht nach Stockholm gefahren war, weil sie ihm auf die Schliche gekommen war. Vielleicht hatte sie seine SMS gelesen oder aus irgendeinem anderen Grund Verdacht geschöpft und ließ ihn nun nicht mehr aus den Augen.

Johanna hatte geglaubt, am Montagmorgen, wenn er zur Arbeit ging und wieder telefonieren konnte, würde sich alles aufklären. Doch auch an diesem Tag kam kein Lebenszeichen von ihm. Wie auch immer er das erklären würde, sie war ins Grübeln gekommen. Vielleicht war es das Beste, die Sache zu beenden, auch wenn es wehtun würde.

Johanna Wrangel zog ihren Blazer aus und ging ins Schlafzimmer, um ihn aufzuhängen. Sie streckte die Hand aus und drückte auf den Lichtschalter. Nichts passierte. Sie kippte ihn einige Male hin und her. Typisch.

Im nächsten Augenblick flog sie durch den Raum. Sie bemerkte nur den Schmerz im Arm und dass ihr die Luft wegblieb, als sie auf dem Bett landete.

Das Ganze ging so schnell, dass ihr erst in dem Moment, als ihr Gesicht in die Decke gedrückt wurde, klar wurde, dass jemand auf ihr saß und versuchte, sie zu ersticken. Ohne nachzudenken, spannte sie ihren Körper an und stieß dem Angreifer mit voller Kraft ihren Ellbogen in die Seite. Gleichzeitig kämpfte sie sich los. Schließlich ließ der Druck auf Kopf und Rücken nach. Sie rollte vom Bett und orientierte sich auf allen vieren. Sie musste hier weg. Das war ihre einzige Chance zu überleben. Keuchend krabbelte sie durch die Wohnung. Bei jeder Bewegung spürte sie einen stechenden Schmerz im Arm. Sie musste sich aufrappeln und rennen. Sie krallte ihre Finger in den Teppich, richtete sich mühsam auf, hörte ihn hinter sich und konnte ihn sogar riechen. Was hatte er vor? Wollte er sie töten? Sie vergewaltigen? Oder beides? Sie stand auf, sie würde es schaffen, so durfte ihr Leben nicht enden. Sie war schon immer eine Kämpferin gewesen.

Sie setzte an zum ersten großen Schritt.

Dann schubste er sie gegen den Türrahmen. Der Schmerz lähmte sie. Jetzt war es vorbei. Sie spürte es. Sie würde sterben.

19

Vor dem Haus von Johnny Melander, einem mit grauen Eternitplatten verkleideten Kasten in Bunge, stieg Sara aus dem Dienstwagen – ganz so, als hätte sie hier noch nie einen Fuß hingesetzt. Es war kurz nach neun, und die Sonne versank gerade hinter dem Horizont. Luftige Wolkenbäusche dämpften ihren Fall.

Saras Sonnenbrille verwandelte die Sonnenreflexe auf den Fensterscheiben in kleine grüne Sterne.

Ove öffnete die Beifahrertür und streckte stöhnend die Beine aus. Vor ihnen stiegen zwei jüngere und frischere Kollegen aus einem Streifenwagen und sahen sich um. Es war still, kein Verkehr und keine landwirtschaftlichen Maschinen. Der abgelegene Hof war leer, und es gab weder eine Garage noch ein anderes Nebengebäude, das groß genug gewesen wäre, um ein Auto darin unterzubringen. Auf dem Land hieß das für gewöhnlich, dass niemand zu Hause war.

Sara hatte versucht, um diesen Einsatz herumzukommen, aber ihre einzige Entschuldigung, sie müsste weitere Nachbarn der Nordborgs befragen, hatte Fredrik nicht gelten lassen. Plan B hätte darin bestanden, sich im letzten Augenblick Ove anzuvertrauen oder zumindest mit einem Teil der Wahrheit herauszurücken, aber dazu hatte sie sich nicht überwinden können, und nun war es zu spät. Falls er zu Hause war.

Johnny Melander. Wie konnte man nur so ein Pech haben?

»Ich übernehme die Rückseite.« Marko Petravic, einer der uniformierten Kollegen, ging voran.

»Ich komme mit«, sagte Sara schnell.

Sie folgte Marko über den gemähten Rasen. Der Kollege arbeitete seit fast einem Jahr auf Gotland. Er trug seine Haare kurz, seine Haut war blass, und die braunen Augen wirkten warmherzig und neugierig. Sara kannte ihn nicht besonders gut, erinnerte sich aber an eine witzige Unterhaltung im Pausenraum. Vor allem er hatte geredet.

Das Haus lag einige Kilometer südlich vom Naturreservat

Bräntingshed, mit anderen Worten, nur eine kleinere Fahrradtour von dem Gebiet entfernt, wo Finkalk einen neuen Kalkbruch betreiben wollte. Vielleicht war sein Umweltbewusstsein nicht Johnny Melanders einziger Antrieb.

Über dem gepflegten Garten entfaltete eine große Kastanie ihre Blätter. Sara war im Dunkeln hier gewesen und hatte von der Umgebung des Hauses nur das gesehen, was im Lichtkegel der Autoscheinwerfer gelegen hatte. Als sie das Haus am frühen Morgen verließ, vibrierte noch die Erinnerung an eine starke Erregung in ihrem Körper, doch jetzt im Nachhinein erschien ihr das ebenso rätselhaft wie abstoßend.

Sara hörte Ove oder Gunilla Borg, die zweite Polizistin in Uniform, an die Tür klopfen.

Was, wenn er doch zu Hause war? Was sollte sie dann tun? Sie hätte mit Fredrik reden und ihm klarmachen müssen, dass sie nicht mitfahren konnte. Vielleicht hätte sie ihm das vermitteln können, ohne zu sehr ins Detail zu gehen. Es wäre ihm nichts anderes übrig geblieben, als ihre Entscheidung zu akzeptieren.

Wieder wurde angeklopft. Eine Welle aus Scham und Wut überkam sie. Diese widerlichen Minuten von seiner Rückkehr bis zu dem Moment, als er die Handschellen geöffnet hatte. Sie hatte nicht gewagt, etwas zu sagen, hatte ihn nicht gebeten, sie sofort zu befreien, weil sie das Gefühl gehabt hatte, mitspielen zu müssen.

Er hatte sich die Hose vom Leib gerissen und sich auf sie gestürzt, als duldete sein Trieb, der sich während ihrer drei Stunden am Heizkörper aufgestaut hatte, keinerlei Aufschub. Obwohl er es schnell hinter sich gebracht hatte, waren es die längsten und ekelhaftesten Minuten ihres Lebens gewesen. Sie wünschte, sie hätte die Erinnerung daran vollständig abwaschen können.

Erst als er sie losgelassen und sie sich angezogen hatte, fühlte sie sich stark genug, ihm zu sagen, dass er jetzt gehen solle. Dabei hatte sie wie zufällig die Eisenkette in der Hand gehalten. Offenbar hatte er begriffen, dass sie bereit war, sie notfalls einzusetzen.

Was war eigentlich passiert? Sie hatte nicht Nein gesagt und auch sonst in keiner Weise protestiert, als er mit seinem Ständer vor ihr in die Knie gegangen war. Der scharfe Geruch von eingesperrter Geilheit. Allein die drei Stunden auf dem Boden an der Heizung waren ein Übergriff gewesen, auch wenn sie weder laut noch leise Nein gesagt hatte.

Sie hatte ihn nicht angezeigt. Sie hatte genau das Gegenteil von dem getan, was sie Frauen im Dienst so oft geraten hatte.

Sie war nicht in der Lage, Johnny Melander als Polizistin gegenüberzutreten. Wie hatte sie sich das eigentlich vorgestellt? Ihr Puls war unnatürlich hoch. Oder schlug ihr Herz krankhaft langsam? Ihr wurde so schwindlig, dass sie sich am Türrahmen festhalten musste.

»Was ist los?«, fragte Marko. »Du siehst blass aus.«

»Schon okay. Ich habe nur noch nichts gegessen.«

Einige Sekunden verstrichen. Von der anderen Seite des Hauses war noch immer nichts zu hören.

»Das war Zeitverschwendung hoch zehn«, rief Ove.

Allmählich normalisierte sich Saras Puls. Marko trat ans nächste Fenster, schirmte die Sonne mit der Hand ab.

Als Saras Beine nicht mehr so wacklig waren, schaute auch sie durch eine Scheibe an der Rückseite des Hauses. Hier war die Küche, aber viel zu sehen gab es nicht. Eine saubere Arbeitsfläche, ein riesiger Küchentisch aus Kiefernholz, an dessen Ende ein Zeitungsstapel lag, und an der Wand eine Karte von Gotland. Johnny hatte Finkalk und Ojnare mehrmals erwähnt. Ihr war aufgefallen, dass ihm das Thema wichtig war, aber dass er sich so aktiv am konkreten Widerstand beteiligte, hatte sie nicht begriffen.

In gewisser Weise fiel es ihr schwer, sich auszumalen, wie er sich an eine Forstmaschine klammerte. Es war viel einfacher, ihn sich vor dem gefesselten Nordborg vorzustellen, wie er sich mit einem milden Lächeln über den wehrlosen nackten Mann beugte und ihm eine ätzende Chemikalie ins Auge träufelte.

20

Als die Sonne untergegangen war, wurde es deutlich kälter, aber in den Steinplatten unter seinen Füßen hielt sich die Wärme noch ein wenig. Peter Malm stand im Halbdunkel und betrachtete Michael Nordborgs Haus.

Der Mai war normalerweise die beste Zeit. Noch war alles zart und lebendig. Große Pfingstrosenknospen warteten nur darauf, ihre Blütenblätter auszubreiten. Es war warm, aber nicht drückend heiß, das Grün noch nicht dunkel und holzig. Das Leben ein Versprechen und keine Last wie in der Ferienhitze im Juli. Dann würde die Sehnsucht nach einer Frau wie ein Joch auf seine Schultern drücken, das wusste er, und dieses Joch würde schon von Weitem sichtbar sein und jede in die Flucht schlagen, bevor er überhaupt den Mund aufgemacht hatte. Vorausgesetzt er traute sich, einem weiblichen Wesen nahezukommen.

Doch die Freude über die Leichtigkeit des Frühsommers währte nicht lange. Micke im eigenen Haus ermordet. Keine hundert Meter von ihm entfernt. Hatte er ihn sterben hören?

Unweigerlich begannen seine Gedanken zu kreisen, Erinnerungen kamen hoch. Er hatte überlegt, ob er jemanden von den anderen anrufen sollte, wenn, dann wäre dieser Jemand Andreas gewesen, doch er hatte das Gefühl gehabt, es sei nicht seine Aufgabe. Nicht seine Sache. Wahrscheinlich gab es auch gar keinen Grund.

Vor Mickes Haus parkte immer noch ein Polizeiauto, die Buchstaben auf der Motorhaube leuchteten im Schein der Straßenlaterne. Die Windschutzscheibe reflektierte zu stark, als dass er hätte erkennen können, ob jemand darin saß. War Micke noch im Haus? Im Laufe des Nachmittags und Abends waren unzählige Fahrzeuge gekommen und wieder weggefahren.

Wie er gestorben war, hatten sie ihm nicht gesagt. War er erwürgt worden? Mit einem stumpfen Gegenstand erschlagen? Hatte ein Verrückter mit einem Messer auf ihn eingestochen wie damals in dem Kaufhaus auf die Außenministerin Anna Lindh?

Er schauderte, ging ins Haus und schloss die Tür ab. Nach kurzem Zögern schaltete er die Terrassenbeleuchtung an. Er fühlte sich … wohler so. Weniger angreifbar.

Camilla. Sollte er Mitleid mit ihr haben? Doch, das musste er wohl. Aus ihrer Perspektive war es natürlich ein Verlust. Sie war vermutlich am Boden zerstört. Er fühlte sich genötigt, sie anzurufen, wusste aber nicht, was er, abgesehen von den naheliegenden Phrasen, sagen sollte. Vielleicht sollte er lieber eine Karte schreiben? Oder war es lächerlich, einen Kondolenzbrief zu schicken, wenn man nur hundert Meter entfernt wohnte? Blumen waren besser. Aber momentan war sie ja gar nicht zu Hause.

Er ging zum Schrank, holte die Whiskyflasche heraus und goss einige Zentimeter in ein Wasserglas. Normalerweise trank er nur bei Abendeinladungen und anderen festlichen Gelegenheiten und nie alleine, aber heute machte er eine Ausnahme. Vorsichtig nippte er an dem Whisky. Der Talisker schmeckte herb und rauchig mit einem Funken Süße.

War es gut oder schlecht, dass Micke nicht mehr da war? Das war eine gute Frage, aber bevor er mit seinen Überlegungen weitergekommen war, klingelte sein Handy. Er hielt das Display schräg, damit er den Namen lesen konnte: *Erik Hedengren*. Ja, das passte besser. Es war Eriks Aufgabe anzurufen. Mittlerweile. Früher wäre es Mickes gewesen.

21

Ninni saß am Küchentisch und zeichnete mit Lineal und Bleistift Möbel in einen Grundriss ihres neuen Zuhauses ein, als sie das Auto hörte. Die Scheinwerfer umgaben das Haus mit einem hellen Halbkreis, während Fredrik die Einfahrt entlangfuhr.

Sie legte das Lineal aus der Hand. Mit den großen Fenstern zum Wasser hatte die Wohnung in Sickla großzügig und einladend gewirkt, aber wenn sie alles genau nachmaß, wurde ihr klar, wie klein sie im Grunde war. Es würden längst nicht so viele ihrer Möbel hineinpassen, wie sie anfangs geglaubt hatte.

Fredrik kam in die Küche. Er sah blass aus.

»Wie läuft's?«

»Ach, weiß der Teufel ...« Er blieb mitten im Raum stehen. »Wir haben einen ...« Er suchte nach den richtigen Worten. »... einen Verdächtigen wäre wohl zu viel gesagt, aber auf jeden Fall haben wir eine interessante Person im Auge.«

»Hast du etwas gegessen?« Sie bemühte sich, nicht besorgt zu klingen.

»Ja«, antwortete er. »Heute Mittag.«

»Seit dem Mittagessen hast du nichts zu dir genommen?« Schon war sie gescheitert, und ihre Stimme klang eine Oktave höher.

»Doch, aber es hat beschissen geschmeckt. Irgendjemand hat eine Neue vom Festland losgeschickt, und die hat wohl keine Ahnung. Oder sehr seltsame Essgewohnheiten.«

»Hat ihr denn keiner erklärt, wo sie hingehen soll?«

»Da ich an dieser Entscheidung nicht beteiligt war, kann ich dir dazu nichts sagen.«

Ninni fummelte an dem Lineal herum und versuchte sich zu beherrschen. Sie machte sich nicht oft Sorgen, aber seit dem Unfall waren lange Abende und schlechte Ernährung seine größten Feinde. Fredrik wusste das selbst, aber manchmal war es ihm offenbar egal.

Er holte die Reste ihres Abendessens vom Sonntag aus dem Kühlschrank – mit Salsiccia und Hähnchenleber gefüllte Kalbsrouladen. Das Niveau in der Küche würde beträchtlich sinken, zumindest bis der Mörder gefasst war, das war ihr klar.

Er legte das Essen auf einen Teller und wärmte es im Ofen auf. Dann setzte er sich zu ihr. Sein Blick fiel auf die Zeichnung.

»Dafür werden wir nicht viel Zeit haben, nur damit du Bescheid weißt.«

»Das ist mir schon klar.«

Fredriks Handy klingelte. Er zog es aus der Tasche, warf einen Blick auf das Display, stand auf und meldete sich. Ninni hörte zu und kam zu dem Schluss, dass am anderen Ende ein Journalist sein musste. Mit Polizeireportern zu sprechen, gehörte zu Fredriks neuem Posten. Seine Führungsposition hatte etwas Grenzenloses an sich, das ihr selbst nicht behagt hätte. Wenn sie von besorgten Eltern die Nase voll hatte, hob sie einfach nicht ab, wenn es klingelte.

Mit dem Handy am Ohr ging Fredrik in den Flur und öffnete die Haustür. Zwischen den dicken Steinmauern war der Empfang nicht immer der beste. Sobald er draußen auf der Treppe stand, schrumpfte seine Stimme zu einem leisen Gemurmel.

In einem Monat würde alles anders sein. Sie würden in Nacka wohnen und neue Jobs oder zunächst einmal Urlaub haben. Sie konnte es kaum erwarten. Das Einzige, was sie störte, war die Tatsache, dass einige meinten, der Umzug habe mit dem Vorfall in der Schule zu tun. Ihrem harmlosen Flirt mit Jonathan auf der Kollegenfeier, Fredriks etwas weniger harmlosen Schubs bei Jonathan zu Hause und der Anzeige, die darauf gefolgt war.

Zwar hatte die Geschichte nicht in der Zeitung gestanden, aber solche Sachen sickerten trotzdem durch und wurden anschließend ausgewalzt und verfremdet. Sie ärgerte sich, weil einige Leute glaubten, sie würden nur deshalb aus Visby weggehen. Als wären sie auf der Flucht, weil sie in irgendeiner Weise schuldig waren.

Um sich zu beruhigen, sagte sie sich, dass sie ohnehin nichts dagegen unternehmen konnte. Jeder Versuch wäre nur als Bestätigung gewertet worden, dass es so war, wie diese Leute dachten. In einem Monat würde sie darauf pfeifen. Vielleicht würden die Gerüchte in dieser Gegend weiterleben, aber sie würden dann woanders wohnen.

22

Der nächtliche Nebel nagte noch immer am Ufer, als Ulrika Nybom in ihrem weißen Mitsubishi durchs nördliche Stadttor fuhr. Sie wagte sich selten in das Labyrinth aus Einbahnstraßen innerhalb der Stadtmauer, aber den Weg zu Johanna kannte sie. Vom Stadttor Norderport zur Smedjegatan 4 ging es einfach geradeaus.

Sie hatte am vergangenen Abend und an diesem Morgen sowohl auf dem Festnetz als auch auf dem Handy angerufen. Und ihr eine SMS geschickt. Die Stimme auf dem Anrufbeantworter hatte so dünn und verletzlich geklungen.

Sie stellte das Auto gegenüber von Johannas Haus direkt hinter der Gasse ab, die zur Kirchenruine St. Klemens führte, machte sich aber nicht die Mühe, nachzusehen, ob Parken hier erlaubt war. Vermutlich hatte sie bereits gegen irgendeine Regel verstoßen, als sie durch das Stadttor fuhr.

Wahrscheinlich hatte Johanna jemand anderen gefunden, der sie tröstete. Falls sie überhaupt Trost brauchte. Sie tippte auf diesen Micke. Er war vermutlich mit einem rosa Teddybär und einer schlechten Entschuldigung bei ihr aufgekreuzt, und sie hatte sich bei lautlos geschaltetem Handy die ganze Nacht von ihm durchvögeln lassen und keinen Gedanken mehr an den Spruch verschwendet, den sie auf Ulrikas Anrufbeantworter hinterlassen hatte. Womöglich würde sie die beiden auf frischer Tat ertappen.

Eigentlich war Johanna wütend gewesen, als sie am Sonntag mit ihr gesprochen hatte. Enttäuscht natürlich auch, aber vor allem wütend. Gestern auf dem Anrufbeantworter hatte sie vollkommen anders geklungen.

Ulrika rannte die Treppe hinauf, klingelte an der Tür und hörte den schrillen Ton in der Wohnung widerhallen. Nichts. Sie drückte noch einige Male auf den Klingelknopf, legte das Ohr an die hellblaue Tür und wartete auf schnelle Schritte dahinter. Doch sie hörte noch immer nichts.

Unentschlossen drehte sie eine kleine Runde, ging vor dem Briefschlitz in die Hocke und schob ihre Hand hinein.

»Hallo? Johanna?«

Sie versuchte, durch den Schlitz zu schauen, sah aber nur den Teppich im Flur.

»Ich bin's, Ulrika.«

Sie stand auf. Ihre Bluse war ein wenig hochgerutscht, und sie war seltsamerweise ins Schwitzen gekommen, als ob sie sich körperlich angestrengt hätte. Sie öffnete ihre Jacke und steckte die Bluse wieder in die Hose, ohne die gegenüberliegende Tür aus den Augen zu lassen. »M. Berggren« stand auf dem Briefschlitz, direkt darüber war ein Aufkleber angebracht: »Keine Werbung. Danke!« Das Ausrufezeichen hatte die Form eines Herzens.

Sie warf einen Blick auf ihr Handy, es war erst zwanzig nach sieben, aber Johanna war eine Frühaufsteherin. Es war durchaus möglich, dass sie bereits zur Arbeit gegangen war. Das erklärte jedoch nicht, warum sie nicht ans Telefon ging.

Sie klingelte bei den Nachbarn. Das giftige Läuten klang ganz anders als bei Johanna. Eine junge Frau mit nassen Haaren öffnete die Tür einen Spalt. Ein Hauch von Mandelduft umwehte sie.

»Hallo, ich bin eine Freundin von Ihrer Nachbarin Johanna. Ich heiße Ulrika.«

Die Frau, die offenbar eben erst aus der Dusche gekommen und hastig in Jeans und T-Shirt geschlüpft war, murmelte ein leises Hej oder vielleicht Okay und sah sie an.

»Haben Sie sie vielleicht gesehen oder gehört, ob sie zu Hause war?«

M. Berggren – oder vielleicht eine Untermieterin? – öffnete die Tür noch ein Stück.

»Nein«, antwortete sie dann. »Ich habe nichts gesehen oder gehört. Wieso?«

Ulrika Nybom zögerte. Möglicherweise machte sie sich unnötig Sorgen.

»Ach, ich weiß nicht. Sie hat mich gestern Abend angerufen und wollte, dass ich mich melde, aber seitdem ist sie nicht zu erreichen. Deshalb wollte ich vor der Arbeit bei ihr vorbeischauen.«

Die frisch geduschte junge Frau sah sie ohne große Anteilnahme an. »Wie gesagt, ich habe gar nichts gehört. Vielleicht war sie ja gar nicht zu Hause?«

Auf den Gedanken war Ulrika überhaupt nicht gekommen.

»Haben Sie es mal auf ihrem Handy probiert?«

»Ja, natürlich.« Hielt die Frau sie etwa für bescheuert?

»Ich meine, jetzt«, sagte die Nachbarin. »Dann hören Sie, ob es klingelt. Vielleicht hat sie es ja vergessen.«

»Ja, ja«, sagte Ulrika.

Eifrig kramte sie ihr Mobiltelefon aus der Handtasche. Endlich ein konstruktiver Vorschlag. Die Nachbarin hielt die Klinke fest, als überlegte sie, ob sie die Tür schließen konnte oder doch lieber warten sollte, bis Ulrika gegangen war.

Wenige Sekunden später trällerte in der Wohnung Johannas Handy und übertönte beinahe das Freizeichen in Ulrikas Mobiltelefon, das sie in der Hand hielt. Schweigend standen sie da und starrten Johannas Wohnungstür an, bis die Mailbox ansprang.

»Anscheinend hat sie es zu Hause vergessen.« Die Nachbarin zuckte mit den Schultern.

23

Als Fredrik zum Auto ging, war das Gras noch feucht vom Tau und der Morgen kühl und geruchlos. Fünfundvierzig Minuten später befand er sich vor dem Polizeigebäude. Der Maitag versprach Frühsommerhitze, und die Fassade leuchtete kreideweiß in der Sonne.

Er ging direkt in sein Zimmer. Wie erwartet hatten die gotländischen Zeitungen nicht ein einziges Wort über Michael Nordborg geschrieben. *Aftonbladet* und *Expressen* hingegen berichteten ausführlich über den Mord. In beiden Zeitungen wurden das

Unternehmen Finkalk und die Hintergründe des Konflikts in Ojnare dargestellt. Über den Zusammenhang zu dem Verbrechen konnte man natürlich nur spekulieren, aber das tat man gerne, und so abwegig waren die Spekulationen ja auch nicht.

Sie selbst gingen ja so ähnlich vor. Sie spekulierten. Fredrik faltete die Zeitungen zusammen und legte sie hinter dem Schreibtisch ab. Der Geruch nach Druckerschwärze hing noch in der Luft, als er den richtigen Stift und einen Notizblock heraussuchte und überprüfte, ob er sein Handy eingesteckt hatte.

Gerade als er sein neues Dienstzimmer verließ, an das er sich nicht mehr gewöhnen würde, bevor er es wieder abgeben musste, kam ihm Eva im Flur entgegen.

»Hallo«, rief sie. »Ich habe mir mal Melanders Netzaktivitäten angesehen …«

»Erzähl das bei der Teambesprechung«, sagte er.

Er deutete auf das Konferenzzimmer und ließ Eva den Vortritt. Sein Blick suchte ihren Nacken, wo sich zwei kleine Leberflecken im Haaransatz versteckten.

Die Besprechung füllte den fensterlosen Raum bis auf den letzten Platz. Kripochef Göran Eide, der Polizeichef und der Staatsanwalt saßen auch mit am Tisch, aber Fredrik war der Leiter.

Er begann mit einer Zusammenfassung der Lage. Bisher verfolgten sie die Finkalkspur, oder besser gesagt die Finkalktheorie, und eine interessante Person namens Johnny Melander.

»Da die Spuren am Tatort dürftig waren, müssen wir uns an diesen Verdächtigen halten, eine Kombination aus einem militanten Ojnaregegner und einem ehemaligen Kriminaltechniker. Er hat Nordborg persönlich kontaktiert. Formal betrachtet ist er immer noch Polizist, hat aber seit vier Jahren keine Anstellung. Gegen ihn wurde Anzeige wegen Körperverletzung im Dienst erstattet, aber die Ermittlungen wurden eingestellt. Außerdem kennen wir die Farbe des Autos. Das ist nicht viel, reicht aber, um sich näher mit Johnny Melander zu beschäftigen.«

»Er könnte tatsächlich verdächtig sein«, meinte Staatsanwalt Peter Klint, »aber es ist ein Grenzfall.«

»Was ist mit dem Drohbrief, den wir von Finkalk bekommen

haben?«, wandte sich Fredrik an Eva. »Hast du dir den schon angesehen?«

»Keine Fingerabdrücke, leider.«

Fredrik versuchte, sich seine Enttäuschung nicht anmerken zu lassen, und fuhr fort: »Wir haben nichts gefunden, was auf einen Raubmord hindeuten würde. Bis auf Weiteres haben wir also keine bessere Idee als Finkalk und Melander.«

Fredrik sah sich im Raum um und blieb an Sara hängen.

»Wie läuft es mit den Nachbarn? Ist bei den Befragungen noch etwas herausgekommen?«

»Nein, nur immer wieder die Vermutung, dass der Mord etwas mit dem Widerstand gegen Finkalk zu tun haben könnte, aber wir haben noch nicht alle Nachbarn erreicht. Wir machen heute weiter.«

Fredrik blätterte in seinem Notizblock. »Gustav, hast du weitere Hintergrundinformationen über Nordborg?«

»Ich habe vor allem an der Oberfläche gekratzt.« Gustav wedelte mit einem DIN-A4-Bogen. »Aber irgendwo muss man ja anfangen.« Er legte das Blatt vor sich hin und berichtete: »Nordborg ist auf Gotland geboren, hat aber zeitweise auf dem Festland gelebt. Ursprünglich Journalist. In seiner Jugend hat er für ein Stadtmagazin und verschiedene Musikzeitschriften geschrieben.«

Fredrik hatte das Gefühl, Michael Nordborgs Namen schon einmal unter einer Rezension gelesen zu haben. Damals hatte der Verriss der falschen Band ihn auf ewig gegen den jeweiligen Kritiker aufbringen können, aber er konnte sich nicht mehr erinnern, was Nordborg besprochen hatte.

»Vielleicht hat sich ja ein Musiker für einen Verriss gerächt«, sagte einer aus der Menge, der offenbar in ähnlichen Bahnen gedacht hatte wie Fredrik.

Der Witzbold erntete nur einen müden Lacher. Doch warum eigentlich nicht? Ein gescheiterter Gitarrenheld suhlt sich im gotländischen Exil in seiner Verbitterung, bis Nordborg plötzlich in seine Luxusvilla mit Blick aufs Wasser zieht und sich einen Pool baut. Es waren schon größere Wunder passiert.

»Den Musikjournalismus hat er bald hinter sich gelassen, um Politikreporter beim *Expressen* zu werden«, fuhr Gustav fort. »Dann hat er Öffentlichkeitsarbeit für den Gewerkschaftsverband TCO gemacht und ist von dort in die Wirtschaft gegangen. Damals haben sie wohl auch das Haus in Själsö gekauft. Während er auf dem Festland für den Mobilfunkanbieter 3 gearbeitet hat, haben sie es für drei Jahre vermietet. Vor zweieinhalb Jahren ist die Familie nach Gotland zurückgekehrt, weil er den Job bei Finkalk bekommen hat.«

»Bohr bei den Anstellungen vor Finkalk weiter nach und sieh, was du findest«, sagte Fredrik. »Wenn er erst seit ein paar Jahren bei Finkalk war, könnte es auch mit etwas anderem zu tun haben. Der beleidigte Musiker ist vielleicht etwas weit hergeholt, aber es ist alles möglich. Wir dürfen uns nicht festlegen.«

»Ich habe ja auch noch Melander«, sagte Gustav. »Soll ich mich lieber vorrangig um Nordborg kümmern?«

»Mist, nein.« Fredrik ließ seinen Blick über die Versammlung schweifen. »Dann soll Sara die Recherchen zu Nordborg übernehmen, okay?«

»Kein Problem.«

Fredrik wandte sich an Ove. »Könntest du bei der Post nachfragen und die letzten Nachbarn vernehmen?«

Für endlose Besprechungen hatte Fredrik nicht viel übrig, aber diese war vorüber, bevor sie überhaupt angefangen hatte. Hatten sie wirklich nicht mehr in der Hand?

»Immer noch nichts über die Todesursache?«, fragte er.

»Nein, noch nicht«, sagte Eva. »Ich rechne damit, heute Vormittag von der Rechtsmedizin zu hören.«

»Und der Tatort?«

Eva runzelte die Stirn. »Wie du gesagt hast, ziemlich dürftig. Keine Finger-, keine Schuhabdrücke. Mit den wenigen Spuren, die wir trotz allem gefunden haben, können wir noch nicht viel anfangen.«

Göran Eide strich sich über den haarlosen Kopf und beugte sich über den Tisch. »Hast du ein Bild vom Verlauf der Ereignisse vor Augen?«

Der Kripochef sah allmählich alt aus. Grau, mager und kahl. Sie alle waren gealtert. Mit Ausnahme von Sara. Sie war in Fredriks Einheit die Einzige unter vierzig.

Eva nahm ein Blatt Papier aus dem gelben Kunststoffhefter, der vor ihr auf dem Tisch lag.

»Gegen sechs Uhr morgens frühstückt Michael Nordborg mit seiner Frau«, las sie vor. »Um Viertel nach sechs verlässt sie das Haus, um die Sieben-Uhr-Fähre nach Stockholm zu nehmen, wo sie am Wochenende ihre Schwester besuchen will.«

»Und wir wissen, dass sie wirklich dort war?«, fragte Göran.

»Die Schwester wurde am Telefon vernommen«, antwortete Fredrik. »Dank Ann Sundstrand hat Camilla Nordborg ein Alibi bis Montagmorgen.«

»Na dann. Ich wollte diese Möglichkeit ja nur ausschließen.«

Göran bat Eva fortzufahren.

»Über die Stunden danach wissen wir nicht viel«, berichtete sie. »Gegen neun ruft Nordborg zweimal bei Mitarbeitern von Finkalk an und gegen elf bei einem Politiker hier in Visby. Gegen elf, halb zwölf befindet er sich vermutlich draußen am Pool. Er wird in Badehose angetroffen. Da die Badehose mit dem Wasser im Pool in Berührung gekommen ist, können wir davon ausgehen, dass er schwimmen war. Auf dem Weg zurück ins Haus wird er von dem Täter oder den Tätern überfallen, möglicherweise waren es mehrere. Ein Nachbar, Peter Malm, hört um diese Zeit einen Schrei. Es kommt zu einer Art Kampf, an dessen Ende Nordborg überwältigt wird. Das deutet darauf hin, dass er nicht mit einer Waffe bedroht wurde, was wiederum hieße, dass der Täter stark genug war, um Nordborg fertigzumachen, der groß und durchtrainiert war. Das spricht für einen männlichen Täter. Oder mehrere.«

Eva legte eine Pause ein, bevor sie fortfuhr: »Der Täter hat einen der Liegestühle hereingeholt und Nordborg mit Tauen und Gafferband daran gefesselt. Dann hat er Nordborg eine ätzende Substanz ins Auge geschüttet. Um zehn nach drei am Montagnachmittag kommt Camilla Nordborg nach Hause und findet ihren Mann an den Liegestuhl gefesselt und tot auf.«

Während Fredrik Eva zuhörte, bekam er plötzlich ein schlechtes Gewissen, weil er Camilla Nordborg am Tag zuvor unter Druck gesetzt hatte. Dann fiel ihm das Gespräch auf dem Flur wieder ein.

»Hattest du nicht noch etwas über Johnny Melander?«

»Stimmt«, sagte sie. »Ich habe im Netz recherchiert und einige Foren gefunden, in denen er aktiv war. Abgesehen von langen Ausführungen in Sachfragen hat er Michael Nordborg und den Geschäftsführer von Finkalk hart angegriffen.«

»Auch bedroht?«

»Da sich die Beschimpfungen nicht direkt gegen Nordborg richten, kann man sie vielleicht nicht als Drohungen bezeichnen, aber sie sind definitiv grob und hasserfüllt. Das wirklich Interessante ist jedoch, dass Johnny Melanders Kommentare verschwunden sind, während ich sie las.«

Es wurde still in der Runde, bis alle begriffen, was das bedeutete.

»Er hat also seine Einträge gelöscht?«

»Ja. Ich habe in verschiedenen Threads gelesen, und als ich später noch einmal zu einem Beitrag von Melander zurückwollte, war der nicht mehr zu finden.«

Wieder Schweigen, dann stellte Göran Eide trocken fest: »Klingt so, als wären wir dem Richtigen auf den Fersen.«

24

Ove Gahnström ging zu Fuß ins Krankenhaus Visby. Es war schon fünf vor halb zehn, und die Sonne stand bereits hoch am Himmel. Schweißtropfen traten ihm auf die Stirn und liefen ihm den Rücken hinunter, während er an der Stadtmauer entlang und durch die hügeligen Wallanlagen trottete.

Den Ermittlungen gingen durch seinen Spaziergang vielleicht einige Minuten verloren, aber seine Gesundheit und Energie profitierten davon, was langfristig auch der Polizei zugutekam. So sah er die Sache.

Einst hatte er als hervorragender Sportler gegolten und sogar in die Welt des Spitzensports hineingeschnuppert, aber von dieser Zeit trennten ihn zu viele Fernsehabende auf dem Sofa und eine Vorliebe für Zimtschnecken und Kopenhagener. Vor allem die Sofas waren schuld. Als er im Alter von zwanzig Jahren am aktivsten war, hatte er für zwei essen können, ohne zuzunehmen.

Beim Treppensteigen keuchte er immer lauter. Als er eines Tages vor etwa fünf Monaten im ersten Obergeschoss eine Verschnaufpause brauchte, bevor er in den zweiten Stock hinaufsteigen konnte, wurde ihm klar, dass er etwas verändern musste.

Ove begann, zu Fuß zu gehen. Bei jeder Gelegenheit. Das Fernsehen nach dem Abendessen ließ er ausfallen. Stattdessen ging er. Zehn Kilometer, zwanzig Kilometer. Seit einem Monat lief er auch. In unbewohnten Gegenden, fernab von eventuellen Augenzeugen.

Er hatte sich sogar in den Kraftraum im Keller des Polizeigebäudes gewagt, in den er seit der Besichtigungstour nach dem Umbau keinen Fuß mehr gesetzt hatte. Dort hatte er festgestellt, dass er immer noch Kraft hatte und einiges an Gewicht stemmen konnte. Das Problem waren nur die Energie und die Ausdauer, aber die besserte sich von Tag zu Tag.

Rechts von der Stadtmauer tauchte wie ein blaues Band die Ostsee auf. Ove ging den Hügel zum Krankenhaus hinunter, einem kleineren Komplex aus roten Backsteingebäuden.

Andreas Fischer, Camilla Nordborgs Arzt, gehörte auch zu den Nachbarn, die sie am Vortag nicht mehr befragt hatten. Ove hatte ihm vorgeschlagen, auf dem Weg zur Arbeit in der Dienststelle vorbeizukommen, aber das war offenbar unmöglich. Fischers Terminplan war randvoll.

Im zweiten Stockwerk fand Ove das Dienstzimmer des Arztes und klopfte an. Dem Namensschild neben der Tür entnahm er, dass Fischer auf Anästhesie spezialisiert war.

Hinter der Tür war ein Plumps zu hören, dann war es mucksmäuschenstill. Niemand öffnete. Ove klopfte noch einmal. Diesmal wurde die Klinke hinuntergedrückt, und die Tür ging auf.

Sein Blick wirkte etwas müde, aber abgesehen davon waren Andreas Fischers zweiundfünfzig Lebensjahre schonend mit ihm umgegangen. Er war schlank und beweglich wie ein junger Mann und das fast schulterlange Haar kein bisschen grau. Sein weißes Cowboyhemd war mit braunen Stickereien und Kordeln verziert.

»Guten Tag, Ove Gahnström von der Polizei.« Ove gab ihm die Hand.

»Hallo«, sagte Andreas Fischer mit einem Keuchen in der Stimme. »Kommen Sie rein.«

Er schüttelte Ove die Hand und räumte hastig einen Ordner von einem Lehnstuhl.

»Setzen Sie sich doch bitte.«

Fischer eilte zurück an seinen Platz hinter dem Schreibtisch. Beinahe hätte er einige Unterlagen vom Tisch gefegt, konnte sie aber gerade noch retten, bevor sie auf den Boden fielen.

Ove vermutete, dass der Raum nur als Büro und nicht als Sprechzimmer diente. Alles war vollgestopft mit Ordnern, Dokumenten und wissenschaftlichen Zeitschriften, die teilweise ordentlich aufgereiht im Wandregal standen, sich aber auch über alle anderen Oberflächen ausgebreitet hatten.

Ein Handwaschbecken in der Ecke deutete darauf hin, dass in diesem Raum wohl irgendwann einmal Patienten behandelt worden waren, aber auch das Becken quoll über vor Büchern und Zetteln.

»Fangen wir mit Freitag an …«

»Ich war den ganzen Tag hier in der Klinik und bin erst um sieben wieder nach Hause gefahren«, leierte Andreas Fischer mit breitem Grinsen herunter. Es klang, als wäre er nach seinem Alibi gefragt worden. »Ich habe Camilla abreisen sehen, weil ich selbst kurz danach losmusste.«

»Wann war das?«, fragte Ove.

Fischers Mundwinkel erstarrten ein wenig, und sein Blick wurde schärfer. »Camilla geht es richtig schlecht. Ich möchte die

Gelegenheit nutzen, Ihnen das bewusst zu machen. Falls weitere Vernehmungen nötig sind, würde ich Ihnen empfehlen, damit bis Ende der Woche zu warten. Glauben Sie mir, Sie haben mehr davon, wenn sie sich ein paar Tage ausgeruht hat.«

Er strich sich seine Haare mit der rechten Hand zurück.

»Von uns aus kann sie sich ein bisschen ausruhen.«

»Danke.«

Ove nahm an, dass er den Dank eher als Freund und Nachbar ausgesprochen hatte und nicht als Arzt. Andreas Fischers Blick wanderte langsam über das Chaos aus Büchern und Zeitschriften.

»Ach ja, natürlich.« Er sah Ove an. »Der Zeitpunkt, als Camilla am Freitag abreiste. Waren wir da stehen geblieben?«

»Ja.«

»Zehn nach sechs, würde ich tippen.«

»Und Sie selbst haben sich kurz danach auf den Weg gemacht und sind nicht vor sieben wiedergekommen?«, fragte Ove.

»Genau.«

»Am Freitagabend ist Ihnen nichts aufgefallen?«

»Nein. Soweit ich mich erinnere, war es bei Micke zu Hause still und dunkel.«

Fischer fuhr mit dem Finger die Kante seiner Computertastatur entlang, als wollte er da weiterarbeiten, wo er aufgehört hatte, als Ove an die Tür klopfte.

»Wussten Sie, dass Camilla übers Wochenende verreisen wollte?«

»Ja, das hat sie erwähnt.« Der Blick wanderte zum Bildschirm.

»Wann haben Sie Michael Nordborg zuletzt getroffen? Oder gesehen?«

»Am Donnerstag«, antwortete Fischer sofort, verstummte dann aber.

»Haben Sie miteinander gesprochen?«

»Ja«, sagte der Arzt kurz angebunden und sah dabei immer noch den Bildschirm an. »Micke hat mit dem Auto gehalten. Ich war im Garten und habe gerade … das spielt keine Rolle. Er ist stehen geblieben, und wir haben ein paar Worte gewechselt.«

Andreas Fischer zog lächelnd die Augenbrauen hoch.

»Worüber haben Sie geredet?«, fragte Ove.

»Er wollte wissen, ob das Angebot noch stünde, mich im Sommer auf einen Segeltörn zu begleiten. Wir hatten Weihnachten mal darüber gesprochen, und das Angebot galt natürlich noch. Dann fragte ich ihn, ob er Lust habe, am Samstag zum Essen zu kommen, weil ich wusste, dass er alleine sein würde. Er sagte, er sei vermutlich beschäftigt, wollte sich aber melden.«

»Hat er erwähnt, womit er voraussichtlich beschäftigt sein würde?«

»Nein, er saß ja bei laufendem Motor im Wagen. Es war kein langes Gespräch.«

»Ich verstehe.«

Die gleiche schwammige Antwort, die Peter Malm erhalten hatte, als er ihn zum Golfen eingeladen hatte.

»Sonst ist Ihnen nichts Außergewöhnliches eingefallen?«, wollte Ove wissen. »In den letzten Tagen oder auch Anfang des Jahres?«

Andreas Fischer sah Ove in die Augen. »Da war tatsächlich etwas, vor zwei oder drei Wochen. Ein Auto. Ich habe ein Auto gesehen, das ziemlich lange an der Straße zwischen unserem Haus und dem der Nordborgs stand.«

»Wie lange?«

»Ich weiß nicht, wie lange es schon dort gewesen war, als ich es bemerkte, aber dann stand es bestimmt noch eine Viertelstunde da. Was macht man in einer Sackgasse zwischen ein paar Häusern? Wenn man sich verfahren hat, braucht man doch höchstens zwei Minuten, um in die Karte zu gucken.«

»Beschreiben Sie den Wagen.«

»Dunkelblau. Ein großer Kombi oder ein Jeep. Hätte ich nicht von den Drohungen gewusst, die Micke erhalten hat, hätte ich wahrscheinlich gar nicht darüber nachgedacht.«

»Und die Person, die im Auto saß?«

»Das war nur ein Schatten.«

»Erinnern Sie sich vielleicht an ein Detail?«

Andreas Fischer schloss schweigend die Augen, doch dann

schüttelte er den Kopf. »Nein, aber die beiden ersten Buchstaben auf dem Nummernschild waren LF.«

»Sind Sie sicher, dass es die ersten waren?« Ove hielt den Stift über den Notizblock.

»Ja, ganz sicher.«

»Sie scheinen ein gutes Gedächtnis zu haben.«

»Ich wünschte, es wäre besser«, sagte Fischer. »Ich wollte mir das Kennzeichen eigentlich aufschreiben, auch im Hinblick auf die Drohungen, aber als ich endlich Stift und Papier zur Hand hatte, fand ich es doch übertrieben, und als ich wieder aus dem Fenster sah, war das Auto verschwunden.«

25

Um kurz nach halb zehn am Vormittag rief Ulrika Nybom die Polizei an. Sie hatte die Nummer 11414 gewählt und war mit der Bezirkszentrale der Polizei Gotland verbunden worden.

»Hallo, ich heiße Ulrika Nybom«, begann sie.

»Hallo«, erwiderte eine Frauenstimme. »Wie kann ich Ihnen helfen?«

Ulrika holte besonders tief Luft. »Ich habe gestern Abend einen Anruf von einer Freundin bekommen, Johanna Wrangel.«

Sie dachte, dass ihre Gesprächspartnerin bei dem Namen stutzig werden würde, aber als es am anderen Ende still blieb, fuhr sie fort:

»Also, geredet habe ich nicht mit ihr, aber sie hat mir eine Nachricht auf den Anrufbeantworter gesprochen und mich gebeten, sie zurückzurufen. Sie klang besorgt.«

Wieder machte Ulrika eine Pause, diesmal länger.

»Ja?«, fragte die Frau in der Zentrale.

»Ich habe sie natürlich angerufen, aber sie ging nicht ans Telefon. Im Laufe des Abends habe ich es mehrmals probiert, aber auch da konnte ich sie nicht erreichen. Heute Morgen bin ich dann bei ihr vorbeigefahren und habe angeklopft, aber sie hat nicht aufgemacht. Ich habe vom Hausflur aus ihr Handy angerufen und es in der Wohnung klingeln gehört.«

Ulrika versuchte, sich zu beruhigen. Sie hatte das Gefühl, etwas zu schnell zu sprechen.

»Und nun befürchten Sie, es könnte etwas passiert sein?«

»Ja. Ihre Stimme klang so anders. Und dass sie mir überhaupt eine Nachricht hinterlassen hat. Das macht sie nur, wenn es wirklich dringend ist. Man sieht ja auch so, wer angerufen hat.«

Als Ulrika Nybom sich zurechtlegte, was sie sagen wollte, war ihr alles eindeutig und wohlformuliert vorgekommen, aber nun schien sich die ordentliche Faktenkette in einen Rattenschwanz aus belanglosem Geplapper zu verwandeln.

»Hat Ihre Freundin gesagt, worum es ging?«

»Nein. Nur dass ich sie anrufen soll.«

»Wie alt ist sie?«

»Sechsunddreißig.«

»Leidet sie an einer schweren Krankheit?«

»Nein, sie ist total gesund.«

»Keine Anzeichen für eine Depression?«

»Nein.«

Eine Pause am anderen Ende. Die Frau hielt Ulrika wahrscheinlich für verrückt. Eine durchgeknallte Tussi, mit der die Fantasie durchgegangen war.

»Könnte sie nicht bei einer Freundin oder ihrem Freund übernachtet haben?«

»Ausgeschlossen ist es nicht«, sagte Ulrika, »aber ich glaube es nicht.«

»Ich finde, es hört sich so an. Wenn sie wirklich so beunruhigt war, wie Sie sagen, Sie aber nicht erreichen konnte, hat sie sich vielleicht an jemand anders gewandt.«

Es klang logisch, aber …

»Es ist nur so, dass ich schon bei ihr im Büro angerufen habe, und da ist sie nicht. Normalerweise fängt sie früh an, und jetzt ist es schon zehn.«

»Ich verstehe«, sagte die Polizistin, »aber momentan können wir da nicht viel machen.«

»Aber es könnte doch etwas passiert sein.«

»In den meisten Fällen tauchen Leute, die verschwinden oder nicht zu erreichen sind, nach kurzer Zeit wieder auf, und es gibt eine ganze einfache Erklärung. Ich verstehe, dass Sie sich Sorgen machen, aber wir können nicht in die Wohnung einer kerngesunden erwachsenen Frau von fünfunddreißig Jahren eindringen, weil sie etwas zu spät zur Arbeit kommt.«

»Sechsunddreißig, aber ich weiß schon, was Sie meinen.« Ulrika seufzte laut.

»Vielleicht können Sie Kontakt zu Verwandten oder Nachbarn von ihr aufnehmen, die einen Schlüssel zur Wohnung haben?«, schlug die Frau in der Zentrale vor.

»Bei der Nachbarin habe ich schon geklingelt, aber dann muss ich es eben noch einmal versuchen.«

Ihr wurde heiß am Hals, und es juckte plötzlich am ganzen Körper.

»Falls sie doch nicht auftaucht, dürfen Sie sich natürlich wieder melden.«

»Ach. Und wann?«, fragte Ulrika nicht ohne bissigen Unterton.

»Wie meinen Sie das?«

»Wenn Sie jetzt nichts unternehmen können, muss ja irgendwo die Grenze verlaufen. Wann darf ich erneut anrufen?«

»Das kommt ganz auf die Umstände an und darauf, ob weitere Hinweise ans …«

»Wann?«, fiel Ulrika ihr ins Wort.

»Sollten Sie sie bis heute Nachmittag nicht erreicht haben, könnten Sie …«

Ulrika legte auf.

26

Fredrik ging ans Telefon und hatte gleich Oves Schnaufen im Ohr. Der Kollege war auf dem Rückweg vom Krankenhaus, im Hintergrund hörte Fredrik seine Schritte auf dem Bürgersteig.

Er notierte sich ein L und ein F, die beiden Buchstaben des Nummernschilds, an die sich Andreas Fischer noch erinnerte, legte das Telefon ab und gab Melanders Namen in die Suchmaske ein. Kurz darauf erschien sein Autokennzeichen auf dem Bildschirm. Die ersten beiden Buchstaben waren L und F.

Es waren neunzehn Stunden vergangen, seit Camilla Nordborg nach Hause gekommen war und ihren Ehemann tot aufgefunden hatte, und Fredrik hatte zum ersten Mal im Laufe dieser Ermittlungen das Gefühl, ernsthaft einem möglichen Täter auf der Spur zu sein.

»Stimmt mit dem Nummernschild von Melander überein«, sagte er zu Ove. »Danke.«

Fredrik beschloss, sofort mit Klint zu sprechen.

Die Staatsanwaltschaft war nur zwei Flure von der Kripo entfernt. Mit großen Schritten ging Fredrik auf die Holztür am Ende des Ganges zu. Schwungvoll klopfte er an und drückte gleichzeitig die Klinke hinunter.

Peter Klints Dienstzimmer war voller Akten in Heftern, Ordnern und Kartons, aber alles war fein säuberlich und systematisch geordnet. Klint machte eine Viertelumdrehung mit seinem Stuhl und blickte auf.

»Ach, hallo, hast du was Neues?«

Der Staatsanwalt wies die für die obere Mittelschicht typische Bräune auf, die für immer in die Haut imprägniert zu sein schien, in Wirklichkeit aber bei regelmäßigen Aufenthalten in Thailand, an der Amalfiküste oder in Schweizer Skigebieten aufgefrischt wurde.

»Ja, sieht aus, als hätten wir was gegen Melander in der Hand.« Kurz berichtete Fredrik von dem Autokennzeichen.

»Das reicht mir«, sagte Klint. »Wir machen eine Hausdurchsuchung.« Er stand auf und stemmte die Hände in die Seiten. »Übrigens heißt es, du gehst weg?«

»Stimmt. In einem Monat.«

»Dann ist Schluss mit Urlaub«, meinte Klint und lachte.

Fredrik grinste gequält. Diesen Scherz hatte er schon lange nicht mehr gehört. In den ersten Jahren auf der Insel hatten die hiesigen Kollegen ihn jeden August damit aufgezogen, aber irgendwann hatten sie die Lust verloren oder sich jemanden gesucht, der erst seit Kurzem nach Gotland gezogen war.

»Ja, leider«, sagte er. »Es ist eine Art Kompromiss.«

»Ach?«

Klint musterte ihn mit gesenkten Lidern. Sein Blick hungerte auf ein Bröckchen, das er in der Kaffeepause seinen Kollegen zum Fraß vorwerfen konnte. Fredrik bereute, überhaupt etwas gesagt zu haben, und zuckte die Achseln.

»Was soll's«, sagte Klint, »war nur ein Witz. Schade, dass du uns verlässt. Vor allem, wenn du es mit einem mulmigen Gefühl tust.« Er hielt sich an der Rückenlehne des Stuhls fest. »Wir werden nach Melander fahnden.«

»Im ganzen Land«, erwiderte Fredrik. »Weit kann er seit Freitag nicht gekommen sein.«

Er ging zurück ins Kommissariat, um die Hausdurchsuchung zu organisieren. Klints Fragen gingen ihm nicht aus dem Kopf. Vielleicht waren sie ganz harmlos gemeint, aber er hätte den Besuch im Büro des Staatsanwalts trotzdem lieber so schnell wie möglich vergessen.

Am effizientesten wäre es gewesen, Eva Karlén zusammen mit Sara und Ove und einer Streife auf Melanders Hof zu schicken, aber er wollte selbst hin und mit eigenen Augen sehen, wie Melander lebte.

Er rief Eva an.

»Ich habe gerade mit der Gerichtsmedizin telefoniert«, sagte sie, bevor Fredrik die Hausdurchsuchung ansprechen konnte.

»Und, was meint er?« Fredrik griff nach seinem Notizblock.

»*Sie*, Fredrik, es ist eine Sie …«

»Oh, ich bitte um Verzeihung. Von nun an werde ich nur noch

von Gerichtsmedizinerinnen sprechen. Darf ich jetzt erfahren, was *sie* gesagt hat?«

»Nordborgs Auge ist von einer dieser roten Kugeln zerfressen worden, die auf manchen Spülmaschinentabs kleben. Weißt du, was ich meine?«

Fredrik zwinkerte instinktiv. »Ich glaube, die haben wir auch zu Hause. Triple Action.«

»Genau. Unter Nordborgs Spüle stehen sie ebenfalls. Vermutlich hat der Täter sie daher.«

»Er findet seine Folterwerkzeuge am Tatort. Noch eine Möglichkeit, Spuren auf das Nötigste zu reduzieren.«

»Wusstest du, dass die roten Kugeln die gefährlichste Chemikalie enthalten, die normalerweise in Privathaushalten vorkommt?«

»Nein«, erwiderte Fredrik. »Davon hatte ich keine Ahnung, aber der Täter wusste offenbar, was er tat.«

27

Ulrika Nybom überflog den Artikel im *Expressen* noch einmal, um weitere Details zu entdecken, aber es ging vor allem um Finkalk. Ausführlich wurde über den Streit in Ojnare berichtet und über einen Zusammenhang zwischen den Protesten und dem Mord spekuliert.

Michael Nordborg war tot, höchstwahrscheinlich ermordet. Sie konnte den Text lesen, sooft sie wollte, dies war die einzige interessante Information, die sie daraus zog.

Sie warf die Zeitung zur Seite und legte ihre zitternde Hand an den Zündschlüssel. Ihre beste Freundin war verschwunden, und deren Liebhaber war ermordet worden. Es konnte einfach nicht sein.

Das Auto rumpelte über das Pflaster. So schnell es ging, fuhr sie durch die schmalen Gassen und war auch noch so bescheuert, einen anderen Weg zu nehmen, als sie gekommen war. Nach kurzer Zeit hatte sie sich verfahren. Sie hielt an und wollte umkehren, aber natürlich befand sie sich in einer Einbahnstraße.

»Scheiße.«

Als sie merkte, dass sie kurz vorm Heulen war, versuchte sie, sich zusammenzureißen, aber das war nicht einfach, denn ihre Gedanken rasten davon und verwandelten sich in wilde Fantasien.

Nach einigen Minuten war sie wieder auf dem richtigen Weg. Dachte sie zumindest.

In dem Artikel stand, dass Michael Nordborg am vergangenen Tag tot aufgefunden worden war. Johanna hatte ihre Nachricht gegen acht Uhr abends auf ihrem Anrufbeantworter hinterlassen. Bestand da ein Zusammenhang?

Als Ulrika in der Smedjegatan ankam, parkte sie direkt vor der Nummer vier. Sie öffnete die Tür und spürte den kalten Lufthauch ins heiße Auto strömen. Nachdem sie einen Fuß auf das Pflaster gesetzt hatte, erstarrte sie plötzlich. Was, wenn Johanna ihn getötet hatte?

Es war ein absurder Gedanke. Natürlich war es nicht Johanna gewesen. Aber trotzdem. Was, wenn sie sich in die Haare gekriegt hatten und der Streit aus dem Ruder gelaufen war? Oder ein Unglück geschehen war? Und jetzt war sie auf der Flucht?

Nein, das war Unsinn. Johanna würde sich nicht einfach aus dem Staub machen. Aber irgendetwas war passiert, davon war sie überzeugt. Dass Johanna sich nicht meldete, musste mit Nordborgs Tod zusammenhängen.

Fröstelnd stieg sie aus dem Wagen, und sie hatte den Eindruck, als würden vom Meer eiskalte Winde heraufwehen, dabei rührte sich kein einziger Windhauch.

Der Fußboden im Hausflur war feucht, und es roch nach Scheuerpulver. Ulrike klingelte bei derselben Nachbarin wie beim letzten Mal. M. Berggren. Vielleicht war sie gar nicht mehr zu Hause, denn der Vormittag war bereits weit fortgeschritten.

Die Tür ging auf. Die Haare der Nachbarin waren getrocknet, und sie hatte sich umgezogen. Jetzt trug sie ein enges T-Shirt und einen kurzen karierten Rock über einer schwarzen Strumpfhose.

»Hallo, ich bin es noch mal, Ulrika Nybom.«

Diesmal reichte sie ihr die Hand, sozusagen als Charmeoffensive, kam sich aber eher verzweifelt als freundlich vor. Eine Fünfunddreißigjährige mit Dachschaden. M. Berggren erwiderte den Händedruck.

»Martina. Das habe ich vorhin nicht gesagt.«

»Es tut mir wirklich leid, dass ich Sie schon wieder belästige, aber ich mache mir große Sorgen um Johanna.«

»Haben Sie sie immer noch nicht erreicht?«

Die Nachbarin wirkte zwar nicht erschrocken, aber doch besorgt.

»Nein. Im Büro ist sie nicht, obwohl sie längst da sein müsste, und die Polizei sagt, wenn man weder selbstmordgefährdet ist noch einen Herzfehler hat, unternehmen sie nichts.«

»Ist das wahr?« Martina riss die Augen auf.

»Wissen Sie, ob irgendjemand einen Generalschlüssel hat? Ein Hausmeister oder …?«

»Einen Hausmeister gibt es hier nicht, glaube ich.« Martina schüttelte den Kopf. »Aber ich weiß es nicht genau, weil ich nie zu den Versammlungen gehe. Sie können ja mal den Vorsitzenden der Eigentümergemeinschaft fragen. Er ist zwar jetzt nicht zu Hause, aber ich kann Ihnen seine Handynummer geben.«

»Das wäre super«, sagte Ulrika.

Martina war bereits auf dem Weg in die Wohnung.

»Ich muss nur in meinen Unterlagen wühlen.«

Ulrika blieb im Treppenhaus stehen und blickte in Martinas Flur. Links standen drei Paar Schuhe aufgereiht. Laufschuhe, dunkelblaue Chucks und schwarze Stiefel mit hohen Absätzen.

»Kommen Sie doch solange rein!«, rief Martina.

Ulrika trat ein und lehnte die Wohnungstür an. Ein Geruch nach Kaffee und ungelüftetem Schlafzimmer vermischte sich mit einem Hauch von Shampoo aus dem Badezimmer. Obwohl sie sich nur im Flur aufhielt, hatte sie das Gefühl, sich aufzudrängen. Sie hörte Martina in der Küche mit Papier rascheln.

»Ist das ein Durcheinander hier!«, rief sie. »Besonders bei solchen Unterlagen. Von wegen Eigentümergemeinschaft und Versammlungen und so. Ehrlich gesagt will man doch einfach nur wohnen, oder?«

»Hm«, murmelte Ulrika und dachte: Leute wie Johanna und ich sorgen dafür, dass solche Leute wie du einfach nur wohnen und auf Straßen ohne Schlaglöcher einfach nur fahren, einfach nur studieren und einfach nur den Hahn aufdrehen können, wenn sie ein Glas Wasser trinken wollen, ohne sich den Kopf darüber zerbrechen zu müssen, wie das alles funktioniert. Wie es beschlossen, organisiert und finanziert wird.

Dann schämte sie sich für ihre Gedanken. Martina half ihr schließlich. Trotzdem, irgendjemand musste all diese langweiligen Dinge erledigen, mit denen die Einfach-nur-leben-Menschen nichts zu tun haben wollten.

»Hier.« Martina kam mit einem zerknitterten Blatt zurück. »Jan Nordwall heißt er.«

Genau wie Martina angenommen hatte, war Jan Nordwall nicht zu Hause, weil er alle Hände voll mit der Vorbereitung einer Ausstellung im Museum Gotlands Fornsal zu tun hatte, wo er als Techniker arbeitete.

Ulrika machte sich keine großen Hoffnungen, dass er alles stehen und liegen lassen würde, um eine Tür aufzuschließen, zumindest nicht vor der Mittagspause, aber noch bevor sie ihre Geschichte zu Ende erzählt hatte, beschloss er, sofort herüberzukommen.

Wenige Minuten später ging die Haustür auf, und ein auffallend kleiner Mann mit dünnem Haar und dunkelgrauer Arbeitshose stieg die Treppe hoch. Lächelnd gab er ihr die Hand und begrüßte sie so gut gelaunt, als wäre der Anlass ihrer Begegnung nicht besorgniserregend, sondern ein reines Abenteuer.

»Danke, dass Sie sich gleich auf den Weg gemacht haben«, sagte Ulrika. »Es tut mir leid, dass ich Sie von der Arbeit abhalte, aber ich hätte es nicht getan, wenn es nicht wichtig gewesen wäre.«

»Ach was.«

Er winkte ab und deutete auf die Treppe.

»Ich muss oben den Schlüssel holen. Er ist in meiner Wohnung.«

Jan Nordwall hastete noch ein Stockwerk weiter. Die Sohlen seiner bequemen Turnschuhe schleiften zischend über die Stufen.

»Es ist ein bisschen eigenartig, sich auf diese Weise Zutritt zu einer Wohnung zu verschaffen, aber Not kennt kein Gebot, würde ich sagen.« Er hielt einen Schlüssel hoch, der messingfarben zwischen seinen Fingern schimmerte. »Sie werden sehen, es lässt sich ganz leicht erklären, warum sie sich nicht gemeldet hat. Dass Johanna etwas zugestoßen ist, kann ich mir kaum vorstellen.«

Als er ihren Namen aussprach, hatte Ulrika den Eindruck, dass Jan Nordwall nur deshalb sofort losgerast war, weil es um Johanna ging. Er steckte den Schlüssel ins Schloss und drehte ihn um. Während sie sich öffnete, gab die Tür einen traurigen Ton von sich, der wie ein Seufzer an ihnen vorüberwehte.

28

Hinter der Tür befand sich ein länglicher Flur, der dunkel wirkte, obwohl es draußen taghell war. Gunilla Borg und Marko Petravic betraten Johnny Melanders Haus als Erste. Fredrik und Sara waren direkt hinter ihnen.

Gunilla drückte auf den Lichtschalter, aber nichts geschah. Nachdem Fredrik einen Blick auf die Deckenlampe geworfen hatte, eine weiße Glaskugel, verteilten sie sich rasch auf die Räume, um alles abzusichern.

Johnny Melander befand sich nicht im Haus. Das war wenig überraschend. Hof und Garten waren wie leer gefegt. Keine Möbel, kein liegen gebliebener Spaten, nichts.

Fredrik rief Eva und Ove herein, die draußen abgewartet hatten. Gemeinsam durchsuchten sie systematisch alle Zimmer. Marko übernahm die erste Wache vor dem Haus.

Das Häuschen bestand aus Küche, Wohnzimmer, Schlafraum und Keller. Das Wohnzimmer wirkte gemütlich. Die alten Möbel aus heller Eiche waren mit weißen Polstern versehen, und eine Kletterpflanze umrankte das Fenster. Darüber hinaus verriet die Einrichtung wenig über denjenigen, der hier wohnte. Es gab weder Bilder an den Wänden noch irgendwelche Erinnerungsstücke.

Fredrik blätterte einen Stapel von teils ausgeschnittenen, teils ausgedruckten Zeitungsartikeln durch, die auf dem Schreibtisch im Schlafzimmer lagen. Alle hatten auf die eine oder andere Weise mit Finkalk und Ojnare zu tun. Einige steckten in Klarsichthüllen. Ganz unten lagen einige Jahresberichte der Firma.

Johnny Melander ging offenbar gewissenhaft vor. Typisch Kriminaltechniker. Dass er sich nicht informiert hätte, konnte man ihm wirklich nicht vorwerfen. In einem Regal neben dem Schreibtisch standen offenbar fleißig durchgearbeitete Bücher über Bergbau und Umweltschutz.

»Hier könnte etwas sein.«

Eva stand an der gegenüberliegenden Wand und hatte die Tür zu einer kleinen Kammer geöffnet. Fredrik sah ihr über die Schulter. Im Innern befand sich ein Schrank aus Metall, der vermutlich fest installiert war und wie ein Waffenschrank aussah.

»Wird schwierig, ihn aufzubekommen, fürchte ich.«

Falls sich Waffen in dem Schrank befanden, waren sie illegal. Einen Waffenschein hatte Melander nicht. Doch den Schrank, der vielleicht noch vom Vorbesitzer stammte, konnte man ja auch für andere Dinge verwenden, die man sicher aufbewahren wollte.

Fredrik hörte ein Motorengeräusch und drehte sich instinktiv zum Fenster, konnte aber nur einen Teil des Hofs erkennen.

»Ich sehe mal nach, was los ist.«

Er war gerade im Flur angelangt, als sich das Geräusch zu einem Aufheulen steigerte. Fredrik lief nach draußen und ließ die Haustür offen stehen.

»Das war Melander«, sagte Marko aufgeregt. »Ich habe das Nummernschild erkannt.«

Fredrik rannte zum Auto. »Los, beeil dich«, rief er, rutschte hinters Steuer, startete den Motor und schnallte sich an. Kaum saß Marko neben ihm, trat er das Gaspedal durch und fuhr mit quietschenden Reifen los.

»Hast du ihn erkannt?«, fragte er, ohne die Straße aus den Augen zu lassen.

»Nein. Der Fahrersitz lag im Schatten, aber es war ein blauer Hyundai, und das Kennzeichen stimmte.«

Wenig später befanden sie sich im niedrigen Laubwald und fuhren durch eine weiße Staubwolke. Am Rande des Gesichtsfelds ratterten die Baumstämme vorüber.

»Kaum hat er unsere Autos entdeckt, hat er eine Vollbremsung gemacht und ist umgekehrt«, sagte Marko.

Der Wagen kam auf der schlechten Fahrbahn immer wieder ins Schleudern. Wären sie eine halbe Stunde eher gekommen, hätten sie ihn gehabt. Nun war er gewarnt und wusste, dass er verdächtigt wurde. Und sie wussten, dass er sich noch auf der Insel aufhielt. Immerhin etwas.

Fredrik stieg auf die Bremse, und der Wagen pflügte eine lange Spur in den Schotter, bevor er sich schrägt stellte und stehen blieb. Nach rechts und nach links zweigten zwei lächerlich schmale Wege ab. Da sie in einer großen Staubwolke gefangen waren, konnten sie unmöglich erkennen, ob Melander geradeaus weitergefahren oder in eine der beiden Richtungen abgebogen war.

»Kannst du was sehen?«, fragte Fredrik.

»Nicht die Hand vor Augen.«

Fredrik ließ die Scheiben herunter und schaltete den Motor aus. Von rechts hörte er laut und deutlich einen Motor auf Hochtouren laufen. Das Geräusch kam aus der Nähe.

Er ließ den Motor wieder an, setzte einige Meter zurück, bog in die Abzweigung ein und jagte die Geschwindigkeit so hoch, wie es auf dem schmalen und unebenen Weg nur möglich war. Trockener weißer Kalkstaub drang ins Auto ein. Hustend tastete

Fredrik nach dem Fensterheber und versuchte gleichzeitig, die Spur zu halten.

»Scheiße.«

Der Weg schlängelte sich durch den Wald, der im unteren Teil aus Gestrüpp und Wacholderbüschen bestand. Irgendetwas stimmte nicht. Er war nicht sofort darauf gekommen, weil das Manövrieren des Wagens seine ganze Aufmerksamkeit erfordert hatte, aber in Anbetracht des Staubs, den sie selbst aufgewirbelt hatten, war die Sicht vor ihnen verdächtig klar.

Fredrik hielt erneut an, und sie öffneten wieder die Fenster. Das Geräusch war jetzt viel weiter entfernt. Sie waren in die richtige Richtung gefahren, aber zu früh abgebogen. Vermutlich gab es in nicht allzu großer Entfernung noch eine Abzweigung. Jetzt hinkten sie hoffnungslos hinterher.

Er drückte eine Weile auf dem Navi herum. Falls das Kartenbild mit der Wirklichkeit übereinstimmte, befanden sie sich in einer Sackgasse, die am Meer endete. Dieser Weg führte nirgendwohin.

29

Als die Tür weiter aufging, verstummte der traurige Ton. Während der Vorsitzende der Eigentümergemeinschaft den Schlüssel aus dem Schloss zog, trat Ulrika Nybom als Erste ein. Sie hielt es für angemessen, wenn sie und nicht dieser seltsam übereifrige Nordwall sich Zutritt zu Johannas Zuhause verschaffte.

Ihr Blick wurde automatisch vom Küchenfenster angezogen, durch das verschwenderisches Sonnenlicht hereinfiel. Dann bemerkte sie ein einzelnes Weinglas auf der Spüle. Sie wandte sich nach links und spürte Jan Nordwalls Atem im Nacken.

»Johanna?« Ihre Stimme wollte ihr nicht gehorchen.

Sie räusperte sich und versuchte es noch einmal: »Hallo, Johanna? Hier ist Ulrika.«

Sie ging ein paar Schritte in die Wohnung hinein. Die Schlafzimmertür war zu. Ulrika fühlte sich seltsam leicht, als träumte sie oder bekäme nicht richtig Luft, als sie die Hand auf die Klinke legte und die Tür öffnete.

Johanna lag bäuchlings auf dem Fußboden. Ihr Kopf war in einer merkwürdigen Position nach rechts verdreht, als säße er nicht mehr richtig fest. Kälte kroch von unten durch Ulrikas Körper. Sie hörte hinter sich eine Stimme, verstand aber kein Wort, sondern nahm nur dunkles Gemurmel wahr. Hätte Jan Nordwall nicht versucht, sich an ihr vorbei ins Schlafzimmer zu drängen, wäre sie Ewigkeiten so stehen geblieben. Sie musste vor ihm bei Johanna sein. Nicht er, sondern sie musste die Erste sein.

Sie warf sich auf die Knie und legte Johanna vorsichtig eine Hand auf den Rücken.

»Johanna?«

Sie schüttelte sie leicht.

»Notarzt«, sagte sie zu Nordwall.

Mehr bekam sie nicht heraus.

»Notarzt.«

Mit offenem Mund starrte er an ihr vorbei auf den leblosen Körper.

»Neinneinnein«, wimmerte er. »Was ist passiert?«

»Rufen Sie endlich einen Notarzt!«

Diesmal brüllte sie. Nordwall zuckte zusammen und suchte in seinen Taschen nach dem Handy.

»Johanna«, wisperte sie.

Ulrika griff nach Johannas Hand, schreckte aber zurück, als sie die steifen Finger spürte. Sie strich ihr die Haare aus dem Gesicht. Als sie den gebrochenen Blick sah, blieb ihr fast das Herz stehen. Es schnürte ihr die Kehle zu, und dann kam ihr plötzlich der Fußboden entgegen und schlug gegen ihren Kopf.

30

Als der Waffenschrank schließlich geöffnet werden konnte, stand Sara Oskarsson zwischen Eva und Ove. Alle außer Gunilla, die an der Absperrung Wache hielt, hatten sich im Raum versammelt. Sie hatten einen Schlosser aus Visby anfordern müssen, der fünfundvierzig Minuten gebraucht hatte, um hierherzukommen.

Sara war nun zum zweiten Mal in Johnnys Haus zurückgekehrt. Bisher hatte sie nichts preisgegeben und auch nicht das Gespräch mit Fredrik gesucht. Dass ihre Kollegen Johnny aus den Augen verloren hatten, war für sie das reinste Glück.

War sie eigentlich noch als Polizistin zu gebrauchen, wenn sie so dachte? Sie bewegte sich auf dünnem Eis, konnte sich aber nicht zur Umkehr überwinden, obwohl es bei jedem Schritt bedenklich knackte.

Der Schlosser trat einen Schritt zur Seite, und Eva ging zum Schrank.

»Gute Arbeit, vielen Dank«, sagte Fredrik zu dem Handwerker. »Wie Sie wissen, muss ich Sie jetzt verscheuchen. Was jetzt kommt, unterliegt dem Datenschutz.«

Der Schlosser warf einen letzten Blick auf den geöffneten Schrank und verließ den Raum.

»Klar, kein Problem«, sagte er. »Melden Sie sich, falls noch etwas sein sollte.«

Von ihrem Platz aus konnte Sara nur den Rücken ihrer Kollegin sehen. Eva beugte sich hinunter und hantierte an irgendetwas herum.

»Mein Gott, was ist das denn?«

Eva klang ebenso amüsiert wie schockiert, als sie eine schwarze Lederhaube mit drei Öffnungen in die Höhe hielt und ihre lila behandschuhten Finger darin spreizte. Normalerweise hätte der Fund Anlass zu albernen Kommentaren gegeben, aber vielleicht hatten sie den gefesselten Nordborg vor Augen. Sara dachte an die Stunden vor der Heizung. An den Schlüssel im Schloss. An Johnny Melander, der sich die Kleider vom Leib riss.

Schweigend standen sie da, während Eva Handschellen, verchromte Ketten und einen langen schwarzen Stab mit Lederriemen am Ende aus dem Schrank holte.

»Außerdem liegen hier zwei Festplatten, massenhaft Speicherkarten und eine Kamera«, sagte Eva.

Sara hatte den Eindruck, dass alles, was Eva aus dem Schrank hervorzauberte, sie selbst darstellte. Als stünde sie nackt vor ihren Kollegen, und das Geheimnis wäre gelüftet. Trotzdem zwang sie sich dazu, sich das Ganze aus der Nähe anzusehen.

»Und eine Filmkamera«, fügte Eva hinzu, griff in den Schrank und drehte sich zu den anderen um. In ihrer Hand lag eine kleine schwarze Kamera. Sara fühlte sich von dem Objektiv fixiert.

»In Anbetracht der restlichen Ausrüstung hat er damit wohl nicht die Demonstrationen im Ojnarewald aufgenommen«, bemerkte Fredrik.

»Wir werden sehen«, meinte Eva, klappte das Display hoch und vergewisserte sich, dass eine Speicherkarte eingelegt war. Saras Gedanken rasten, während sie Evas Vorbereitungen verfolgte. Was hatte Johnny hier getrieben, woran hatte sie sich unwissentlich beteiligt? Das mulmige Gefühl, das Sara bei der Nennung des Worts »Filmkamera« empfunden hatte, wuchs sich zu einem lähmenden Verdacht aus.

Diskret hob sie den Blick zur Decke und ließ ihn über die weiße Spannpappe schweifen. Sie wirkte intakt. Keine Löcher, keine Schäden. Sie suchte nach der Deckenleiste und bemerkte oberhalb des Schranks ein Lüftungsgitter. Es war zwar nur eine Ecke davon zu erkennen, aber das reichte. Ein perfekter Ort für eine Kamera, falls man unbemerkt filmen wollte, was in dem Bett mit den stabilen Pfosten vor sich ging.

Eva strich mit dem Finger über das Bedienfeld der Kamera. Am liebsten hätte Sara ihr das Gerät aus den Händen gerissen und es auf dem Boden zerschmettert.

Sie schloss die Augen, aber solange es ihr nicht gelang, auch die Augen der anderen zu verschließen, würde ihr das nichts nützen.

Sie erinnerte sich an eins der Spiele, zu dem Johnny Melander sie überredet hatte. Er hatte sie mit dünnen Seidenbändern ans Bett gebunden. Die Bänder hatten ihr keine Angst gemacht. Sie hätte sich mit einem Ruck von ihnen befreien können. Was Johnny Melander davon gehabt hatte, wusste sie nicht, aber vermutlich etwas vollkommen anderes, als sie in dem Moment geglaubt hatte.

Ihr selbst war es nicht um die Unterwerfung gegangen. Was sie daran so wahnsinnig erregt hatte, war die Tatsache, dass ihr nichts anderes übrig geblieben war, als sich zu entspannen und das zu genießen, was er mit ihr anstellte. Es war ein fantastischer Augenblick gewesen, aber natürlich zu schön, um wahr zu sein. Nun war die Erinnerung daran für immer beschmutzt und zerstört.

Sara starrte auf das Display der Filmkamera. Ein Gefühl von Scham rauschte durch ihre Adern. Sie würde sich einen anderen Job suchen müssen. Das Gerücht würde sich bis ins hinterletzte Polizeirevier des Landes ausbreiten.

Eva stellte den Wiedergabemodus ein und drückte auf Play. Es dauerte eine Weile, bis die Aufnahme von der Speicherkarte hochgeladen war. Das scharfe Bild auf dem kleinen Display zeigte das Bett direkt hinter ihnen. Darauf lag bäuchlings eine nackte Frau, deren Hände und Beine an die vier Bettpfosten gebunden worden waren. Mit einem im Nacken geknoteten Stück Stoff, das auch das blond gelockte Haar zusammenhielt, war sie zum Schweigen gebracht worden.

Ein nackter Mann kam ins Bild. Obwohl sein Kopf nicht zu sehen war, erkannte Sara auf Anhieb Johnny Melander. Es war wie ein Schlag in die Magengrube.

Johnny Melander stieg hastig auf das Bett, sank zwischen die Beine der Frau, packte ihre Hüften und zog sie zu sich heran. Die Frau stieß einen Laut aus, den das Stoffstück so dämpfte und verzerrte, dass man nicht ausmachen konnte, ob sie vor Schmerz und Verzweiflung oder vor Lust schrie.

Eva drückte auf die Pausetaste, und Johnny hielt mitten in der Bewegung inne.

Die Stille im Raum war so kompakt wie eine Winternacht.

»Wir müssen uns das in voller Länge ansehen«, sagte Fredrik. »Vielleicht finden wir konkrete Verbindungen zu unserem Mordfall, zum Beispiel die Bindetechnik. Oder wir entdecken Nordborg selbst auf einer der Speicherkarten.«

Ein Sexspielchen, das aus dem Ruder gelaufen ist. Am Tatort im Haus von Nordborg war ihr das einfach so herausgerutscht. Was, wenn sie recht hatte?

»Ich kann das übernehmen«, sagte Sara laut. »Das ist mir lieber, als wenn die männlichen Kollegen darin schwelgen.«

Ihre Worte schienen von den Wänden widerzuhallen. Alle sahen sie an.

»Ich bin froh, wenn mir das erspart bleibt«, sagte Ove.

»Natürlich nur, falls Eva das nicht übernehmen möchte«, fügte Sara hinzu, um nicht zu interessiert zu wirken.

»Ich habe alle Hände voll zu tun«, sagte Eva.

Wieder wurde es still. Sara wusste nicht, was sie sagen sollte.

Fredrik rettete sie: »Ich bezweifle ja, dass irgendjemand in dem Material schwelgen würde, aber …«

Sein Handy klingelte. Nach einem kurzen Blick auf das Display beendete er seinen Satz: »Mach das ruhig, Sara.«

Mit dem Telefon am Ohr verließ er den Raum. Eva stellte Mutmaßungen über den Kamerawinkel an und äußerte den Gedanken, der Sara auch schon gekommen war: Die Kamera musste hinter einem Lüftungsgitter verborgen gewesen sein.

Weiter war sie nicht gekommen, als Fredrik eilig ins Zimmer trat.

»In Visby ist eine Frau in ihrer Wohnung tot aufgefunden worden«, sagte er. »Laut den Kollegen vor Ort wurde ihr das Genick gebrochen.«

Sara schloss die Augen und sah die Frau im Film vor sich. Es hätte auch sie selbst gewesen sein können.

31

Er war ein wenig vom Gas gegangen und hielt sich jetzt an die Geschwindigkeitsbegrenzung. Sie waren ihm nicht mehr auf den Fersen, oder falls doch, dann waren sie zumindest weit genug weg. Wenn er aber weiterhin in seinem eigenen Auto durch die Gegend fuhr, würden sie ihn trotzdem früher oder später schnappen. Spätestens jetzt wurde wohl nach dem Wagen gefahndet.

Er musste das Auto loswerden oder verstecken. Und nicht nur das, er musste sich selbst verstecken. Er warf einen verstohlenen Blick in den Rückspiegel. Die Heckscheibe war mit einer dicken weißen Staubschicht bedeckt, durch die man gar nichts sah. Er schaltete den hinteren Scheibenwischer ein und stellte sich vor, wie sich das Wasser, nachdem die Gummilippen es von der Scheibe abgestreift hatten, in Rinnsalen über die schmutzige Kofferraumhaube schlängelte. Auch wenn es ihm nicht gerade angenehm war – immerhin konnte er jetzt wieder durch die Scheibe gucken.

Wahrscheinlich waren sie gerade mit der Hausdurchsuchung beschäftigt gewesen. Er hatte den zivilen VW-Bus mit der Leiter auf dem Dach gesehen, der kilometerweit nach Kriminaltechnik roch. Was hatten sie gegen ihn in der Hand, um eine Hausdurchsuchung zu rechtfertigen? Er begriff es nicht.

Beim Gedanken daran, dass sie in seinem Haus waren, in seinem ganzen Leben herumwühlten und jeden Winkel durchsuchten, tat sich in ihm ein Abgrund auf. Sie würden alles finden.

Er hatte unbewusst schon wieder auf hundertdreißig Stundenkilometer beschleunigt, als er es merkte. Sofort ging er vom Gas, bis sich die Tachonadel bei den erlaubten achtzig Stundenkilometern einpendelte.

Er musste untertauchen. Es standen zwei oder drei Möglichkeiten zur Auswahl, wo man ihm den Unterschlupf nicht verweigern würde. Es fragte sich nur, wo er am sichersten war. Und welcher Schritt als Nächstes anstand. Im Moment musste er sich verstecken, doch das war auf die Dauer ein unhaltbarer Zustand.

Solange er sich irgendwo in einer einsamen Hütte verschanzte, war er keine große Hilfe. Der erste Schritt war ein neues Auto, das nicht auf seinen Namen zugelassen war. Das würde kein Problem sein. Schritt zwei, ein neuer Name, war bedeutend schwieriger.

Aber er hatte nicht vor, sich einfangen zu lassen. Niemals.

32

Als Fredrik gemeinsam mit Eva und Ove das Haus in der Smedjegatan betrat, schlug ihm der Duft von Putzmittel entgegen. Er betrachtete die feuchten Steinplatten als schlechtes Omen. Der Täter hatte das Glück auf seiner Seite.

Im schattigen Wohnungsflur kam ihnen Johannes Persson entgegen. Er hatte seine Uniformmütze abgenommen und präsentierte ihnen im spärlichen Licht einen majestätisch modellierten Glatzkopf.

»Die Tote liegt im Schlafzimmer auf dem Fußboden.« Er zeigte nach links.

In der Küche sprach Leif Knutsson leise mit einer Frau um die dreißig. In sich zusammengesunken, blass und gedankenverloren saß sie da. Als sie die Bewegung im Flur bemerkte, blickte sie kurz auf, aber ihre hellblauen Augen schienen keinen Halt zu finden.

»Wer ist das?«, wollte Fredrik wissen.

»Sie hat die Tote gefunden.« Persson kam aus der Küche. »Ulrika Nybom. Die beiden Frauen waren eng befreundet.«

»Das Opfer ist also schon identifiziert worden?«

»Ja, Johanna Wrangel. Es ist ihre Wohnung.«

»Wie ist Frau Nybom hereingekommen? War die Tür offen?«

»Nein. Der Vorsitzende der Eigentümergemeinschaft hat einen Generalschlüssel.«

»Wo ist er jetzt?«

»Oben. Ich habe ihm gesagt, dass er vorerst in seiner Wohnung bleiben soll.«

Johanna Wrangel lag bäuchlings da, mit dem Kopf zur Schlafzimmertür, das blonde Haar auf dem Boden ausgebreitet. Sie hatte ihre Arme von sich gestreckt und die Handflächen nach unten gedreht, als wollte sie sich am Boden abstützen und aufstehen, ihre Beine waren weit gespreizt.

Gegen seinen Willen tauchte die gefesselte nackte Frau aus Johnny Melanders Homevideo vor Fredriks geistigem Auge auf, und für einen Moment hatte er das Gefühl, es wäre Johanna Wrangel gewesen, aber abgesehen von ihrem Haar und einem ähnlichen Körperbau sprachen keine bestimmten Merkmale dafür. Das Gesicht war nicht zu erkennen gewesen. Jedenfalls nicht in dem Teil, den sie sich angesehen hatten.

Er schob die unangenehme Assoziation beiseite und konzentrierte sich auf den Raum, in dem sie sich befanden. Ein Lichtreflex vom Fenster des Nachbarhauses fiel auf das Bett. Die Tagesdecke war zerwühlt und am Fußende heruntergerutscht. Eva drückte erfolglos auf den Lichtschalter.

»Es ist zu dunkel hier«, sagte sie. »Ich muss eine Lampe aus dem Wagen holen.«

Ove bot an, das zu übernehmen.

»Danke!« Eva warf ihm den Schlüssel zu. Während sie auf seine Rückkehr wartete, legte sie Trittplatten aus, auf denen man zur Leiche gelangen konnte, ohne mögliche Spuren zu zerstören.

Fredrik sah eine Menge Fußabdrücke auf dem Boden. Die meisten stammten wahrscheinlich von der Freundin Ulrika und den beiden Kollegen Knutsson und Persson.

Fredrik ging die paar Schritte zurück in die Küche und winkte Johannes Persson heran. Gemeinsam begaben sie sich ins Wohnzimmer.

»Der Wachhabende sagte, ihr Genick sei gebrochen. Stimmt das?«, fragte er so leise, dass seine Worte in der Küche nicht zu hören waren.

»Das nimmt zumindest der Notarzt an, der kurz nach uns eingetroffen ist. Ich habe sofort gesehen, dass ihr nicht mehr zu helfen war, aber man möchte ja hundertprozentig sicher sein.«

Die Wohnungstür ging auf, und Ove kam mit einem gelben Stativ herein, auf dem ein kleiner Scheinwerfer befestigt war. Er brachte ihn zu Eva, die rasch die Lampe aufbaute. Ein starkes weißes Licht fiel in den Raum.

»Ich glaube, sie war Politikerin.« Ove machte eine wedelnde Handbewegung in Richtung der Toten auf dem Fußboden. »Zentrumspartei.«

»Im Gemeinderat?«

»Ja.«

Vorsichtig betastete Eva den Kopf der Frau und strich mit der einen Hand über Nacken und Hinterkopf.

»Ich glaube, ich spüre etwas am vierten oder fünften Halswirbel. Dazu die Kopfposition. Das kann unmöglich ein Unfall gewesen sein. Jemand hat …«

Fredrik bedeutete ihr, noch zu warten, und bat Persson, die Küchentür zu schließen.

»So, jetzt kannst du weitersprechen«, sagte er zu Eva.

»Ich glaube, dass ihr auf äußerst brutale Weise das Genick gebrochen wurde. Möglicherweise war sie zu dem Zeitpunkt schon bewusstlos. Sie hat einen seitlichen Schlag auf den Kopf bekommen. Hier.«

Eva zeigte auf die Schläfe.

»Selbst wenn sie nicht das Bewusstsein verloren hat, muss sie nach dem Schlag ziemlich benommen gewesen sein. Jemandem das Genick zu brechen erfordert viel Kraft, aber wenn die Person keinen Widerstand leistet, geht es leichter. So stelle ich mir das vor.«

Eva zog ein Vergrößerungsglas aus der Brusttasche ihres Overalls und untersuchte Johanna Wrangels Nägel und Finger.

»Die Freundin hat erzählt, dass Johanna ihr gestern Abend um zwölf nach acht eine Nachricht auf die Mailbox gesprochen hat«, sagte Persson.

»Der Körper ist ziemlich steif«, sagte Eva. »Sie muss seit zehn, zwölf Stunden tot sein. Ich messe mal die Temperatur.«

Sie stand auf und verließ auf den Trittplatten den Raum.

»Ich werde jetzt mit der Freundin sprechen«, sagte Fredrik. »Wie war noch mal ihr Name?«

»Ulrika Nybom«, klärte Persson ihn auf.

»Wo steckt eigentlich Gustav? Ist er noch nicht hier?«

»Er ist drüben beim Nachbarn.«

Während er die Tür hinter sich zuzog, sah Fredrik sich schnell in der Küche um: glänzende Kalksteinplatten, Edelstahl, ein schwarzes Kochfeld. Alles sah neu und teuer aus.

Stumm nickte er Leif zu, als er an den Tisch trat und gegenüber von Ulrika Nybom Platz nahm.

»Hallo«, sagte er, »ich heiße Fredrik Broman und bin Kriminalkommissar bei der Polizei Gotland. Ich werde die Ermittlungen in diesem Mordfall leiten.«

Er reichte ihr die Hand. Ulrika Nybom hob die rechte Hand, die in ihrem Schoß gelegen hatte, und drückte seine Finger.

»Es tut mir leid«, fuhr Fredrik fort. »Ich verstehe, dass es schwierig für Sie ist, aber wenn Sie einverstanden sind, würde ich Ihnen gerne ein paar Fragen stellen.«

Ulrikas Blick wanderte langsam über sein Gesicht. Ihre Augen wirkten so bleich, als wären sie von Tränen verwässert worden.

»Fragen Sie ruhig«, sagte sie mit leiser, aber fester Stimme.

Fredrik spürte, wie dieses zaghafte Lächeln in Kombination mit einer ebenso zaghaften Stirnfurche über sein Gesicht huschte. Es war die gleiche Miene, die Beerdigungsgäste aufsetzten, wenn ihr Blick beim Rückweg vom Sarg zur Kirchenbank über die Angehörigen schweifte.

»Woher kannten Sie Johanna?«

»Wir arbeiteten zusammen. Sie war Politikerin, und ich arbeite im Parteibüro.«

»Von der Zentrumspartei?«

Sie nickte.

»Wir haben uns kennengelernt, als ich Mitglied im Jugendverband wurde. Sie war damals die Vorsitzende der Sektion Gotland.«

»Und Sie waren eng befreundet?«

»Ja«, antwortete Ulrika und senkte den Blick.

Fredrik fuhr fort, weil er es für klüger hielt, sie abzulenken, bevor sie sich in ihre Gefühle versenkte. »Was hat Sie dazu veranlasst, hierherzukommen und sich Zutritt zur Wohnung zu verschaffen?«

Die Antwort kam blitzschnell: »Johanna hat mir gestern Abend eine Nachricht auf die Mailbox gesprochen. Sie hat beunruhigt gewirkt. Es lag nicht an dem, was sie gesagt hat, denn das war nichts Besonderes, sondern eher an ihrer Stimme. Als ich sie zurückrufen wollte, ist sie nicht ans Telefon gegangen. Auch nicht heute Morgen, und sie ist auch nicht zur Arbeit erschienen.«

»Und da sind Sie hergekommen.«

»Ich war gegen sieben hier und habe geklingelt.«

»Gab es, abgesehen von Johannas Stimme auf der Mailbox, weitere Umstände, die Sie nachdenklich gestimmt haben? Einen Konflikt oder vielleicht Streit, zum Beispiel mit einem Exfreund?«

Die wässrigen Augen funkelten. »Genau die Fragen hat man mir gestellt, als ich heute Morgen bei Ihnen angerufen habe.«

»Sie haben die Polizei angerufen?«

»Ja, nachdem ich geklingelt, aber niemand geöffnet hatte. Ich habe hinter der Tür ihr Handy gehört.«

Sie sah Fredrik an, als wollte sie ihn zur Rechenschaft ziehen, weil die Polizei nichts unternommen hatte, als sie um Hilfe bat.

»Es gab also außer der Nachricht keine äußeren Umstände, die Sie beunruhigt haben?«

»Dass sie nicht ans Telefon geht und nicht zur Arbeit kommt, sind doch wohl Umstände genug.«

»Das stimmt«, meinte Fredrik, »aber davor? Hatte sie einen Freund oder einen Ex, der …«

»Nein.«

Ulrika Nybom schloss die Augen, ihr Kinn sank auf die Brust. Die Wut, die sie sich abgerungen hatte, um ihm ins Wort zu fallen, schien ihr das letzte bisschen Kraft geraubt zu haben.

»Alles okay?«, fragte er.

Sie hob abwehrend die Hand und öffnete die Augen wieder.

»Ich habe die Zeitungen gesehen. Johanna hat über Finkalk geschrieben.«

Er versuchte, ihren Blick aufzufangen. »Wie meinen Sie das?«

»Ich habe gelesen, dass Michael Nordborg ermordet wurde.«

Ulrika Nybom schluchzte auf. Als Fredrik ihr in die Augen sah, sprach sie weiter. »Johanna hatte einen langen Artikel in der *GT* über den neuen Kalkbruch geschrieben. Nachdem ich von Michael Nordborgs Tod erfahren hatte, bin ich ein zweites Mal hergekommen und habe den Mann von oben geholt, den Vorsitzenden.«

Wieder drängte sich ihm die Doppelbelichtung der toten Johanna Wrangel und der gefesselten Frau in Johnny Melanders Bett auf, diesmal erschien sie ihm aber nicht mehr so unmotiviert wie vorhin.

»Das verstehe ich nicht ganz«, sagte Fredrik. »Sie sagen, Johanna Wrangel habe einen Artikel über Finkalk geschrieben. Was hat sie denn geschrieben?«

Der eben noch müde Blick durchbohrte ihn.

»Sie hat sich positiv über Finkalk geäußert. Verstehen Sie? Johanna hat geschrieben, dass sie für den Ausbau war.«

33

Martina Berggren saß zusammengesunken auf dem Küchenstuhl und kratzte sich noch immer unter dem Ärmel ihres T-Shirts. Gustav war sich nicht sicher, ob sie unter Schock stand oder ob sie das, was in der Nachbarwohnung passiert war, bewusst nicht an sich heranlassen wollte.

»Sie war immer so umsichtig und gut gelaunt«, sagte sie leise.

»Wohnen Sie alleine hier?«

»Ja.«

Für eine so große Wohnung in der Innenstadt wirkte sie absurd jung. Eine verwöhnte Göre oder eine clevere junge Frau?

»Wann haben Sie Johanna Wrangel zuletzt gesehen?«

Martina dachte eine Weile nach.

»Das muss am Wochenende gewesen sein. Wahrscheinlich am Sonntag … ja, genau.«

Wieder machten sich die Fingernägel unter dem T-Shirt zu schaffen.

»Sie hat übrigens etwas abwesend gewirkt. Jetzt fällt es mir wieder ein.«

»Abwesend?«, wiederholte Gustav.

»Sie war freundlich wie immer, aber sie schien sich nicht mit mir unterhalten zu wollen.«

»War das sonst anders?«

»Nein, wir haben nie viel miteinander geredet, aber man hat ihr angemerkt, dass sie nichts dagegen hatte, hin und wieder ein paar Worte zu wechseln. Das mochte sie. Aber am Sonntag ist sie an mir vorbeigerast und wollte alleine sein.«

»Und danach haben Sie sie nicht mehr gesehen?«

Martina Berggren schüttelte den Kopf.

»Haben Sie seitdem Geräusche aus der Wohnung gehört? Fällt Ihnen da irgendetwas ein?«

Gustav legte den Stift weg, während er ihre Antwort abwartete. Sie zog die Schultern hoch und sah aus dem Fenster.

»Ich begreife nicht, wie in der Nachbarwohnung jemand ermordet werden kann, ohne dass man es bemerkt.«

»Denken Sie gründlich nach«, forderte Gustav sie auf. »Es spielt keine Rolle, ob es Ihnen unbedeutend erscheint.«

»Aber es kann natürlich sein«, sagte sie, »dass ich nicht zu Hause war, als es passierte.«

Sie wandte sich ihm wieder zu und riss die Augen auf. »Stellen Sie sich mal vor, der Mörder wäre in meine Wohnung eingedrungen! Darf ich heute Nacht überhaupt hier schlafen?«

»Ich glaube nicht, dass Grund besteht, Sie …«

»Das ist mir egal«, unterbrach sie ihn. »Ich kann hier sowieso nicht schlafen. Vollkommen ausgeschlossen. Ich werde eine Freundin anrufen.« Seufzend rutschte sie auf ihrem Stuhl herum.

»Wissen Sie, ob sie einen Freund hatte?«

»Ich glaube nicht.«

»Ihnen ist niemand aufgefallen, der regelmäßig zu Besuch kam?«

»An und für sich …«

Sie hustete und rieb sich den Nacken. Ihr aschblondes Haar hatte genau die Nuance, die man gemeinhin Straßenkötern zuschrieb.

»Einen Mann habe ich öfter gesehen, aber ich dachte, das wäre irgendein Politiker. Er sah viel älter aus. Vierzig, fünfzig vielleicht. Keine Ahnung. Ich kann das Alter nicht so gut schätzen, wenn die Leute … na ja … wenn sie älter sind.« Sie lächelte entschuldigend.

Gustav streckte sich und bemühte sich, ein Gefühl abzuschütteln, mit dem er ungern Bekanntschaft stiften wollte.

»Beschreiben Sie ihn doch einfach mal«, schlug er vor.

»Also, er war ziemlich groß, wirkte durchtrainiert, blond, aber an den Seiten grau.« Sie zeigte auf ihre Schläfen. »Meistens trug er einen Anzug. Wie ein Politiker sah er aus. Er …«

Auf einmal verstummte sie, dann zeigte sie mit der ganzen Hand auf Gustav.

»Ich habe doch jemanden gesehen«, sagte sie. Dann schwieg sie.

»Doch.«

Sie hatte es mehr zu sich selbst gesagt.

»Als ich gestern nach Hause kam, ist mir jemand begegnet.«

Sie konzentrierte sich darauf, sich die Person in Erinnerung zu rufen.

»Aber das war nicht er?«

»Nein, jemand ganz anderes. Viel jünger. Wir sind unten an der Haustür fast zusammengestoßen.«

»Versuchen Sie, ihn zu beschreiben«, bat er sie.

Dabei musste er sich anstrengen, um sachlich und ruhig zu bleiben.

Martina presste die Lippen zusammen und richtete den Blick nach innen. Plötzlich leuchteten ihre Augen.

»Er hatte Jeans und Stiefel und eine dunkle Kapuzenjacke an. Die Kapuze hatte er auf. Sie saß straff, als wäre sie zu klein.«

»War er groß?«, fragte Gustav.

»Nein, nicht besonders. Aber kräftig. Als ich gegen ihn prallte, fühlte er sich an, als wäre er aus Stein.«

Wieder kramte sie in ihrem Gedächtnis.

»Doch. Er roch nach Schweiß. Auffällig stark. Ich bin mir sicher, dass er es war. Ich habe den Mörder gesehen.«

34

Ein Weinglas mit einer kleinen Pfütze Wasser und der nahezu unsichtbaren Spur eines hellen Lippenstifts am Rand war das einzige Lebenszeichen in Johanna Wrangels Küche. Nun war auch das verschwunden. Eva Karlén hatte es kurz untersucht und dann in eine nummerierte braune Papiertüte gepackt.

Ulrika Nybom hatte das Auto stehen lassen und ein Taxi genommen. Sie sei nicht in der Lage zu fahren, hatte sie gesagt. Als die Polizisten nicht mehr Rücksicht auf Johanna Wrangels trauernde Freundin nehmen mussten, fiel es ihnen leichter, sich in der Wohnung zu bewegen.

»Ove, frag bei der *GT* an, ob nach Johanna Wrangels Artikel über Finkalk irgendwelche Drohbriefe eingegangen sind«, sagte Fredrik und wandte sich dann an Eva. »Außerdem müssen wir dahin gehend ihren Posteingang auf dem Computer überprüfen. Wir können nicht ausschließen, dass ein Zusammenhang zwischen diesem Mord und dem Mord an Nordborg besteht. Wenn man es rein ideologisch betrachtet, hat Johanna Wrangel in der Debatte über Finkalk Position für das Unternehmen bezogen und die Demonstranten hart angegriffen.«

Fredrik hatte inzwischen den Text im Netz überflogen.

Eva blickte von einem Handy auf, an dem sie gerade herumfummelte.

»Die Vorgehensweise des Täters ist in beiden Fällen aber völlig unterschiedlich«, wandte sie ein.

»Klar«, erwiderte Fredrik, »der Mord an Nordborg war kontrolliert und durchdacht. Der Täter hat ihn gefoltert, bevor er ihn getötet hat. Der Mord an Wrangel dagegen ist offenbar schnell und brutal vonstattengegangen. Ich habe auch meine Zweifel, ob es tatsächlich einen Zusammenhang gibt, aber wir sollten es auf jeden Fall überprüfen.«

»Öffentlichkeitsarbeit für Finkalk zu machen oder in einem Zeitungsartikel Stellung zu beziehen, ist nicht unbedingt dasselbe«, warf Gustav ein. Er hatte sich auf dem Stuhl niedergelassen, auf dem vorher Ulrika Nybom gesessen hatte.

»Wie auch immer«, sagte Fredrik, »wir müssen der Sache nachgehen. Überprüft den Computer und das Telefon. Und dann haben wir noch den Mann mit der Kapuzenjacke, mit dem die Nachbarin zusammengestoßen ist.«

»Das könnte der Täter sein«, meinte Eva. »Die Begegnung passt mit dem Todeszeitpunkt zusammen. Angesichts der Körpertemperatur und der Leichenstarre würde ich sagen, dass Johanna Wrangel gestern Abend zwischen acht und zehn gestorben ist.«

»Schade, dass Frau Berggren sein Gesicht nicht gesehen hat«, sagte Ove.

»Der Täter oder besser gesagt: der Mann, den die Nachbarin gesehen hat, ist auf der Smedjegatan in Richtung Norden weitergegangen. Vielleicht hat ihn noch jemand gesehen als Frau Berggren«, sagte Fredrik. »Wir müssen in der Umgebung des Hauses Klinken putzen. Außerdem sollten wir mit Wrangels Kollegen aus dem Parteibüro sprechen. Das übernehme ich gemeinsam mit Gustav. Unabhängig davon, ob ein Zusammenhang zum Fall Nordborg besteht, müssen wir die Spur Johnny Melander weiterverfolgen. Wenn du mit der *GT* fertig bist, Ove, kannst du Sara abholen und zusammen mit ihr versuchen, etwas aus den Umweltaktivisten herauszubekommen. Fangt am besten mit den Leuten an, die auf dem Zeitungsfoto neben Melander zu sehen sind.«

»Wartet mal eben«, sagte Eva, die immer noch mit dem Handy beschäftigt war und den Blick keine Sekunde vom Display nahm.

»Wir warten«, erwiderte Fredrik.

»Entschuldigt.« Sie sah auf. »Ich wollte mir nur ganz sicher sein. Ich habe mir die Anrufe auf dem Handy von Johanna Wrangel angeschaut. Auf der Liste habe ich nicht nur den Anruf bei Ulrika Nybom um 20:12 Uhr am Montagabend gefunden, sondern auch drei Anrufe bei Michael Nordborg zwischen 16:00 und 17:30 Uhr am Freitagnachmittag und dann noch einen um 21:12 Uhr. In allen vier Fällen hat keiner abgenommen. Am Freitag um 11:04 Uhr hat Nordborg bei ihr angerufen, und Wrangel ist ans Telefon gegangen. Seine Nummer ist bei ihr gespeichert.«

Eva hatte die volle Aufmerksamkeit ihrer Kollegen.

»Und am Samstag um 11:41 Uhr hat sie ihm eine SMS mit dem folgenden Wortlaut geschickt: ›Was ist los? Wo steckst du?‹«

35

Ob es auf Gotland eine oder drei Tageszeitungen gab, war Auslegungssache, dachte Ove, während er die Tür zur Redaktion der *GT* aufdrückte. Die Zeitung war in eins der länglichen Backsteingebäude eingezogen, die frei wurden, nachdem das Panzerregiment aufgelöst worden war.

Gotlands Tidningar stellten insofern ein Unikum dar, als die Zeitung in zwei beinahe identischen Ausgaben erschien: *Gotlands Folkblad* und *Gotlänningen*. Die Unterschiede beschränkten sich auf die ersten beiden Seiten, der Rest des Blattes war gleich. *Gotlands Allehanda*, je nach Zählweise die zweite oder dritte Tageszeitung der Insel, wurde vom selben Unternehmen herausgegeben wie die Konkurrenz. Sie hatte ihre Redaktion in denselben Räumlichkeiten wie die *GT* und teilte sich mit ihr eine Onlineausgabe.

In kleinen Gemeinwesen überlebte man nur, wenn man zusammenarbeitete. Auch Ove hatte die *GT* abonniert. Die Vorstellung von zwei Kontrahenten unter einem Dach gefiel ihm.

In den Redaktionsräumen, die normalerweise acht bis zehn Mitarbeiter zu beherbergen schienen, hielten sich nur zwei Personen auf, als Ove eintrat. Man hatte von hier einen Ausblick auf ausgedehnte Rasenflächen und weitere Backsteingebäude.

Eine Frau um die vierzig, die ihre langen dunklen Haare offen trug, sprach in ein Mikrofon, das mit dem Handy auf dem Schreibtisch verbunden war. Sie fixierte ihren Monitor und hämmerte in unregelmäßigen Abständen ein paar Worte in die Tastatur. Ihr Kollege war ein etwa dreißigjähriger Mann, der hinter einem mit hellgrauem Stoff bespannten Raumteiler saß. Als er Ove sah, stand er auf und kam mit ausgestreckter Hand auf ihn zu. Über seinem T-Shirt flatterte ein offenes Hemd.

»Ove Gahnström?«

»Stimmt.«

»Axel Krusell«, stellte der Mann sich vor. Er war der Politikredakteur der Zeitung. »Wir können uns in die Teeküche setzen, damit wir Sofia nicht stören.«

Krusell machte eine einladende Geste. Sie gelangten von der Redaktion direkt in einen hellen Raum mit einer kleinen Küchenzeile auf der rechten und einer Sitzgruppe auf der linken Seite. Am Fenster standen zwei Lesesessel und an der einen Wand ein Regal voller Bücher und Zeitschriften sowie einer Flasche Bollinger mit roter Schleife drauf.

Der Politikredakteur stellte Ove einen Stuhl zurecht, setzte sich neben ihn und legte sein Handy auf den Tisch.

»Sie hatten Fragen, die Johanna Wrangels Kommentar zu Finkalk betreffen?«

»Genau.«

»Sie haben mir gar nicht gesagt, warum.«

»Johanna Wrangel ist tot«, sagte Ove.

»Was? Wie ist das passiert?«

Krusells entspannte Attitüde war wie weggeblasen. Er setzte

sich kerzengerade hin und umklammerte mit der linken Hand das Handy.

Ove räusperte sich, bevor er antwortete, denn ihm war bewusst, dass jede seiner Äußerungen sofortige Auswirkungen haben würde.

»Johanna Wrangel wurde vor etwa zwei Stunden tot in ihrer Wohnung aufgefunden. Sie ist ermordet worden.«

Einige endlose Sekunden lang gab Axel Krusell keinen Ton von sich. Ove sah ihm an, wie hinter seiner Stirn die Gedanken rasten und sich die Fragen häuften, die ungeduldig darauf warteten, Stimmbänder, Zunge und Lippen in Bewegung zu setzen.

»Ermordet? Hat es etwas mit Finkalk zu tun? Gibt es einen Zusammenhang mit Nordborg? Also dem Mord an Nordborg?« Er rutschte unruhig auf seinem Sitz hin und her. Dann schnappte er sich sein Handy und stand auf. »Entschuldigen Sie mich bitte.«

»Sie müssen mir aber ein paar Fragen beantworten, Herr Krusell, bevor Sie …«

»Dauert nur zwei Minuten«, sagte Krusell. Er machte einige tastende Schritte auf die Tür zu und erinnerte dabei an einen Achtjährigen, der von seiner Lehrerin auf dem Weg zum Fußballspielen auf dem Pausenhof aufgehalten wird. Bevor Ove irgendetwas erwidern konnte, erteilte Krusell sich selbst mit eifrigem Nicken die Erlaubnis und stürmte in die Redaktion.

»In zwei Minuten hole ich Sie zurück«, rief Ove ihm hinterher.

Doch Axel Krusell war bereits verschwunden. Ove hörte, wie der Ärger der Kollegin über die Störung sich schlagartig legte. Kurz darauf redeten sie wild aufeinander ein und ließen ständig die Namen Wrangel und Nordborg fallen.

Sie wollten eine Pressemeldung herausgeben, nahm Ove an. Auf diese Weise gewann die *GT* nicht nur einen Vorsprung vor der Konkurrenz direkt nebenan, sondern auch vor allen anderen Medien. Doch das war nicht sein Problem. Darum sollte Fredrik sich kümmern. Er hätte das Dilemma vorhersehen müssen, als er ihn zu der Zeitung schickte.

Im anderen Raum mischte sich eine dritte Stimme ins Gespräch ein. Ove hatte nicht auf die Uhr gesehen, als Axel Krusell hinausrannte, aber er beschloss, dass er ihm genug Zeit gegeben hatte. Er ging zur Tür und warf einen Blick in den Redaktionsraum. Eine junge Frau Anfang zwanzig mit roten Haaren und schwarzem Nagellack war hinzugekommen. Vielleicht eine Sommervertretung.

»Ihre zwei Minuten sind um«, sagte Ove.

Krusell drehte sich mit stierem Blick und rot geflecktem Hals zu ihm um. »Haben Sie schon jemanden in Verdacht?«

»Zuerst stelle ich meine Fragen«, sagte Ove, »dann kann ich Ihnen eventuell auch einige von Ihren beantworten.«

Krusell biss die Zähne zusammen.

»Sie sind ja nicht allein.« Ove deutete auf die beiden Frauen.

Der Redakteur sah ein, dass er sich fügen musste. Schließlich war Ove derjenige gewesen, der ihn überhaupt mit der Information versorgt hatte. Er begleitete ihn zurück in die Teeküche und setzte sich widerwillig.

»Wann ist der Kommentar von Johanna Wrangel in der Zeitung erschienen?«, fragte Ove.

»Das muss vor gut drei Wochen gewesen sein.«

Krusell klickte die Kalenderfunktion seines Handys an und begann zu blättern.

»Am 24. April.«

Wenige Tage bevor Melanders Auto vor Nordborgs Haus gesehen worden war. Irgendetwas schien eskaliert zu sein. Was mochte das Fass zum Überlaufen gebracht haben? Waren bei dem Täter die Sicherungen durchgebrannt?

»Ihr Artikel steht noch im Netz.« Krusell legte das Handy auf den Tisch.

»Wie sahen die Reaktionen aus?«

»Sie waren heftig.« Axel Krusell ließ den Blick schweifen. »Es war ein richtiger Shitstorm. Wir mussten fleißig moderieren.«

»Haben Sie auch Kommentare entfernt?«

»Ja. Das ist ja immer etwas heikel, aber wir sind der Ansicht, dass wir Beiträge, die lauter Beleidigungen und Schimpfwörter oder sogar Drohungen enthalten, nicht veröffentlichen sollten.«

»Haben Sie sie aufbewahrt?«

»Die gelöschten Kommentare?«

»Ja.«

»Die werden archiviert. Damit haben wir angefangen, als vor etwa einem Jahr einer unserer Mitarbeiter bedroht wurde. Man weiß ja nie.«

»Ich würde sie mir gerne ansehen. Können Sie sie jetzt heraussuchen?«

»Natürlich.« Axel Krusell sprang vom Stuhl auf. »Da müssen wir zu meinem Platz.«

Ove folgte ihm zurück in die Redaktion. Die beiden Journalistinnen saßen sich gegenüber und arbeiteten konzentriert. Die Jüngere hatte einen Hörer am Ohr, die andere drosch auf die Tastatur ein.

»Haben Sie einen Verdächtigen?« Krusell konnte sich die Frage einfach nicht verkneifen.

»Nicht im Fall Wrangel.«

»Was heißt das? Im Fall Nordborg etwa schon?«

»Wir nehmen gerade jemanden unter die Lupe.«

Der politische Redakteur blieb hartnäckig, aber Ove meinte: »Bringen wir das hier erst zu Ende.«

Axel Krusell ließ sich auf seinen Stuhl fallen und erweckte seinen Computer mit einem Hieb auf die Leertaste zum Leben. Nach dem Einloggen ließ er sich eine Auflistung der entfernten Kommentare anzeigen. Ove stützte sich mit den Knöcheln auf der Tischplatte ab und beugte sich nach vorn.

»Wie Sie sehen, ist es eine ganze Menge«, meinte Krusell.

Er scrollte nach unten. Eine der vorüberflimmernden E-Mail-Adressen erkannte Ove auf Anhieb. Sie stand auch auf der Liste von Adressen, die Finkalk entschlüsselt hatte.

»Moment mal, gehen Sie bitte ein Stück zurück«, sagte er.

Krusell scrollte langsam hoch, und die Adresse tauchte wieder auf.

»Da!«

Johnny Melanders Kommentar war der dritte von sieben, die in dem Fenster zu sehen waren. Nach dem Benutzernamen und der E-Mail-Adresse standen die ersten Worte des Kommentars: »Sie werden noch bereuen …«

Erst jetzt bemerkte Ove seinen Fehler.

36

Was ist los? Wo steckst du?

Die sechs Silben verrieten nicht viel, klangen aber auch nicht nach einer SMS, die man vormittags um elf an jemanden schickte, mit dem man ein rein kollegiales Verhältnis hatte.

Fredrik und Gustav fuhren von der Smedjegatan direkt in die Lyckåkergatan, wo Ulrika Nybom wohnte.

»Ist dir klar, was hier abgeht, wenn es eine Verbindung zwischen dem Tod von Johanna Wrangel und Finkalk gibt?«, fragte Gustav. »Zu allem Überfluss ist sie auch noch Politikerin. Das bedeutet Sicherheitspolizei, Bodyguards und Wachschutz. Ganz zu schweigen davon, dass die Sache in den Medien wie eine Bombe einschlagen wird.«

Fredrik saß schweigend hinterm Lenkrad und dachte kurz an die ganzen ungepackten Umzugskartons, bevor er antwortete: »Noch wissen wir ja nicht einmal, ob der Tod von Michael Nordborg mit Finkalk zusammenhängt. Es deutet zwar einiges darauf hin, aber …«

»Müssen wir nicht trotzdem davon ausgehen?«, fiel Gustav ihm ins Wort. »Falls Gefahr besteht.«

»Stimmt«, sagte Fredrik, »aber den Ball würde ich gerne nach oben weiterspielen.«

Solche Entscheidungen zu fällen gehörte nicht zu seinen Aufgaben. Sobald sie mit Ulrika Nybom fertig waren, würde er den Kripochef anrufen und ihm die Situation erläutern.

Sie bogen vom Stenkumlaväg in die Lyckåkergatan ein, und

Fredrik entdeckte direkt vor der Nummer acht eine Parklücke. Das Wohngebiet war in den Fünfzigern errichtet worden und lag am Stadtrand in der Nähe des Fähranlegers. Wenn die Fenster auf die richtige Seite hinausgingen, hatte man vom obersten Stockwerk vermutlich einen schönen Blick auf die Ostsee.

Nach einem Blick auf die Klingelschilder an der Haustür stellten sie fest, dass Ulrika Nybom im Erdgeschoss wohnte. Sie musste sich mit der Aussicht auf den Kreisverkehr und die hohe Skulptur in deren Mitte begnügen.

Hinter der Tür ertönte eine schüchterne Stimme:

»Ja?«

»Fredrik Broman, Polizei.«

Das Schloss klickte, und die Tür ging auf. Ulrika Nybom hatte sich die Schminke aus dem Gesicht gewaschen und sah aus wie eine noch blassere Ausgabe ihrer selbst.

»Verzeihen Sie die Störung«, sagte Fredrik, »aber wir müssen Ihnen unbedingt noch ein paar Fragen stellen.«

Sie hielt die Klinke in der Hand und stand etwas unbeholfen da.

»Dürfen wir reinkommen?«

»Ja, natürlich.«

Ulrika Nybom trat zur Seite und schloss die Tür hinter ihnen.

»Wir können uns dorthin setzen.« Sie zeigte auf eine lichtdurchflutete Türöffnung.

Sie betraten als Erste das Wohnzimmer mit dem limegrünen Sofa und den drei weißen Sesseln, die um einen niedrigen Tisch gruppiert waren. Die Stringregale hinter dem Sofa waren voller Bücher. Ulrika Nybom ließ sich sofort in einen der Sessel sinken, Fredrik und Gustav nahmen auf den beiden anderen Platz.

Ulrika Nybom schloss die Augen und strich sich von unten nach oben über das Gesicht. Fredrik wartete, bis sie die Augen wieder öffnete.

»Was hatte Johanna für ein Verhältnis zu Michael Nordborg?«

Ulrika atmete seufzend aus. Sie antwortete nicht.

»Ich weiß nicht, wie Sie das sehen, aber meiner Meinung nach ist das eine wichtige Frage«, sagte Fredrik.

Sie zuckte zusammen und warf ihm einen wütenden Blick zu, beruhigte sich aber schnell wieder.

»Sie kannten sich.«

»Mehr nicht? Sie hatten nicht zufällig eine sexuelle Beziehung?«

Ihr Blick verdüsterte sich. Fredrik merkte, dass sie mit sich rang.

»Sie hatten eine Verhältnis«, erklärte sie knapp.

»Vorhin sagten Sie, sie hätte keinen Freund.«

Die Antwort kam wie aus der Pistole geschossen.

»Als Freund kann man das nicht bezeichnen. Er war ja verheiratet.«

»Hören Sie …«

Fredrik hielt inne. Er hatte eigentlich fragen wollen, ob sie es nicht für erwähnenswert halte, dass Johanna Wrangel ein Verhältnis mit einem Mann gehabt hatte, der inzwischen ermordet worden war. Doch dann war ihm bewusst geworden, dass es nicht angemessen war, eine Frau zu beschimpfen, die gerade ihre beste Freundin verloren hatte.

»Ich wollte nicht …« Sie verstummte und nahm einen zweiten Anlauf. »Ich glaube, ich war die Einzige, die davon wusste. Ich hätte es sagen müssen, aber ich konnte einfach nicht. Der Gedanke, nach ihrem Tod als Erstes einen Vertrauensbruch zu begehen …«

»Ich kann Sie verstehen«, sagte Fredrik.

Das war zwar gelogen, aber klang ganz gut. Warum begriff sie nicht, dass diese Information für die Aufklärung des Mordes an ihrer Freundin möglicherweise entscheidend war?

»Ich habe ja kapiert oder besser gesagt angenommen, dass es sowieso herauskommt. Es sollte nur nicht sofort in der Zeitung stehen.«

»Solche Angaben behandeln wir diskret«, sagte Fredrik, »insbesondere, wenn wir nicht wissen, ob sie von Bedeutung sind. Es wäre gut, wenn Sie uns erzählen, was Sie wissen.«

Ulrika Nybom rutschte ein Stück zurück und streckte sich.

»Sie hatten seit fast zwei Jahren etwas miteinander. Kennengelernt hatten sie sich bei der Arbeit. Da Johanna sich für Finkalk engagierte, hatte sie öfter Kontakt mit dem Unternehmen.«

»Wo haben sie sich getroffen?«

»Bei ihr zu Hause. Immer. In der Öffentlichkeit ging es ja nicht.«

»Wie oft?«

»Das war ganz verschieden, je nachdem wie er sich loseisen konnte. Es hing eher von der Arbeit als von seiner Familie ab. Er hatte ziemlichen Stress in dieser Zeit, und Johanna war ja auch eine viel beschäftigte Person. Sie war nicht immer für ihn verfügbar, wenn er frei hatte. Diesmal war seine Frau von Freitag bis Montag verreist, und da hatten sie ausnahmsweise ein Wochenende für sich. Aber er ist nicht aufgetaucht.«

»Hat sie Ihnen das erzählt?«

»Johanna hat mich angerufen. Als er sich am Samstag immer noch nicht gemeldet hatte, sind wir zusammen ausgegangen. Sie war enttäuscht und wütend. Wir dachten, er hätte seine Frau aus irgendeinem Grund aufs Festland begleiten müssen. Eigentlich war es seltsam, dass er sich nicht gemeldet hatte, aber wir haben einfach beschlossen, dass er ein Drecksack ist.«

Sie blickte von Fredrik zu Gustav.

»Möglicherweise habe ich sie in der Richtung angestachelt. Ich konnte einfach nicht verstehen, warum sie sich noch mit ihm getroffen hat.«

»Hat Michael Nordborg davon gesprochen, seine Frau zu verlassen?«

»Nein. Jedenfalls nicht konkret. Er hat wohl gesagt, dass er gerne mit Johanna zusammen wäre, aber mehr nicht.«

»Und Sie waren die Einzige, die davon wusste?«, fragte Gustav.

»Ja, da bin ich mir ganz sicher. Zumindest auf Johannas Seite.«

Fredrik versuchte, die neue Information mit dem zusammenzufügen, was sie bereits wussten. Camilla Nordborg war nachweislich in Stockholm gewesen, als ihr Mann ermordet wurde, und konnte sich zum Zeitpunkt des Mordes an Johanna Wrangel kaum auf den Beinen halten. Ein Eifersuchtsdrama mit Camilla Nordborg als Täterin konnten sie ausschließen.

»Wie war es, bevor Johanna Wrangel Nordborg kennenlernte? Hatte sie einen Freund oder irgendetwas, das Sie als feste Beziehung bezeichnen würden?«

»Jetzt hören Sie aber auf.«

»Es könnte wichtig sein.«

»Ich werde Ihnen keine Zusammenfassung von Johannas Liebesleben liefern. Vergessen Sie es.« Ihre Stimme zitterte.

»Wenn eine Frau auf diese Weise ums Leben kommt, findet man den Täter oft in ihrem Bekanntenkreis«, erklärte Gustav. »Darunter sind durchaus auch Exfreunde.«

»Sie hatte nur eine Affäre mit Michael, und es gab keinen Ex, der Stress gemacht hätte. Jedenfalls nicht, soweit ich weiß.«

Ulrika Nybom beugte sich nach vorn und legte den Kopf auf die Fingerkuppen.

»Entschuldigen Sie, aber sind wir bald fertig?«

»Es dauert nicht mehr lang.«

»Ich weiß nicht, ob ich das noch länger aushalte. Ich fürchte, Sie müssen jetzt gehen.« Sie seufzte tief.

»Eine Sache noch. Haben Sie noch einmal über den Kommentar nachgedacht, den Johanna für die *GT* geschrieben hat? Ist danach etwas passiert? Hat sie Drohungen oder andere feindselige Zuschriften erhalten?«

»Ich bin noch gar nicht dazu gekommen, mit darüber den Kopf zu zerbrechen, aber …«

Sie senkte den Kopf und schwieg längere Zeit. Fredrik ließ ihr die Zeit, die sie brauchte.

»Auf der Homepage der Zeitung standen ein paar unangenehme Dinge«, sagte sie schließlich, »aber Johanna war der Ansicht, das sei nicht anders zu erwarten gewesen. Im Netz regen sich die Leute ja über alles Mögliche auf.« Sie richtete sich auf und strich sich den Pony aus dem Gesicht. »Aber vor ein paar Wochen hat sich in der Stadt ein Typ auf sie gestürzt.«

»Meinen Sie, er ist tätlich geworden?«, hakte Gustav nach.

»Nein, aber er ist zu ihr gekommen und wollte mit ihr über

den Artikel diskutieren. Anfangs wirkte er vernünftig und sachlich, aber dann ist die Sache offenbar ausgeartet, und er ist sehr unangenehm geworden.«

»Hat er sie bedroht?«, wollte Fredrik wissen.

»Ich weiß nicht, was er gesagt hat, aber Johanna hat es so beschrieben. Sie war wütend und hatte Angst, glaube ich.«

»Wissen Sie, wer das war?«

»Er hat sich nicht vorgestellt, aber ...«

Ulrika Nybom stand auf.

»Johanna kannte ihn aus der Zeitung. Zu Finkalk hat sie ja alles gelesen.«

Ulrika Nybom ging zum Bücherregal und wühlte in einem Papierstapel. »Sie hat mir den Artikel gezeigt. Hier ist er.« Sie legte einen kopierten Zeitungsartikel vor sie hin.

Sie erkannten ihn sofort.

»Der da war es.« Sie tippte auf Johnny Melanders Kopf.

37

Saras Hände zitterten ein wenig, als sie die beiden Festplatten, die Kamera und die Speicherkarten in der untersten Schublade des Rollcontainers unter ihrem Schreibtisch einschloss. Am liebsten hätte sie das Ganze in der Ostsee versenkt.

Sie musste das gesamte Material durchsehen, solange Eva Karlén so viel zu tun hatte, dass Fredrik überhaupt nicht auf die Idee kam, Eva könnte ihr helfen. Gleich heute Abend würde sie sich daranmachen.

»Gut, dass du wieder da bist.«

Es war Ove. Mit einem stechenden Gefühl von Schuld und Scham im Nacken drehte sie sich um.

»Ja.«

Ihr fiel nichts anderes ein. Sie hatte das Gefühl, dass jeder weitere Kommentar zu der Hausdurchsuchung und Johnny Melander sie nur noch weiter in Verlegenheit gebracht hätte. Eine heiße Welle stieg an ihrem Hals hoch. Sie wurde doch nicht etwa rot? Sie bewegte sich zwar auf dünnem Eis, aber es sah ihr gar nicht ähnlich zu erröten.

»Ich habe mir Johnny Melanders Aktivistenclique von dem Foto angesehen«, sagte er. »Wir sollten mit denen anfangen, die in der Nähe wohnen.«

Johnny Melander. Der Typ ließ sich einfach nicht abschütteln. Sie musste mit Fredrik reden. Aber erst nachdem sie sich die Filme angesehen hatte, die sie eben im Rollcontainer eingeschlossen hatte.

»Klar«, sagte sie. »Wo fahren wir hin?«

»Die meisten kommen aus Slite und Umgebung, aber eine wohnt hier in der Stadt. Sie heißt Gåta Larsson und wohnt in Norr.«

»Heißt sie wirklich Gåta – wie Rätsel?«

»Guck mich nicht so an«, sagte Ove. »Ich habe mir das nicht ausgedacht. Sie ist tatsächlich auf den rätselhaften Namen Gåta getauft worden, ich habe es überprüft.«

Sara stand lachend auf. »Dass jemand, der Gåta heißt, wirklich getauft worden ist, kann ich mir kaum vorstellen.«

Die Frau oder das Mädchen vor ihnen war erst vierundzwanzig Jahre alt. Ihr Haar war schwarz wie Kohle, die Haut weiß wie Papier und die Ringe in ihrer Nase aus Silber. Sie sieht hübsch aus, dachte Sara, hübsch und eingebildet.

Sara hörte ein Geräusch aus der Wohnung. Es klang wie ein laufender Wasserhahn. Gåta Larsson kam ins Treppenhaus und zog die Wohnungstür hinter sich zu. Barfuß stand sie in schwarzer Jeans und kakifarbenem Top da. Am Oberarm hatte sie einen blauen Fleck, der mittlerweile gelblich aussah.

»Können wir reinkommen?«, fragte Sara.

»Es geht doch auch hier.« Gåta verschränkte die Arme. »Was wollen Sie?«

Ihr Dialekt klang, als käme sie vom Festland.

»Woher kennen Sie Johnny Melander?«, fragte Ove.

»Wieso? Machen Sie eine Meinungsumfrage?«

»Ihre Meinung interessiert uns nicht«, sagte Sara. »Wir möchten Ihnen nur ein paar Fragen stellen. Es hat nichts mit Ojnare und Finkalk zu tun. Zumindest nicht mit dem Für und Wider des neuen Kalkbruchs.«

»Womit denn dann?« Gåta schob das Kinn vor.

Angst hatte sie nicht. Die meisten in ihrem Alter hätten auf einen Besuch der Polizei vermutlich viel kleinlauter reagiert. Vor allem, wenn sie nicht gerade ihre Freunde dabeihatten. Vielleicht wäre es besser gelaufen, wenn sie in Uniform gekommen wären. Oder schlechter.

»Das dürfen wir Ihnen nicht sagen«, sagte Ove.

»Woher kennen Sie Johnny Melander?«, fragte Sara.

»Von da oben«, entgegnete Gåta. »Er war auch auf den Demos und Treffen, an denen ich teilgenommen habe.«

»Wo können wir ihn erreichen?«, erkundigte sich Sara.

»Zu Hause, nehme ich an.«

»Und wenn er nicht zu Hause ist?«, bohrte Sara nach.

»Keine Ahnung. Wir sind nicht befreundet.«

»Sie haben also keinen Kontakt?«, vergewisserte sich Ove.

Gåta richtete ihren Blick ins Nichts, ohne etwas darauf zu erwidern.

»Sie sind zusammen mit Johnny Melander und fünf anderen auf einem Foto zu sehen«, fuhr Ove fort.

»Ist das ein Verbrechen?«

»Da sieht es so aus, als wären sie nicht nur oberflächliche Bekannte.«

Gåta rümpfte die Nase. »Die Zeitung hat uns so hingestellt. Sie brauchten Interviewpartner. Es hätten auch fünfzig Leute auf dem Bild sein können.«

»Aha«, sagte Ove.

»Hören Sie«, sagte Sara. »Johnny ist nicht zufällig hier, oder?«

Gåta Larsson wich zurück. »Was?«

»In Ihrer Wohnung?«, verdeutlichte Sara.

»Sind Sie verrückt?«

»Ist er hier?«

»Was soll denn der Mist?«

Gåta Larsson legte stöhnend den Kopf in den Nacken. Sara ließ sie nicht aus den Augen. Gåta hatte ihre Fragen noch immer nicht beantwortet.

»Was? Nein, hier ist niemand. Insbesondere nicht Johnny Melander.«

War das nicht eine merkwürdige Antwort?

»Dürfen wir reinkommen und uns selbst davon überzeugen?«, fragte Ove.

»Ich glaube nicht.«

Schweigend standen sie da und sahen sich an. Einen Moment lang schien eine Pattsituation zu herrschen, doch allen war bewusst, dass Sara und Ove nicht einfach wieder gehen würden.

»Ich habe jemanden gehört«, sagte Sara.

»Ich habe nichts mehr dazu zu sagen«, sagte Gåta Larsson. »Ich kenne Johnny Melander nicht. Das war's.«

»Wir müssen trotzdem reinkommen.«

»Ich lasse Sie nicht herein. Sie brauchen eine Genehmigung.«

Sara bemerkte ein unfreiwilliges Zucken in Gåta Larssons Augenwinkel. »Unter den gegebenen Umständen können wir diesen Beschluss selbst fassen«, sagte sie.

»Johnny Melander steht unter dringendem Verdacht, ein Verbrechen begangen zu haben, und falls Sie ihn schützen, ist das auch ein Verbrechen«, versuchte es Ove.

Gåta Larsson wurde noch bockiger.

»Lassen Sie mich doch mit dem Scheiß über Johnny Melander in Ruhe. Können Sie nicht einfach gehen?«

Sie stand breitbeinig vor der Tür und zeigte auf die Treppe.

»Hören Sie«, sagte Sara, »wir müssen in die Wohnung.«

Sie legte ihr eine Hand auf die Schulter, doch Gåta stieß sie weg.

»Gehen Sie!«

Erneut legte Sara ihr die Hand auf die Schulter, um sie sanft von der Tür wegzuschieben, aber diesmal schlug Gåta nach ihr.

Ihr war nicht wohl dabei, aber Sara sah keinen anderen Ausweg, als schnell Gåta Larssons linken Arm zu packen, ihn ihr auf den Rücken zu drehen und sie an die Wand zu drücken.

»Lassen Sie mich los«, zischte die junge Frau durch die zusammengebissenen Zähne.

Sara nickte Ove zu. Er öffnete die Tür und betrat die Wohnung. Bevor er im Dunkeln verschwand, sah sie ihn noch die Dienstwaffe aus dem Holster ziehen.

Gåta wand sich, bis Sara ihren Arm noch weiter nach oben drückte. Dann schrie sie kurz auf und wehrte sich nicht mehr. Sara warf einen Blick auf die Tür, die Ove offen gelassen hatte. Vielleicht hätte sie ihn begleiten sollen. Sie hätten Gåta mit Handschellen ans Treppengeländer ketten können. Oder die Wohnung bewachen und Verstärkung anfordern.

Gåta keuchte. Bevor Saras Befürchtungen über die Vorgänge in der Wohnung ausuferten, kam Ove wieder heraus.

»Kein Melander«, sagte er. »Nur ein Mädchen.«

Sara lockerte den Griff, zog Gåta hoch und ließ sie schließlich ganz los. Das Mädchen drehte sich um. Ihre Augen schimmerten, aber der Blick war hart. Sara suchte nach Worten, um begreiflich zu machen, warum sie so handeln mussten, doch es war sinnlos.

»Dann sind wir jetzt fertig«, sagte Ove an ihrer Stelle.

Sie gingen die Treppe hinunter. Von oben hallte Gåtas Stimme durchs Treppenhaus.

»Ich werde euch anzeigen, verdammt!«

38

Fredrik stand auf dem Parkplatz südlich vom Polizeigebäude und spürte, wie die Sonne ihn wärmte. Er gönnte sich eine winzige Atempause, bevor er Ninni anrief.

Überraschenderweise ging sie ans Telefon.

»Wir haben noch einen Mord«, sagte er.

»Noch einen? Das darf doch wohl nicht wahr sein!«

»Die nächste Zeit wird turbulent. Viel Arbeit, Überstunden …«

Aus dem Handy drang ein unüberhörbarer Seufzer.

»Wir haben absurd viel zu tun. Das Zeug, das hier herumsteht, reicht für fünf solche Wohnungen. Mindestens. Ich habe keine Ahnung, wie das gehen soll. Im Ernst.«

»Das kann ich mir vorstellen. Es wird nicht einfach, rechtzeitig fertig zu werden.«

Er kehrte der Sonne den Rücken zu und ging langsam über den verlassenen Hof.

»Na toll«, sagte Ninni. »Vielen Dank für dein Verständnis.«

»Damit wollte ich nicht sagen, dass du alles alleine machen sollst. Ich werde auch was übernehmen, wenn ich zu Hause bin.«

»Wenn man nicht ständig über irgendwelche alten Sachen stolpern und in nostalgischen Betrachtungen versinken würde, dann würde man es bestimmt in der Hälfte der Zeit schaffen.« Ninni lachte, es klang aber unfroh.

»Es tut mir leid«, sagte er.

»Nicht nötig«, sagte sie. »Du hast die Leute ja nicht umgebracht.«

Er lächelte stumm und ging in eine andere Richtung.

»Da das Haus verkauft ist, geht es sowieso nicht anders«, sagte Ninni. »Da müssen wir jetzt durch. Simon kann auch mithelfen.«

»Ich wollte nur, dass du es weißt«, sagte er. »Ich muss jetzt auflegen.«

»Ich nehme an, es wird spät heute Abend?« Sie machte eine Pause. »Blöde Frage, ich weiß.«

»Ja«, antwortete er. »Ja, es wird spät, wollte ich sagen.«

Sie verabschiedeten sich. Fredrik beendete das Gespräch und rief Göran Eide an. Vermutlich war er nur wenige Meter von ihm entfernt, aber Fredrik wollte gerne noch ein bisschen in der Sonne stehen bleiben. Sobald er einen Fuß ins Gebäude setzte, würden jede Menge Leute an ihm zerren.

Er berichtete kurz von Johanna Wrangels Artikel und Ove Gahnströms Ausrutscher bei der *GT*.

»Er hat sie zwar nicht direkt auf Melander hingewiesen, aber bei einer Auswahl zwischen sieben Personen haben die bald heraus, um wen es geht. Wenn Finkalk das konnte, schafft die *GT* das auch. Ojnareaktivist, Polizist. Sie haben ihn ja schon im Archiv.«

»Es wird die Hölle los sein«, meinte Göran. »Ein verdächtiger Polizist. Eine Politikerin, die aufgrund ihrer Meinung ermordet wurde. Die Überschrift kann man sich leicht vorstellen. ›Wer ist das nächste Opfer?‹«

Fredrik hielt die geschlossenen Augen in die Sonne.

»Falls es tatsächlich so sein sollte«, bemerkte er.

»Das spielt überhaupt keine Rolle«, sagte Göran scharf. »Es sieht so aus, und es wird uns um die Ohren fliegen.«

Das Parkplatztor summte, während es sich langsam öffnete. Draußen stand Evas VW-Bus.

»Wir müssen eine Pressemeldung über Wrangel herausgeben«, sagte Fredrik ins Handy.

»Das übernehme ich«, erklärte Göran. »Du konzentrierst dich auf die Ermittlungen.«

»Danke.«

Das Tor hatte seine Endposition erreicht. Eva fuhr hindurch und stellte den Bus direkt vor dem Eingang der Kriminaltechnik ab. Als sie ausstieg, rief Fredrik ihr zu: »Seid ihr schon fertig?«

»Nein, ich musste eine Pause einlegen, weil ich heute nicht zum Mittagessen gekommen bin.«

Sie öffnete die Seitentür, die blechern zur Seite rauschte.

»Gibt es was Neues?«, erkundigte sich Fredrik.

»Johanna Wrangels Schlüsselbund lag nördlich von der Smedjegatan in einer Mülltonne in der Sankt Nikolaigränd. Der Täter muss die Tür abgeschlossen und die Schlüssel weggeworfen haben, als er ging. Außerdem tendiere ich zur Annahme, dass er, genau wie der Täter im Fall Nordborg, Schuhschützer und Handschuhe getragen hat.«

»Sonst nichts Konkretes?«

»Nein, aber sobald wir da unten fertig sind, machen wir mit Johanna Wrangels Computer und Telefon weiter.«

Eva holte die Tüten mit Beweismitteln aus dem Bus und schloss die Tür zur Abteilung für Kriminaltechnik auf.

Fredrik ging ins Gebäude. Auf der Schwelle hielt er inne. Einen Augenblick lang fürchtete er, das Gleichgewicht zu verlieren. Auch er hatte nichts zu Mittag gegessen. Er warf einen Blick auf sein Handy. Wenn er sich beeilte, würde er es noch in die Kantine schaffen.

39

Fredrik balancierte ein Sandwich mit Brie und Salami in der linken und eine Flasche Orangensaft auf dem Kaffeebecher in der rechten Hand, während er die Treppe hochging. Kaum war er in den Flur eingebogen, fiel der Saft auf den Boden.

Gustav kam aus seinem Büro und bückte sich nach der Flasche, die in seine Richtung gerollt war. »Ich trage sie dir ins Zimmer«, sagte er und folgte Fredrik. »Inzwischen habe ich mir die Körperverletzung genauer angesehen, die man Melander zur Last gelegt hat.«

»Worum ging es da?«

»Es war in einer Kneipe, der Vorfall fand also in seiner Freizeit statt.«

»Im Dienst haben Kriminaltechniker ja auch nur selten die Gelegenheit, anderen Leuten wehzutun.«

»Wie auch immer. Als die Kneipe zumachte, wurde er vor dem Haus in eine Diskussion verwickelt. Ein Mann in seinem Alter verlor die Beherrschung und versetzte ihm zwei kräftige Schläge auf den Kopf. Der Typ war offenbar ein richtiger Schrank von Mann. Melander hat ihm zwischen die Beine getreten und ihm die Nase gebrochen. Es wurde Anzeige gegen ihn erstattet.«

»Von dem Mann, mit dem er sich geprügelt hat?«

»Genau.«

Gustav stellte Fredriks Saft auf den Schreibtisch.

»Gab es Zeugen?«

»Zwei Leute haben die Schlägerei aus der Ferne verfolgt, aber sie konnten nicht sagen, wer wann zugeschlagen hat. Am Ende war es angeblich Notwehr.«

Die meisten Mörder hatten irgendeine Körperverletzung auf dem Buckel. Es war zwar denkbar, dass das, was Gustav eben berichtet hatte, mit der Wirklichkeit übereinstimmte. Andererseits war Melander zu dem Zeitpunkt Polizist gewesen. Seine Aussage hatte zweifellos am meisten Gewicht gehabt. Fredrik wusste das aus Erfahrung.

In seiner Tasche vibrierte das Handy. Die Nummer war unterdrückt.

»Ich gehe besser dran«, sagte er zu Gustav und tippte auf das grüne Hörersymbol. »Fredrik Broman, Polizei Gotland.«

Kurzes Schweigen und hörbare Atemzüge, dann sagte eine Stimme mit finnlandschwedischer Sprachmelodie: »Hallo, ich heiße Barbro Aronsson. Ich bin Krankenschwester in Danderyd, Nierenabteilung. Ihr Vater liegt ja seit einigen Tagen bei uns …«

»Was?«, unterbrach Fredrik sie.

Er sah Gustavs fragenden Blick und drehte sich zum Fenster um. Sein Kopf war wie leer gefegt. Er nahm nur noch die trostlose Aussicht auf das Untersuchungsgefängnis wahr.

»Gunnar Broman ist doch Ihr Vater?«

»Ja, das schon, aber …«

»Ich rufe an, weil sich sein Zustand plötzlich sehr verschlechtert hat«, erklärte ihm die Stimme.

»Warten Sie mal«, sagte Fredrik. »Ich wusste nicht einmal, dass er im Krankenhaus ist. Ich habe ihn zuletzt am Samstag gesehen, und da ging es ihm sehr gut.«

»Er wurde ja auch am Sonntag eingeliefert«, sagte die Krankenschwester.

Was die Sache allerdings nicht einleuchtender machte. Fredrik versuchte, sich zu erinnern, worüber sie geredet hatten. Hatte sein Vater erwähnt, dass er sich nicht wohlfühlte? Doch, irgendetwas war da gewesen, er hatte am Montag einen Termin beim Arzt gehabt.

Fredrik hatte dem nicht viel Beachtung geschenkt. Sein Vater sprach oft von irgendwelchen Zipperlein und bevorstehenden Arztterminen, um dann wenige Tage später anzurufen und zu verkünden, er sei der fitteste Achtzigjährige, den die Ärzteschaft je in den Fingern gehabt hätte. Dass er permanent an seiner Pfeife paffte, hatte nicht einmal einen Schatten auf der Lunge hinterlassen.

»Was fehlt ihm denn?«, fragte er.

Gustav hatte offenbar mitbekommen, dass das Gespräch privater Natur war, und schlich sich hinaus.

»Er hat eine Nierenentzündung, die sich im gesamten Nierenbecken ausgebreitet hat.«

Warum erfuhr er das erst jetzt?

»Ist es ernst?«, fragte er. »Es klingt ernst.«

»Sein Zustand ist nicht gut«, entgegnete die Krankenschwester.

»Wie ernst ist es? Lebensbedrohlich?«

»Nein, an und für sich nicht, und Ihr Vater scheint über eine gute Konstitution zu verfügen …«

»Stimmt, aber ich verstehe immer noch nicht, wieso es mit ihm seit Samstag so rapide bergab gegangen ist.«

»Er wurde am Sonntag in die Notaufnahme gebracht und von dort aus auf unsere Station verlegt, nachdem man diese Entzündung diagnostiziert hatte. Ich hatte an dem Tag keinen Dienst, aber soweit ich es verstanden habe, war sein Gesamtzustand zu dem Zeitpunkt ganz gut. Heute Morgen war er jedoch furchtbar verwirrt, und nun untersuchen wir, ob etwas passiert ist.«

»Was denn zum Beispiel?«

»Wir machen ein MRT von seinem Gehirn, um einen Schlaganfall auszuschließen.«

Sie hatte eine interessante Wortpirouette gedreht, um die Wahrheit anzudeuten und gleichzeitig kleinzureden. Fredrik wandte sich wieder seinem Schreibtisch zu und suchte in seinem Notizblock eine weiße Seite heraus, ohne genau zu wissen, warum. Er griff nicht einmal nach einem Stift.

»Kann man mit ihm sprechen?«

»Ich weiß nicht, ob das momentan Sinn hat. Er ist unheimlich müde und verwirrt.«

Es gelang ihr, bei ihren Worten ein Mitgefühl mitschwingen zu lassen, das angesichts der Tatsache, dass sie eine wildfremde Person war, fast zu intim wirkte.

Fredrik begriff noch immer nicht, wieso sein Vater seit zwei Tagen im Krankenhaus war, ohne dass er davon wusste, schob diesen Gedanken aber beiseite. Was die Krankenschwester erzählt hatte, klang nicht gut, obwohl sie sich größte Mühe gegeben hatte, das Ganze zu beschönigen. Er starrte auf die leeren Zeilen des Blocks und überlegte fieberhaft, wie er mit der Sache umgehen sollte. Dass er nach Stockholm musste, war klar, aber es würde Konsequenzen haben.

»Auf welcher Station liegt er denn?«

»Station 72«, antwortete die Krankenschwester.

»Haben Sie eine Telefonnummer für mich?«

Er nahm einen Stift, schrieb die Ziffern auf, bedankte sich für den Anruf und legte auf.

Dann starrte er eine Weile reglos aus dem Fenster. Am Samstagmorgen waren sie von den Nachrichten geweckt worden, die in der Küche in Sickla in voller Lautstärke aus dem Radio drangen, während sich der Duft der ersten Pfeife in der Wohnung ausbreitete. Als sie endlich auf den Beinen gewesen waren, hatte sein Vater bereits das Wochenendrätsel gelöst und konnte es kaum erwarten, seine Sicht auf das Weltgeschehen zum Besten zu geben.

Genauso war es in seiner Kindheit gewesen. Jeden Morgen, jede Woche. Jahr für Jahr. Er konnte sich kaum vorstellen, dass es nicht so weitergehen würde.

40

Peter Malm betrachtete die dunklen Gesichter der beiden anderen. Die blendende Abendsonne hatte den Raum verfinstert. Er überlegte, ob er das Licht einschalten sollte, ließ es aber bleiben. Die Schatten, die das Gegenlicht warf, hatten etwas Beruhigendes an sich. Die Grünpflanzen vor dem Fenster wirkten wie Papiersilhouetten.

Instinktiv hatten sich die drei Männer ins Wohnzimmer zurückgezogen, das auf den Garten hinausging und keine Fenster zur Straße hatte. Andreas Fischer fuhr sich pausenlos durchs Haar. Er sah aus wie ein Kind oder zumindest wie fünfundzwanzig. Vor allem in dieser Beleuchtung, die die wenigen Fältchen in seinem Gesicht wie mit Weichzeichner übertünchte. Schlank, drahtig und jugendlich. Beneidenswert und ein wenig lächerlich zugleich. Nur diese Spur von Lächerlichkeit machte den Kontrast zwischen Peter und dem nur drei Jahre jüngeren Andreas erträglich. Andreas' gertenschlanke und zehn Jahre jüngere Frau sah aus wie eine Märchenfigur, allerdings hatte diese Fee einen IQ von mindestens einhundertdreißig und war nie um eine Antwort verlegen.

»Das kann doch nichts mit … na ja … mit uns zu tun haben«, sagte Andreas, und für einen Moment blieb seine nervöse Handbewegung aus. »Zuerst Micke und dann Johanna Wrangel. Das ist doch …«

Er suchte im Dunkel Augenkontakt zu den anderen und wartete darauf, dass sie es abstreiten oder sagen würden, was er selbst nicht über die Lippen brachte. Peter schwieg. Erik Hedengren warf einen Blick auf seine Armbanduhr und machte sich dann an der Stereoanlage zu schaffen. Zu seinem Lambswool-Pullover mit V-Ausschnitt trug er eine gediegen verwaschene Jeans und exklusive braune Schuhe. Sanfte Wellen zeichneten sich in dem dünnen Leder ab, während er in der Hocke nach einem Sender suchte. Die Haare waren kurz geschnitten und ordentlich gekämmt.

Erik bekam die örtlichen Nachrichten herein und hielt sich den Zeigefinger an die Lippen, obwohl die anderen keinen Ton gesagt hatten. Es waren wortwörtlich dieselben Informationen wie eine Stunde zuvor. Die Politikerin Johanna Wrangel von der Zentrumspartei war in ihrer Wohnung in Visby tot aufgefunden worden. Zu möglichen Verdächtigen wollte sich die Polizei zum gegenwärtigen Zeitpunkt nicht äußern.

Erik schaltete das Radio aus und wandte sich wieder Andreas und Peter zu. Es war Eriks Vorschlag gewesen, sich bei Peter zu treffen. Er wusste genau, warum. Erik wollte sie nicht bei sich zu Hause haben, und bei Andreas sah es genauso aus. Außerdem gab es praktische Gründe, die sich kaum widerlegen ließen. Peter war alleinstehend. Keine Frau, keine Kinder, die noch zu Hause wohnten, wie bei Andreas und Erik. Und wie bei Micke.

»Euch ist doch klar, dass sie ihre Nase überall hineinstecken werden«, sagte Erik. Er stieß die Worte hervor, als wollte er die anderen zusammenstauchen. »Wenn sie nicht vollkommen inkompetent sind, werden sie bald einen Zusammenhang zwischen Johanna und Micke herstellen.«

»Vielleicht ist es ja auch so«, sagte Peter Malm. »Wir können doch nicht ...«

Er hielt inne, als er Eriks gerunzelte Stirn sah, die sich daraufhin wieder glättete. Die fragende Miene verwandelte sich in ein Lächeln.

»Wieso? Wusstest du nichts davon?«

Jetzt lächelte auch Andreas.

»Wovon denn?«, fragte Peter. Was wusste er nicht? Warum weihten sie ihn nicht ein?

»Micke und Johanna.« Wieder kämmte Andreas seine dunkle Haarpracht mit den Fingern.

»Micke und Johanna waren ...?«

»Miteinander im Bett, ja«, sagte Erik. »Hast du es jetzt kapiert?«

Grinsend pflügte Andreas Furchen in seinen Schopf.

Erik drehte sich zu ihm um. »Kannst du nicht endlich aufhören damit?«

Andreas' Hand erstarrte mitten auf dem Kopf, dann ließ er den Arm langsam sinken.

»Ach, deshalb«, sagte Peter.

»Was dachtest du denn?«, entgegnete Erik. In seiner Stimme klangen noch die Nachwehen der scharfen Zurechtweisung mit. Er starrte zu Boden, schüttelte den Kopf und winkte Andreas einige Male zu. Das war seine diffuse Art, zuzugeben, dass er sich im Ton vergriffen hatte.

Was dachtest du denn?, hallte es in Peters Kopf wider. Ihm wurde heiß. Dass es für Erik und Andreas so offensichtlich war, musste daran liegen, dass sie es von Anfang an gewusst hatten. Micke war ein Idiot.

Er sagte es probehalber laut: »Micke war ein Idiot.«

Erik sah auf, fixierte ihn, hatte ihm aber nichts entgegenzusetzen und wich seinem Blick aus. Genau. Ausnahmsweise hielt er den Mund.

Micke war ein Idiot. Und nun war er tot.

»Vielleicht sollten wir zur Polizei gehen ...«, schlug Peter vor.

Er kam nicht dazu, den Satz zu beenden, bevor ihm Eriks Gesicht so nah kam, dass er die Bartstoppeln zählen konnte, die Erik heute Morgen beim Rasieren übersehen hatte.

»Hast du sie noch alle?«, zischte er. »Niemand geht zur Polizei. Kapierst du das? Niemand.«

Erik stieß ihm seinen Zeigefinger in die Brust, und Peter kam sich wie ein kleiner Junge auf dem Schulhof vor.

»Was für eine beschissene Idee«, kommentierte Erik.

Andreas hielt sich im Hintergrund. Er wirkte eher verängstigt als wütend. »Ich meine, wenn es sowieso nichts mit Finkalk zu tun hat ...«, meinte er.

»Wissen wir das denn?«, zischte Erik. »Na? Wissen wir das?«

Er durchbohrte Peter mit seinem Blick.

»Nein«, erwiderte der matt.

Erik atmete keuchend durch die Nase, das Weiße in seinen Augen leuchtete im Dunkeln.

»Niemand unternimmt irgendwas. Nichts. Kapiert ihr das?«

Er sagte *ihr*, wendete aber den Blick nicht von Peter ab.

Andreas machte einen unsicheren Schritt zur Seite.

»Bestimmt hat es was mit Finkalk zu tun«, sagte er. »Es muss wegen Finkalk sein. Es klingt verrückt, aber es muss so sein.«

Erik schloss die Augen und entfernte sich ein Stück von Erik.

»Oder?«, fragte Andreas. »Johanna hat doch diesen Artikel geschrieben.«

Erik drehte sich zu Andreas um. Peter sah das kurz geschnittene Haar an Eriks Hinterkopf, den ausrasierten Nacken. Mit welchem Recht stauchte Erik sie zusammen? Er war zwar nicht so ein Idiot wie Micke, das musste er zugeben, aber ein Arschloch war er auch.

»Ja, natürlich«, sagte Erik verbissen. »Aber ihr habt das Wichtigste übersehen. Der Mord an Micke war schlimm genug. Wenn die Polizei Johanna Wrangel mit Micke in Zusammenhang bringt, werden sie ihn noch mehr durchleuchten. Macht euch darauf gefasst, dass sie zurückkommen. Sie werden ihre Nase in alles stecken.«

Andreas lachte nervös. »Was sollen sie denn finden? Es gibt doch nichts.«

Erik wandte sich wieder an Peter und sah ihn herausfordernd an.

»Nichts«, murmelte Peter.

Erik legte den Kopf schräg.

»Ich habe dich nicht richtig verstanden.«

»Nichts«, sagte Peter laut und deutlich.

Sein Körper war schwer wie Blei, sein Brustkorb wurde zusammengepresst, und er bekam kaum noch Luft. Vier Tage lang hatte er ein leichtes Frühlingsgefühl genossen. Nun war es vorbei.

41

»Oje«, sagte Ninni am Handy. »Er hat am Wochenende doch noch so munter gewirkt.«

»Ich weiß«, sagte Fredrik. »Es ist mir ein vollkommenes Rätsel.«

Er saß in der Abflughalle des Visbyer Flugplatzes und blickte auf die beiden Propellermaschinen hinaus.

»Immerhin ein gutes Gefühl, dass wir da waren.«

»Ja, da hast du wohl recht. Oder wie meinst du es eigentlich? Er liegt ja nicht im Sterben.«

»So habe ich es auch nicht gemeint«, sagte Ninni. »Aber wir hatten ihn so lange nicht gesehen. Gut, dass wir da waren.«

Er brummte anstelle einer Antwort. Daran hätte sie ihn nicht zu erinnern brauchen. Sie hatten sich lange nicht gesehen. Fredrik dachte fast täglich daran, dass sie sich so selten sahen. Aber er tat nichts dagegen. Doch jetzt würde sich alles ändern. Sie wären praktisch Nachbarn. Sein Vater freute sich, das war nicht zu übersehen gewesen.

Als sein Flug aufgerufen wurde, bildete sich eine Traube vor dem Ausgang. Der winzige Tax-Free-Shop war geschlossen. Keine internationalen Flüge heute.

»Grüß ihn von uns.«

»Mach ich.«

Fredrik blieb noch eine Weile sitzen. Eine Familie mit einem Baby im Tragetuch wurde nach vorne gewinkt.

»Du bleibst nur über Nacht?«, fragte Ninni.

»Ich muss morgen früh mit dem ersten Flug zurück«, sagte er. »Falls nicht …«

Er verstummte, weil er die Worte nicht aussprechen wollte. Welche auch immer.

»Du weißt doch, wie es ist. Ich muss froh sein, dass ich überhaupt fahren kann.«

»Wieso denn das?«, brach es aus Ninni heraus. »Das musst du doch.«

»Natürlich, ich meine ja nur … Ach, du weißt doch, wie es ist«, wiederholte er.

»Sie können dir nicht einfach verbieten, deinen kranken Vater zu besuchen. Sind die verrückt?«

»Niemand verbietet mir das, Ninni. Ich muss das Handy jetzt ausschalten. Das Boarding hat angefangen.«

»Okay«, sagte sie. »Grüß ihn von mir. Bis morgen. Küsschen.«

Fredrik stand auf und stellte sich an. Was erwartete ihn im Krankenhaus? Was, wenn es tatsächlich ein Schlaganfall war und sie am Samstag beim Frühstück ihre letzten vernünftigen Worte gewechselt hatten?

42

Geräusche drangen durch den Fußboden in den Keller herunter. Knarrende Schritte, das Scheppern von Töpfen und Kochlöffeln und Stimmen, die er aber nur hörte, wenn Gelächter aufbrandete oder besonders laute Kommentare abgegeben wurden. Ansonsten war er ausgeschlossen.

Er erhob sich von dem alten und viel zu hohen graublauen Schreibtisch, an den er sich mit seinem Computer gesetzt hatte. Im Gegensatz zu den Gesprächen in der Küche ließ sich elektromagnetische Strahlung von den massiven Dielen nicht aufhalten. Der Unterhaltung im Netz konnte er ungehindert folgen.

Er näherte sich dem niedrigen Kellerfenster und blinzelte in die Sonne. Eine rot-weiß gesprenkelte Katze lief über den Rasen auf das Haus zu, sprang die Treppe hinauf und wurde durch die quietschende Haustür hereingelassen.

Die Straße schlängelte sich vom etwa dreihundert Meter entfernten Waldrand bis zum Grundstück. Falls in diesem Augenblick ein Polizeiauto auftauchen sollte, hatte er keine Chance zu fliehen. Das Haus war ringsum von Äckern und Wiesen umgeben. Seine einzige Möglichkeit wäre, sich im Haus oder besser noch im Gehölz dahinter zu verstecken und zu hoffen, dass sie dort nicht nach ihm suchten. Es bestand zwar nur aus fünf krummen Faulbäumen, ein paar Feldsteinen und etwas Gestrüpp, aber solange sie nicht das Grundstück durchkämmten oder einen Hund mitbrachten, reichte das vollkommen aus.

Sich hier zu verstecken war eigentlich keine gute Taktik, aber was hatte er für eine Alternative? Einen Rucksack packen und in den Wald gehen? Dort würde er nicht lange überleben.

Das Beste wäre es gewesen, die Insel zu verlassen, aber er wagte sich nicht als normaler Passagier auf die Fähre. Sofern die Polizei nicht selbst die Reisenden kontrollierte, hatte die Fährgesellschaft Destination Gotland seine Daten bestimmt längst im Computer. Es wäre zwar ein Leichtes gewesen, sich während der Überfahrt in einem Auto zu verstecken, doch er musste erst jemanden finden, der bereit war, ihn mitzunehmen.

Er zuckte zusammen, als sein Name gerufen wurde, doch dann begriff er, dass es eine Einladung und keine Warnung war. Oben in der Küche gab es Essen.

»Komme«, rief er durch die Decke.

Das Festland war der einzige Ausweg. Hier auf der Insel würden sie ihn früher oder später finden und festnehmen, aber so weit wollte er es nicht kommen lassen. Er würde jemandem das Geld für die Fahrt geben, das würde er schon irgendwie hinbekommen. Er dachte an sein Auto, das er gezwungenermaßen zurückgelassen hatte. Er hatte keine Wahl gehabt. Wenn sie es fanden, würden sie jeden Quadratzentimeter untersuchen. Viel Glück dabei! Grinsend ging er die Treppe hinauf.

43

Das Taxi hielt vor dem Haupteingang des Krankenhauses Danderyd. Fredrik ließ seinen Blick über den weitläufigen Gebäudekomplex zwischen Mörby und Djursholm schweifen. Er war erst ein einziges Mal hier gewesen, im Alter von sieben Jahren. Ein Arzt hatte eine zehn Zentimeter lange Nadel in seinen Gehörgang eingeführt und sein Trommelfell punktiert. Es hatte höllisch wehgetan, und anschließend hatte er einen ganzen Tag eine Kompresse und eine schwarze Ohrenklappe tragen müssen. Als er an der düsteren Fassade emporblickte, kam es ihm vor, als wäre es gestern gewesen.

Fredrik gab dem Taxifahrer fünfhundert Kronen und ging auf den Eingang zu. Die Rezeption befand sich direkt dahinter. Links saßen drei Personen, die träge auf die Einfahrt hinausstarrten.

Der Mann am Empfang erklärte ihm den Weg zur Station 72: den Flur nach rechts, die Rolltreppe hinauf und dann den Schildern folgen. Fredrik bedankte sich und machte sich auf den Weg, blieb aber stehen, als er den Zeitungsladen entdeckte.

Er kaufte das *Aftonbladet* und eine Tafel Schokolade. Er nahm an, dass sein Vater diese beiden Dinge selbst gekauft hätte, wenn er in der Lage gewesen wäre, hinunter zum Kiosk zu gehen.

Bald hatte er die Rolltreppe erreicht, die ihn ins nächste Stockwerk brachte. Er kam an einer geschlossenen Bibliothek vorbei und hatte das Gefühl, dass sich der Korridor nach einer Weile zu einen unterirdischen Gang entwickelte. Er wirkte endlos. Die Station seines Vaters musste irgendwo am äußersten Rand des Krankenhauskomplexes liegen.

An einer Stelle, wo der Flur breiter wurde, standen drei leere Krankenhausbetten kreuz und quer, als hätte man sie nach einer Bettenkollision ihrem Schicksal überlassen.

Links endlich ein Pfeil in Richtung Fahrstuhl. Er drückte auf den Knopf und versuchte, sich vorzustellen, was ihn oben auf der Station erwartete, welches Ausmaß die Verwirrtheit wohl erreicht hatte und wie der allgemeine Gesundheitszustand war, sah aber vor seinem inneren Auge nur seinen kerngesunden Vater, wie er bei seinem letzten Besuch ausgelassen und fröhlich den Wein verschüttete.

Es ertönte ein Pling, und die Türen öffneten sich. Fredrik betrat den geräumigen Aufzug, warf einen Blick auf die Anzeigentafel und wählte das elfte Stockwerk an. Der Fahrstuhl bewegte sich erstaunlich langsam. Fredrik hatte das Gefühl, schon seit einer Minute darin zu stehen, dabei war er noch nicht weiter als bis in den achten Stock gekommen.

In seinem Kopf hallte wie aus der Ferne ein Lied wider, das er schon lange nicht mehr gehört hatte, mindestens ein halbes Jahr. Er holte einige Male tief Luft und rieb sich die Schläfen. Auf unerklärliche Weise hing das Lied mit dem Schaden zusammen, den er davongetragen hatte.

Vor dreieinhalb Jahren war er eine Klippe hinuntergestürzt und auf einem anderen Menschen gelandet, der sofort tot gewesen war. Er selbst hatte mit Ach und Krach überlebt. Mittlerweile funktionierte er einigermaßen. Abgesehen von diesem merkwürdigen Lied.

Er hatte noch nie mit jemandem darüber gesprochen, nicht mit dem Arzt, nicht einmal mit Ninni. Mit dem Lied konnte er leben, aber er war sich nicht sicher, ob seine Vorgesetzten damit leben konnten, wenn sie davon erfuhren. Eigentlich war das Wort Lied nicht ganz passend. Es war nur ein einziger Ton, aber da es so klang, als würde er gesungen werden, bezeichnete er ihn im Stillen als Lied. Es störte ihn nur, wenn es zu laut war, und das passierte so gut wie nie.

Kaum war ihm dieser Gedanke gekommen, wurde das Lied lauter.

»Nein, nicht jetzt«, zischte er.

Natürlich erklang es ausgerechnet jetzt. Wann sonst?

Er starrte die Anzeigentafel mit den Stockwerken und den Stationen an und versuchte, ruhig und gleichmäßig zu atmen. Der Boden schwankte. Schwindel drohte ihn zu überwältigen, bis er merkte, dass nur der Aufzug gebebt hatte, nachdem er endlich im elften Stock angekommen war.

Er verließ den Fahrstuhl ein wenig ruhiger und blieb vor dem Eingang zur Station stehen. Dort rieb er seine Hände mit dem Desinfektionsmittel aus dem Spender rechts von der Tür ein. Ein eisiges Gefühl an den Fingern. Das Lied verklang, als er die Tür öffnete. Eine Krankenschwester in weißer Hose und hellblauem Kasack bemerkte seinen suchenden Blick.

»Wollen Sie jemanden besuchen?«, fragte sie.

»Ja. Gunnar Broman. Ich bin Fredrik Broman, sein Sohn.«

»Ach, hallo. Ich bin Schwester Anja.« Sie gab ihm die Hand. »Er liegt in Zimmer drei.«

Sie zeigte zum Ende des Flurs.

»Wie geht es ihm?«

»Wenn Sie schon mal zu ihm hineingehen, suche ich in der Zwischenzeit die neuesten Laborergebnisse heraus.«

»Gut. Und dann kommen Sie zu uns?«

Die Schwester nickte.

Fredrik bedankte sich und ging weiter. In dem Zimmer standen drei durch Raumteiler voneinander getrennte Betten. Fredriks Vater lag direkt am Fenster. Vor dem quadratischen Fenster oben an der Wand lag ein waldbedeckter Hügel.

Sein Vater schien zu schlafen. Er war blass und unrasiert, das Gesicht wirkte ungewöhnlich schmal. Vielleicht lag es daran, dass ihm die sonst immer sorgfältig gekämmten Haare zu Berge standen. Als Fredrik sich dem Bett näherte, schlug er die Augen auf. Sein Blick wirkte unruhig und wässrig.

»Ach«, sagte sein Vater mit überraschend kräftiger Stimme und richtete sich mühsam auf.

»Wie geht es dir?«, fragte Fredrik.

»Weißt du«, sagte sein Vater, »es ist wirklich wichtig, dass die norwegischen U-Boote nach Westen fahren. Das habe ich klar und deutlich zum Ausdruck gebracht.«

Fredrik blieb neben dem Bett stehen, unfähig, etwas zu sagen.

»Natürlich muss man davon ausgehen, wenn man einmal annimmt, dass … es ist extrem wichtig, wenn wir hier U-Boote haben, und die anderen …« Er gestikulierte mit ausgestreckten Händen. »Die einen hier und die anderen nach Westen …«

Anstatt weiterzusprechen, gab er ein verärgertes »Ach!« von sich. Offenbar war ihm bewusst, dass er nicht die richtigen Worte fand.

Fredrik sah zur Tür. Wo steckte die Krankenschwester? Er drehte sich wieder zum Bett um. Norwegische U-Boote? Was war passiert?

»Verstehst du«, erklärte ihm sein Vater. »Die Sache ist so.«

Er hielt die ausgestreckten Hände in die Luft, als müsste er etwas ausmessen. Dann fielen seine Arme auf die Decke, und die Augen schlossen sich wieder.

Vielleicht fantasiert er, dachte Fredrik. Vermutlich hat er Fieber. Das könnte eine Erklärung sein. Doch die Krankenschwester am Telefon hatte etwas von Verwirrung und Schlaganfall gesagt. Sicherlich konnten sie den Unterschied zwischen Fieberträumen und ernsteren Dingen erkennen.

Fredrik ging zur Tür und warf einen Blick in den Flur. Niemand zu sehen. Er musste mit ihm reden. Die Zeitung und die Tafel Schokolade, die er noch immer in der Hand hielt, legte er auf den Nachttisch. Sein Vater wachte wieder auf.

»Ich habe dir eine Zeitung mitgebracht«, sagte Fredrik. »Und Milchschokolade.«

»Die kann ich nicht essen«, erwiderte sein Vater.

Er griff mit zitternder Hand nach der Zeitung und schlug sie mit einer erstaunlich energischen Handbewegung auf.

»Wollen wir doch mal sehen, was in der Welt so los ist.«

Dann schlief er wieder ein.

Zwei Stunden später befand sich Fredrik in der Wohnung seines Vaters am Sicklakanal. Er öffnete ein Küchenfenster, um den Geruch nach Rauch zu vertreiben, der aus den Wänden drang und in den vergangenen zwei Tagen die leere Wohnung mit Beschlag belegt hatte.

Fredrik setzte sich auf einen Stuhl und rief Gustav an, dem er für die Zeit seiner Abwesenheit die Verantwortung übertragen hatte.

»Wie geht es deinem Vater?«, erkundigte sich Gustav.

»Weiß ich nicht so genau.«

Fredrik fegte mit der Handkante Tabakkrümel und Asche vom Tisch.

»Im Krankenhaus scheinen sie auch keine Ahnung zu haben«, fuhr er fort. »Sie können nur sagen, dass es kein Schlaganfall war.«

»Immerhin«, sagte Gustav.

Fredrik hatte die Krankenschwester noch erwischt, die am Telefon hängen geblieben war. Sie hatte ihm erklärt, dass sich bei einem MRT des Gehirns keine Hinweise auf einen Schlaganfall gezeigt hatten. Außerdem wollte sie wissen, ob sein Vater Norweger sei. Offenbar sprach er viel über Norwegen und teilweise auch auf Norwegisch.

»Vielleicht war er ein verdeckter Informant und plaudert jetzt geheime Informationen aus«, sagte Gustav, als Fredrik ihm von den U-Booten erzählte. »Du solltest die Sicherheitspolizei informieren.«

»Mag sein.«

Fredrik war mit seinen Gedanken bei den Ermittlungen und merkte, dass er abwesend wirkte.

»Entschuldige«, seufzte Gustav, »es muss schwierig sein, nicht Bescheid zu wissen.«

»Schon gut«, beruhigte ihn Fredrik. »Wie läuft es bei euch? Gibt es etwas Neues zu Melander?«

»Wir haben sein Auto auf einem Parkplatz in Hideviken gefunden. Eva wird es untersuchen, sobald wir es nach Visby gebracht haben. Außerdem fahnden wir nach den anderen Aktivisten auf dem Foto.«

»Nach allen?«

»Nein. Wir haben mit dreien angefangen, die in der Nähe von seiner Wohnung und vom Parkplatz in Hideviken wohnen.«

Fredrik stand wieder auf und wanderte langsam durch die Wohnung seines Vaters. Bald würde er nur zehn Minuten zu Fuß von hier entfernt wohnen. Es war kaum vorstellbar.

»Man sollte es wahrscheinlich vorsichtig angehen«, sagte er. »Die Befragung des Mädchens in der Stjärngatan war vielleicht ein wenig übereilt.«

»Wir wollen ihn ja nicht verschrecken«, stimmte Gustav zu. »Sonst noch etwas?« Er klang gestresst.

»Im Moment nicht. Morgen um halb zehn bin ich wieder da.«

Sie legten auf, und Fredrik durchquerte das Wohnzimmer. Er fragte sich, ob sich sein Vater in der Dreizimmerwohnung wohlfühlte, in die er nach dem Tod von Fredriks Mutter gezogen war. Jetzt, da er zum ersten Mal alleine hier war, hatte er den Eindruck, dass sein Vater gern hier lebte.

Ziellos spazierte er ins Arbeitszimmer. An der Wand hing ein großer Jahreskalender. Sein Vater hatte die Geburtstage von Fredrik und den Kindern mit blauem Kugelschreiber markiert. Auch den von Ninni in einem guten Monat hatte er eingetragen. Auf einem linierten DIN-A4-Blatt hatte er etwas begonnen, was Fredrik für einen Einkaufszettel hielt. Darauf stand »Klarspüler« und »Sofi Oksanen«.

Gegen seinen Willen hatte er das Gefühl, einen Tatort zu untersuchen. Als wäre er bei jemandem zu Hause, der nicht mehr am Leben war.

Würde es so kommen? War das der Beginn vom Ende?

44

»Wie bitte?«

Mit dem Hörer am Ohr beugte sich Ove Gahnström über den Schreibtisch. Er konnte den Mann nur schwer verstehen. Entweder sprach er sehr leise, oder die Verbindung war nicht gut.

»Peter Malm«, wiederholte der Mann. »Sie waren gestern hier und haben mir Fragen zu Michael Nordborg gestellt.«

Jetzt hatte Ove ihn verstanden. Er erinnerte sich. Peter Malm, der Mann in dem knittrigen Hemd. Michael Nordborgs Nachbar.

»Doch, natürlich«, sagte Ove. »Die Akustik war nur nicht so gut.«

»Ich …« Peter Malm räusperte sich. »Mir ist etwas eingefallen, das möglicherweise von Interesse ist«, fuhr er fort.

»Ja?«

Ove griff nach einem Stift und rückte seinen Notizblock gerade. Der unruhige Blick und die Angst des Mannes kamen ihm wieder in den Sinn.

»Kann ich ins Polizeigebäude kommen?«

»Jetzt?«, fragte Ove.

»Nein, ich hatte an morgen früh gedacht.«

Ove sah auf die Uhr. Es wurde allmählich spät, und er hatte Verständnis dafür, dass der Mann sich jetzt nicht mehr ins Auto setzen wollte. Doch seine Neugier war geweckt.

»Das ist natürlich kein Problem«, sagte er, »aber wir können es auch gleich am Telefon besprechen.«

»Ich komme lieber nach Visby.« Peter Malm klang unsicher.

»Wenn es etwas ist, das Ihrer Ansicht nach wichtig für die Ermittlungen ist, sollten wir es so bald wie möglich erfahren.«

Am anderen Ende der Leitung war es mucksmäuschenstill. Hatte er aufgelegt?

»Sind Sie noch da?«

»Ja.«

Peter Malm klang übertrieben bemüht. Als fühlte er sich ertappt.

»Ich kann natürlich auch nach Själsö hinausfahren«, sagte Ove. »Das dauert nicht lange.«

»Nein«, sagte Peter Malm entschieden. »Die Sache kann bis morgen warten. Da bin ich mir ganz sicher.«

Enttäuscht legte Ove Stift und Block beiseite.

»Wir haben morgen früh um neun eine Besprechung, aber davor oder danach ginge es. Sind Sie Frühaufsteher?«

»Ich kann um zehn da sein«, sagte Peter Malm.

»Gut, abgemacht.«

War Peter Malm einfach nur ein Lahmarsch, oder wusste er wirklich etwas? Nachdem Ove aufgelegt hatte, sah er auf die Uhr. Er war trotz allem erleichtert, dass ihm der Umweg nach Själsö erspart blieb.

45

Peter Malm behielt den Hörer in der Hand. Nur die Lampe über dem Küchentisch brannte. Er saß tief in seinem Sessel versunken und blickte in den Garten hinaus. Vor dem immer dunkleren Himmel zeichneten sich nur noch die Baumkronen ab.

Im Regal unter dem Fenster leuchtete ein einsames eisblaues Lämpchen an der Stereoanlage. Direkt vor dem Telefonat war Bachs Cellokonzert verklungen. Hätte er es doch gleich am Telefon sagen sollen, wie der Polizist es ihm vorgeschlagen hatte? Er konnte ihn ja noch einmal anrufen. Oder doch nicht? Ach, egal.

Er stellte das Telefon in die Ladestation neben dem Sessel und stand auf. Als er in die Küche gehen wollte, hatte er das Gefühl, vor dem Fenster hätte sich etwas bewegt. Reglos starrte er in den Garten. War es eine Spiegelung gewesen? Hatte er sich selbst oder seinen Schatten gesehen, als er in den Lichtschein aus der Küche eindrang?

Keine Bewegung dort draußen. Er tastete sich zurück in den Sessel und wartete ab, ob sich das Phänomen wiederholte. Nichts passierte. Er rieb seine Daumen an den Fingerkuppen. Sie fühlten sich rau an. Er hustete. Es klang trocken und dumpf.

Peter Malm versuchte, sich die Stimme des Polizisten ins Gedächtnis zu rufen. Er hatte sich von dem Gespräch eine gewisse Erleichterung erhofft, als wäre der Polizist am anderen Ende der Leitung ein Beweis dafür, dass er einen Entschluss gefasst hatte. Doch was jetzt in ihm vorging, entsprach ganz und gar nicht seinen Erwartungen.

Da. Er hörte es deutlich. Schritte auf der Terrasse. Es war jemand hinter dem Haus. Er hatte sich nicht geirrt. Und es war kein Tier gewesen. Kein scharrender Igel und keine Katze auf zarten Pfoten. Es waren eindeutig Schritte. Schuhe auf Beton. Ein Mensch.

Hastig schaltete Peter Malm die Außenbeleuchtung ein. Die Terrasse und der Plattenweg badeten in Licht, während der Rest in tiefschwarzes Dunkel getaucht wurde.

Er ging zur Terrassentür, legte die Stirn an die Scheibe und versuchte, seitlich so viel wie möglich zu sehen. Nichts. Weder auf der Terrasse noch auf dem Plattenweg oder der Rasenfläche.

Ein irritierender Gedanke veranlasste Peter Malm, die Tür einen Spalt zu öffnen.

»Erik?«

Er steckte den Oberkörper hinaus.

»Bist du das, Erik?«

Er war so gereizt, dass seine Stimme schroff klang. Als Erik und Andreas gegangen waren, hatte er das Gefühl gehabt, Erik wäre am liebsten noch einmal wiedergekommen, um ihm erneut einzuschärfen, wie hirnverbrannt es von Peter gewesen war, die Polizei auch nur zu erwähnen. Um ein ernstes Wort mit ihm zu reden, ohne dass Andreas zuhörte. Damit er nicht dazwischengehen konnte.

Erik hörte nicht zu. Das war typisch für ihn. Er gehörte zu denen, die lieber selbst eine Ansage machten. Doch was, wenn es gar nichts mit Finkalk zu tun hatte? War Erik dieser Gedanke überhaupt gekommen? Und was würde dann mit ihnen passieren?

Peter Malm schaute in die Dunkelheit und malte sich aus, wie er selbst aus der Perspektive einer Person aussehen mochte, die sich dort draußen versteckte und ihn beobachtete. Eine hell erleuchtete Fassade, ein Mann, der ängstlich durch einen schmalen Türspalt lugte. Hinter ihm ein dunkler Wohnraum. Sein Ärger legte sich, als ihm bewusst wurde, was er gerade getan hatte. Schnell machte er die Tür zu, schloss ab und zog sich ins Zimmer zurück.

Erik hörte nicht zu. Aber er hatte seine Gründe. Und Peter hatte seine.

46

Auf dem Bildschirm flimmerten Johnny Melanders heimlich aufgenommene Sexspielchen vorüber. Mit jedem Film fühlte sich Saras Kopf schwerer und die Herzgegend ausgehöhlter an. Das Filmmaterial umfasste mehrere Stunden, aber für ihre Belange brauchte sie sich zum Glück nicht die Einzelheiten anzuschauen. Um zu finden, was sie suchte, reichte die Vorspulfunktion.

Es war schon nach elf Uhr abends. Sara war die Letzte im Kommissariat. Hin und wieder hörte sie Schritte im Erdgeschoss, aber auch dort war es verhältnismäßig ruhig. Sie hatte ihre Tür nur angelehnt.

Schon nach kürzester Zeit hatte Sara den Eindruck gehabt, dass sich einige Frauen nicht freiwillig an den Spielchen beteiligten. Sie waren verführt und zu etwas gezwungen worden, was sie weder wollten noch in irgendeiner Weise genossen. Wie sie selbst, als sie angekettet in ihrer Wohnung gelegen hatte. Drei Stunden hatte sie Zeit gehabt, sich zu überlegen, was passieren würde, wenn Johnny Melander zurückkehrte. Falls er überhaupt zurückkäme. Trotzdem war sie auf das, was er dann getan hatte, vollkommen unvorbereitet gewesen. Sie hatte nicht damit gerechnet, dass er so weit gehen würde.

Jede Frau auf dem Bildschirm erinnerte sie daran. In jeder Einzelnen sah sie sich selbst. Angewidert und wütend starrte sie die fremden, nackten und gedemütigten Frauen an, die zudem nichts von der Kamera ahnten.

Gaben ihm diese Filme einen sexuellen Kick? Oder dienten sie einem ganz anderen Zweck?

Der Monitor fror ein. Es war das letzte Bild der Datei. Sara schloss sie und holte sich die nächste von der Festplatte. Dasselbe Bild, derselbe Kamerawinkel. Am Bildrand bewegten sich Schatten, zwei nackte Körper legten sich aufs Bett. Sara hielt den Film an. Eisige Kälte schmiegte sich an ihre Schläfen. Die unscharfe, blasse Gestalt, die zum Stillstand gebracht worden war, als sie sich gerade ungeniert auf dem Bett ausbreiten wollte, war

Sara selbst. Hastig klickte sie das Fenster weg. Sich selbst beim Sex mit Johnny Melander war das Letzte, was sie sehen wollte.

Der Ekel ging jäh in Übelkeit über. Sie musste sich vom Schreibtisch abwenden und nach vorne beugen. Wütend ballte sie die Fäuste, biss die Zähne zusammen und überlegte, ob sie sich den Papierkorb holen sollte.

Auch sie war also auf Johnny Melanders zahllosen heimlich aufgenommenen Fickfilmen zu sehen.

Als sich die Übelkeit langsam legte, richtete sie sich auf. Sie streckte die zitternden Finger nach der Tastatur aus. Natürlich brauchte sie sich den Ausschnitt nicht genau anzusehen, musste aber die übrigen Dateien durchgehen, um sich zu vergewissern, dass er den Film nicht kopiert hatte.

Sie markierte die Datei, deren Name aus einer langen Ziffernkombination bestand. Zögerlich schwebte ihr Finger über der Löschtaste. Am liebsten hätte sie die Datei restlos vernichtet, aber möglicherweise handelte es sich um Beweismaterial. Es wurde zwar nicht unbedingt ihr Filmausschnitt benötigt, um Johnny Melander nachzuweisen, dass er verbotenerweise Frauen filmte, mit denen er Sex hatte, denn es gab genügend anderes Material. Aber trotzdem. Trug sie nicht eine gewisse Verantwortung für sich selbst und die anderen?

Sie kramte einen USB-Stick heraus, speicherte eine Kopie der Datei darauf ab und steckte den Stick in ihre Jeanstasche. Dann löschte sie die Datei und räumte die Festplatte auf.

47

Fredrik wachte um Viertel nach vier auf dem harten Sofa in der Wohnung seines Vaters auf und wusste sofort, dass er nicht wieder einschlafen würde. Sein Körper war wie erschlagen, der Blick vernebelt, aber jetzt einzuschlummern wäre ein Ding der Unmöglichkeit gewesen.

Er setzte sich auf. Draußen war es schon hell, die Sonne stand kurz über dem Horizont, die Schatten waren endlos. Er ging in die Küche, befüllte die Kaffeemaschine und versuchte, sich damit zu trösten, dass er in eineinviertel Stunden sowieso hätte aufstehen müssen, um den ersten Flug nach Visby zu erreichen.

Die Straße, die zwischen den Häusern zu sehen war und nach Danvikstull oder Nacka führte, je nachdem, wo man hinwollte, war leer. Die Welt da draußen stand still. Alle schliefen. Kollegen ebenso wie Täter. Es war geradezu beängstigend.

Die Erinnerung an seine Mutter überkam ihn. Seine letzte Erinnerung an sie. Die Hände auf dem Laken gefaltet. Ihr Äußeres verzerrt von Schläuchen und Sauerstoffmangel, kein friedliches Lächeln. Der Ehering in einem braunen Umschlag auf dem Nachttisch.

Es sah aus, als wäre sie mitten im Überlebenskampf erstarrt.

Damals hatte er das Krankenhaus früh am Morgen verlassen und zu Fuß einen langen Umweg nach Hause gemacht, weil er dachte, er könnte sich eine Weile in ein Café setzen, um ein bisschen Zeit zu finden … oder vielleicht nur um kurz innezuhalten, bevor der Alltag ihn wieder vereinnahmte. Doch es war überall geschlossen gewesen. Zum Schluss hatte er einen grässlichen Kaffee in einem Lokal in Birkastan getrunken.

Fredrik zuckte zusammen, als er im Flur ein Rascheln hörte, doch es war nur die Zeitung, die gewaltsam in den Briefschlitz gedrückt wurde. Er zog sie heraus und schlug den Inlandsteil auf. Johanna Wrangel hatte eine halbe Seite bekommen. *Politikerin auf Gotland ermordet.* Er las den Artikel auf dem Weg in die Küche. Laut einem Parteifreund war Johanna Wrangel auf der Insel eine geschätzte Politikerin und hätte bei der nächsten Reichstagswahl mit Sicherheit einen guten Listenplatz bekommen. Über ihre Stellungnahme zu Finkalk wurde kein Wort verloren.

Fredrik legte die Zeitung auf den Küchentisch und schmierte sich ein paar Brote. Dann schüttete er den sauer gewordenen Milchrest in den Ausguss und trank seinen Kaffee schwarz. Zum Schluss bestrich er eine Scheibe Toast mit reichlich bitterer Orangenmarmelade. Die aß er normalerweise fast nie, sein Vater jedoch liebte sie über alles.

Nachdem er das Bettzeug zusammengelegt und ins Arbeitszimmer gepackt hatte – irgendetwas sagte ihm, dass er vor seinem Vater hierher zurückkommen würde –, verließ er die Wohnung. Unterwegs warf er den Müllsack in die Tonne. Der Weg zur Bushaltestelle am Värmdövägen dauerte nur fünf Minuten.

Eine knappe Stunde später stieg er vor dem Flughafen Bromma aus dem Zubringerbus. Er war nur spärlich besetzt gewesen, aber vor den Schaltern hatten sich lange Schlangen gebildet, und Männer in dunklen Anzügen eilten zum Check-in und zur Sicherheitskontrolle. Daher sah er die Titelseiten am Zeitungsladen erst, als er direkt davor stand. Sein Blick blieb an der einen Hauptschlagzeile hängen: *Politikerin auf Gotland ermordet – Expolizist unter Verdacht*.

48

Fredrik hatte kaum das Kommissariat betreten, als Göran Eide ihn sich schnappte. War es Zufall, oder hatte er im Flur auf ihn gewartet?

»Die rücken mir von allen Seiten wegen diesem Melander auf die Pelle.«

Göran machte eine Kehrtwende und ging an Fredriks Seite in die Richtung, aus der er gekommen war.

»Der Polizeichef stellt Fragen, und sogar Stockholm hat angerufen.«

Stockholm war in diesem Fall die Bezirkspolizeichefin Agneta Wilhelmsson, die seit einigen Jahren die beiden selbstständigen Polizeibehörden in Stockholm und auf Gotland leitete.

»Ganz zu schweigen von den Journalisten, die hier rund um die Uhr anrufen, weil sie der Meinung sind, wir würden den Polizisten schützen, und den örtlichen Politikern, die wissen wollen, was los ist. Man fragt sich, ob ein durchgeknallter Polizist Vergeltung für die Abholzung des Ojnarewaldes übt, indem er vermeintlich Verantwortliche umbringt.«

»Ehemaliger Polizist«, korrigierte ihn Fredrik.

»Logisch«, sagte Göran. »Aber auf dem Niveau bewegen sich die Anrufer. Wir müssen ja dankbar sein, dass die Journalisten ›Expolizist‹ auf die Titelseiten geschrieben haben. Ohne die beiden Buchstaben hätten sie sicher noch mehr verkauft.«

Göran lotste Fredrik zu seinem Zimmer. Die Tür war weit geöffnet wie eine Falle, die jeden Augenblick zuschnappen konnte. Scheißegal, dachte Fredrik, um das vertraute Lied in seinem Kopf zum Schweigen zu bringen, in einem Monat arbeite ich hier nicht mehr.

Göran wechselte die Tonlage: »Wie geht es deinem Vater? Ist es ernst?«

»Ernst ja, aber nicht lebensbedrohlich. Sagen sie zumindest.«

»Hoffentlich erholt er sich bald.« Göran betrat den Raum als Erster. »Er hat sich ja einen denkbar ungünstigen Zeitpunkt ausgesucht, um krank zu werden, muss ich sagen.«

Göran schloss die Tür.

»Ich nehme an, das alles hier wäre auch passiert, wenn ich auf Gotland geschlafen hätte.« Fredrik versuchte sich an einem Grinsen.

Lange war er seiner Arbeit tatsächlich nicht ferngeblieben, auch wenn er die Insel für sechzehn Stunden verlassen hatte. Göran setzte sich wortlos in einen Sessel. Fredrik nahm gegenüber Platz. Es roch nach Kaffee. Wie früh mochte Göran heute gekommen sein?

»Zu allem Überfluss sieht es so aus, als wäre Finkalk nicht berechtigt, den Wald abzuholzen. Nicht, bevor die Entscheidung über den Kalkabbau gefallen ist.«

»Im Ernst?«

Göran sah ihn schweigend an und seufzte angestrengt.

»Das letzte Wort ist noch nicht gesprochen, aber es deutet sich an. Jedenfalls hat sich der Unternehmer, der den Wald abholzen sollte, aus der Sache zurückgezogen. Man verweist auf die Gefahrenlage, aber wenn du mich fragst, wollen sie einfach nichts mit der ganzen Geschichte zu tun haben. Zu viel böses Blut.«

»Die Bäume werden also nicht gefällt?«

»Vorerst nicht. Und das ist vermutlich für alle Beteiligten am besten so. Du kannst dir ja vorstellen, was los ist, wenn sie jetzt mit dem Abholzen beginnen, und sich später herausstellt, dass sie gar nicht das Recht dazu hatten.«

Fredrik nickte schwerfällig. Hätte Finkalk unberechtigt mit dem Abholzen begonnen, dann hätte die Polizei Gotland gemeinsam mit einer gigantischen Verstärkung vom Festland dafür gesorgt, dass Finkalk in Ojnare einen Gesetzesbruch beging. Die Firma und die Politik hätten sich über das Gesetz hinweggesetzt, und die Polizei wäre ihr dabei behilflich gewesen.

»Unter diesen Umständen kann man froh sein, bei der Kripo zu arbeiten«, bemerkte Fredrik.

»Freu dich, dass du bald aufhörst und mit dem ganzen Mist nichts mehr zu tun hast«, sagte Göran.

Die Bemerkung klang aggressiv, aber Fredrik beschloss, sie nicht auf sich zu beziehen. Einige stille Sekunden verstrichen.

»Scheißegal«, fuhr Göran fort, »ist ja nicht unser Bier. Wir müssen jetzt diesen Johnny Melander schnappen. So schwer kann das doch nicht sein.«

49

Die unschöne Stimmung aus Görans Dienstzimmer begleitete sie zur Besprechung eine Stunde später. Vielleicht steckte sie nach den morgendlichen Titelseiten und der telefonischen Belagerung durch Leitung, Presse und Politik allen in den Knochen.

Der Raum war voll: Neben Göran, dem Staatsanwalt und dem Polizeichef waren alle gekommen, die an den beiden Fällen mitarbeiteten, und das war unter den gegebenen Umständen die gesamte Belegschaft.

»Wir müssen diesen Melander zu fassen kriegen.« Peter Klint schlug mit der Hand auf den Tisch und sah Göran an. »Falls ihr euch von der Überwachung der Adressen, wo er sich möglicherweise aufhält, große Chancen versprecht, dann sollten wir sie ergreifen. Und wenn ihr nicht genug Leute habt, müsst ihr eben zusätzliche Kräfte vom Festland anfordern.«

Für einen Augenblick verstummten alle. Gerade heute war das ein heikles Thema.

»Ja, ja, ich weiß«, fuhr Klint fort, »diese ganze Ojnaregeschichte nervt mich im Moment so dermaßen, aber bitte nicht weitersagen.«

Vereinzeltes Gelächter lockerte die Stimmung auf.

»Parallel dazu sollten wir versuchen, Informationen über seinen möglichen Zufluchtsort zu sammeln. Diese Aktivisten mögen zwar ein wenig fanatisch sein, aber sie schützen doch keinen Mörder. Jedenfalls die meisten nicht.«

Bei den letzten Worten hatte sein Blick etwas Verzweifeltes an sich.

»Es ist ja gar nicht gesagt, dass sie ihn als Mörder betrachten, nur weil wir das tun«, sagte Sara. »Die meisten dieser Aktivisten haben ziemlich wenig Vertrauen zur Polizei.«

Die Stimmung ging wieder in den Keller.

»Dann müssen wir sie eben überzeugen«, erwiderte Klint. »Es sollte doch möglich sein, vernünftig mit ihnen zu reden.«

Nun ergriff Fredrik das Wort. »Bei den Ermittlungen zu den beiden Mordfällen haben wir bislang zwei Bindeglieder zwischen Nordborg und Wrangel entdeckt. Das eine hat vielleicht gar nichts mit Mord zu tun, aber wir können Eifersucht als Motiv nicht ausschließen. Bohrt auch bei den Freunden nach, erkundigt euch bei Handwerkern, bei möglichem Servicepersonal, bei Geschäftspartnern, alles. Was ist übrigens aus der Entdeckung in Melanders Waffenschrank geworden? Irgendwas dabei, was für die Ermittlungen relevant wäre?«

Sara schüttelte den Kopf. »Nein. Es ist nur …«

»Immer dasselbe?«

»So in etwa.«

»Du scheinst dir nicht ganz sicher zu sein«, sagte Klint und ließ den Metallverschluss seines Uhrenarmbands auf- und zuschnappen.

»Es ist nicht nur heimlich gefilmter Sex. Auf einigen der Filme sind eindeutig Übergriffe zu sehen.«

»Vergewaltigungen?«

»Wahrscheinlich, aber das kann er natürlich abstreiten und behaupten, er habe die Frauen in irgendeiner Kneipe aufgerissen. Ohne ihre Identitäten kommen wir nicht weiter.«

Klint zog die Stirn in drei tiefe Falten. »Aber kein nackter Michael Nordborg oder etwas in der Richtung?«

»Nein.« Sara lächelte matt.

»Wenn die Sache keine unmittelbare Bedeutung für den Mordfall hat, kann sie warten, aber behalt sie bitte im Hinterkopf.«

»Keine Sorge«, meinte Sara und seufzte.

»Okay«, sagte Fredrik, »hast du was, Eva?«

Scheinbar munter und ausgeruht saß sie mit locker hochgesteckten Haaren und einem ordentlichen Papierstapel vor sich an der Längsseite des Tisches. Doch das täuschte. Fredrik wusste, dass sie in den vergangenen Tagen hart gearbeitet hatte.

»Ich bin die Telefonverbindungsnachweise durchgegangen. Sie bestätigen, was Johanna Wrangels Freundin berichtet hat. Johanna Wrangel und Michael Nordborg standen seit zirka zwei Jahren in engem Kontakt. Außerdem habe ich den Bericht von der Rechtsmedizin wegen der Todesursache vorliegen. Also der von Nordborg.«

»Und?«

»Es sieht so aus, als wäre ihm Benzin injiziert worden.«

Klint zuckte zurück. »Das klingt nach einer ziemlichen Quälerei?«

»Davon kann man ausgehen«, meinte Eva.

»Wie …«, begann Ove, schien aber nicht genau zu wissen, wie er die Frage formulieren sollte.

»Natürlich hat Benzin eine negative Wirkung auf alle Organe, vor allem aber«, sie legte sich die Hand auf die Brust, »schädigt es die Lunge. Es ist derselbe Effekt, wie wenn man große Mengen von Benzindämpfen einatmet. Die Sauerstoffaufnahme wird blockiert, im schlimmsten Fall sogar zerstört, und man erstickt.«

Fredrik blickte in die Runde, sah aber nur den gefesselten Nordborg vor sich, das entstellte Auge und den qualvollen Tod.

50

Als sich Peter Malm um zehn nach zehn noch immer nicht gemeldet hatte, griff Ove zum Hörer und rief unten am Empfang an. Nein, es hatte niemand nach ihm gefragt.

Er ging in die Cafeteria hinunter und nahm sich eine Flasche Ramlösa aus der Kühltheke. Nachdem er kurz mit einem Schokoriegel geliebäugelt hatte, entschied er sich für eine Banane, bezahlte und ging zurück in sein Zimmer. Ein paar Telefonate später war es halb elf. Immer noch kein Peter Malm. Ove versuchte es auf dem Festnetz und dem Handy, aber ohne Erfolg.

Sein erster Impuls war, die Sache auf sich beruhen zu lassen. Peter Malm hatte seine Meinung vielleicht geändert und fand jetzt, dass das, was er eigentlich hatte erzählen wollen, nicht der Rede wert sie. Oder er hatte es einfach vergessen, weil er gleichzeitig zum Golfen verabredet war. Womöglich hatte er sein Handy abgeschaltet und stand gerade auf Kronholm vor dem siebten Loch. Draußen sah es nach einem guten Tag zum Golfen aus.

Andererseits schien Peter Malm nicht der Typ zu sein, der Termine vergaß. Zumindest hätte er abgesagt, wenn sich seine Pläne geändert hätten. Ove ging zu Fredrik hinüber und schilderte ihm die Situation.

»Malm hat doch nichts mit Finkalk zu tun, oder?«, fragte Fredrik.

»Er arbeitet als Wirtschaftsprüfer bei einer Unternehmensberatung in Visby. Es ist nicht auszuschließen, dass die Firma etwas mit Finkalk zu tun hatte, bisher ist uns aber nichts davon bekannt.«

Ove ging ein paar Schritte in den Raum hinein und stützte sich mit der Hand auf dem niedrigen Regal ab. Fredrik sah ihn an, als hätte er etwas auf dem Herzen. Ove blieb stehen, strich mit den Fingern über das Bücherregal, stellte fest, dass es staubig war, und klopfte seine Hand an der Hose ab.

»Falls es Melander war und sein Motiv mit Finkalk zu tun hat, kann ich nachvollziehen, warum er sich Nordborg ausgesucht hat, auch wenn der Geschäftsführer des Unternehmens die logischere Alternative gewesen wäre. Nordborg ist das Gesicht der Firma, er vertritt sie in Presse und Fernsehen, und man kann seine Wut gut auf ihn projizieren, wenn man so veranlagt ist.«

Ove brummte zustimmend, obwohl er nicht begriff, was Fredrik ihm damit sagen wollte.

»Aber was ist mit Johanna Wrangel? Sie hat sich in der Zeitung positiv über den neuen Kalkbruch geäußert.« Fredrik hielt einen Finger hoch. »Einen einzigen Artikel hat sie geschrieben. Sie ist zwar Politikerin, und der Täter ist vielleicht der Ansicht, dass ihre Meinungsäußerungen daher schwerer wiegen, aber trotzdem. Wenn ein Artikel ausreicht, dann …«

Jetzt verstand Ove, worauf Fredrik hinauswollte. »Wenn das schon ausreicht, gibt es unheimlich viele potenzielle Opfer. Die Kollegen, die vorhin bei der Besprechung waren, zum Beispiel«, sagte er. »Der Polizeichef.« Er deutete mit einer Kopfbewegung den Flur entlang.

»Und die Politiker, die an den Beschlüssen beteiligt waren«, fügte Fredrik hinzu. »Ich meine, wo verläuft da die Grenze? Der Polizeichef und weiß Gott, wer noch, unterhalten sich gerade über Personenschutz, aber so viele Menschen kann man gar nicht schützen.«

»Nein.« Ove stemmte die Hände in die Seiten. »Wir müssen den Täter finden.«

»Melander?«

»Ja. Wenn du mich fragst.«

Fredrik runzelte die Stirn und wendete sich ab. Einen Moment lang machte er ein gequältes Gesicht.

»Wie geht es deinem Vater?«, fragte Ove. »Ich habe von seiner Krankheit gehört.«

»Danke. Ganz okay, den Umständen entsprechend.«

»Und was machen wir mit Malm?«

Fredrik dachte nach und drehte sich wieder um.

»Du hast mit ihm gesprochen. Wenn du glaubst, dass da etwas nicht stimmt, gehen wir der Sache nach.«

Ove nahm Marko Petravic und Gunilla Borg mit nach Själsö. Die beiden Kollegen fuhren mit dem Streifenwagen vorneweg, und Gunilla parkte geschickt rückwärts in Peter Malms Garageneinfahrt ein. Ove stellte seinen Wagen an der Straße ab und stieg aus.

Das Absperrband vor Nordborgs Villa hing noch, und die Nachbarn schenkten einem Polizeiauto wahrscheinlich keine Beachtung mehr. In den Tagen, die vergangen waren, seit Michael Nordborg tot vor seinem Kamin aufgefunden worden war, hatten sie einige zu Gesicht bekommen.

Es war ein warmer Tag. So warm, dass die Poren sich weit geöffnet, aber noch nicht entschieden hatten, ob sie Flüssigkeit absondern sollten oder nicht. Ein Grad mehr oder ein wenig körperliche Anstrengung, und der Schweiß wäre geflossen.

Ove spürte die Hitze und die Nähe des Meeres. Die Leute in dieser Gegend schienen ein behagliches Leben zu führen oder hatten das vermutlich zumindest getan, bis der Mord an Nordborg wie eine Bombe eingeschlagen hatte.

Gemeinsam gingen sie zur Haustür, und Ove klingelte. Dahinter erklang eine Imitation von gewaltigen Kirchenglocken. Nach einer Weile versuchte er es noch einmal, doch er rechnete nicht damit, dass jemand kommen und aufmachen würde, denn er hatte ja weder auf dem Festnetz noch auf dem Handy jemanden erreicht.

»Wir drehen eine Runde ums Haus«, sagte er.

Sie teilten sich auf und gingen jeder in eine andere Richtung.

Ove gelangte auf die Terrasse, auf der er zwei Tage zuvor mit Peter Malm gesessen hatte. Er stellte fest, dass die Terrassentür abgeschlossen war, und warf einen Blick durchs Fenster. Er sah weder Malm noch sonst etwas Bemerkenswertes.

Erst als er sich umdrehte, fiel ihm auf, dass die Außenbeleuchtung eingeschaltet war, was im grellen Sonnenlicht nur auf den zweiten Blick zu erkennen war. Ove hätte Peter Malm nicht für jemanden gehalten, der vergaß, die Außenbeleuchtung abzuschalten, aber vielleicht irrte er sich.

Er ging weiter ums Haus herum und traf bald auf die anderen.

»Keine offenen Fenster oder Türen und niemand im Haus, soweit man das sehen kann«, sagte Gunilla.

Ihr rotblondes Haar leuchtete in der Sonne.

Sie stellten sich in den Schatten eines Apfelbaums.

»Wir gehen hinein«, entschied Ove. »Ich möchte nichts übersehen.«

Er rief den Schlüsseldienst an, den er bereits vorgewarnt hatte. Fünfzehn Minuten später konnten sie das Gebäude durch die Haustür an der Vorderseite betreten. Es war derselbe Mann, der ihnen vor weniger als vierundzwanzig Stunden bei Melander aufgemacht hatte.

»Peter Malm?«, rief Ove. »Hier ist Ove Gahnström von der Polizei.«

Schweigend gingen sie ins Haus hinein. Es war niemand in der Küche und, wie sie bereits festgestellt hatten, auch nicht im Wohnzimmer.

Marko zeigte auf zwei Türen rechts vom Flur. Vermutlich wollte er damit sagen, dass diese Räume von außen nicht einsehbar gewesen waren. Im ersten befand sich das Bad. Als Ove die Tür aufdrückte, war er auf einen mit Klebeband an die Klobrille gefesselten Peter Malm gefasst oder auf einen, der mit gebrochenem Genick auf dem Boden lag, aber nichts dergleichen.

Marko ging in das andere Zimmer und kam nach kaum zehn Sekunden wieder heraus.

»Das Arbeitszimmer«, sagte er. »Niemand drin.«

Sie durchsuchten den Rest des Hauses, auch die Räume, die sie schon von außen eingesehen hatten, doch sie stießen weder auf Peter Malm oder auf etwas anderes Aufsehenerregendes.

»Guckt mal, ob ihr einen Garagenschlüssel findet«, sagte Ove. »Wenn nicht, bittet ihr den Schlosser, euch aufzumachen. Das ist der einzige Ort, wo wir noch nicht waren.«

Während sich Gunilla und Marko auf die Suche nach dem Garagenschlüssel machten, versuchte Ove erneut, Peter Malm an seinem Arbeitsplatz zu erreichen.

»Nein, er ist noch nicht gekommen«, sagte die Rezeptionistin.

»Müsste er das denn nicht?«, fragte Ove. »Es ist doch schon ziemlich spät?«

»Ja, aber er arbeitet oft von zu Hause aus. Allerdings sagt er uns dann normalerweise Bescheid.«

»Er hat sich also für heute nicht abgemeldet?«, hakte Ove nach. »Zwecks Homeoffice, einem freien Tag oder vielleicht einem Zahnarztbesuch?«

»Nein, aber ich kann mal Jonas fragen.«

Ohne dass die Rezeptionistin näher darauf eingegangen wäre, wer Jonas war, wurde es still am anderen Ende der Leitung. Gunilla und Marko hatten einige Schlüssel entdeckt, die sie an der Garagentür ausprobieren wollten. Ove blieb mit dem Handy am Ohr im Flur stehen und wollte schon auflegen, als es schließlich doch im Hörer klickte.

»Nein, Jonas war auch nicht informiert.«

»Dann danke ich Ihnen für die Mühe«, sagte Ove.

»Tut mir leid, dass ich Ihnen nicht weiterhelfen konnte.«

Irgendetwas stimmte offensichtlich nicht. Natürlich konnte man sich eine Reihe von Gründen ausmalen, warum Peter Malm nicht im Büro erschienen und auch nicht zu Hause war. Das Problem war nur, dass er um zehn einen Termin mit Ove im Polizeigebäude gehabt hatte. Dort hätte er auftauchen müssen. Und er hätte sich deshalb auch an seinem Arbeitsplatz abmelden müssen, falls er es sich nicht doch anders überlegt hatte.

Einer spontanen Eingebung folgend, ging Ove in die Küche

und öffnete den Kühlschrank. Keine Milch, kein Joghurt, keine frischen Lebensmittel. Er öffnete den Schrank unter der Spüle. Der Müllbeutelhalter war leer.

Als er die Haustür aufgehen hörte, drehte er sich um. Es war Gunilla.

»Wir haben die Garage aufgekriegt«, sagte sie. »Das Auto ist weg.«

»Ich weiß«, sagte Ove. »Peter Malm ist nicht der Typ, der seine Hemden bügelt, jedenfalls nicht mit besonderer Sorgfalt, aber er fährt nicht für längere Zeit weg, ohne den Müll rauszubringen.«

Ganz im Gegensatz zu ihm. Dafür hätte er wahrscheinlich nicht die Außenbeleuchtung vergessen.

Gunilla sah ihn fragend an.

»Der ist abgehauen«, sagte Ove.

Er hatte sich bei der Vernehmung nicht geirrt. Peter Malm hatte Angst.

51

Peter Malm stand an Deck und redete sich ein, dass er den einzig vernünftigen Entschluss gefasst und keineswegs in Panik die Flucht ergriffen hatte.

Aus der Schiffsküche roch es nach Bratfett, und der scharfe Wind schlug ihm eine Kordel seiner Jacke an den Hals. Er wendete der Reling den Rücken zu. Einige Meter von ihm entfernt drückte sich eine Frau um die dreißig an die weiße Schiffswand und rauchte. Neben ihr war ein riesiger Aschenbecher an der Wand befestigt. Sie sah müde aus, war offenbar zu früh aufgestanden, um die Sieben-Uhr-Fähre von Visby zu erwischen. Eine blonde Strähne fiel ihr ins Gesicht, um im nächsten Augenblick vom Wind weggeweht zu werden.

Seine wirren Gedanken und der kalte Schweiß auf seinem

Rücken sprachen für Panik, aber irgendetwas musste er doch tun, und er hatte seine Wahl getroffen und Gotland verlassen.

Wie konnten Erik und Andreas glauben, dass das Ganze mit Finkalk zusammenhing? Was, wenn es gar nichts damit zu tun hatte? Doch Erik hatte ihm überhaupt nicht zugehört. Andreas hätte er möglicherweise überzeugen können, aber sobald Erik Andreas die Leviten gelesen hätte, wären Peters Worte bedeutungslos gewesen.

Die Insel zu verlassen war der einzige Ausweg, das war ihm in den frühen Morgenstunden klar geworden. Er hatte in der Nacht kein Auge zugetan, ja, er hatte es nicht einmal versucht. Zur Polizei konnte er nicht gehen. Das wäre vielleicht eine Möglichkeit gewesen, aber dafür hätten sie sich einig sein müssen. Er hatte zunächst geglaubt, es auf eigene Faust machen zu können, dann aber eingesehen, dass es unmöglich war. Wenn er alleine zur Polizei ginge, wäre die Hölle los.

Also blieb nur die Flucht.

Er blickte aufs Meer hinaus. Im Westen tauchten bereits die ersten Inseln des Stockholmer Schärengartens auf, aber wenn er sich nach Osten drehte, sah er nichts als endloses blaues Wasser. Seine Heimatinsel war hinter dem Horizont verschwunden. Die blaue Unendlichkeit erzeugte in ihm ein Gefühl von Sicherheit. Ein Wallgraben zwischen ihm und Gotland.

Die Frau steckte die Kippe durch einen Schlitz in den Aschenbecher und ging davon. Offenbar hatte sie die Zigarette nicht sorgfältig genug ausgedrückt. Aus dem Gitter stieg Rauch auf. Der Geruch hob sich streng von der frischen Meeresluft ab.

Es würde gut gehen. Es musste gut gehen. Eine Weile würde er sich fernhalten müssen, aber das war kein Problem. Er würde bei seiner Arbeitsstelle anrufen und einen kranken Verwandten auf dem Festland vorschieben. Aber erst wenn er angekommen war. Er wollte nicht riskieren, dass jemand vorgewarnt war. Sie mussten es akzeptieren. Eventuelle Probleme mit seinem Job würde er in Kauf nehmen.

Er sah sich auf dem Deck um. Weiter hinten stand eine Mutter mit einem Kinderwagen, aber abgesehen von ihr war er allein.

Niemand wusste, dass er sich auf der Fähre befand. Niemand wusste, dass er die Insel verlassen hatte. Noch nicht.

Er blinzelte in die Sonne, für einen Augenblick erschien ihm das Leben richtig angenehm, aber dann dachte er an die Frau neben dem Aschenbecher und spürte wieder die Last auf seinen Schultern. Wofür kämpfte er eigentlich? War es das überhaupt wert?

52

Die Geräusche eines schnaufenden und polternden Müllfahrzeugs, dazwischen ein schrilles Tuten beim Rückwärtsfahren, ertönten zwischen den Häusern in der Stjärngatan. Sara stand mit einem Laptop in der Hand vor der Nummer 16c.

Bislang wusste niemand außer ihr, was sie auf Melanders Speicherkarte entdeckt hatte. Diese Aktion war von vorne bis hinten ein Schuss ins Blaue. Erstens war gar nicht gesagt, dass Gåta Larsson zu Hause war, und zweitens war es fraglich, ob sie nach dem Ausgang ihrer ersten Begegnung überhaupt zu einem Gespräch bereit war.

Anzeige hatte Gåta jedenfalls nicht erstattet. Sara klammerte sich an den Gedanken, dass dies ein gutes Zeichen sei, holte tief Luft und öffnete die Haustür.

Zum Glück gab es keinen Spion, dachte sie, als sie vor der Wohnungstür stand, über dessen Briefschlitz ein Zettel mit der Aufschrift »Larsson« klebte.

Sara drückte auf den Klingelknopf. Kurz darauf hörte sie eine Bewegung auf der anderen Seite, der Schlüssel wurde umgedreht und die Tür geöffnet. Gåta Larsson riss die Augen auf und stand einen Moment lang reglos da, wollte die Tür wieder schließen, aber da hatte Sara bereits einen Fuß in den Spalt gestellt.

»Nehmen Sie den Fuß weg«, zischte Gåta Larsson.

»Hören Sie …«

»Weg mit dem Fuß, habe ich gesagt. Sie haben hier nichts zu suchen.«

»Beruhigen Sie sich bitte. Es dauert nur zwei Sekunden.«

»Eins, zwei und tschüs.«

Gåta hängte sich mit ihrem ganzen Gewicht an die Klinke. Sara war froh, dass sie feste Schuhe und nicht irgendwelche Sneakers trug. Sie wollte auch morgen gern ihre üblichen zehn Kilometer laufen.

»Sie haben recht«, sagte Sara, »gegen Ihren Willen kann ich nicht reinkommen, und Sie müssen nicht mit mir reden.«

»Ganz genau. Also hauen Sie lieber ab, bevor ich Sie anzeige.«

»Ich möchte Ihnen etwas zeigen. Es hat mit Johnny Melander, aber eigentlich mehr mit Ihnen zu tun.«

»Wieso mit mir? Ich habe Ihnen doch gesagt, dass ich ihn kaum kenne.«

Sara hielt den Laptop so, dass Gåta ihn sehen konnte. Der Blick der jungen Frau blieb an dem schwarzen Computer hängen.

»Was ist das?«

Sara drängte sich an den Türspalt, damit ihre Stimme nicht im gesamten Treppenhaus zu hören war.

»Ein Film, der bei Johnny zu Hause aufgenommen wurde. Im Schlafzimmer. Es sieht so aus, als wäre das heimlich geschehen.«

Gåta kniff die Augen zusammen. Eine Weile gab sie keinen Ton von sich. Dann fiel der Groschen.

»Was? Und ich bin darauf zu sehen?«

Sara nickte. Gåtas Augen verengten sich, bis nur noch schwarze Schlitze zu sehen waren. Diese Striche blickten erst zu Boden und sahen Sara dann direkt an. Prüfend.

»An Ihrer Stelle würde ich das sehen wollen«, sagte Sara.

Sie bemerkte, dass Gåta die Zähne zusammenbiss und tief Luft holte. Dann ließ sie die Klinke los.

»Kommen Sie schon rein.«

Mit dem Laptop in der rechten Hand trat Sara ein und schloss die Tür hinter sich. Sie zog die festen Schuhe aus, die eben noch der Tür Widerstand geleistet hatten, und fühlte sich auf

Strümpfen in dem fremden Flur plötzlich nackt und gar nicht polizeilich.

»Wo können wir uns setzen?«

»In der Küche«, sagte Gåta. »Brauchen Sie eine Steckdose?«

»Nein.«

Die Wohnung hatte zwei Zimmer und eine längliche Küche mit einem Sitzplatz für vier Personen am Fenster. Gåta war wahrscheinlich die Untermieterin. Vielleicht teilte sie sich die Wohnung mit dem Mädchen, das sie letztes Mal hier angetroffen hatten.

Sie setzten sich an den weißen Küchentisch. Gåta räumte einen Salzstreuer in Form eines Papageis, ein paar Stifte und einen Notizblock weg und schob einen unordentlichen Stapel Zeitungen und Zeitschriften zur Seite. An der Wand hinter ihr hingen neben einem gerahmten Plakat aus dem Kupferstichkabinett in Berlin einige ausgeschnittene Zeitungsartikel über Ojnare und Finkalk. Darunter war auch das Gruppenbild, auf dem sowohl Gåta als auch Johnny Melander zu sehen waren.

Sara stellte den Laptop auf die frei gewordene Fläche, klappte ihn auf und schaltete ihn ein. Sie warteten schweigend. Die Stimmung im Raum hätte jeden Versuch, Konversation zu betreiben, zum Scheitern verurteilt, und außerdem war Sara nicht zum Plaudern gekommen. Gåta starrte ununterbrochen die Rückseite des Bildschirms an, als wäre die Maschine auf dem Tisch ein gefährliches Tier, das keine Sekunde aus den Augen gelassen werden durfte.

Als der Computer hochgefahren war, öffnete Sara das Programm, ließ den Filmausschnitt laufen und drehte den Bildschirm so, dass Gåta alles sehen konnte. Den Ton hatte Sara abgeschaltet. Dort verlief die Grenze, es wäre zu intim, wenn nicht sogar übergriffig gewesen, Gåtas Stöhnen aus den blechernen Lautsprechern zu hören, während sie hier gemeinsam am Tisch saßen.

Zwanzig Sekunden reichten aus. Sara merkte, dass es in Gåtas einem Auge zu zucken begann. Dann klappte die junge Frau den Laptop so kräftig zu, als wollte sie ihn kaputtschlagen, und schob ihn in Saras Richtung.

»Sie können jetzt gehen.«

»Ich …«

»Sie können gehen, habe ich gesagt.« Gåta stand auf.

Sara legte sich den Laptop in den Schoß und blieb sitzen.

»Sie sind nicht die Einzige«, sagte sie. »Er scheint das mit System betrieben zu haben. Wenn Sie mich fragen, ist Johnny Melander ein richtiges Arschloch.«

Sie musste sich beherrschen, um ruhig zu bleiben. Sie saßen in einem Boot und hätten gemeinsam kämpfen können. Aber das durfte sie nicht sagen.

»Und? Was soll Ihrer Ansicht nach jetzt passieren? Sie kommen hierher und zeigen mir den beschissenen Film, und ich soll Ihnen Johnny Melanders Kopf auf einem Silbertablett servieren? War das Ihre Absicht?«

»Ich dachte, Sie sollten wissen, dass dieser Film existiert. Was jetzt passiert, ist Ihre Sache.«

»Ich bin Ihnen wohl scheißegal.«

»Nein, ganz und gar nicht, und ich verspreche Ihnen, dass …«

Gåta hieb mit der Faust auf den Tisch.

»Gehen Sie, habe ich gesagt. Hauen Sie ab. Sie haben doch selbst gesagt, dass Sie kein Recht haben, meine Wohnung zu betreten. Also gehen Sie jetzt.«

Sara stand auf, kramte in ihrer Tasche nach einer Visitenkarte und legte sie auf den Tisch.

»Ich verstehe, dass Sie aufgewühlt sind. Wir brauchen jetzt nicht zu reden. Rufen Sie mich an …«

»Gehen Sie endlich! Sind Sie schwer von Begriff?«

Gåta riss ihr die Visitenkarte aus der Hand und wollte sie Sara an den Kopf werfen, aber der Flug endete auf halber Strecke, und das Kärtchen trudelte langsam zu Boden.

»Okay«, sagte Sara.

In der Hoffnung, Gåta werde sich beruhigen, widmete sie sich im Flur fünfzehn lange und schwer erträgliche Sekunden dem Schnüren ihrer Schuhe. Kaum hatte sie die Wohnung verlassen, knallte Gåta die Tür zu.

Langsam und leicht beschämt ging Sara die Treppe hinunter,

aber die mit jeder Stufe wachsende Enttäuschung hatte ihre Schamgefühle bald weggespült. Wieso entschied sich Gåta, ihn zu schützen? Sie konnte es nicht begreifen. Oder war sie so wütend, weil sie, wie sie gestern behauptet hatte, nichts wusste?

Als Sara das Gebäude verließ, hörte sie, wie über ihr ein Fenster geöffnet wurde. Hastig blickte sie nach oben, vor allem aus Angst, etwas auf den Kopf zu bekommen. Einen Eimer Wasser oder etwas Schlimmeres.

Doch Gåta steckte den Kopf aus dem Fenster und sah Sara ernst an.

»Ich glaube, ich weiß es«, sagte sie. »Also, es ist nur eine Vermutung, aber vielleicht weiß ich, wo er steckt.«

Mehr als eine Vermutung verlange ich gar nicht, dachte Sara, während sie die Treppe wieder hochging.

53

Peter Malm stellte die beiden Tüten mit Lebensmitteln auf die Spüle der einfachen Küche. Inklusive des Einkaufs in Norrtälje hatte er von Nynäshamn bis zum Ferienhäuschen am Väddöviken nur zwei Stunden und vierzig Minuten gebraucht.

Er hatte es im Internet gefunden, sofort mit einer nicht registrierten Prepaidkarte die Besitzerin angerufen und behauptet, er hieße Konrad Andersson. Je seltsamer der Name, desto glaubwürdiger, dachte er sich. Er hatte gefragt, ob er bei seiner Ankunft bar bezahlen könne, und das war kein Problem.

Vermutlich waren das alberne Übertreibungen, die keinen Unterschied machten, ihn aber im schlimmsten Fall in Schwierigkeiten bringen würden, falls er nicht auf den Namen Konrad reagierte und damit den Argwohn der Vermieterin weckte. Doch das Wichtigste war letztendlich, dass er die Insel verlassen und diesen breiten Streifen aus tiefem blauem Meer zwischen sich und Gotland gelegt hatte.

Die Hütte war klein und die Einrichtung abgenutzt, aber nicht vernachlässigt. Ein typisches Ferienhäuschen aus den Fünfzigern oder Sechzigern mit einem winzigen Schlafzimmer, einer engen Küche und einem etwas größeren Wohnraum mit Essplatz. Es war hübsch auf einer Anhöhe gelegen, von der man auf der einen Seite das Wasser und auf der anderen die Straße sah, die sich inmitten von Feldern nach Grisslehamn schlängelte.

Die Frau, die ihn am Häuschen erwartet, ihm den Schlüssel übergeben und alles Praktische erklärt hatte, hieß Frida Söderberg. Sie war schätzungsweise fünfzehn Jahre jünger als er selbst, gertenschlank in Jeans und T-Shirt und lächelte unablassig. Nachdem er ihr die zehn Fünfhundertkronenscheine überreicht hatte, um die Miete für zwei Wochen im Voraus zu bezahlen, fühlte er sich veranlasst, zu erklären, was ein dreiundfünfzig Jahre alter Mann zwei Wochen alleine in einer kleinen Hütte wollte. Er behauptete, er schreibe ein Buch. Den vollkommen aus der Luft gegriffenen Einfall bereute er, sobald er ihn ausgesprochen hatte. Selbstverständlich gab er Anlass zu Nachfragen.

»Hat Vilhelm Moberg Sie hierher gelockt?«

Idiotisch. Bereits die erste Frage machte ihn sprachlos.

Frida Söderberg wandte sich zur Straße und zeigte auf ein großes weißes Haus am Waldrand. »Hier hat er im Sommer gewohnt.«

Sie drehte sich wieder um und deutete aufs Wasser. »Und da unten ist er ertrunken.« Diesmal lächelte sie nicht. »Vielleicht nicht ganz so inspirierend.«

»Ich muss zugeben, dass ich Moberg nie gelesen habe. Wahrscheinlich spiele ich auch nicht in derselben Liga«, fügte Peter Malm schnell hinzu.

»Sagen Sie das nicht. Vielleicht schreiben Sie ja das neue Nationalepos.«

Er grinste albern.

»Darf man fragen, worum es geht?« Ihre Augen blitzten neugierig.

»Darüber möchte ich lieber nicht sprechen.«

»Richtig«, sagte sie, »man soll seine Ideen nicht zerreden.«

»Und jetzt muss ich mich an die Arbeit machen. Ich möchte in der Zeit hier so viel wie möglich schaffen.«

Sie machte ein enttäuschtes Gesicht, versicherte aber, dass sie ihn nicht unnötig stören würde.

Peter Malm räumte die Lebensmittel in den Kühlschrank und in die Speisekammer, faltete die Plastiktüten zusammen und verstaute sie unter der Spüle. Er wünschte, er hätte die Begegnung mit Frida Söderberg geschickter gestaltet.

Warum hatte er die drei Stunden auf der Fähre und die zwei Stunden im Auto nicht genutzt, um sich eine geeignete Erklärung zurechtzulegen, falls er schon eine abgeben musste? Die Vermieterin hatte ihn nicht einmal darum gebeten. Peter Malm verfluchte seine Verwirrtheit. Er war einfach ein schlechter Lügner.

Seufzend betrachtete er die Bucht, in der Vilhelm Moberg angeblich seinen letzten Atemzug getan hatte. Ein Atemzug, der seine Lungen mit Wasser füllte.

54

Fredrik las die beiden Adressen, die er von Sara bekommen hatte. Der eine Ort lag in der Nähe von Lärbro, der andere in Vallstena, mitten auf der Insel. Keine der Anschriften war ihnen während der Ermittlungen begegnet.

Sara beugte sich von der anderen Seite des Schreibtischs über seinen Bildschirm und wartete seine Reaktion ab. Er legte das Blatt mit den Adressen beiseite und stand auf.

»Woraus hat Gåta geschlossen, dass Melander sich an einem dieser beiden Orte befinden könnte?«, fragte er.

»Beides sind Freunde von Melander, die sich aktiv an den Protesten beteiligt, aber in den Medien keine Rolle gespielt haben. Bestimmt geht Melander davon aus, dass uns alle Personen vom Foto in der *GT* bekannt sind, und hält sich von ihnen fern.«

»Und woher wissen wir, dass sie uns nicht in die Irre führen will, weil sie ihn immer noch schützt?«

»Das können wir nicht mit Sicherheit sagen.«

Seine Skepsis schien sie zu stören.

»Vielleicht hat sie ihn ja nach der Hausdurchsuchung gestern gewarnt?«

»Keine Ahnung«, sagte Sara, »aber ich nehme es an. Diese Art von Fragen habe ich lieber nicht gestellt.«

Nein, natürlich nicht. Sie war schließlich dort gewesen, um Vertrauen zu schaffen.

»Ich weiß, dass es ein Schuss ins Blaue ist. Das hat sie auch gesagt. Aber in Anbetracht des Filmausschnitts glaube ich nicht, dass sie sich ihm gegenüber noch zu irgendetwas verpflichtet fühlt. Eigentlich … bin ich mir da sogar sicher. Ob er etwas wert ist, wird sich zeigen, aber Gåta Larsson hat uns auf jeden Fall den besten Tipp gegeben, den sie zu bieten hat.«

Sara stand mit verschränkten Armen breitbeinig im Raum, als würde sie ihre eigene Überzeugung verteidigen.

Irgendetwas störte Fredrik an der Sache. Vielleicht war er ein wenig irritiert, weil Sara nicht zuerst mit ihm gesprochen hatte. Im Prinzip hatte er nichts dagegen, dass sie selbstständig arbeitete und die Zeugin erneut aufsuchte. Aber diese Herangehensweise und dieser Filmausschnitt … Er wäre lieber informiert worden.

Doch er beschloss, den Vorfall nicht zu kommentieren. Auch wenn es ein Schuss ins Blaue war, wie Sara sich ausdrückte, war es im Moment der brauchbarste Hinweis.

»Okay«, sagte er. »Dann mal los.«

Der Staatsanwalt hatte um die Überwachung von Melanders Aktivistenkumpeln gebeten. Das konnte er haben.

55

Peter Malm schreckte aus dem Schlaf hoch. Das Kissen auf dem Sofa roch nach Ferienhaus. Eine gespenstische Mischung aus fremden Menschen und gründlicher Reinigung. Er setzte sich auf, knipste die Leselampe an der Wand an und warf einen Blick auf seine Armbanduhr. Er hatte etwas mehr als eine Stunde geschlafen.

Er stand auf und ging ans Fenster. Noch war es nicht vollkommen dunkel. Im Norden sah er Licht am Horizont, und wenn er zum Väddöviken hinunterblickte, konnte er die glitzernde Wasseroberfläche vom grasbewachsenen Ufer unterscheiden.

Eine Stunde zuvor war es ihm nicht schwergefallen, sich auf dem Sofa auszustrecken, die Augen zu schließen und wegzudämmern. Er hatte sich sicher gefühlt. Nun wusste er nicht, wie er hier auch nur eine Minute zur Ruhe kommen sollte. Unruhe quälte ihn. Hatte er geträumt oder wirklich etwas gehört? Vielleicht stammte die Nervosität nur von seiner Benommenheit. Er war nicht ganz klar im Kopf und fühlte sich beinahe berauscht. Offenbar hatte er sich nicht im Griff.

Und wenn er tatsächlich etwas gehört hatte? Es konnte alles dahinterstecken.

Die Scheinwerfer eines Autos auf der Straße nach Grisslehamn wischten durch die Landschaft. Sollte er sich morgen dorthin wagen? Oder lieber in der Nähe des Hauses bleiben?

Das Auto stellte ein Problem dar. Wer wollte, konnte ihn anhand des Kennzeichens leicht identifizieren. Als wäre er mit einem großen Namensschild unterwegs. Vielleicht sollte er Frida Söderberg fragen, ob er sich ein Fahrrad ausleihen dürfte.

Für eine Weile hob die Vorstellung, wie er an der Bucht entlang zu dem kleinen Hafen radelte und sich in einem Laden am Kai frischen Fisch kaufte, seine Stimmung. Dann sah er sich im Häuschen um und malte sich aus, wie der Geruch von gebratenem Fisch den Raum füllte, in das Kissen eindrang, auf das er vorhin seinen Kopf gebettet hatte, und eine weitere Spur eines anonymen Gasts hinterließ.

Hätte er viel weiter wegfahren sollen? Nach Nordnorrland oder Värmland? Spielte das überhaupt eine Rolle?

Er ging in die Küche, zog die oberste Schublade heraus und kramte zwischen Schneebesen, Kochlöffeln und Knoblauchpressen. Die Messer, die er vorfand, waren entweder zu weich und stumpf oder unhandlich. Nichts, womit er sich verteidigen konnte. Warum hatte er nicht daran gedacht, bevor er von zu Hause losfuhr? Er besaß jede Menge gute Messer, nicht nur in der Küche. Diese hier waren nutzlos.

Gab es einen anderen geeigneten Gegenstand? Irgendein Werkzeug, einen Hammer, ein Eisenrohr?

Er ging nach draußen in den Flur und sah sich um. Neben der Hutablage befand sich ein schmaler Schrank. Eine Garderobe, dachte er zuerst, doch es war ein Putzschrank. Natürlich. Das ewige Saubermachen. Ständig musste der Dreck von Fremden entfernt werden. Für dreihundert Kronen extra brauchte man es nicht selbst zu machen.

Im untersten Fach stand ein schwarzer Werkzeugkasten. Er zog ihn heraus und fand ein Mora-Messer darin. Es gab auch einen Hammer, aber der war so klein, dass man damit nur kleine Nägel einschlagen konnte.

Seufzend steckte er sich das Messer in die Hosentasche, fühlte sich damit aber nicht sicherer, sondern noch hilfloser. Er schob den Werkzeugkasten wieder in den Schrank und ging zurück ins Wohnzimmer.

In dieser Nacht würde er kein Auge zutun.

Der Gedanke an die Fahrradtour erschien ihm plötzlich lächerlich. Als wäre er im Urlaub. Er war hier, um zu überleben. Sonst nichts.

56

Fredrik justierte das Okular des Fernglases, bis alle Personen in der hell erleuchteten Küche deutlich zu sehen waren. Es waren drei Personen, zwei Frauen und ein Mann. Eine Frau ging langsam im Raum auf und ab, blieb hin und wieder gestikulierend stehen. Die anderen zwei saßen am Tisch. Anscheinend fand eine Diskussion statt.

Fredrik streckte sich und machte einen Schritt zurück. Unter seinem Absatz knackte ein Zweig. Es roch intensiv nach Gagel. Direkt neben ihm stand Gunilla Borg, etwas weiter weg und teilweise von einem Baum verdeckt Marko Petravic.

Im Schutz der Dunkelheit hatten sie vom Waldrand aus eine gute Aussicht auf das Haus, aber sobald es hell würde, müssten sie sich weiter in den Wald zurückziehen oder sich eine andere Technik einfallen lassen, um das Haus zu bewachen. Fredrik verließ seinen Posten am Fernglas. Er gehörte nicht hierher, dachte er. Der Leiter einer Einheit hockt nicht nachts im Wald, sondern bleibt im Polizeigebäude und hält die Fäden in der Hand. Oder er geht nach Hause und schläft. Trotzdem hatte er die anderen begleitet. Für eine Weile.

Das Haus in Vallstena war ein großer Holzbau. Die hohen Fenster ohne Vorhänge boten viel Einblick.

Gunilla postierte sich am Fernglas. Dank der starken Vergrößerung hatte man das Gefühl, direkt vor dem Fenster zu stehen, aber eine solche Überwachung war körperlich anstrengend. Man stand reglos vor dem Stativ, das man für ein so starkes Fernglas brauchte. Nach kürzester Zeit wurde man steif und bekam Schmerzen.

»Jetzt«, sagte Gunilla. Dann verstummte sie.

Fredrik blickte zum Haus und spürte, wie auch Marko seine Aufmerksamkeit darauf richtete. Auch mit bloßem Auge erahnte Fredrik, dass eine weitere Person die Küche betreten hatte.

»Es ist zu dunkel«, sagte Gunilla. »Jetzt ist er wieder weg.«

»Was hast du gesehen?«, fragte Fredrik.

»Einen Mann, da bin ich mir sicher, aber sein Gesicht lag im Schatten. Er war nur kurz im Raum.«

Dass sich im Haus noch mehr Menschen als die drei in der Küche befanden, hatten sie bereits festgestellt. Die genaue Anzahl wussten sie nicht, denn in den anderen Zimmern hatten sie nur Schatten und Umrisse bemerkt.

»Jetzt kommt er wieder«, sagte Gunilla.

Fredrik kniff die Augen zusammen. Ein Schatten im hinteren Teil des Raums. Ohne Fernglas war er kaum zu entdecken.

»Nein, tut mir leid, war jemand anders«, sagte Gunilla, »eine Frau.«

Fredrik entspannte sich. Er lehnte sich an einen Baum und hörte, wie seine Jacke über die Rinde rieb. Es war ein langer Tag gewesen. Nach einer kurzen Nacht auf dem harten Sofa war er früh aufgestanden. Einen Augenblick lang hatte er überlegt, sich das Bett seines Vaters frisch zu beziehen, war von dieser Möglichkeit aber sofort wieder abgekommen. Aus irgendeinem Grund war es undenkbar, im Bett seines Vaters zu schlafen, während er im Krankenhaus war.

Eine Krankenschwester hatte ihm am Nachmittag erzählt, man vermute eine Lungenentzündung, sei sich aber noch nicht ganz sicher. Offenbar waren sie sich in keinem einzigen Punkt sicher. Jedes neue Stadium der Krankheit schien sie vor ein Rätsel zu stellen, als würden sie so etwas zum ersten Mal erleben. Fredrik fragte sich, ob es eine juristisch motivierte Sorge vor einer Fehldiagnose gab. Wie bei einem Immobilienmakler, der ins Schlingern gerät, wenn man nach Holzwurmbefall oder feuchten Wänden fragt.

Es roch nach Kaffee. Zuerst glaubte er zu träumen, aber Marko knuffte ihn in die Seite und reichte ihm einen heißen Kaffee. Dankbar nahm er ihm den Plastikbecher aus der Hand.

»Du bist ein Held. Genau das habe ich gebraucht.«

Gunilla richtete sich auf, streckte die Arme über den Kopf und ließ die Schultern kreisen, ohne das Küchenfenster aus den Augen zu lassen.

Fredrik rief das Team in Lärbro an, der anderen Adresse, die

Gåta Larsson ihnen genannt hatte. Von dort gab es nicht viel zu berichten.

»In Lärbro herrscht Totenstille«, sagte er zu Gunilla und Marko. »Wahrscheinlich sind die Leute schon ins Bett gegangen.«

»Hier geht bestimmt auch bald das Licht aus«, meinte Gunilla.

Fredrik drehte eine kleine Runde, um sich die Beine zu vertreten. Vorsichtig setzte er die Füße auf, um keinen Lärm zu machen. Was, wenn Gåta Larsson sie zum Narren gehalten hatte? Dann lachte sie sich jetzt vermutlich ins Fäustchen, weil sie hier wie die Idioten im Dunkeln herumstanden. Aber er musste auf Saras Urteil vertrauen. Sie war offenbar überzeugt gewesen, dass Gåta Larsson die Wahrheit sagte.

Gunilla und Marko tauschten die Plätze. Es vergingen Minuten. Fredrik trank den inzwischen kalten Kaffee aus und übernahm eine Schicht am Fernglas. Dieselben drei Personen. Eine davon räumte den Tisch ab. Der Abend schien seinem Ende entgegenzugehen, aber sie blieben sitzen. Gunilla übernahm wieder.

Über ihren Köpfen war ein kräftiges Flügelschlagen zu hören, als ein großer Vogel auf einem Baum in der Nähe landete. Fredrik hob den Kopf, sah aber nur den Sternenhimmel.

»Jetzt kommt jemand«, sagte Gunilla.

Ihre Stimme klang ruhig und sachlich. Fredrik und Marko starrten auf das Haus.

»Ein Mann«, fügte sie nach einer Weile hinzu. »Er holt etwas aus dem Kühlschrank.«

Sie verstummte und sagte eine Minute lang nichts mehr.

»Jetzt geh schon an den Tisch«, flüsterte sie vor sich hin.

Erneutes Schweigen. Fredrik hörte die anderen atmen.

»Ich glaube, das ist er. Doch, ich bin mir so gut wie sicher.«

Fredrik wartete ab, wollte sie nicht stören. Er zog sein Handy aus der Tasche und betrachtete Johnny Melanders Passfoto, das er darauf abgespeichert hatte.

»Seht ihn euch selbst an«, sagte Gunilla, ohne sich vom Fernglas abzuwenden.

Schnell ging Fredrik zu ihr. Sie machte einen Schritt zur Seite, und er reichte ihr sein Handy, damit sie sich zum Vergleich das Passfoto anschauen konnte.

Er legte den Wangenknochen ans Fernglas und musste ein wenig regulieren, bis das Bild scharf war. Am Tisch stand ein Mann, der ihm das Gesicht direkt zuwandte. Lächelnd sagte er etwas zu den anderen.

Es war Johnny Melander. Die Frisur sah anders aus als auf dem Bild, aber er war es – zweifellos.

»Eindeutig«, sagte Fredrik.

»Wir haben ihn«, flüsterte Gunilla aufgeregt.

Fredrik griff nach dem Handy, wählte die Nummer des Wachhabenden und forderte die Einsatztruppe an. Sie waren darauf vorbereitet, dass die Lage sich heute Nacht womöglich zuspitzen würde, brauchten aber dennoch etwa vierzig Minuten hierher. Er legte auf.

»Jetzt können wir nur noch beobachten und warten.«

Kaum hatte er das gesagt, ging über der Haustür eine starke Lampe an. Der Lichtschein reichte fast bis zum Waldrand. Fredrik duckte sich instinktiv und hockte sich hinter einen Wacholderbusch.

Die Außenbelichtung erschwerte die Sicht in die Küche. Gunilla trat ans Fernrohr, hatte aber noch gar keinen Blick hineingeworfen, als die Tür aufging. Ein Mann kam heraus.

»Das ist er«, sagte Fredrik.

Johnny Melander ging eilig auf eins der beiden Autos vor dem Haus zu. Ein alter roter Saab.

»Scheiße«, sagte Marko. »Er will weg. Was machen wir jetzt?«

57

Fredrik musste eine Entscheidung fällen. Johnny Melander durfte ihnen nicht entkommen. Ihn mit dem Auto zu verfolgen war natürlich eine Möglichkeit, aber dann hätte er sie höchstwahrscheinlich entdeckt. Da war es besser, wenn sie versuchten, ihn gleich festzunehmen.

Die Tür, die Melander hinter sich zugemacht hatte, öffnete sich wieder. Eine Frau steckte den Kopf heraus und rief ihm hinterher. Johnny Melander blieb stehen und ging dann zurück zum Haus. Die Frau hielt lachend einen Gegenstand hoch.

»Gunilla«, sagte Fredrik, ohne Melander aus den Augen zu lassen, »fahr mit dem Auto vors Haus und versperr ihm den Weg. Wenn es sein muss, fährst du ihm vorne rein, aber warte noch, bis er drinsitzt und die Tür zugemacht hat. Ich möchte möglichst vermeiden, dass er sich wieder ins Haus zurückzieht.«

Die leisen Worte verhallten rasch zwischen den Bäumen. Dann wandte er sich an Marko: »Wir beide teilen uns auf und nähern uns ihm aus verschiedenen Richtungen. Alles klar?«

Gunilla und Marko nickten. Ihren Gesichtsausdruck konnte er nicht erkennen, sondern nur die Bewegung ihrer Köpfe.

Während Gunilla sich schnell auf den Weg machte, gingen Fredrik und Marko in entgegengesetzten Richtungen am Waldrand entlang. Fredrik spürte das Gewicht der Dienstwaffe in seiner Hand und hoffte, dass er sich richtig entschieden hatte. Es gab einen großen Unsicherheitsfaktor, der ihm durchaus bewusst war: Sie wussten nicht, was sich im Auto befand. Wenn Melander dort eine Waffe verwahrte, konnte die Sache sehr gefährlich werden. Da beim Mord keine Schusswaffe eingesetzt worden war, besaß er vielleicht gar keine, aber eine Garantie war das nicht.

Johnny Melander verabschiedete sich von der Frau, die Tür wurde geschlossen, und er ging auf den Saab zu. Fredrik spähte in die Dunkelheit, konnte Marko aber nicht sehen.

Melanders Schritte knirschten auf dem Kies. Er hatte den

Wagen erreicht und schloss die Fahrertür auf. Auf dem Land war es eher unüblich, das Auto abzuschließen, aber es gab vielleicht einen Grund. Kinder, die nicht hineingelangen sollten, zum Beispiel.

Fredrik schloss kurz die Augen. Kinder. Was, wenn diese Sache schiefging und sich Kinder im Haus befanden? Das Paar, das hier gemeldet war, hatte keine Kinder, aber eventuell Gäste, Untermieter, was auch immer.

Melander rutschte auf den Fahrersitz und knallte die Tür zu. Im selben Moment hörte Fredrik, wie Gunilla den Passat startete.

»Jetzt«, brüllte er Marko zu.

Sie bewegten sich schnell aufs Haus zu, blieben aber ein wenig im Hintergrund, damit sie Gunilla nicht im Weg waren. Marko sollte sich von der Fahrerseite aus nähern, und sobald Gunilla an Fredrik vorbeigefahren war, wollte Fredrik sich nach links schlagen und von dort aus auf das Auto zukommen.

Melander hatte den Motor angelassen. Die Scheinwerferkegel beleuchteten die breite Straße, als ein schwarzes Auto mit hoher Geschwindigkeit auf den Saab zuhielt. Auf dem Rasen geriet es ins Schlingern, aber Gunilla hatte es bald wieder unter Kontrolle.

Das Fernlicht des Passats beleuchtete das rote Auto. Der Lack war auf dem Dach gräulich geworden. Fredrik erhaschte einen Blick auf Johnny Melander, der im grellen Licht die Augen zusammenkniff. Dann rannte er hinter den Passat. Die Pistole hielt er mit beiden Händen Richtung Boden.

Gunilla bremste direkt vor dem Saab und versperrte ihm den Weg. Theoretisch hatte Melander noch immer die Möglichkeit, das Auto irgendwie hinauszumanövrieren, aber dafür hätte er mehr Zeit gebraucht.

Fredrik umrundete den Passat. Das letzte Stück bis zu Melanders Wagen rannte er. Nun sah er Marko auf der anderen Seite.

»Im Auto sitzen bleiben! Hände über den Kopf!«, schrie Fredrik.

Marko gab zur gleichen Zeit dieselben Befehle von sich. Ihre atemlosen Stimmen klangen in der Nacht wie Hundegebell, und Fredrik befürchtete, Melander habe sie nicht verstanden.

»Sitzen bleiben! Hände über den Kopf!«, brüllte er erneut.

Fredrik hatte seine Waffe direkt auf Melander gerichtet, war sich aber unsicher, ob dieser ihn sehen konnte. Marko und seinen ausgestreckten Arm mit der Dienstwaffe dagegen sah er im Scheinwerferlicht ganz bestimmt.

Melander verbarg seine Hände noch immer hinter dem Armaturenbrett.

»Hände über den Kopf!«, rief Marko noch einmal.

Melander kramte nach irgendetwas. Warum gehorchte er nicht? Fredrik machte sich bereit, zu schießen, falls etwas anderes als zwei leere Hände zum Vorschein kommen sollte.

»Zeigen Sie Ihre Hände!«, brüllte er, während er auf die Beifahrertür zuging.

Der Motor des Saabs ging aus, und sofort rückte ihnen die Stille auf den Leib. Johnny Melander hob die Hände. Leer, die Finger gespreizt. Der Idiot hatte nach dem Zündschlüssel gesucht.

»Die Hände über den Kopf!«, schrie Marko.

Im Augenwinkel sah Fredrik, dass im Haus mehrere Lichter angegangen waren. Kurz darauf ertönten Stimmen.

Gunilla stieg aus dem Passat. Sie musste hinten um den Wagen herumgehen, um zum Saab zu gelangen. Sorgsam darauf bedacht, Markos Schusswinkel nicht zu behindern, öffnete sie die Fahrertür.

»Steigen Sie ganz ruhig aus dem Auto«, ordnete Marko an.

Fredrik hörte, wie hinter ihm mit lautem Quietschen die Haustür geöffnet wurde. Der Mann, den er vorhin in der Küche gesehen hatte, starrte ihn vom Türrahmen aus an.

»Was machen Sie hier?«

Das Gesicht war hager. In seinen Augen spiegelte sich die Windschutzscheibe des roten Saabs.

»Polizei. Gehen Sie zurück ins Haus«, sagte Fredrik knapp.

Der Mann schien ihn nicht gehört zu haben und trat stattdessen auf die Vortreppe hinaus.

»Was zum Teufel treiben Sie da eigentlich?«

Er sagte es laut, ohne Fredrik dabei anzusehen.

»Johnny!«, rief er.

Jetzt erschienen auch die beiden Frauen in der Tür. Die eine hatte lange Haare, trug einen gestreiften Pulli und stand auf Strümpfen auf der Treppe. Die andere hatte Clogs an den Füßen.

Fredrik warf einen Seitenblick in Markos und Gunillas Richtung. Sie schienen Melander unter Kontrolle zu haben und legten ihm gerade Handschellen an. Er zog seine Dienstmarke aus der Tasche und ging auf den Mann und die beiden Frauen zu.

»Wir sind von der Polizei. Sie müssen wieder ins Haus gehen.«

Der Mann drehte sich zu den Frauen um.

»Sie haben Johnny«, sagte er.

Eine der Frauen murmelte etwas, das Fredrik nicht hören konnte, dann bewegten sich alle drei aufs Auto zu.

»Gehen Sie zurück ins Haus. Jetzt.«

Fredriks autoritäres Gekläff hatte offensichtlich nicht die geringste Wirkung auf sie. Alle drei schienen vollkommen gefesselt von dem, was sich drüben am Saab abspielte.

Bevor Fredrik noch etwas sagen konnte, kamen zwei weitere Männer aus dem Haus. Beide waren groß und kräftig. Der eine, der einen Bart trug, hielt etwas in der Hand.

»Sie haben Johnny«, wiederholte der erste Mann.

»Lassen Sie den Gegenstand in Ihrer Hand fallen!«, brüllte Fredrik.

Der Mann mit dem Bart schaute in seine Richtung, ging aber rasch auf den Saab und Johnnny Melander zu, ohne sich um den Befehl zu scheren. Als sie ins Scheinwerferlicht traten, wirkten die fünf Schatten blass und ausgelaugt. Fredrik wünschte, er hätte einen Schlagstock gehabt. Marko und Gunilla hatten ihre wahrscheinlich dabei, obwohl sie in Zivil waren. Seine Gedanken rasten. Die Sache drohte schiefzugehen.

»Lassen Sie Johnny in Ruhe«, sagte der Bärtige.

Seine Stimme klang tief und etwas unartikuliert.

»Sie gehen jetzt zurück und lassen den Gegenstand fallen, den Sie in der Hand halten!«, rief Fredrik.

Er richtete seine Waffe auf ihn und hoffte, damit Eindruck zu machen, doch stattdessen drängten sich die fünf immer näher an Gunilla und Marko heran, die auf der anderen Seite des Wagens Melander festhielten. Marko brüllte auf sie ein. Er hielt deutlich sichtbar einen Gummiknüppel in der Hand.

»Gehen Sie zurück, gehen Sie wieder ins Haus!«

Was dachten die sich eigentlich? Wollten sie Melander ernsthaft befreien? Dachten sie überhaupt? Einige hatten den Lichtkegel verlassen, schienen sich aber keineswegs zurückziehen, sondern sie vielmehr umzingeln zu wollen.

»Lassen Sie ihn los«, sagte der Mann mit dem Bart. »Sie lassen ihn jetzt los und verschwinden.«

Ein metallischer Laut, als etwas gegen die Karosserie des Saabs schlug. Was hielt er eigentlich in der Hand? Irgendein Schlaggerät, ein Eisenrohr oder eine andere Waffe?

»Jetzt weichen Sie zurück und gehen ins Haus!«, schrie Gunilla.

Es war kein Befehl, sondern ein Wutanfall. Sie hatte genug. Oder Angst. Jetzt sind wir am Arsch, dachte Fredrik.

Dann fiel der Schuss. Fredrik sah, wie alles um ihn herum erstarrte.

58

Ninni bekam keine Antwort. Sie hatte gewartet, bis die Mailbox ansprang. Es war schon nach eins, und Fredrik war immer noch nicht zu Hause.

Sie legte ihr Handy auf den Nachttisch und blätterte im Buch auf der Bettdecke herum. Er hatte gesagt, es würde spät werden. Da war es acht gewesen. Seitdem hatte sie keinen Ton von ihm gehört.

Bis elf hatte sie sich mit den Umzugskartons abgerackert, aber dann konnte sie nicht mehr. Nicht, weil sie müde war, sondern weil sie es so satthatte. Sich Stunde um Stunde alleine abzumühen. Niemand, den sie fragen konnte, ob die wacklige Stehlampe mit nach Nacka, auf den Sperrmüll oder zum Roten Kreuz sollte. Sie hatte die Nase voll.

Gegen zehn war Simon von der Klassenfahrt zurückgekehrt. Völlig fertig. Anscheinend hatte er die Nacht davor durchgemacht. Er verschwand sofort in seinem Zimmer und fiel ins Bett. Von ihm war also auch keine Hilfe zu erwarten.

Entschlossen griff sie nach dem Buch und fand schließlich die Stelle, an der sie aufgehört hatte. An Schlaf war nicht zu denken.

Nach Hause zu kommen und wieder bei all ihren Freunden in Stockholm zu sein würde diese beschissenen Wochen bald verblassen lassen. Dann kam endlich ihre Belohnung. Bei diesem Gedanken fühlte sie sich ein wenig besser. Sie stellte sich das erste Essen mit den engsten Freunden vor, die sie in den letzten Jahren nur selten gesehen hatten. Sie würden an dem Tisch mit der Aussicht auf den Järlasee sitzen, den der Sonnenuntergang rosa gefärbt hatte. Was würden sie essen? In Anbetracht des Seeblicks bot sich etwas mit Fisch an. Vielleicht sollten sie mit Austern und einem guten Wein starten. Champagner oder Chablis. Zu teuer durfte es allerdings nicht werden, sie mussten ja den Kredit abbezahlen, haha. Porter wäre eine Alternative. Ein Klassiker, etwas rustikaler. Und dann?

Sie hörte auf zu lesen, als sie merkte, dass ihr Blick über zwei ganze Seiten gewandert war, ohne dass sie ein einziges Wort aufgenommen hätte. Wo hatte sie angefangen? Hatte es überhaupt Sinn, noch einmal von vorne anzufangen?

Mit dem linken Zeigefinger als Lesezeichen im Buch streckte sie die rechte Hand nach dem Handy aus. Es war jetzt zwanzig nach eins, und noch immer hatte sie nichts von Fredrik gehört. Sollte sie noch einmal anrufen? Nein. Sie blieb mit dem Handy in der einen und dem Buch in der anderen Hand liegen.

Im Grunde hatte sie nie aus Stockholm weggewollt, und das machte ihr Angst. Sie hatte den Umzug nach Gotland für keine schlechte Idee gehalten, zumal Fredrik es wirklich wollte. Aber sie selbst?

Gotland war gar nicht übel gewesen, das war nicht das Problem. Aber sie hatte nie *weg*gewollt. Ob es *nach* Gotland, Örebro oder Göteborg ging, spielte keine so große Rolle. Warum hatte sie keine Einwände erhoben? Sich geweigert. Sie hätten ihr Leben auch auf andere Weise ändern können.

Doch es brachte nichts, sich darüber den Kopf zu zerbrechen. Jetzt war es ja vorbei. Fredrik hatte seine Jahre auf der Insel bekommen. Einen Großteil ihres Lebens hatten sie hier verbracht. Nun war sie an der Reihe. Jetzt würden ihre Wünsche erfüllt werden. Sie ließ das Buch zu Boden gleiten. Dann versuchte sie noch einmal, ihn zu erreichen.

Er ging immer noch nicht ans Telefon.

59

Außerhalb des Lichtkegels, der von den Autoscheinwerfern ausging, war die Dunkelheit undurchdringlich. Alle standen reglos da, als wären sie mit hellem Blitz auf ein Foto gebannt worden, Fredrik und seine Kollegen genau wie Melander und seine Mitstreiter. Die Stille nach dem Warnschuss war ohrenbetäubend.

»Jetzt gehen Sie zurück ins Haus.«

Gunilla war diejenige, die das Schweigen beendete. Sie brauchte nicht mehr zu brüllen, weder um sich Respekt zu verschaffen noch Gehör. Es reichte ein gemäßigter Ton.

Aus dem Lauf der Pistole stieg eine kleine Rauchsäule. Als die fünf Personen ihre Anweisungen befolgten, senkte sie die Waffe.

Sie wirkten plötzlich viel kleinlauter. Vollkommen erfüllt von ihrer Mission, Johnny Melander zu beschützen, hatten sie zunächst gar nicht begriffen, dass sie versuchten, ihn aus den Fängen der Polizei zu befreien. Als das scharfe Scheinwerferlicht sie streifte, sah Fredrik, dass das, was er für eine Waffe gehalten hatte, in Wirklichkeit eine Kamera war.

Gunilla und Marko nutzten die Gelegenheit, um Johnny Melander schnell auf die Rückbank zu verfrachten.

Eine der Frauen und der Bärtige waren bereits im Haus. Fredrik beaufsichtigte sie, während die anderen sich zur Abfahrt bereit machten.

Als die letzte Person die Tür hinter sich zugezogen hatte, setzte sich auch Fredrik ins Auto. Gunilla fuhr rückwärts und entfernte sich von dem Saab, mit dem Melander hatte wegfahren wollen. Dann rumpelten sie über den unebenen Hof in Richtung Straße. Gunilla fuhr bis zum Streifenwagen. Sie setzten Melander hinein und packten die Ausrüstung ein, die noch am Waldrand stand. Marko und Gunilla fuhren mit Melander voran, Fredrik folgte ihnen im Passat.

Johnny Melander sah Fredrik von der anderen Seite des Tisches im Vernehmungszimmer unverwandt in die Augen. Der Raum war weiß gestrichen und sah aus wie irgendein Büro, mit dem Unterschied, dass nur das Nötigste vorhanden war: Tisch, Stühle und ein Computer.

Melander hatte soeben erfahren, dass er des Mordes an Michael Nordborg und Johanna Wrangel verdächtigt wurde.

»Wie stehen Sie dazu? Schuldig oder unschuldig?«, fragte Fredrik.

Melander grinste abfällig und schüttelte den Kopf.

»Ich muss Sie bitten, eindeutig zu antworten«, sagte Fredrik.

Das Grinsen verflüchtigte sich, und Melander räusperte sich demonstrativ. »Nicht schuldig.«

Fredrik fragte, ob er einen Anwalt wünsche, aber das lehnte er ab.

Polizist, Umweltaktivist, perverser Videoficker, Mörder. Eine komplexe Persönlichkeit. Sein Blick wirkte dunkel und intelligent, aber verschlossen. Er ließ niemanden an sich heran.

»Es ist schon spät«, sagte Fredrik, »aber ich würde Ihnen gerne einige einfache Fragen stellen.«

»Kein Problem für mich.«

Fredrik hatte das Gefühl, dass Melander ihm den Eindruck

vermitteln wollte, Fredrik wäre derjenige, der einer Vernehmung bis in die frühen Morgenstunden nicht gewachsen war. Möglicherweise hatte er recht.

»Erzählen Sie mir, was Sie vergangenen Freitag gemacht haben.«

»Den ganzen Tag?«

»Ja. Vom Aufwachen bis zum Schlafengehen.«

»Klar.«

Wieder umspielte das abfällige Grinsen seine Mundwinkel.

»Warten Sie …« Er blickte an die Decke. »Ich bin ziemlich spät aufgestanden, gegen neun, habe gefrühstückt und ein bisschen telefoniert. Gegen eins bin ich nach Visby hineingefahren.«

»Sie waren also zu Hause?«

»Ja.«

Er antwortete ruhig und deutlich. Dass ihm zwei Morde zur Last gelegt wurden, schien ihn nicht zu beunruhigen.

»Wen haben Sie angerufen?«

»Das waren berufliche Telefonate.« Er gähnte.

Es war schon nach zwei. Das Gähnen beruhte vermutlich nicht nur auf zur Schau gestellter Gleichgültigkeit.

»Was machen Sie beruflich?«, wollte Fredrik wissen.

»Beratertätigkeiten für verschiedene Sicherheitsfirmen.«

»Und Sie haben diese Anrufe vom Festnetz aus gemacht?«

»Ich habe zu Hause mit dem Handy telefoniert. Einen Festnetzanschluss besitze ich gar nicht.«

»Verstehe«, sagte Fredrik. »Okay, sprechen Sie weiter. Sie sind nach Visby gefahren.«

»Dort bin ich wohl gegen halb zwei, zwei angekommen. Ich bin in einige Läden gegangen. Um drei war ich mit einer Bekannten Kaffee trinken, aber nur kurz, weil sie dann losmusste. Wir waren ungefähr eine halbe Stunde in dem Café. Anschließend bin ich nach Hause gefahren, und dann ist nicht mehr viel passiert. Ich habe zu Abend gegessen und um neun die Nachrichten gesehen.«

Er schlug die Hände zusammen, als wollte er markieren, dass der Bericht hiermit beendet war.

»Kann jemand bezeugen, dass Sie im Lauf des Vormittags zu Hause waren?«, fragte Fredrik.

»Nein, aber Sie könnten ja mein Handy orten«, schlug Melander vor.

»Das sollten wir vielleicht versuchen«, sagte Fredrik so freundlich wie möglich. Er erkundigte sich nach den Namen der Geschäfte, die Melander aufgesucht hatte, und auch nach dem Café und der Frau, mit der er dort verabredet gewesen war. Alle Fragen beantwortete er ohne Schwierigkeiten.

»Gehen wir zu Montagabend über. Bitte erzählen Sie mir genauso detailliert, was Sie am Montag ab achtzehn Uhr gemacht haben.«

Johnny Melander nickte folgsam, faltete die Hände und legte sie auf die Tischkante.

»Ich war bei Nille und Tove zum Essen eingeladen. Sie haben sie vorhin getroffen.«

An dieser Stelle hätte ein abfälliges Grinsen gepasst, dachte Fredrik, aber es blieb aus.

»Ich bin schon gegen halb sechs eingetroffen und ungefähr bis neun geblieben. Dann bin ich nach Hause gefahren. Das war mein spannender Montagabend.«

Das Alibi »Nille und Tove« mussten sie überprüfen. Wenn man bedachte, was im Lauf dieses Abends passiert war, fragte sich jedoch, was ein Alibi von ihnen wert war.

»Als Sie während unserer Hausdurchsuchung nach Hause kamen, hatten Sie es sehr eilig«, fuhr Fredrik fort. »Wohin sind Sie geflohen?«

»Geflohen? So würde ich das nicht nennen. Ich habe kehrtgemacht, weil ich keine Lust hatte, mit Ihnen zu sprechen, ganz einfach.«

»Wirklich?«

Johnny Melander spreizte die Finger. Wenn Fredrik ihm nicht glauben wollte, war das sein Problem, schien er damit sagen zu wollen.

Fredrik wechselte das Thema. »Wissen Sie, wo Michael Nordborg wohnt?«

»Ja, so ungefähr.«

»Sind Sie schon einmal dort gewesen?«

»Nein, er hat mich nicht zu sich nach Hause eingeladen. Es wäre an und für sich nicht uninteressant gewesen.«

»Ich meine die Gegend, die Umgebung seines Hauses.«

»Nein.«

Da war das Grinsen wieder. War es einfach so, dass er dahinter seine Lügen versteckte?

»Drei Wochen vor dem Mord ist in der Nähe von Nordborgs Haus ein Auto vom selben Typ wie Ihr Wagen gesehen worden. Was sagen Sie dazu?«

»Dann muss es noch einen geben.«

Er lehnte sich mit einem ermatteten Seufzer zurück.

»Oh, ich habe wohl vergessen, es zu erwähnen«, sagte Fredrik, »aber ein Zeuge hat sich die beiden ersten Stellen des Kennzeichens gemerkt. Sie stimmen mit Ihrem überein. Ihr Wagen ist der einzige SUV auf Gotland, der mit LF anfängt.«

Melander starrte Fredrik wortlos an.

»Haben Sie nichts dazu zu sagen?«

Melander holte tief Luft. »Wenn ich es mir genau überlege, will ich ohne Rechtsbeistand nichts mehr sagen.«

»Das ist Ihr gutes Recht«, sagte Fredrik. »Dann machen wir jetzt Schluss.«

Er rief die Arrestwache an und begleitete Melander zu seiner Zelle. Bevor die Tür zugeschlagen wurde, sah er kurz in Melanders Gesicht. Nun grinste er nicht mehr.

Als Fredrik endlich zu Hause ankam, war es schon nach drei. Simons prall gefüllte Reisetasche stand noch im Flur. Seine Zimmertür war einen Spalt geöffnet, und es brannte noch Licht bei ihm. Fredrik warf einen Blick hinein. Der Junge schlief tief und fest. Er lag auf dem Bauch und hatte Arme und Beine von sich gestreckt wie ein Kleinkind.

Fredrik machte die Deckenlampe aus und ging ins Schlafzimmer, wo Ninni vollkommen verheddert in ihre Bettdecke schlief. Er zog sich aus und kroch ins Bett. Als sein Kopf auf dem Kissen lag, erklang das Lied. Es begann mit einem zarten Kammerton und wurde langsam kraftvoller, bis unter seiner Schädeldecke eine Frauenstimme sang. Nicht so laut, dass es wehtat, aber laut genug, um ihn zu beunruhigen.

Er drehte sich auf die Seite und ließ kurz den Tag Revue passieren. Obwohl er in Nacka aufgewacht war, hatte er zwei volle Arbeitstage auf Gotland absolviert.

Ninni rührte sich neben ihm.

»Wie geht's dir?«, fragte sie so leise, dass sie die Klänge in seinem Kopf kaum übertönte.

»Gut. Bin nur müde«, antwortete er.

Sie schnupperte. »Du riechst komisch.«

»Ich?«

»Ja.«

Hatte sich der beißende Schmauchgeruch von Gunillas abgefeuertem Schuss festgesetzt? Nahm sie den wirklich wahr?

»Ich war im Wald. Es hat nach Gagel gerochen, das weiß ich noch.«

»Im Wald?«

»Ja. Wir haben jemanden observiert.«

Sie verstummte. Fredrik dachte, sie wäre eingeschlafen, aber nach einer Weile raschelte das Laken.

»Muss man das als Chef?«

»Nein«, sagte er.

Er hörte, dass sie sich auf den Ellbogen stützte.

»Warum hast du es dann gemacht?«

»Ich …« Er wusste nicht, was er sagen sollte.

»Die Geschichte ist schlimm, und mir ist klar, dass Mordfälle wichtig sind, aber letztendlich ist es ein Job. Dein Leben steht nicht auf dem Spiel. Es kann nicht Sinn der Sache sein, dass du es so weit treibst, bis dein Leben wirklich auf dem Spiel steht.«

»Das stimmt. Können wir jetzt schlafen?«

Sie antwortete nicht. Er schloss die Augen, spürte die Matratze unter sich schaukeln und sank in den Schlaf.

60

Sara spürte, dass er da war. Die Zelle, in der er eingesperrt war, strahlte seine Anwesenheit aus, sie übertrug sich auf das ganze Gebäude und vibrierte sogar in den Wänden ihres Zimmers.

Selbstverständlich spielte sich das Ganze nur in ihrem Kopf ab, und das störte sie fast noch mehr als das Gefühl selbst. Johnny Melander sollte nicht diese Art von Macht über sie haben.

Von der Arrestzelle aus betrachtet, lag Saras Zimmer am anderen Ende des Kommissariats, aber wenn sie einen Blick durch Ove Gahnströms Tür warf, konnte sie den Sichtschutz aus Metall vor den Zellenfenstern sehen.

Johnny Melander. Hatte sie wirklich einen zweifachen Mörder im Schlafzimmer gehabt? Es fiel ihr schwer, das zu akzeptieren.

Das Handy klingelte.

Als sie Evas Stimme hörte, empfand sie das starke Bedürfnis, sich jemandem anzuvertrauen. Sich die ganze Geschichte von der Seele zu reden, die Geheimniskrämerei endlich hinter sich zu lassen und keinen Bogen mehr um alles machen zu müssen, was mit Johnny Melander zu tun hatte. Warum hatte sie nicht gleich offenbart, dass sie befangen war?

Auf der anderen Seite hätte sie sich vermutlich nicht die Festplatten und Speicherkarten von Johnny Melander unter den Nagel reißen können, wenn sie bei der Hausdurchsuchung nicht dabei gewesen wäre. Letztendlich war es also trotz allem am besten so. Was für ein Durcheinander, verdammt.

Sie konnte Eva nicht davon erzählen. Dafür war schon zu viel passiert.

»Könntest du einen Moment herunterkommen?«, fragte Eva.

»Runterkommen?«

Sara verstand nicht genau, was sie meinte. Nur die Kriminaltechniker hatten Zutritt zur technischen Abteilung.

»Wir können uns vor dem Eingang treffen«, sagte Eva.

»Du meinst draußen?«

»Ja.«

Warum draußen? Was wollte sie von ihr?

»Natürlich, ist doch klar. Soll ich gleich runterkommen?«

»Wenn es geht, ja.«

Sara versprach, in fünf Minuten unten zu sein, und beendete das Gespräch.

Als sie runterkam, stand Eva vor dem Eingang der technischen Abteilung und schob sich gerade eine frische Portion Snus unter die Oberlippe. Dann legte sie das benutzte Tütchen in den Deckel.

Sara ging lächelnd auf sie zu. Eva kniff die Augen zusammen und drehte sich zum mäßig charmanten Parkplatz. Ein massiver Gitterzaun grenzte ihn von der Arbeitsvermittlung nebenan ab.

Da es Eva offenbar schwerfiel, ihr Anliegen vorzutragen, standen sie eine Weile schweigend da. Sara bekam das Gefühl, dass sie sich jemandem anvertrauen wollte. Genau wie sie vorhin das starke Bedürfnis gehabt hatte, alles zu erzählen.

»Ist etwas passiert?«, fragte sie.

»Ich weiß nicht.«

Eva warf ihr einen kurzen Blick zu und wandte sich wieder in Richtung Parkplatz.

»Ich habe eine technische Untersuchung der Speicherkarten und der Festplatten gemacht, die wir bei Melander beschlagnahmt haben.«

Sara bewegte einen Fuß zur Seite, um stabiler zu stehen. Sie war froh, dass Eva sie nicht ansah. Kein argwöhnischer Blick bohrte sich in sie hinein und versuchte, sie zu durchschauen.

»Ja?« Sie gab sich neugierig. Professionell.

»Zwei Dateien sind gelöscht worden.«

Das klang nicht nach einer besonders interessanten Information, die sie als Ermittlerin stutzig machen sollte. Sie antwortete nicht. Gleichzeitig hämmerte ihr Herz so laut, dass die Schläge über den ganzen Parkplatz hätten hallen müssen.

»Und zwar sind sie gelöscht worden, nachdem das Material beschlagnahmt wurde.«

Sara hustete kurz und so diskret, dass es kaum zu hören war. Kaum, aber immerhin. Ein bescheuertes, entlarvendes Hüsteln.

»Ich weiß, ich hätte es sagen müssen. Ich habe Gåta Larsson versprochen, die Dateien zu entfernen. Ich hatte das Gefühl, ihr das nicht abschlagen zu können.«

Nun sah Eva sie direkt an. Sie wirkte alles andere als zufrieden.

»Wenn Gåta nicht gewesen wäre, hätten wir Johnny Melander jetzt nicht«, fuhr Sara fort.

Es ging schließlich um Mord, um zwei Morde. Damit ließ sich einiges rechtfertigen.

»Aber das ist Beweismaterial«, sagte Eva. »Im ersten Moment, als alles ans Licht gekommen ist, wollte sie die Sache vielleicht unter den Teppich kehren und vergessen, aber was, wenn sie ihre Meinung ändert? Wenn sie Anzeige erstatten möchte?«

Eva hatte sich in Saras Richtung gebeugt, während die Worte aus ihr heraussprudelten.

»Ich habe ihr eine Kopie gezogen. Damit kann sie anstellen, was sie will.«

Eva sah sie an. Glaubte sie ihr? Saras Antwort war wie aus der Pistole geschossen gekommen und entsprach teilweise sogar der Wahrheit.

»Du hättest doch etwas sagen können.«

»Ich weiß, es tut mir leid, aber ich war so beschäftigt mit dem, was wir über Melander herausgefunden haben.«

»Ja, das stimmt natürlich«, sagte Eva.

Sie hatte die Sache noch nicht vollständig abgehakt. Da schwang noch ein Unterton mit.

»Ich muss nach oben«, sagte Sara.

»Klar.«

Auf dem Weg zurück in ihr Zimmer rief sich Sara das Gespräch Wort für Wort ins Gedächtnis. Sie wusste nicht genau, wo sie jetzt eigentlich standen, aber wenn Eva die Absicht gehabt hätte, sie anzuzeigen, wäre sie doch direkt zu Fredrik oder Göran gegangen? Oder nicht?

61

Der Anwalt, um den Johnny Melander gebeten hatte, war bereits eingetroffen. In Visby wimmelte es nicht gerade von Rechtsanwälten, und Fredrik kannte David Bastin gut. Der Fall war durch die Medien gegangen, und Johnny Melander hätte sicher einen Promianwalt aus Stockholm anlocken können, wenn er gewollt hätte, aber er hatte nach Bastin gefragt. An und für sich keine schlechte Wahl, aber Fredrik hätte an seiner Stelle wahrscheinlich nicht auf einen Gotländer gesetzt.

Fredrik setzte sich gerade hin. Der blaue Himmel vor dem Fenster kündigte einen weiteren heißen Tag an. Vielleicht würde dies einer dieser Sommer werden, die schon vor Mittsommer ihr ganzes Pulver verschossen hatten.

David Bastin lächelte ihn von der gegenüberliegenden Seite des Tisches an. Wie immer saß der dunkelblaue Anzug perfekt an dem groß gewachsenen und athletischen Körper. Der Kopf war rasiert, die Wangen uneben. Der Gesamteindruck war ein wenig brutal, aber nicht unsympathisch. Johnny Melander wirkte klein neben ihm und war außerdem sehr viel kleinlauter als am Vorabend. Eine Nacht in der Arrestzelle hatte oft eine solche Wirkung auf die Leute.

Sobald Fredrik die Formalitäten geklärt hatte, ergriff David Bastin das Wort: »Mein Klient möchte in Bezug auf sein Auto einige Dinge richtigstellen.«

Das klang etwas merkwürdig, wenn man bedachte, dass Melander sich in der Nacht zuvor gar nicht zu dieser Frage geäußert hatte, aber Fredrik hatte nichts dagegen einzuwenden. Er hatte ohnehin vorgehabt, an diesem Punkt weiterzumachen.

»Ihr Auto wurde zirka drei Wochen vor dem Mord mindestens einmal in der Nähe von Michael Nordborgs Wohnsitz gesehen«, fasste er an Melander gewandt zusammen und wartete gespannt, was dieser wohl richtigstellen wollte.

In diesem Moment wurde an die Tür geklopft. Bevor Fredrik aufstehen konnte, steckte Ove den Kopf durch den Türspalt.

»Entschuldige«, sagte er, »da ist ein Anruf für dich, der nicht warten kann, fürchte ich.«

Fredriks Herz flatterte einen Moment. War es jemand vom Krankenhaus? Ging es seinem Vater schlechter? Er musterte Oves ernstes Gesicht, wurde aber nicht schlauer daraus. Hastig drehte er sich zu Melander und dem Anwalt um.

»Wir müssen eine kurze Pause machen.«

Bastin nickte. Melander verzog keine Miene.

Fredrik ging in sein Zimmer, und der Anruf wurde zu ihm durchgestellt. Als er merkte, dass es ein Kollege war, beruhigte er sich.

Kommissar Torbjörn Hansson war Leiter der Abteilung für Gewaltverbrechen in Norrtälje und saß mit anderen Worten auf dem gleichen Posten wie er.

»Ist Ihnen der Name Peter Malm bekannt?«, fragte die Stimme am Telefon.

Fredrik musste überlegen, weil er mit seinen Gedanken immer noch bei privaten Dingen war.

»Ja, ja, natürlich«, sagte er dann. »Er ist Zeuge in einem Mordfall. Wieso? Was wissen Sie über ihn?«

»Nun ja …« Torbjörn Hansson zögerte.

»Er hätte gestern zu einer Vernehmung kommen sollen, ist aber nicht erschienen«, fügte Fredrik hinzu.

»Ein Peter Malm aus Gotland, wohnhaft in Själsö, wurde vor einigen Stunden tot in einem Ferienhäuschen südlich von Grisslehamn aufgefunden.«

Diesmal verlor Fredriks Herz den Halt und fiel wie ein Stein in die Tiefe.

»Wie ist er ums Leben gekommen?«

»Das kann ich Ihnen nicht mit hundertprozentiger Sicherheit sagen, aber es spricht viel für Mord.«

Drei Tote. Und Johnny Melander hatte in Visby im Arrest gesessen, als Peter Malm auf dem Festland starb. Vielleicht hatte Fredrik ihn zu diesem Zeitpunkt auch gerade in Vallstena beobachtet. Er kehrte der geöffneten Tür den Rücken zu und schloss die Augen. Allmählich entglitt ihm die Geschichte komplett.

»Bei der Überprüfung seiner Identität ist mir aufgefallen, dass er in derselben Gegend wie dieser Nordborg wohnte, und da dachte ich mir, ich sage lieber Bescheid«, erklärte Torbjörn Hansson.

Trotz der starken Sonneneinstrahlung hatte Fredrik das Gefühl, rings um ihn verfinsterte sich alles. Johnny Melander war ein so eindeutiger und naheliegender Täter gewesen. Verloren sie ihn und die Verbindung zu Finkalk, hatten sie nur noch ein loses Netzwerk aus zwei Nachbarn oder einer Geliebten. Und einen Mörder, der auf irgendeine mysteriöse Weise keine einzige brauchbare Spur hinterlassen hatte.

»Das ist zwar unser Fall«, sagte Torbjörn Hansson, »aber wenn er mit Ihren beiden Morden zusammenhängt …«

»Ich kann mir kaum vorstellen, dass es keinen Zusammenhang gibt.«

»Dann übernehmen Sie ihn.«

»Ich komme rüber«, sagte Fredrik, »mein Kollege und ich steigen so bald wie möglich ins Flugzeug.«

»Bringen Sie einen Techniker mit?«, fragte Hansson. »Wir haben nämlich schon einen losgeschickt.«

»Nein«, sagte Fredrik. »Wir sind zwei normale Kripobeamte.«

Er hatte nicht vor, mit Eva Karlén eine Reise aufs Festland zu unternehmen. Sie konnten entspannt zusammenarbeiten, aber zu zweit auf Reisen? Das ging zu weit. Nicht zuletzt hätte es Ninnis Vertrauen überstrapaziert.

»Okay«, sagte Hansson, »dann melden Sie sich, sobald Sie wissen, wann Sie kommen. Kann ich bis dahin irgendetwas tun?«

»Falls es Zeugen gibt, wäre ich dankbar, wenn sie uns zur Verfügung stünden.«

»Ich tue mein Bestes.«

Fredrik hatte sich bereits entschieden, Sara mit aufs Festland zu nehmen. Gustav sollte, wie schon beim letzten Mal, seine Vertretung übernehmen, und Ove sollte die Vernehmung fortsetzen.

»Finde heraus, was er drei Wochen vor dem Mord vor Nordborgs Haus gemacht hat. Dass er Peter Malm nicht umgebracht hat, ist ja offensichtlich, aber wir können nicht ausschließen, dass eine ganze Gruppe agiert. Auch wenn mich der Gedanke nicht hundertprozentig überzeugt.«

»Stimmt«, sagte Ove, »ein Gestörter, der sich auf Finkalk eingeschossen hat – das kann man sich vorstellen, aber eine ganze Aktivistengang, die reihenweise Leute hinrichtet, kommt mir doch etwas weit hergeholt vor.«

»Und Malm hat doch nichts mit Finkalk zu tun, oder?«, warf Gustav ein.

»Nicht dass wir wüssten«, sagte Fredrik, »aber es muss noch einmal überprüft werden. Egal, wie die Dinge bei Finkalk liegen, mit diesem Melander stimmt etwas nicht.«

Fredrik sah Sara an. Sie nickte.

»Vielleicht ist er wegen der Filme geflohen«, sagte sie. »Er ist vermutlich davon ausgegangen, dass wir sie finden.«

»Dann ist die Sache vielleicht schlimmer, als wir dachten.«

»Nicht ausgeschlossen.«

»Wie auch immer«, sagte Fredrik, »der Mord an Peter Malm lenkt den Fokus wieder auf Själsö. Geht zurück zu den Nachbarn, überprüft alle, die in der Gegend wohnen, sich dort aufgehalten haben oder irgendeinen Bezug dazu haben. Es muss einen gemeinsamen Nenner geben, und der scheint sich dort zu verbergen.«

»Johanna Wrangel hatte aber nichts mit Själsö zu tun«, wandte Gustav ein.

»Nun ja, sie war Nordborgs Nebenfrau, vielleicht spielt sie in dem Fall eine ähnliche Rolle«, sagte Sara.

»Gut, aber warum wurde sie umgebracht?«, fragte Gustav.

Fredrik packte die Sachen ein, die er unterwegs brauchte.

»Macht bei den Nachbarn weiter«, sagte er. »Redet mit allen.« Er wandte sich an Sara. »Wollen wir?«

»Ich bin fertig.«

»Peter Malms engste Angehörige sind seine Exfrau, seine Mutter und eine erwachsene Tochter«, sagte Gustav. »Ich nehme an, wir sollten als Erstes die Tochter informieren.«

»Sieht so aus«, sagte Fredrik. Er hatte bereits ein paar Schritte auf die Tür zugemacht. »Haltet mich bitte auf dem Laufenden. Ich will wissen, was passiert.«

Als Fredrik und Sara die Treppe hinunterliefen, piepten ihre Handys: Die Flugtickets waren gebucht. Der Flieger ging in einer halben Stunde.

»Ich muss meine Waffe einschließen«, sagte er zu Sara, ohne sich umzudrehen.

»Das schaffen wir.« Sie war direkt hinter ihm. »Dann müssen wir eben mit Blaulicht zum Flugplatz.«

Fredrik hatte die Waffe gerade in den Waffenschrank gelegt, als sein Handy klingelte. Diesmal war das Krankenhaus dran.

62

Die Fähre war ein Risiko. Ein sehr kleines und kalkuliertes Risiko, aber es gefiel ihm trotzdem nicht. Schon als das Schiff sich langsam zwischen den flachen Schären hindurchfädelte und wieder Kurs auf die Insel nahm, saß er im hinteren Teil in einem roten Sessel am Fenster und versuchte zu schlafen. Er war müde, denn er hatte in der Nacht nicht viel Schlaf bekommen. Außerdem war das eine gute Art, so wenig Aufmerksamkeit wie möglich zu erregen. Wer erinnert sich an einen schlafenden jungen Mann in einem Verkehrsmittel? Busse, Fähren, Züge und Flugzeuge waren voll von ihnen. Sobald sie an Bord waren, klappten sie ihre Lehnen zurück, streckten ihre langen Körper aus und schliefen ein. Sie waren alle dieselbe Person, alle gleich, und nun war er einer von ihnen.

Dass ausgerechnet der schüchterne Wirtschaftsprüfer mit einem Messer auf ihn zukommen würde, hatte er nicht erwartet. Ein Irrtum. Zum Glück hatte er diesmal eine Waffe bei sich gehabt. Der Wirtschaftsprüfer wäre für ihn niemals lebensbedrohlich gewesen, aber er hätte sich verletzen können, als er ihm die Waffe abnahm. Eine Blutspur war das Letzte, was er hinterlassen wollte.

Unten im Maschinenraum drehten die Motoren auf. Die Vibrationen setzten sich in der gesamten Stahlkonstruktion fort und breiteten sich auch in seinem Körper aus, aber die Trägheit des Fleisches stoppte die Maschinengeräusche, die im Rumpf widerhallten. Oder war es einfach so, dachte er, dass diese Frequenzen für seine Ohren zu niedrig waren? Der Klang im Fleisch. Die Vorstellung amüsierte ihn.

Die Vibrationen wiegten ihn in den Schlaf, aber auch im Schlaf hielt er Wache, und seine Augen schlossen sich nie vollständig.

63

Peter Malms lebloser Körper lag mit ausgestreckten Armen rücklings auf dem glänzenden, von Astlöchern durchzogenen Holzfußboden. Der rechte Arm endete abrupt am Handgelenk. Die Hand schien mit einem entschiedenen Schnitt abgetrennt worden zu sein, und neben dem Körper hatte sich ein See aus Blut gebildet, rot mit tiefschwarzem Rand.

Diesmal waren sie in Arlanda, nördlich von Stockholm, gelandet. Falls man weiter zur Insel Väddö wollte, war das die richtige Seite der Stadt. Vor nicht einmal einer Stunde waren sie in den Mietwagen gestiegen.

Lungenentzündung, hatte die Krankenschwester aus der Klinik Danderyd gesagt. Sie waren sich jetzt sicher. Fredrik hatte das Gefühl, dass der Verlauf nicht gerade positiv sei, aber die Schwester klang optimistisch. Sie hätten die Infektion früh entdeckt und würden sie voraussichtlich im Keim ersticken, wie sie sich ausdrückte.

Während sich das Flugzeug in den strahlend blauen Himmel

aufgeschwungen hatte, dachte er an das enge Krankenzimmer im siebten Stock. Das Fenster oben an der Wand, die Spitzen der Fichten. Die letzten verwirrten Äußerungen seines Vaters.

Wenn sie bei der Arbeit zügig vorankamen, würde er es schaffen, bis zur Besuchszeit dort zu sein.

Er schärfte seinen Blick und versuchte, das Bild aus dem Krankenhaus loszuwerden. Sich nur auf das zu konzentrieren, was er vor Augen hatte: Die Ränder des Blutsees bildeten zwei perfekte Bögen, wie mit dem Messer ausgeschnitten.

In dem Zimmer, das in der prallen Sonne lag, arbeitete ein Kriminaltechniker im Schutzanzug. Fredrik und Sara hatten die Erlaubnis erhalten, auf den ausgelegten Trittplatten durch den Flur zu gehen, mussten aber auf der Schwelle zum Wohnzimmer stehen bleiben.

Wenn sie in die Hocke gingen, konnten sie die abgetrennte Hand unter dem Wohnzimmertisch sehen. Zwischen der Leiche und dem Tisch befanden sich Blutspritzer und ausgefranste Blutlachen in Untertassengröße. In einigen davon hatten Schuhüberzieher Spuren hinterlassen.

»Sah es hier so aus, als Sie eintrafen, oder ist jemand in dem Blut herumgetrampelt?«, fragte Fredrik den Techniker.

Der blickte mit beleidigter Miene auf. »Als wir kamen, sah alles ganz genauso aus.«

»Ich wollte nur sichergehen.«

Fredrik drehte sich zu Torbjörn Hansson um, der gleich hinter der Haustür stehen geblieben war.

»Die Vorgehensweise des Täters ist ganz anders als bei den bisherigen beiden Morden, aber er scheint Schuhüberzieher getragen zu haben. Das passt.«

Fredrik zeigte auf die Abdrücke im Blut. Als er sie genauer betrachtete, fiel ihm auf, dass die betreffende Person leicht gerutscht war oder sich gedreht hatte. Das deutete eher auf einen Kampf als auf eine schlampige Spurensicherung hin.

»Haben Sie die Mordwaffe schon gefunden?«, fragte Sara.

»Neben der Fußleiste unterm Fenster liegt ein Mora-Messer«, sagte Hansson, »aber die Hand kann damit nicht entfernt worden sein. Das war ein größeres und schweres Werkzeug. Vielleicht ein Kochmesser oder etwas Schwertähnliches.«

Sara und Fredrik hielten Ausschau nach dem Messer, konnten es aber von ihrem Standpunkt aus nicht sehen.

»Ich glaube, der Täter hat ihn festgehalten, bis er verblutet ist«, sagte der Techniker. »Ein sauberer Schnitt quer über die Adern blutet nicht so stark, wie man meint. Zunächst schnürt der Körper nämlich die Blutzufuhr ab. Der Täter hat ihn offenbar zu Boden gedrückt, bis dieser Effekt nachließ, und dann seinen Tod abgewartet. Gestorben ist er an dem Blutverlust.«

»Selbstmord ist also ausgeschlossen?«, fragte Sara.

Der Techniker lachte kurz und hart.

»Dann wäre die Schweinerei viel größer.«

Fredrik fing Saras Blick auf. Sie zog vorsichtig eine Augenbraue hoch.

»Sollen wir nach draußen gehen und Henning in Ruhe arbeiten lassen?«, fragte Torbjörn Hansson.

Sie folgten ihm hinaus in die sanft gewellte Landschaft: grüne Wiesen, dichte Wälder, ein Streifen glitzerndes Wasser und ein rotes Bootshaus.

Peter Malm hatte sich in dieses Sommerhäuschen am Väddöviken geflüchtet. Hatte die Wahl dieses Ortes etwas zu bedeuten?

»Unsere bislang einzige Zeugin ist die Besitzerin der Hütte«, sagte Hansson. »Sie hat uns angerufen. Ich habe sie gebeten, zu Hause zu bleiben, bis wir uns melden.«

Er öffnete den Reißverschluss seiner grünen Jacke und rückte das Brillengestell gerade. Es war noch etwas heißer als gestern. Mit den Schulterklappen und den großen Brusttaschen hatte die Jacke etwas Militärisches an sich. Darunter trug er ein dunkelblaues Hemd. Seine Haut war rosig und sein Haar von grauen Strähnen durchzogen.

»Wollen Sie sie sofort vernehmen?«

»Klar«, sagte Fredrik. »Wir fahren gleich hin.«

Torbjörn Hansson fuhr in seinem zivilen Volvo voraus und zeigte Fredrik und Sara, die ihm im Mietwagen folgten, den Weg.

Nach fünfhundert Metern auf dem Grisslehamnsvägen bog er bei zwei alten Straßenschildern mit der Aufschrift »Tomta« und »Holzhof« in einen schmalen Schotterweg ein.

Vor einem Haus aus den Siebzigern mit Panoramafenster blieben sie stehen. Fast alle Gebäude in der Umgebung waren rot mit weißen Fensterrahmen und Hausecken. Irgendwo in Richtung Wasser jaulte eine Motorsäge, und ganz in der Nähe krähte ein Hahn.

»Wie idyllisch«, sagte Sara.

»Bis auf den Toten ohne Hand.«

Vor dem großen Panoramafenster mit Blick auf das Sommerhäuschen, in dem Peter Malm verblutet war, standen rosa Geranien und rote Azaleen. Frida Söderberg saß auf einem Stuhl, den sie sich geholt hatte, während sie darauf bestand, dass Fredrik und seine Kollegen auf dem Sofa und dem einzigen Sessel Platz nahmen.

Laut Torbjörn Hansson war Frida Söderberg vierzig Jahre alt und arbeitete in einer Kita in Älmsta, etwa zehn Kilometer entfernt. Ihr Mann besaß ein Transport- und Bauunternehmen.

Sie war groß und schlank und sah jungenhaft aus.

»Mir ist bewusst, dass Sie gerade etwas äußerst Unangenehmes erlebt haben«, begann Fredrik, »aber wie Sie sicher verstehen, müssen wir trotzdem einige Fragen stellen.«

»Selbstverständlich, fragen Sie ruhig. Machen Sie sich keine Gedanken. Ich bin eigentlich ganz froh, darüber reden zu können.«

Sie gestikulierte temperamentvoll mit den Armen und wirkte dabei fast ein bisschen aufgedreht, aber das war wahrscheinlich ihre Art, dachte er.

»Gut. Fangen wir mit heute Morgen an. Erzählen Sie uns, wie Sie ihn gefunden haben.«

Sie beugte den Kopf nach vorn und schien zu schlucken, aber vielleicht dachte sie nur nach.

»Ich war früh dort, kurz vor acht. Ich wollte ihm ein Buch leihen. Angeblich hatte er noch nie etwas von Vilhelm Moberg gelesen, und deshalb hatte ich ihm ›Dein Augenblick‹ mitgebracht. Er hatte seinen Sommersitz ja direkt gegenüber, auf der anderen Straßenseite. Aber das wussten Sie vielleicht gar nicht?«

Fredrik kam nicht ganz mit. Frida Söderberg musste das bemerkt haben, denn sie fügte erklärend hinzu: »Vilhelm Moberg, meine ich.«

»Nein, das habe ich tatsächlich nicht gewusst«, gab Fredrik zu.

»Und weil der Mann, der mein Häuschen gemietet hat, also Peter Malm, dort hingekommen war, um ein Buch zu schreiben …«

Sie hielt inne und blickte zu dem Grundstück hinüber.

»Ich habe noch nie im Leben solche Angst gehabt. Ich habe mich aufs Fahrrad gestürzt und bin, so schnell es ging, nach Hause gerast. Kaum war ich durch die Tür, habe ich die Polizei angerufen, aber als sich jemand meldete, war ich so außer Atem, dass es eine Minute gedauert hat, bis ich ein vernünftiges Wort herausbekam.«

Fredrik bezweifelte, dass Peter Malm wirklich die Absicht gehabt hatte, ein Buch zu schreiben. Es erschien ihm unwahrscheinlich, dass ein Mann auf der Flucht vor seinem Mörder die Ruhe dazu gehabt hätte. Vielleicht hätte er irgendetwas anderes zu Papier gebracht. Ein Bekenntnis, eine Zeugenaussage. Das, was er Ove Gahnström hätte erzählen wollen, wenn er gestern Vormittag zur vereinbarten Zeit erschienen wäre.

Sara, die im Sessel links von Fredrik saß, schlug vorsichtig die Beine übereinander.

»Hat er noch was über sein Buchprojekt gesagt?«, fragte sie.

Frida Söderberg riss sich vom Fenster los.

»Nein, daraus hat er ein Geheimnis gemacht. Da ich selbst ein bisschen schreibe, war ich natürlich neugierig, aber er wollte nicht darüber reden.«

»Noch mal zurück zu dem Moment, in dem Sie ihn gefunden haben«, sagte Fredrik. »Sie waren hingefahren, um ihm ein Buch zu leihen?«

»Ja, wie gesagt, eigentlich hatte ich vor, ihm das Buch einfach hinzulegen, aber dann bin ich auf die Idee gekommen, es ihm persönlich zu überreichen. Ich wollte nicht anklopfen, weil er ja vielleicht noch schlief. Deshalb bin ich ums Haus gegangen und habe nachgesehen, ob er schon aufgestanden war … und den Rest habe ich Ihnen ja schon erzählt. Ich bin wie eine Verrückte nach Hause gerast.«

Sie schloss kurz die Augen und schüttelte den Kopf.

»Was genau haben Sie gesehen, bevor Sie aufs Rad stiegen?«

Frida Söderberg gab einen tiefen Seufzer von sich und sackte demonstrativ in sich zusammen. »Muss ich Ihnen das sagen?«

»Wenn es Ihnen möglich ist, ja.«

»Als Erstes habe ich diese Hand gesehen. Obwohl ich zu dem Zeitpunkt noch nicht begriffen habe, was das war. Ich dachte, es wäre vielleicht ein totes Tier. Diesen Anblick werde ich mein Lebtag nicht vergessen, niemals. So widerlich. Und dann der Tote und das ganze Blut. Und dann … ach …«

»Ist Ihnen außerhalb des Hauses oder in der Umgebung irgendetwas aufgefallen?«

Frida Söderberg dachte nach.

»Nein«, sagte sie schließlich. »Ich habe mich gefühlt wie im Nebel. Ich wollte nur weg, nach Hause und mich einschließen.«

Ihre Augen schimmerten nervös, während sie erneut aus dem Fenster sah.

Als sie das Haus verließen, war noch immer das Kreischen der Säge auf dem Holzhof zu hören. Bei den Autos blieben sie stehen.

»Peter Malm ist gestern Nachmittag hierhergekommen«, sagte Fredrik, »und noch in derselben Nacht ermordet worden. Der Täter muss ihm gefolgt sein.«

»Oder er wusste, wo Peter Malm hinwollte«, meinte Sara.

»Auch eine Möglichkeit, aber in dem Fall müsste es jemand gewesen sein, den er kannte und dem er sich anvertraut hat.«

»Einer der Nachbarn?«

Fredrik sah sie über das blank polierte Dach des Mietwagens hinweg an. Er selbst hatte gesagt, sie sollten den Fokus auf Själsö legen.

»Unabhängig davon, ob der Täter ihn beschattet hat oder wusste, wohin er unterwegs war, muss er mit derselben oder mit der nächsten Fähre gekommen sein. Möglicherweise auch mit einem Flugzeug am selben Tag. Malm hat sich Dienstagabend bei Ove gemeldet. Vermutlich hat er sich danach entschieden, Gotland zu verlassen. Es kommen nicht viele Fähren infrage.«

»Der Täter könnte auf einer Passagierliste stehen.«

»Er könnte nicht nur, er muss.«

Vielleicht war dies ein Ansatz. Jetzt mussten sie nur noch herausfinden, welcher von vielleicht zweitausend Passagieren ihr dreifacher Mörder war.

64

Erik Hedengren stand mit dem Rücken zum Raum und betrachtete die Ostsee durch die Glaswand. Ove hatte das Gefühl, das Haus könnte jeden Augenblick von der Klippe stürzen und unten am Strand zerschellen.

Erik und Mia Hedengren wohnten praktisch direkt oberhalb der Grundstücke von Nordborg und Malm. Das Haus war groß und die Fassade weiß, aber damit endeten die Übereinstimmungen. Bei Hedengrens gab es bodentiefe Fenster und jede Menge Ecken und Winkel.

Sie hätten die perfekten Zeugen abgegeben, wenn sie zu Hause gewesen wären, als Nordborg ermordet wurde.

Mia Hedengren, die Ove an dem ovalen Tisch gegenübersaß, warf ihrem Mann einen Seitenblick zu. Ihr blondes Haar war lang und kräftig.

»Willst du dich nicht setzen?«, fragte sie.

Erik Hedengren war aufgestanden, als Ove von Peter Malm berichtete, und hatte sich nach einer nervösen Runde durchs Zimmer ans Fenster gestellt und aufs Meer gestarrt. Auch Mia

Hedengren schien die Nachricht zu erschüttern. Kein Wunder. Erst vor wenigen Tagen war einer ihrer nächsten Nachbarn umgebracht worden, und nun war ein weiterer ums Leben gekommen. Zwar hatte der sich zum Todeszeitpunkt auf dem Festland aufgehalten, aber dieser Umstand fiel wahrscheinlich kaum ins Gewicht.

Erik Hedengren warf einen Blick über seine Schulter.

»Natürlich, Verzeihung.«

Erst jetzt schien ihm aufzufallen, dass er nicht alleine war. Mit wenigen Schritten war er zurück am Tisch, griff sich den nächsten Stuhl, einen anderen als vorher, und setzte sich. Die geflochtene Sitzfläche knarrte.

»Ich verstehe nicht, was hier vor sich geht«, sagte er. »Peter hatte doch gar nichts mit Finkalk zu tun.«

Mia Hedengren wendete sich von ihrem Mann ab und sah Ove an.

»Was ist das für ein Verrückter? Peter war doch der netteste Mann, den man sich vorstellen kann. Warum sollte ihn jemand umbringen wollen?«

Sie rang mit den Worten. Ihre Stimme zitterte, und sie schien sich mit jeder Frage, die sie stellte, weiter aufzuregen. »Ob er auch hierherkommt? Sind wir in Gefahr?«

»Im Moment haben wir eine hohe Polizeipräsenz in dieser Gegend«, erklärte Ove und wies mit der ausgestreckten Hand auf Peter Malms Haus, vor dem zwei Streifenwagen standen. »Sie können sich also sicher fühlen.«

»Und danach? Die bleiben doch nur, solange sie das Haus untersuchen.«

»Wenn wir feststellen, dass Gefahr besteht, werden wir selbstverständlich eine Möglichkeit finden, Sie zu schützen. Es gibt aber keinen Grund zur Annahme, Sie wären bedroht, nur weil Sie hier wohnen.«

»Worum geht es denn dann?«, fragte Mia Hedengren.

Sie hielt die Armlehnen ihres Stuhls umklammert und schien aufstehen zu wollen, sank aber zurück, als ihr Mann beruhigend seine Hand auf ihren Arm legte.

»Wir können nicht einfach so tun, als ob nichts wäre, solange hier ein Verrückter herumrennt und die Leute umbringt. Ich weiß nicht einmal, ob wir weiterhin hier wohnen können. Mein Gott, wir haben doch Kinder.«

Sie verbarg das Gesicht in den Händen. Ove fragte sich, ob sie weinte, aber als sie die Hände nach einiger Zeit wieder wegnahm, waren keine Tränen zu sehen.

»Was sollen wir denn machen?«, fragte sie.

»Ja, was sollen wir Ihrer Ansicht nach machen?«, wollte auch ihr Mann wissen. »Wenn jetzt die Saison beginnt, habe ich alle Hände voll zu tun. Da wird es abends spät, und Mia und die Kinder sind allein im Haus.«

Ove blinzelte ein paarmal. Er war es nicht gewohnt, im Rahmen einer Vernehmung in die Ecke gedrängt zu werden.

»Was machen Sie beruflich?«, fragte er, um Zeit zu gewinnen.

»Ich bin in der Gastronomie tätig und betreibe zwei Lokale in Visby, Magasinet und Pacific Café. Außerdem bin ich Teilhaber eines Restaurants auf dem Festland.«

»Sie sollten sich hier wirklich nicht schutzlos fühlen.«

Das war eine diplomatische Formulierung, aber Ove meinte es ernst. Gleichzeitig konnte er keine konkreten Versprechungen machen. Es lag nicht in seiner Hand.

»Können Sie uns garantieren, dass wir hierbleiben dürfen?«

Mia Hedengren drückte den rechten Zeigefinger auf die Tischplatte.

»Sie brauchen nicht umzuziehen, selbstverständlich nicht«, sagte Ove. »Personenschutz ist zwar nicht ganz meine Abteilung, aber wir werden das Nötige in die Wege leiten.«

Mia Hedengren blickte zur Seite und dann auf den Boden.

»Es wäre hilfreich, wenn Sie etwas mehr über Peter Malm erzählen könnten«, sagte Ove.

Als Mia Hedengren weiterhin wegguckte, wandte er sich an ihren Mann.

»Er war Wirtschaftsprüfer, aber das wissen Sie vielleicht«, sagte Erik Hedengren.

Ove nickte und forderte ihn auf fortzufahren.

»Peter war seit einigen Jahren geschieden, seine Tochter ist inzwischen erwachsen. Ich glaube, er hat ein ziemlich einsames Leben geführt.«

»Hatte er denn keinen Kontakt zu den Nachbarn? Ich hatte den Eindruck.«

»Doch, da gab es wohl einige Einladungen zum Essen, und er hat in verschiedenen Konstellationen Golf gespielt.«

»Mit Ihnen nicht?«

»Wir waren ein paarmal zusammen golfen, aber nie zu zweit.«

Erik Hedengren verschränkte die Arme und trommelte mit den Fingern der rechten Hand nervös auf seinem Oberarm. Dann warf er einen Blick auf die Uhr.

»Hat Peter Malm erwähnt, dass er aufs Festland wollte?«, hakte Ove nach.

»Mit keiner Silbe. Ich habe ihn gestern Abend zuletzt gesehen, und da hat er kein Wort davon gesagt.«

»Wo haben Sie ihn getroffen?«

»Bei ihm zu Hause.«

»Gab es einen bestimmten Grund?«

»Nein. Oder in gewisser Weise doch. Wir hatten wohl alle das Bedürfnis, über das zu reden, was … nun ja, was Michael zugestoßen ist.«

»Wer war noch dabei?«

»Außer Peter und mir war nur Andreas da.«

»Andreas Fischer?«

»Genau.«

Ove sah Mia Hedengren an, die seinen Blick kurz erwiderte, bevor sie sich wieder ihrem Mann zuwendete.

»Aber sonst hat er nichts erwähnt? War irgendwas vorgefallen, oder hat er sich Sorgen gemacht?«

»Nichts dergleichen«, erwiderte Erik Hedengren.

»Ihnen hat er auch nichts erzählt?«, wollte Ove von Mia Hedengren wissen.

»Nein, ich habe ihn seit der Sache mit Michael nicht gesehen.«

Ove ließ die Hände auf den Oberschenkeln liegen und betrachtete Mia, die wieder versuchte, den Blick ihres Mannes aufzufangen. Sie schien ihn geradezu anzubetteln, während er keine Miene verzog.

»Etwas ganz anderes«, sagte Ove. »Peter Malm ist in einem Ferienhaus auf der Insel Väddö etwa zehn Kilometer südlich von Grisslehamn aufgefunden worden. Sagt Ihnen der Ort etwas?«

Mia Hedengren sah ihren Mann unverwandt an. Irgendetwas spielte sich offenbar zwischen ihnen ab, eine Art wortloser Kommunikation. Erst nach einigen Sekunden drehten sie sich langsam zu Ove um.

»Nein«, sagte Mia Hedengren.

Ihr Mann schüttelte den Kopf.

»Sie haben Peter Malm nie von Väddö oder einem Ort auf dieser Insel reden hören?«

Auch diesmal einhelliges Kopfschütteln.

Ove stellte noch einige Fragen, verabschiedete sich höflich und ging. Als er auf den Hof hinaustrat, wo er neben Hedengrens silbernem BMW geparkt hatte, zerrte ein überraschend kräftiger Wind an seiner Jacke.

Zum Haus der Fischers war es nicht weit. Es lag direkt unterhalb des Abhangs. Ove stieg ins Auto und nahm hinter dem Lenkrad Platz. Er wollte schon die Tür zuziehen, als er Stimmen im Haus der Hedengrens bemerkte. Worüber die beiden sich stritten, verstand er nicht, aber es war nicht zu überhören, dass sie ordentlich aneinandergeraten waren.

65

Sara saß auf dem Beifahrersitz und hatte Zeit, in die Landschaft aus roten Holzhäusern, Badestellen und sonnengelben Rapsfeldern hinauszublicken. Der erste Halt war das Krankenhaus Danderyd, wo Fredrik aussteigen würde, um seinem Vater einen Besuch abzustatten. Sara würde alleine zum Flughafen Bromma weiterfahren und von dort aus nach Gotland zurückfliegen.

»Es war derselbe Täter«, sagte Fredrik. »Da bin ich mir sicher. Ich glaube nicht, dass es mehrere waren.«

»Stimmt. Die gute Vorbereitung spricht für eine Art organisierter Kriminalität.«

»Wobei es so was in Schweden ja eigentlich nicht gibt.«

»Oder es steckt ein Nachrichtendienst dahinter.«

»In dem Fall hätten wir wirklich etwas übersehen.«

»Das haben wir ja auch«, sagte Sara.

Fredrik sah sie an.

»Vielleicht haben wir nichts Bestimmtes übersehen, aber wir haben mit unseren Vermutungen bisher ziemlich weit daneben gelegen.«

Sie näherten sich Älmsta. Die Brücke über den Kanal war gerade hochgeklappt und sah aus wie eine Straße, die bis in den Himmel reichte. Die Ampel blinkte, und sie rollten langsam bis an die Schlange vor den Schranken.

»Drei Morde in sechs Tagen«, sagte Fredrik, nachdem er den Motor ausgeschaltet hatte. »Das erste Opfer gefesselt und gefoltert, die beiden anderen schnell und effektiv getötet.«

»Wir haben ja schon darüber diskutiert, ob der Täter Nordborg gefoltert hat, um Informationen zu erzwingen, oder quasi zum Vergnügen. Mit dem Mord an Peter Malm wird das Muster deutlicher. Oder besser gesagt das Fehlen eines Musters.« Sara öffnete ihren Gurt und streckte sich aus, so gut es ging.

»Du meinst, als Sadist würde man nicht plötzlich mit dem Foltern aufhören?«

»Genau. Deshalb glaube ich, der Täter hat Nordborg gefoltert, um an Informationen zu kommen.«

Unter der geöffneten Brücke fuhr gemächlich ein Segelboot hindurch. Der Mast ragte nur einen halben Meter über die Fahrbahn hinaus.

»Und wenn der Täter aufgehört hat, seine Opfer zu foltern, bedeutet das, dass er die gewünschte Information bekommen hat«, fuhr Sara fort und blickte der Mastspitze hinterher.

»Und was hat er erfahren?«

»Dass außer Michael Nordborg auch Johanna Wrangel und

Peter Malm in die Sache involviert waren, worum auch immer es dabei gegangen sein mag. Wrangel und Malm hat er auf zwei völlig verschiedene Weisen getötet – also war es ihm wichtig, *dass* sie sterben, und nicht, *wie*.«

»Du willst damit sagen, dass der Täter eine Liste abhakt, die er von Nordborg bekommen hat?«

»So in etwa.«

Die vertikale Fahrbahn senkte sich und schloss die Lücke über dem Kanal. Fredrik ließ den Motor an.

»In dem Fall könnten es also weitere Mordfälle werden«, bemerkte er.

»Kommt auf die Länge der Liste an«, erwiderte Sara.

Fredrik verzog das Gesicht und wendete sich ab. Vielleicht fand er sie zynisch.

Die Schranken gingen hoch, der Verkehr floss weiter. Die Straße machte eine Biegung nach links, dann kamen sie an einem riesigen falunroten Einkaufszentrum vorbei. Der Parkplatz war spärlich besetzt, aber in wenigen Wochen würde es hier von Urlaubern mit randvollen Einkaufswagen nur so wimmeln.

»Diese Art von Mord ist extrem selten«, sagte Fredrik.

»Kommt aber vor.«

Fredrik brummte und sah hinaus auf die Straße.

»Dir geht doch irgendwas durch den Kopf«, meinte Sara schließlich.

»Ja«, seufzte er. »Ich finde auch, dass es nach organisierter Kriminalität oder Nachrichtendienst klingt. Solche Leute beschäftigen sich mit Listen. Und haben einen Hang zum Foltern.«

»Wobei das nicht zu den Opfern passt.«

Hinter Älmsta kamen sie an einem Hof voller rostiger Autowracks vorbei, die vor einer heruntergekommenen Scheune aufgebaut waren. Die Straße schlängelte sich zwischen Äckern und dem einen oder anderen zugewachsenen See hindurch.

Sie sprachen noch eine Weile über das, was sie im Sommerhäuschen vorgefunden hatten. Dann lenkte Sara das Gespräch vorsichtig auf Johnny Melander.

»Es hat alles so gut gepasst«, meinte Fredrik. »Rabiater Finkalk-Gegner und ausgebildeter Kriminaltechniker, also geradezu Experte im Vermeiden von Spuren. Außerdem hat man ihn in der Nähe von Nordborgs Haus gesehen.«

Als Fredrik zum wiederholten Mal alles aufzählte, was für Johnny Melanders Täterschaft sprach, hatte Sara das Gefühl, dass er tatsächlich der Mörder sein musste. Obwohl es ja unmöglich war. Kein Wunder, dass sie sich so sicher gewesen waren.

»Wenn Johnny Melander nicht der Täter ist, was hat er dann in Själsö gemacht?«, fragte sie. »Hast du etwas von Ove gehört?«

»Nein, aber kannst du ihn eben anrufen?«

Sara zog ihr Handy aus der Tasche. Sie hatte gerade die Nummer gewählt, als Fredrik auf die Bremse trat und an den Straßenrand fuhr. Ruckartig blieben sie stehen.

Fredrik hielt mit beiden Händen das Lenkrad umklammert und starrte auf das Armaturenbrett. Er atmete schwer, seine Gesichtszüge verhärteten sich, seine Kiefermuskulatur trat hervor.

»Was ist?«, fragte sie.

Fredrik antwortete nicht. Er war kreidebleich.

»Fredrik?«

Sara legte das Handy weg.

»Sag was! Hast du Schmerzen?«

Sie berührte ihn an der Schulter.

Er stöhnte auf.

»Nein, es …«

Abgesehen davon, dass er nur zwei kurze Worte herausbekam, klang er wie immer.

»Brauchst du etwas?«

Was auch immer das sein sollte. In dem Mietwagen hatten sie nichts dabei. Nicht einmal eine Flasche Wasser.

Langsam lehnte er sich zurück, und seine gequälte Miene glättete sich. Er lächelte Sara verlegen an.

»Alles okay?«, fragte sie.

»Klar, kein Problem.«

»Was war denn los?«

Er richtete sich auf und machte den Motor aus.

»Ach … wahrscheinlich habe ich zu wenig geschlafen. Und irgendetwas ist mit dem Wetter. Ich glaube, es schlägt um.«

»Aha, Broman, der alte Fischer, hat gesprochen.«

Wieder lächelte er, diesmal amüsiert.

»Nicht wirklich, aber manchmal bekomme ich Kopfschmerzen, wenn ich schlecht geschlafen habe. Seit dem Unfall. Das Wetter macht es manchmal noch schlimmer.«

»Und das kommt dann so überfallartig und geht gleich wieder vorbei?«

»Ja, ist ein bisschen merkwürdig, aber vollkommen ungefährlich. Vielleicht ein bisschen wie Migräne, aber nicht so langwierig.«

Sara musterte Fredrik. Ging es ihm wirklich besser, oder erhielt er nur den äußeren Schein aufrecht?

»Soll ich fahren?«, fragte sie.

Fredrik zögerte einen Moment.

»Es ist wirklich alles in Ordnung, aber wenn du dich dann sicherer fühlst, können wir gerne tauschen.«

»Ja, ich glaube, das ist besser«, sagte Sara.

Hastig öffnete sie die Tür, bevor Fredrik es sich womöglich noch anders überlegte. Beim Aussteigen wurde sie von dem süßen Duft eines Rapsfelds überwältigt. Fredrik stieg ebenfalls aus, und sie begegneten einander mit angestrengtem Grinsen hinter dem Wagen, bevor sie die Plätze tauschten.

66

Als Fredrik zum Järlasee hinunterging, war die Hitze nicht mehr so drückend. Die Sonne stand tief, und vom Wasser kam kühlere Luft herangeweht.

Sein Vater hatte während seines Besuchs die meiste Zeit geschlafen. Fredrik hatte gehofft, diesmal besser mit ihm kommunizieren zu können, aber in der guten Stunde, die er bei ihm verbracht hatte, war sein Vater nur wenige Minuten wach gewesen. Größtenteils hatte er dagesessen und ihn mit seinen schimmernden Lidern und den hohlen Wangen angesehen. Einige Male hatte er wacher gewirkt und gemurmelt: »Ach, du bist zu Besuch, das ist ja nett«, und war dann wieder eingeschlafen.

Die Bartstoppeln waren in den drei Tagen im Krankenhaus kräftig gewachsen. Fredrik hatte seinen Vater im ganzen Leben noch nicht unrasiert gesehen. Nicht einmal im Urlaub auf dem Land hatte er die Rasur vernachlässigt, sondern in einer Plastikschüssel kochend heißes Wasser in den engen Waschraum geschleppt und nach jedem Zug die Rasierklinge abgespült.

Fredrik hatte Sara angelogen, aber die Lügen hatten durchaus einen realen Hintergrund. Das Lied hatte sich bereits angekündigt, als sie in Älmsta über die Brücke fuhren, und war über zwanzig Minuten erklungen, als es sich plötzlich zu einem schneidenden Schmerz steigerte. So etwas hatte er noch nicht oft erlebt.

Der Schmerz hatte überhaupt nichts mit Kopfschmerzen oder Migräne zu tun, wie er behauptet hatte, auch wenn er ein kopfschmerzähnliches Gefühl hinterließ, wenn er sich legte. Zu der Erklärung hatte er gegriffen, weil mehrere Ärzte in der Rehaklinik gesagt hatten, nach Verletzungen wie seinen seien Kopfschmerzen nicht ungewöhnlich. Er hatte kurz überlegt, ob er Sara bitten sollte, die Sache für sich zu behalten, doch dann hatte er sich klargemacht, dass so etwas leicht den gegenteiligen Effekt hatte.

Als er an dem exklusiven Wohngebiet vorbeigegangen war, das wie ein kleines Reservat auf einer Landzunge in den Järlasee hineinragte, war es nicht mehr weit bis zu seinem neuen Zuhause. Das letzte Stück konnte er am Wasser entlanggehen.

Er war müde und nach dem schmerzhaften Lied noch etwas abwesend. So kam es ihm fast wie ein Traum vor, als er zwischen dem sprießenden Grün und den plätschernden Wellen am Seeufer entlangspazierte. Mitten auf dem See segelte eine Jolle in kurzen Schlägen gegen den Wind. Es sah herrlich aus. Er machte sich bewusst, dass auch diese Möglichkeit bestand. Ein Boot für mehrere Millionen war keine Notwendigkeit. Ein Laser oder ein kleines geteertes Ruderboot mir fünf PS würden es auch tun.

Simon würde Gefallen daran finden. Vielleicht nicht am Ruderboot, aber an sportlichem Segeln mit erhöhtem Kenterrisiko.

Nachdem er mit Sara den Platz getauscht hatte, rief er Ove selbst an. Johnny Melander hatte während der Vernehmung zugegeben, mit seinem Auto vor Michael Nordborgs Haus in Själsö gestanden zu haben. Er behauptete, er habe auf diese Weise Details über Nordborgs Privatleben in Erfahrung bringen wollen. Diese Informationen habe er genutzt, um Nordborg im Internet persönlich anzugehen. Er gab auch zu, dass er zu weit gegangen sei, im Eifer des Gefechts habe er diese Taktik jedoch für geeignet gehalten. Nach Nordborgs Tod habe er versucht, seine schlimmsten Kommentare zu löschen.

Hätte es nicht eine ganze Reihe von weiteren Umständen gegeben, die zu Melanders Gunsten ausgelegt werden konnten, hätte Fredrik das Ganze als Lügen abgetan, miserable Lügen sogar, aber nun musste er akzeptieren, dass sie Melander zum gegenwärtigen Zeitpunkt nicht festhalten konnten.

Vielleicht war er ein gescheiterter Halbirrer, der um keinen Preis mit Behörden zu tun haben wollte. Vielleicht waren, wie Sara vermutete, die Filme der Grund für die Flucht gewesen, als er während der laufenden Hausdurchsuchung nach Hause gekommen war. Trotzdem war Fredrik nicht vollständig überzeugt, dass Melander nicht auf irgendeine Weise in die Morde an Nordborg und Wrangel verwickelt war.

Er rief Klint an.

»Ich habe gerade mit Gahnström gesprochen«, sagte der Staatsanwalt.

»Aha, dann weißt du ja schon Bescheid.«

»Ja. Das ist ein Rückschlag. Ihr habt ja auf diesen Melander einiges an Pulver abgefeuert.«

Danke, dass du mich daran erinnerst, dachte Fredrik.

»Ich habe beschlossen, ihn laufen zu lassen«, fuhr Klint fort.

»Das verstehe ich.«

»Mit diesen Videos bekomme ich ihn auch nicht in Untersuchungshaft, solange keine von den Frauen bezeugt, dass es unter Zwang passiert ist.«

»Wenn wir Ressourcen vom Mordfall abziehen …«

»Seine Zeit wird schon noch kommen.«

Fredrik war vor seiner zukünftigen Wohnung angekommen, stand auf dem Holzsteg, der an den Häusern entlang verlief, und blickte zu dem Balkon hinauf, wo er in etwa einem Monat ungefähr um diese Tageszeit seinen störrischen Kopf mit einem Glas Weißburgunder herausfordern würde.

»Gibt es irgendwelche anderen Kandidaten?«, erkundigte sich Klint.

»Im Augenblick nicht«, musste Fredrik zugeben.

Peter Klint murmelte irgendwas. Er verschwand eine Weile und schien im Nachbarraum leise mit jemandem zu sprechen.

»Okay, ich lasse das Treffen morgen ausfallen«, sagte er dann, »aber haltet mich auf dem Laufenden.«

»Darauf kannst du dich verlassen.«

Fredrik steckte das Handy wieder ein, blieb eine Weile so stehen und sah aufs Wasser hinaus. Die Jolle tanzte auf den Wellenkämmen. Seine Gedanken wanderten erneut zu dem Fall zurück und klopften ihn immer wieder ab. Doch es brachte nichts. Er musste die Ermittlungen aus dem Kopf verbannen und sich den Rest des Abends anderen Dingen widmen. Das Meer lockte ihn. Hätte er in dieser Jolle gesessen, wäre er so beschäftigt damit gewesen, den Kurs zu halten, dass er zum Grübeln keine Zeit gehabt hätte.

Mit Peter Malms Armstumpf vor Augen kehrte er langsam in die Wohnung seines Vaters zurück. In den Läden und Großmärkten in Sickla war der Teufel los. Auf den Parkplätzen herrschte ein ständiges Kommen und Gehen. Als er in den Gillevägen einbog, kehrte das Lied zurück. Normalerweise schenkte er ihm möglichst wenig Beachtung, aber nun beunruhigte es ihn. Er beschleunigte seine Schritte. Der Ton schwoll an. Im Hintergrund erklangen die Geräusche der abendlichen Einkäufe, scheppernde Einkaufswagen. Nicht mehr weit. Fast da.

Als er die Haustür öffnete, kam der Schmerz.

67

Erik Hedengren versuchte, sich zu beherrschen. Er hatte die Worte nicht laut ausgesprochen, sondern hervorgezischt. Nicht besonders nett, das war ihm klar. In Wirklichkeit war das Zischen ein unterdrücktes Anschnauzen gewesen, da er in Andreas' Arbeitszimmer schlecht herumbrüllen konnte, solange Lisa und die Kinder im Nebenraum waren.

Es brachte ihn furchtbar in Rage, wenn Andreas sich so verhielt. Er hörte nicht richtig zu, sondern saß einfach nur da und guckte wie ein Auto. Wenn die anderen dabei waren, konnte Erik darüber hinwegsehen, aber nicht, wenn sie zu zweit waren.

Die anderen. Die jetzt tot waren.

»Was hat er dich denn gefragt?«

Er versuchte, ganz ruhig und gefasst zu bleiben.

»Andreas?«

Andreas drehte sich zu ihm um, und in seinen Augen blitzte etwas auf, als sei er erst jetzt wieder in der Wirklichkeit angekommen.

»Ob Peter und mir etwas aufgefallen sei. Wer sich in der Gegend aufgehalten habe. Leute von der Gemeinde, Handwerker, wer auch immer.«

»Und was hast du gesagt?«

»Was ich gesehen habe, natürlich. Ziemlich allgemein.«

Andreas fummelte an der Spiralbindung eines Collegeblocks herum. Seine Hand zitterte. Was zum Teufel war mit ihm los?

»Was du gesehen hast?«

»Was hätte ich denn sonst sagen sollen?«

Seine Hand zitterte heftiger. Sie wurde geradezu durchgeschüttelt.

Das Arbeitszimmer befand sich im Erdgeschoss und enthielt einen kleinen weißen Schreibtisch und eine Bücherwand. Zwei Schwarz-Weiß-Fotos hingen an der kurzen Seite des Raumes, beides Originale. Auf dem einen war Lou Reed, auf dem anderen Bob Dylan zu sehen. Die Hausgötter von Andreas.

»Du kommst hierher, Erik, und unterziehst mich einem Verhör. Reicht es nicht, wenn die Polizei das macht? Ich bin doch nicht blöd.«

Andreas strich sich wie üblich durchs Haar. Ob er damit seine Frisur in Form bringen oder seine Hände beschäftigen wollte, war schwer zu sagen.

»Du hast recht«, sagte Erik, obwohl er wütend war. »Es tut mir leid. Eigentlich bin ich gekommen, um ... keine Ahnung, ich nehme an, ich brauchte jemanden zum Reden.«

Das zittrige Durchpflügen seiner Haare hielt Andreas nicht von einem höhnischen Grinsen ab.

»Du bist gekommen, um mich zu kontrollieren.«

Das stimmte, auch wenn Andreas etwas dick aufgetragen hatte. Die Sache mit Peter lag ihm schwer im Magen. Rein persönlich hatte Micke ihn härter getroffen, weil sie Freunde gewesen waren, aber die Nachricht von Peters Tod hatte einen Abgrund aufgerissen. Er war nicht gefühllos, auch er war aufgewühlt und verängstigt. Aber nicht auf diese durchgeknallt-hysterische und vollkommen unberechenbare Weise wie Andreas. Er war immer noch in Spitzenform.

»Was wird wohl passieren?«, fragte Andreas.

Nun bebte auch seine Stimme. Er war doch Arzt. Konnte er nicht ein paar Pillen einwerfen?

»Woher soll ich das wissen?«

Jetzt hatte er tatsächlich gebrüllt. Nicht hemmungslos, aber immerhin. Andreas sprang auf wie von der Tarantel gestochen und drückte sich mit dem Rücken an die Wand. Selbstbeherrschung war nicht gerade Eriks Stärke.

»Sorry.«

Was passieren würde, wusste er nicht. Er hatte nicht die blasseste Ahnung, und das störte ihn.

»Irgendwann muss es doch besser sein, zur Polizei zu gehen.« Er streckte flehentlich die Hand nach Erik aus. »Du siehst es doch selbst: Micke, Peter und Johanna Wrangel. Der Täter muss doch Bescheid wissen.«

Erik stand auf und ging zu Andreas.

»Möglicherweise kommt dieser Moment irgendwann, aber noch ist es nicht so weit«, sagte er. »Im Moment können wir nichts Besseres tun, als zusammenzuhalten.«

»Wirklich?«

»Ja.«

Scheiße. Womit konnte er ihn beruhigen?

»Vielleicht kriegen sie ihn, wer weiß.«

»Und wenn sie ihn kriegen – was passiert dann?«, konterte Andreas.

Plötzlich war er auf Zack, der kleine Psycho. Gute Frage, was würde dann passieren? Gab es tatsächlich keinen Ausweg?

»Wir wissen nichts«, sagte Erik. »Nicht einmal, wer es war. Vielleicht gibt es einen ganz anderen Grund, als wir denken. Es kann doch eigentlich gar nicht anders sein. Wer tötet schon, weil …«

Andreas' Blick verschleierte sich wieder.

»Wir warten bis morgen, okay? Und keiner unternimmt etwas auf eigene Faust.«

Andreas lachte schrill.

»Klar. Wir werden es ja sehen. Oder besser gesagt, derjenige von uns, der das Ganze überlebt.«

68

Fredrik starrte eine weiße Porzellankugel an einer nikotingelben Decke an. Er wusste zweifelsfrei, wo er sich befand. Aber er hatte keine Ahnung, wieso er auf dem Küchenfußboden in der Wohnung seines Vaters eingeschlafen war.

Er wälzte sich auf die Seite, um seinen schmerzenden Körper mit Gewalt in eine sitzende Haltung zu bringen, fiel aber sofort wieder auf den Rücken. Es tat unerträglich weh. Diesmal hatte er kein quälend lautes Lied im Kopf, sondern ganz normale, wenn auch ungewöhnlich fiese Kopfschmerzen.

Langsam ließ er den Blick von der Lampe zum Fenster wandern. Sogar das tat weh. Der Himmel war blaugrau und die Luft schwer und fremdartig. Ein Gewitter kündigte sich an. Seine Lügen von gestern schienen sich zu bewahrheiten.

Das Letzte, woran er sich erinnerte, war die Haustür. Die Momente, wie er in die Wohnung gelangt war und was er dann gemacht hatte, waren spurlos aus seinem Gedächtnis verschwunden. Er hatte noch die Jacke an. Das sprach dafür, dass er kurz nach Betreten der Wohnung hier gelandet war. Sein Körper schmerzte nach der Nacht auf dem harten Boden.

Unendlich langsam tastete er nach dem Handy. Aufgrund der Kopfschmerzen konnte er sich kaum konzentrieren, stellte aber nach einer gewissen Anstrengung fest, dass er einen Anruf von Gustav verpasst hatte. Wahrscheinlich hatte der ihn geweckt. Es war 07:52 Uhr. Den gebuchten Flug würde er nicht mehr erreichen.

Irgendwo mussten Kopfschmerztabletten sein. Er war sich nicht sicher, ob sie etwas gegen Schmerzen dieses Kalibers ausrichten konnten, aber irgendwo musste er ja anfangen. Die Frage war, ob er auf den Spiegelschrank im Bad oder auf das Medizinschränkchen in der Besenkammer setzen sollte. Da es ihm alles abverlangen würde, sich an einen dieser beiden Orte zu quälen, wollte er lieber auf Anhieb einen Treffer landen. Er entschied sich für den Arzneischrank.

Der erste Versuch brachte nicht viel. Er kam nicht weiter hoch als beim letzten Mal und musste sich nach kurzer Zeit wieder hinlegen.

Fredrik hatte keine Lust, seinen Dienst auf Gotland mit einer Krankschreibung zu beenden, die den Kopfbereich betraf. Dann würde seine neue Stelle als Ermittler bei der Polizei Stockholm sicher vorerst auf Eis gelegt. Er würde mit einem Stapel unaufgeklärter Einbruchsdelikte in irgendeine Abstellkammer abgeschoben werden. Im besten Fall.

Nein, er musste einfach auf die Beine kommen. Diesmal probierte er eine andere Taktik aus. Vorsichtig rollte er sich auf den Bauch und blieb eine Weile so liegen, während der Schmerz allmählich abebbte. Als er sich bereit fühlte, rappelte er sich Stück für Stück auf alle viere hoch und kroch auf Knien und Ellbogen zur Besenkammer. Am ganzen Körper brach ihm kalter Schweiß aus. Vermutlich sah er ziemlich bedauernswert aus. Oder wie ein Besoffener.

Die Besenkammer war natürlich geschlossen. Gunnar Broman ließ doch nicht seinen Putzschrank offen stehen. Das hieß, Fredrik würde aufstehen müssen, um die Tür aufzukriegen. Aber um an die Kopfschmerztabletten im Arzneischrank zu gelangen, musste er sowieso in die Senkrechte kommen. Er wartete, bis er sich ein wenig erholt hatte, kniete sich hin und drückte die Klinke hinunter.

Eine Zeit lang war alles unscharf, und an der Stirn spürte er einen so festen Druck, dass er fürchtete, dahinter würde etwas bersten. Vielleicht war das auch schon passiert. Vier tiefe Atemzüge, dann drückte er sich an den Türrahmen und arbeitete sich langsam nach oben. Es folgten zwei wacklige Schritte zum Medizinschränkchen.

Er schwenkte die weiße Kunststoffklappe zur Seite und stellte erleichtert fest, dass er die richtige Wahl getroffen hatte. Es gab sowohl Aspirin als auch Paracetamol. Kannte sein Vater den Cocktail, mit dem Ärzte ihre Kopfschmerzen bekämpften, oder war es nur ein glücklicher Zufall? Er selbst hatte es mal an einem Tatort erfahren, als eine Kollegin über Kopfschmerzen klagte. Der Rechtsmediziner vor Ort hatte eine Kombination aus Aspirin mit Koffein und Paracetamol empfohlen. Alle Ärzte nähmen das, behauptete er.

Die Frage war, wie er sich die Tabletten einverleiben sollte. Das Paracetamol würde er schon irgendwie hinunterbekommen, aber die Brausetabletten? Er wusste nicht, ob er genug Kraft hatte, um zurück in die Küche zu robben und sich ein Glas Wasser einzuschenken.

Doch endlich hatte er ein bisschen Glück. In einer Ecke der Besenkammer stand ein ungeöffnetes Sixpack Mineralwasser, und im Regal darüber lagen drei rote Plastikbecher. Die hatten sie in seiner Kindheit immer zum Picknicken mitgenommen, aber nun waren sie bestimmt seit zwanzig Jahren nicht benutzt worden.

Fredrik schluckte das Paracetamol und löste die Brausetablette in sprudelndem San Pellegrino auf. Dann schluckte er das krümelige Getränk hinunter. Seine Erinnerung ersetzte den bitteren Geschmack durch heißen Kakao auf winterlichen Skiausflügen.

Er sackte zu Boden und lehnte sich an die Wand. Er war am Ende seiner Kräfte, die Augen fielen ihm wieder zu, dann umhüllte ihn die befreiende Dunkelheit.

69

Eine Stunde und fünfunddreißig Minuten später saß Fredrik mit einem Pappbecher Kaffee in der Hand auf dem Flughafen Bromma und wartete auf seinen umgebuchten Flug nach Visby. Es war 09:39 Uhr. Zu Gustav hatte er am Telefon gesagt, er hätte verschlafen und wäre spätestens um Viertel vor elf da.

Die Tablettenmischung hatte keine Wunder bewirkt, aber seine Kopfschmerzen auf ein erträgliches Maß gesenkt. Er hatte einen Streifen Paracetamol eingesteckt und das halbe Röhrchen Aspirin in seinen Kulturbeutel geschüttet. Wenn sein Vater aus dem Krankenhaus nach Hause kam, würde er ohnehin einen Tablettenvorrat mitbringen, der eine Weile reichte.

Am Gate tauchten zwei Frauen in neongelben Westen auf. Eine von ihnen rief den Flug auf. In seiner unmittelbaren Nähe erhob sich eine kleine Schar von Passagieren. Er stand vorsichtig auf, weil er befürchtete, dass der Kopfschmerz wieder zuschlagen würde, aber den schien er jetzt unter Kontrolle zu haben.

Er zeigte seine Bordkarte vor und ging auf müden Beinen aufs Rollfeld hinaus. Der schwere Himmel hing tief, die Luft war feucht, aber es fiel noch immer kein Tropfen Regen.

Auf der Strecke Stockholm-Visby wurden normalerweise recht kleine Flugzeuge eingesetzt, doch heute erwartete ihn eine noch kleinere Propellermaschine ohne irgendein Logo der Fluggesellschaft. Der Rumpf wirkte im unteren Teil verbeult.

Fredrik litt nur selten an Flugangst und versuchte, es auch diesmal zu vermeiden. Gebückt ging er durch die enge Kabine, die etwa dreißig Passagieren Raum bot, und setzte sich auf einen einzelnen Platz auf der linken Seite.

Schnell waren sie in der Luft, und sobald es erlaubt war, klappte Fredrik seine Lehne nach hinten, um sich während des Flugs eine halbe Stunde auszuruhen. Für eine Weile sahen sie die Sonne über den Wolkenbergen, dann flogen sie wieder tiefer.

Als sie sich unterhalb der Wolkendecke befanden, sah Fredrik durchs Fenster nach unten. Sie berührten fast die Baumspitzen, und ihm wurde bewusst, dass sie wahrscheinlich direkt über Själsö hinwegfliegen würden. Er versuchte, die einzelnen Häuser zu erkennen. Vor allem das von Nordborg musste wegen des Pools leicht zu identifizieren sein. Er drückte sein Gesicht an die Scheibe, konnte aber keines der Häuser finden, in denen er gewesen war. Das Gebiet befand sich vermutlich direkt unter dem Flugzeug.

Fredrik warnte seine Kollegen schon von unterwegs vor. Als er ins Zimmer kam, hatten sie sich bereits versammelt.

Gustav hatte das Handy am Ohr, beendete aber das Gespräch, während Fredrik seine Tasche abstellte. Als er seinen Notizblock herauszog, spürte er wieder das Spannungsgefühl an der Stirn und meinte wahrzunehmen, dass Sara ihm einen prüfenden Blick zuwarf.

Er rollte den Schreibtischstuhl heran, die einzige freie Sitzgelegenheit, und nahm Platz.

»Was haben wir für Anhaltspunkte, gibt es etwas Neues?«

Sara ergriff das Wort. »Eva und ich haben uns Peter Malms Handygespräche angesehen. Er hatte intensiven Kontakt zu Michael Nordborg, aber mit Johanna Wrangel hat er nicht ein einziges Mal telefoniert.«

»Vielleicht ist Michael Nordborg ja die Spinne im Netz?«, schlug Gustav vor.

Genau dieser Gedanke war auch Fredrik durch den gepeinigten Kopf gegangen, aber er bekam den Mund nicht schnell genug auf, um ihn auszusprechen.

»Ja, das ist durchaus möglich«, murmelte er stattdessen in Gustavs Kielwasser. »Habt ihr sonst nichts Interessantes aus diesen Listen ziehen können?«

»Er hat einige Male bei Frida Söderberg angerufen, was an sich nicht weiter überraschend ist, aber wir sind noch nicht fertig mit der Analyse.«

Fredrik machte sich eine kurze Notiz. »Noch etwas?«

»Ich habe noch mal mit der Briefträgerin gesprochen«, berichtete Ove. »Beim letzten Mal hatte ich mich vor allem nach der Zeit direkt vor und nach dem Mord an Nordborg erkundigt, aber diesmal dachte ich mir, ich frage mal etwas allgemeiner.«

»Und?«

»Sie sagt, es habe viele Bauarbeiten in der Gegend gegeben. Sie hat haufenweise Bauabfälle und neue Materiallieferungen gesehen.«

»Dort drüben wird eben fleißig renoviert«, sagte Gustav. »An finanziellen Mitteln scheint es ja nicht zu mangeln.«

Sara und Gustav grinsten einvernehmlich.

»Damit kann man vielleicht etwas anfangen«, sagte Fredrik. »Wenn lauter Handwerker in der Gegend herumgelaufen sind, haben sie möglicherweise etwas gesehen. Wir müssen mal rauskriegen, wer da gearbeitet hat.«

»Laut der Briefträgerin ist das aber schon eine Weile her«, erklärte Ove. »Ein Jahr oder sogar noch länger, meint sie.«

Fredrik spürte, wie die Begeisterung im Raum nachließ.

»Okay, aber es könnte trotzdem etwas dabei herauskommen. Geht der Sache bitte nach. Wenn Gustav und ich noch mal mit Camilla Nordborg sprechen, können wir sie auch noch darauf ansprechen. Das heißt, wir arbeiten das Umfeld in Själsö ab. Michael Nordborg spielt möglicherweise eine zentrale Rolle. Wir suchen nach Zeugen unter den Handwerkern. Sara und Eva machen mit den Verbindungsnachweisen weiter. Gleicht eure Ergebnisse bitte untereinander ab. Vielleicht gibt es ein Netzwerk, das uns weiterführt. Wie geht es mit den Passagierlisten voran?«

»Ich habe mich schon ein wenig damit beschäftigt«, sagte Gustav, »das sind ganz schön viele Namen.«

»Vergiss nicht, sie auch mit den Verbindungsnachweisen abzugleichen. Wahrscheinlich haben wir nicht so viel Glück, aber man weiß ja nie.«

Fredrik stand auf. Viel zu schnell, merkte er, als sich die Eisenklammer wieder um seinen Schädel legte. Er hoffte, dass niemand gemerkt hatte, wie fest er die Rückenlehne umklammert hielt.

»Fahren wir sofort los?«, fragte Gustav.

»Gleich.«

Vor drei Stunden hatte er in der Besenkammer die Schmerztabletten eingenommen. Zeit für eine frische Dosis.

70

Camilla Nordborg empfing sie gemeinsam mit ihrer Tochter. Helena Nordborg strich sich ihre langen Haare aus dem Gesicht und blickte die Polizisten mit großen Augen an.

»Wollen Sie mich nach Peter Malm fragen?« Camilla Nordborg kam sofort zur Sache.

Sie wusste also schon Bescheid. Die Tochter blickte peinlich berührt zur Seite.

»Das auch«, sagte Fredrik. »Aber vor allem nach Ihrem Mann.«

Camilla Nordborg deutete auf eine hohe grüngraue Flügeltür. »Wir können uns ins Wohnzimmer setzen.«

Es schien ihr besser zu gehen als bei ihrer letzten Begegnung. Ihre Stimme klang fest, und sie bewegte sich geschmeidiger. Ob aus eigener Kraft oder dank der vom Hausarzt Andreas Fischer verschriebenen Präparate, war unklar.

Camilla Nordborg begleitete sie in das große Wohnzimmer mit sechs hellbraunen, intensiv genutzten Ledersesseln, die um einen dunklen Sofatisch gruppiert waren. Der Himmel vor dem Fenster war bleischwer. Camilla Nordborg schaltete einen achtarmigen Kronleuchter an der Decke und eine Stehlampe hinter den Sesseln an. Am anderen Ende des Raums standen zwei dunkelblaue Diwane vor einem Flachbildfernseher der größeren Sorte.

»Setzen Sie sich doch bitte«, sagte Camilla Nordborg.

Gustav nahm dankend an und knöpfte mit einer lässigen Handbewegung seine Jacke auf, bevor er sich niederließ. Die Tochter blieb ein Stück von der Sitzgruppe entfernt stehen und wirkte unsicher.

»Du brauchst nicht dabei zu sein«, sagte Camilla zu ihr.

»Sicher?«, fragte sie, es war aber herauszuhören, dass sie nicht wollte.

»Ganz sicher.«

Camilla Nordborg lächelte und warf ihrer Tochter einen zärtlichen Blick zu. Helena ging aus dem Zimmer und machte die Tür hinter sich zu.

»Wir würden zeitlich gerne etwas weiter zurückgehen«, erklärte Fredrik.

Der Sessel war geradezu lächerlich bequem und das Leder weich wie ein Liebkosung.

Camilla Nordborg nickte. »Ich antworte, so gut ich kann.«

Sie war genauso angezogen wie bei ihrer ersten Begegnung am Pool. Schwarzer Rock, schwarze Strumpfhose und ein graues Top unter einem schwarzen Blazer. Ihre schwarzen Schuhe hatten für eine Frau in Trauer erstaunlich hohe Absätze. Doch warum sollte man keine hohen Absätze tragen, wenn man trauerte? Vielleicht hielten die Pumps sie aufrecht. Gut sahen sie auf jeden Fall aus.

»Wir versuchen, uns einen möglichst breiten und vollständigen Überblick über Michaels Kontakte zu verschaffen«, sagte Gustav.

»Da werden Sie eine Weile beschäftigt sein.«

»Uns ist klar, dass er ein großes Netzwerk hatte, beruflich wie privat.«

»Das kann man wohl sagen.«

Fredrik erahnte einen kühlen Unterton in Camilla Nordborgs schlichter Antwort. Im Moment gab es keine Veranlassung, sie auf Johanna Wrangel anzusprechen, aber sie konnten nicht garantieren, dass sie Camilla Nordborg die Wahrheit ersparen konnten. Vielleicht hatte irgendein fleißiger Reporter bereits seine Schlüsse gezogen.

»Diesmal wollten wir uns auf die private Seite konzentrieren«, sagte er.

»Ich habe die Zeitungen gesehen«, sagte sie. »Johanna Wrangel …«

Sie holte tief Luft und schien einen inneren Widerstand zu überwinden.

»Ich hatte lange den Verdacht, es könnte eine andere geben, ich habe ihn sogar mal danach gefragt. Am Ende habe ich mich entschieden, es zu ignorieren.«

Ihr starrer Blick verriet, dass es ihr nicht leichtfiel, darüber zu sprechen.

»Ich will es nicht wissen. Sie stellen die Fragen, die Sie stellen müssen, aber ich möchte es nach Möglichkeit nicht wissen. Verstehen Sie das?«

Plötzlich wurde es schwierig, mit der Befragung fortzufahren.

»Ich glaube nicht, dass wir das Thema Johanna Wrangel ansprechen müssen«, sagte Fredrik schließlich.

Sie senkte den Blick. Vielleicht bereute sie, es selbst getan zu haben.

»Wir können mit Peter Malm anfangen«, schlug Fredrik vor.

»Ja?« Sie blickte auf.

»Waren Sie eng befreundet?«

»Ich mochte Peter. Michael mochte ihn auch. Peter war ein sehr sympathischer Mensch.«

»Lebte er allein?«

»Ja. Peter war eher schüchtern. Als Mann über fünfzig findet man nicht mehr so leicht eine Partnerin, wenn man ein eher zurückhaltender Typ ist.«

Sympathisch heißt nicht viel, dachte Fredrik.

»Haben Peter Malm und Ihr Mann abgesehen vom nachbarschaftlichen Kontakt Projekte oder Geschäfte zusammen gemacht?«

»Wollten Sie nicht über sein Privatleben sprechen?«, fragte sie.

Ein entferntes Grollen am Himmel ließ alle drei aus dem Fenster schauen.

»Nicht über Finkalk und Ojnare, meinte ich.«

»Daran glauben Sie also nicht mehr?«

»Wir haben diese Spur nicht fallen gelassen, aber wenn wir weiterkommen wollen, müssen wir so viel wie möglich über Ihren Mann erfahren.«

Ein Blitz erleuchtete den dunklen Himmel. Fredrik konnte es sich nicht verkneifen mitzuzählen. Er war bis neun gekommen, als es draußen krachte.

»Michael und Peter.« Camilla Nordborg dachte nach. »Sie waren Mitglieder im selben Golfclub.«

»Waren sie dort abgesehen vom Golfen in irgendeiner Weise aktiv? Saßen sie im Vorstand oder hatten andere Ämter inne?«

»Nein, dafür hätte Michael keine Zeit gehabt. Golf war für ihn Entspannung.«

»Sonst nichts?«

»Wir sind alle Mitglieder in einem Hauseigentümerverein. Vor allem wegen der Straße. Da sie nicht öffentlich ist, müssen wir uns selbst darum kümmern. Die beiden sind im …« Sie hielt inne und wirkte für einen Augenblick verletzlich. Dann schlug sie die Beine übereinander, strich ihren Rock glatt und legte die gefalteten Hände in den Schoß. »Sie waren im Vorstand.«

Fredrik machte sich eine Notiz. »Wer war der Vorsitzende?«

»Michael. Und Peter war Kassenwart.«

»Wissen Sie, wer sich jetzt darum kümmert?«

»Ich nehme an, Magdalena Widstrand. Sie ist Schriftführerin. Oder vielleicht Erik Hedengren. Da er einen Straßenbauunternehmer aus Visby kennt, erledigt er viele praktische Dinge.«

Fredrik schrieb die Namen auf. Er kannte die beiden von den Zeugenvernehmungen.

»Der Verein hat gar nicht so viele Mitglieder«, sagte Camilla Nordborg. »Es sind die Eigentümer von ungefähr vierzig Häusern, glaube ich.«

»Jeder kennt also jeden?«, fragte Fredrik.

»Nein, das würde ich nicht behaupten. Die Häuser liegen weit verstreut, und viele wollen in ihrer Freizeit ihre Ruhe haben. Aber mit einigen von den direkten Nachbarn waren wir befreundet. Peter Malm gehörte dazu.«

»Wer noch?«

»Hedengrens, Widstrands und Fischers. Im Prinzip sind das alle.«

Sie beantwortete die Fragen freundlich, aber distanziert. Vermutlich erschienen sie ihr sinnlos. Golfclub, Hauseigentümerverein, Nachbarschaftsbeziehungen.

»Fällt Ihnen sonst nichts ein, was Ihr Mann und Peter Malm gemeinsam hatten?«, wollte Gustav wissen.

Der Ledersessel knarrte, als er sich zu Camilla Nordborg hinüberbeugte.

»Gibt es irgendein gemeinsames Hobby? Haben Sie mal zusammen eine Reise unternommen?«

Der Schatten eines Lachens fiel auf Camilla Nordborgs Gesichtszüge. Unter anderen Umständen hätte sie vielleicht tatsächlich gelacht.

»Wenn, dann Bruce Springsteen.«

»Sie waren auf einem Konzert?«, fragte Gustav.

Sie nickte. »Im Stadion in Stockholm.«

»Wann war das?«

»Wann könnte das gewesen sein? Vor drei Jahren? Richtig, da wohnten wir noch in Stockholm.«

»Und Michael und Peter waren zusammen auf dem Konzert.«

»Zusammen mit Andreas Fischer.«

Ein grelles Licht schien ins Zimmer, unmittelbar danach knallte es über ihren Köpfen. Camilla Nordborg duckte sich instinktiv und hielt sich schützend die Hand vors Gesicht.

»Puh, das war nah.«

»Haben Sie Handwerker im Haus gehabt?«, fragte Fredrik.

Camilla Nordborg riss sich von dem düsteren Himmel los und sah ihn erstaunt an.

»Wir versuchen, alle Personen zu erfassen, die sich in der Gegend aufgehalten haben«, erklärte er.

»Ja«, sagte sie, »die Handwerker, die den Swimmingpool gebaut haben, natürlich. Das war vergangenen Sommer. Und im Jahr davor haben wir die Küche umbauen lassen.«

»Wissen Sie noch, wie die Firmen hießen?«

»Darum hat sich Michael gekümmert. Als die Küche renoviert wurde, bin ich verreist, um mir das Schlimmste zu ersparen. Ich war mit meiner Schwester auf den Kapverdischen Inseln. Als ich nach Hause kam, war die Küche natürlich trotzdem nicht fertig.«

»Ich nehme an, Sie haben noch die Rechnungen.«

»Ja. Alles, was mit dem Haus zu tun hat, bewahren wir in einem Ordner im Arbeitszimmer auf.«

Wie zum Abschluss klatschte sie in die Hände. Es wurde wohl langsam Zeit. Sie hatten sie genug gequält. In diesem Augenblick kam der Regen. Er prasselte mit einer solchen Kraft nieder, dass Fredrik seine Stimme erheben musste, als er sich verabschiedete.

71

Im Laufschritt durchquerten Fredrik und Gustav den Garten und retteten sich ins Auto. Als sie auf dem Hof des Polizeigebäudes parkten, regnete es noch immer, aber nicht mehr so heftig.

Fredrik rief Eva an.

»Ich bin in Malms Haus«, sagte sie.

»Hast du bei den Nordborgs irgendwelche Ordner beschlagnahmt?«

»Nein.«

»Dann fahre ich hin. Ich suche Rechnungen. Wenn ich sie gefunden habe, komme ich vorbei.«

»Okay. Ich habe noch eine Stunde vor mir, höchstens zwei.«

Fredrik hatte beschlossen, die beiden Tatorte sowie Peter Malms Haus, in dem er noch nie gewesen war, erneut aufzusuchen. Von seinen Kollegen wollte er für den Rest des Tages so großen Abstand wie möglich halten. Die Kopfschmerzen lauerten permanent im Hintergrund, und er wollte keine Zeugen, wenn sie erneut zuschlugen.

Dass Eva gerade bei Peter Malm arbeitete, brachte seinen Plan durcheinander, aber wenn er die Orte in der Reihenfolge aufsuchen wollte, in der die Morde begangen worden waren, und zwischen Wrangel und Malm eine Mittagspause einschob, war Eva sicher nicht mehr da.

Dieser Plan scheiterte, weil sich herausstellte, dass Eva den Schlüssel zu Nordborgs Haus eingesteckt hatte.

Na ja, kurz anzuhalten und einen Schlüssel abzuholen, würde er gerade noch schaffen, dachte er, während er die Straße unterhalb der Klippen in Själsö entlangfuhr. Er würde schon nicht zusammenbrechen und einen epileptischen Anfall bekommen.

Der Gedanke ließ ihn nicht mehr los. Epilepsie war eine häufige Folge von Verletzungen, wie er sie erlitten hatte. Ihn hatte es nicht erwischt. Bis jetzt. Aber es war wahrscheinlich nie zu spät.

Fredrik befand sich noch auf dem Plattenweg vor Peter Malms Haus, als sich die Tür öffnete. Eva reichte ihm den Schlüssel in den Regen hinaus.

»Hast du keinen Regenschirm?«, rief sie.

»Nein, ich komme direkt aus Stockholm«, sagte er, als er nah genug war, um nicht mehr schreien zu müssen.

»Gibt es da keine Regenschirme?«

»Sehr witzig.«

Er streckte die flache Hand aus, und sie gab ihm den Schlüssel, ohne ihn zu berühren.

Er hastete zurück zum Auto und fuhr die hundert Meter bis zur Garageneinfahrt der Nordborgs.

Die beiden Autos der Familie standen noch dort, wo Michael beziehungsweise Camilla sie zurückgelassen hatten. Fredrik schloss die Haustür auf und staunte über die Größe des Wohnzimmers. In seiner Erinnerung war es geschrumpft.

Er warf einen Blick auf den Herd. Der Liegestuhl, in dem der gefesselte Michael Nordborg gesessen hatte, war beschlagnahmt worden. Fredrik trat an die Terrassentüren, die zum Pool hinausgingen. Wo Fingerabdrücke genommen worden waren, hatten die weißen Türrahmen graue Flecken. Er machte die mittlere Tür weit auf, blieb aber auf der Schwelle stehen, wo er vor dem Regen geschützt war, und betrachtete den Pool.

Michael Nordborg hatte kurz, bevor ihn jemand an genau dieser Stelle übermannt hatte, im Pool gebadet.

Fredrik ging in den Regen hinaus und zu dem anderen Liegestuhl, der an der rechten Seite des Pools stand. Michael Nordborg hatte seine Geliebte angerufen, Johanna Wrangel. Wann war das gewesen? Die Uhrzeit wusste er, aber wann in der Kette der Ereignisse?

Er betrachtete die Wasseroberfläche, die vom Regen bombardiert wurde, und versuchte, sich die Szenerie bei vollkommen anderem Wetter vorzustellen wie am Vortag oder während seines ersten Besuchs. Sengende Sonne. Michael Nordborg war in den Pool gesprungen und vielleicht ein paar Runden geschwommen. Er hatte sich in seinen Bademantel gewickelt und sich hingesetzt. Zufrieden mit sich und dem Leben. Ein freier Tag, die Ehefrau auf der anderen Seite der Ostsee. Er hatte zum Handy gegriffen und Johanna Wrangel angerufen. Und dann?

Fredrik konnte die Kücheninsel, den Steinfußboden, die Kunst an den Wänden deutlich sehen. An einem sonnigen Tag würde man wegen der glitzernden Wasseroberfläche und der schneeweißen Fassade so gut wie gar nichts erkennen. Nordborg war also überrumpelt worden und hatte keine Chance gehabt, sich zu wehren. Oder war der Mörder von draußen gekommen und hatte ihn von hinten gepackt, als er hineinging? Nein, er hatte im

Haus gewartet, das war taktisch klüger, vor allem wenn man sich mit Schutzanzug und Schuhüberziehern kostümiert hatte. Und dieser Mörder überließ nichts dem Zufall.

Er löste sich von seinen Gedanken zum genauen Ablauf des Mordes, ging wieder ins Haus und die Treppe hinauf. Gleich rechts lag das Arbeitszimmer. Es war nicht sonderlich geräumig, aber der Meerblick ließ es größer wirken. Ein eher kleiner Schreibtisch, ein Schreibtischstuhl, ein Regal und ein alter Butterflysessel aus dunkelbraunem Leder in der Ecke, mehr passte nicht hinein.

Fredrik stellte sich vor das Bücherregal, das etwa ein Dutzend Ordner enthielt, alle mit einem schwarzen Stoffrücken. Auf einem der Etiketten stand kurz und knapp »Haus«. Er zog den Ordner heraus, legte ihn auf den Schreibtisch und schlug das Inhaltsverzeichnis auf. Die Rechnungen sollten hinter dem dritten Trennblatt abgeheftet sein. Fredrik begann von hinten. Zuerst kamen Rechnungen über kleinere Summen für einfache Reparaturen, im September hatte Sverigepool eine ordentliche Summe verlangt. Die Rechnung für die Küche war im Februar des vergangenen Jahres gestellt worden.

Er klappte den Ordner zu, las die Aufschriften der anderen Etiketten und sah dann die Papiere auf dem Schreibtisch durch. Nichts schien für die Ermittlungen von Bedeutung zu sein. Interne Unterlagen von Finkalk, eine Stromrechnung und ein Reiseprospekt über Südafrika.

Mit dem Hausordner im Arm ging er die Treppe wieder hinunter.

72

Es gab vier Restaurants und Cafés, von wo aus man das Auto im Blick hatte. In Anbetracht der Tatsache, dass es vielleicht den ganzen Tag dauern würde, ein glücklicher Zufall. Solange er immer neue Bestellungen aufgab, würde ihn zwar niemand verscheuchen, aber man würde sich an den Mann erinnern, der acht Stunden dagesessen und aus dem Fenster geglotzt hatte.

So aber konnte er nach einigen Stunden den Ort wechseln. Falls es richtig lange dauerte, würde er notfalls wieder von vorne anfangen, nachdem er in allen vier Lokalen gewesen war.

Sein eigenes Auto hatte er so geparkt, dass er schnell hinterherfahren konnte. Damit er es innerhalb von Sekunden auf die Straße schaffte, hatte er Bargeld dabei, das er auf den Tisch legen konnte.

Da eine gewisse Gefahr bestand, wiedererkannt zu werden, wollte er lieber nicht draußen warten. Der Regen hätte es ohnehin verhindert.

Das Netz zog sich zusammen, so viel hatte er begriffen. Er befürchtete nicht, geschnappt zu werden, aber es würde immer schwieriger werden, das zu tun, wofür er gekommen war. Außerdem gab es eine kritische Grenze. Irgendwann war das Risiko zu groß. Dann musste er weg. Selbst wenn er noch nicht fertig war.

Er trank den Kaffee, der nach nichts schmeckte. Das lag nicht an der Qualität, sondern daran, dass er ihn weder aufgrund des Geschmacks trank noch weil er Durst hatte. Er trank ihn, um ein ganz normaler Kaffeetrinker in einem Visbyer Café mit großen Fenstern zu einem Parkplatz zu sein, auf dem ein silberfarbener BMW stand.

Das Wetter war im Grunde perfekt. Ein glücklicher Zufall. Durch die halb beschlagene Scheibe beobachtete er das Auto. An der frischen Wachsschicht perlte das Wasser ab.

Mit ziemlich großer Sicherheit würde er lange warten müssen, aber das machte ihm nichts aus. Für ihn war das Warten etwas Aktives. Ein Teil des Ganzen. Genau wie das Töten.

73

Auf dem Weg nach Visby fegten die Scheibenwischer hektisch über die Windschutzscheibe. Nach kurzer Zeit passierte Fredrik das Norderport und rumpelte das letzte Stück bis zur Smedjegatan 4 über das Kopfsteinpflaster.

Als er Johanna Wrangels Flur betrat, fühlte er sich am ganzen Körper unangenehm feucht. Der Kopfschmerz bestand nur noch aus einem leichten Druck am Hinterkopf und an den Schläfen. Man konnte ihn kaum noch als Schmerz bezeichnen.

Vom Flur aus schaute er in die Küche und dann in Richtung Schlafzimmer. Dort hatte der Täter auf sein Opfer gewartet. Entweder hatte er die Tür mit einem Dietrich geöffnet oder sich irgendwie einen Schlüssel beschafft. Johanna Wrangel war im Schlafzimmer aufgefunden worden, und vermutlich war das auch der Raum gewesen, in dem er sich versteckt hatte. Jedenfalls hätte Fredrik dieses Zimmer gewählt. Die Küche war ausgeschlossen, dort konnte man sich nicht vor einer Person verbergen, die durch die Wohnungstür hereinkam. Im Wohnzimmer wäre man entdeckt worden, sobald die erwartete Person eintrat. Im Schlafzimmer dagegen konnte man ihr in den Rücken fallen.

Er zog die nassen Schuhe aus, ließ sie im Flur stehen und ging ins Schlafzimmer, ganz in die Ecke. Dann wandte er sich zur Tür. Die rechte Seite war am besten, weil sich die Tür in diese Richtung öffnete. Dort stand ein Stuhl. Vielleicht hatte der Täter darauf gesessen und gewartet.

Fredrik setzte sich hin und betrachtete das zerwühlte Bett. Die Tagesdecke hatte die Spurensicherung beschlagnahmt, aber die Untersuchung hatte keine verwendbaren Ergebnisse gebracht. Die DNA-Analyse stand allerdings noch aus. Dass sich auf der Tagesdecke ein Kampf abgespielt hatte, verbesserte ihre Chancen: Ein Mundschutz konnte weggerissen, eine Haube heruntergezogen werden, aber Fredrik bezweifelte, dass sie etwas finden würden. Hätte dieser Täter auch nur die geringste Befürchtung gehabt, Spuren hinterlassen zu haben, hätte er die Tagesdecke mitgenommen und entsorgt.

Die Küche war blitzsauber und teuer. Wieso hatte eigentlich eine ganze Nation innerhalb von einer Generation einen Einrichtungsfimmel entwickelt? In Fredriks Kindheit hatte man sich mit der Standardtapete begnügt, die beim Einzug an den Wänden hing. Jetzt zerstörte man, ohne mit der Wimper zu zucken, intakte Einrichtungen für Tausende von Kronen, um sie durch etwas ganz Persönliches und Exklusives zu ersetzen. Zumindest diejenigen, die es sich leisten konnten. Wie Nordborg und Wrangel.

Er öffnete den Kühlschrank aus Edelstahl. Kaum Lebensmittel, eine Dreiliterbox Weißwein. Er nahm sie in die Hand. Halbleer. Erstaunlich viele Verbrecher tranken etwas am Tatort und hinterließen dadurch DNA und Fingerabdrücke auf Flaschen oder Dosen. Wahrscheinlich bekamen sie von der Anspannung eine trockene Kehle oder fingen an zu schwitzen. Dieser Täter gehörte zwar nicht zu der Kategorie, die solche banalen Fehler beging, aber da die Nachbarin von einem kräftigen Schweißgeruch im Treppenhaus berichtet hatte, reagierte er offenbar trotzdem wie ein ganz normaler Mensch.

Als Fredrik vom Mittagessen zurückkam, stand Evas Auto noch immer vor Malms Haus, doch es machte ihm nichts aus. Er hatte nicht mehr so große Angst zusammenzuklappen.

»Wie läuft's?«, fragte er, als er das Haus betrat.

»Geht so.«

Ihre Stimme kam aus einem Zimmer, das rechts vom Flur abging.

Fredrik ging einige Schritte ins Haus hinein. Das Wohnzimmer lockte ihn, weil es ihn an seine Kindheit erinnerte. Edelhölzer, gedeckte Farben, Gardinen vor den Fenstern. Peter Malms Einrichtung wirkte zwar viel hochwertiger als die seiner Eltern, schien aber aus derselben Zeit zu stammen, den Sechzigern und Siebzigern. Entweder hatte Malm die Möbel geerbt, oder er hatte den Stil kopiert, den er von früher gewohnt war.

Vielleicht gab es gar keine logische Erklärung, vielleicht war der Täter einfach ein Verrückter, der auf Menschen in diesem exklusiven Wohngebiet fixiert war.

»Hast du seine persönlichen Unterlagen überprüft?«, rief er Eva zu.

»Ich habe einiges rausgesucht, was mir interessant erschien, aber noch habe ich mir das Zeug nicht näher angeguckt.«

»Wo hast du sie?«

»Die beschlagnahmten Gegenstände liegen auf dem Küchentisch.«

Fredrik ging zurück in den Flur und weiter in die Küche. Auf dem Tisch befanden sich einige geordnete Stapel aus losen Blättern, einige Ordner und ein Notizblock mit Spiralbindung. Die Küche war groß und geräumig, und die Schrankfronten aus heller Eiche wirkten auf eine hübsche Weise abgenutzt, nachdem sie Tausende von Malen geöffnet und geschlossen worden waren.

Er blieb vor dem Tisch stehen, griff nach dem Block und blätterte bis zur letzten Eintragung. Es war eine einzelne Zeile mitten auf der Seite: »Ove Gahnström 10 Uhr.« Der Termin, den Peter Malm nicht eingehalten hatte.

Das nächste Blatt war herausgerissen. Der perforierte Streifen hing noch in der Ringbindung. Vermutlich hatte er darauf Einzelheiten zum Ferienhäuschen auf Väddö notiert. Fredrik blätterte weiter. Die meisten Notizen schienen seine Arbeit zu betreffen. Er hatte eine säuberliche Schrift, die ein paar Millimeter über der Zeile schwebte, die Einträge waren in der Regel datiert. Er legte den Block zur Seite.

Verbindungen, Netzwerke, gemeinsame Nenner – danach mussten sie suchen. Und nach neuen Zeugen. Das war ihre einzige Chance weiterzukommen.

»Das ist ja ein Ding«, hörte er Eva sagen.

»Was denn?«

»Komm mal her.«

Er folgte ihrer Stimme und fand sie in einem Zimmer am Ende des Ganges. Es war ein kleiner Schlafraum mit einem Bett, einem Nachttisch, einem Bücherbord an der Wand und einem

Fenster nach hinten. Man merkte sofort, dass das Zimmer nicht benutzt wurde. Die Tagesdecke war faltenfrei und alle Flächen leer geräumt. Im Bücherregal stand nichts außer einem abartig hässlichen Bierkrug aus Keramik mit Zinndeckel und der Aufschrift »München«.

»Hier.« Eva hielt ihm ihre behandschuhte Hand hin.

Fredrik kam näher. In ihrer geöffneten Hand lag ein Stück Karopapier mit fremden Zeichen darauf.

»Was ist das? Russisch?«, fragte sie.

»Oder Griechisch.«

Kyrillische Buchstaben waren es auf jeden Fall. Nur vier Zeilen, die aus je ein oder zwei Wörtern und einigen Ziffern bestanden.

»Wo hast du das gefunden?«

»Er lag da drin, hinter der eigentlichen Schublade«, sagte sie und zeigte auf den Nachttisch.

Fredrik zog die Schublade ganz heraus. Sie war leer. Der Zettel musste früher einmal nach hinten gerutscht sein, als die Schublade noch voller Gegenstände gewesen war.

»Könnte von einem Kind stammen, das im Gymnasium Russisch hatte«, sagte er. »Wir müssen herausfinden, was da steht.«

»Oder er hatte eine russische Prostituierte hier«, sagte Eva. »Er hat ja allein gelebt.«

»Gibt es die auf Gotland? Abgesehen von der Stockholmwoche?«

»Man kann sich bestimmt eine kommen lassen.«

»Klingt teuer.«

»Vielleicht war Geld im Umlauf, von dem wir nichts wissen.«

Schwarzgeld und Prostituierte. Diese Zutaten traten gerne in Kombination mit Mord auf. Fredrik dachte an das, was Sara während der Tatortuntersuchung bei Michael Nordborg gesagt hatte: »Es könnte auch ein Sexspielchen sein, das aus dem Ruder gelaufen ist.«

Als Fredrik in sein Dienstzimmer zurückkehrte, hatte es aufgehört zu regnen, aber die dunkelgrauen Wolken lagen noch immer wie ein Deckel über Visby. Sein Kopf war schwer. Gierig trank er ein Ramlösa, spielte an der Kopfschmerzverpackung herum und überlegte, ob er zur Vorbeugung welche einnehmen sollte, entschloss sich aber abzuwarten.

Er schlug den Ordner auf, den er bei Nordborg beschlagnahmt hatte, und suchte die Rechnung von Sverigepool heraus. Als er die Nummer wählte, landete er wie erwartet in der Zentrale in Stockholm. Nachdem er sein Anliegen erläutert hatte, wurde er mit einer Projektleiterin verbunden, die einen wirklich hilfsbereiten Eindruck machte. Sie versprach, in Erfahrung zu bringen, wer den Pool bei Nordborgs gebaut hatte, und ihn so schnell wie möglich mit diesen Leuten in Kontakt zu bringen.

Fredrik betonte, dass er mit den Handwerkern sprechen wolle, die Tag für Tag dort draußen an dem Pool gearbeitet hatten. Sie sagte, sie wisse, was er meine, und versprach erneut, sich so bald wie möglich zurückzumelden.

Anschließend blätterte er zur Rechnung der Firma Stenkyrka Bygg weiter, die die Küche renoviert hatte. Er wählte die Handynummer, aber es meldete sich niemand, nicht einmal eine Mailbox.

Nachdem er aufgelegt hatte, dachte er noch eine Weile über sein Gespräch mit Eva nach. Illegale Prostituierte aus Russland. Das war natürlich nur Spekulation. Auf dem Zettel konnte genauso gut etwas Griechisches stehen.

Seine Gedanken wanderten zu Johnny Melanders heimlich gefilmten Sexvideos. Ob es da einen Zusammenhang gab? Peter Malm und Prostituierte, sehr gut möglich. Michael Nordborg, definitiv. Aber was hatte Johanna Wrangel damit zu tun? Eine karrierebewusste Kommunalpolitikerin von der Zentrumspartei beschäftigte sich wohl kaum mit Menschenhandel.

Es passte nicht zusammen. Was ihm zunächst wie ein logisches Gedankengerüst erschienen war, stürzte in sich zusammen, bevor er die letzten Teile einsetzen konnte. Er wandte sich wieder dem Ordner zu. Während er weiter in den Rechnungen blätterte, spürte er, wie in seinem Kopf ganz von ferne ein Ton erklang.

74

Sara verriegelte beide Türschlösser. Sie trat an eines der Fenster und sah auf die Västra kyrkogatan hinaus. Ein Windstoß schüttelte den Regen aus den Bäumen vor der Domkirche. Sie blickte zuerst die Straße hinunter und dann auf den Friedhof. Kein Mensch weit und breit. Das Unwetter schreckte die Leute ab.

Sie wohnte nur wenige Straßen von Johanna Wrangels Wohnung entfernt. Was auch immer das zu bedeuten hatte. Nichts vermutlich. Abgesehen davon, dass ihre Gedanken oft zu der jungen Frau mit dem gebrochenen Genick auf dem Schlafzimmerfußboden wanderten.

Sie stand ein wenig neben dem Fenster, damit man sie von der Straße nicht sah. Es war wirklich keine Menschenseele dort. Der Friedhof war schwerer zu überblicken. Dort konnte man sich verstecken. Sie blickte zur Tür hinüber. Sollte sie die Schlösser auswechseln? Johnny Melander hatte sie drei Stunden angekettet vor dem Heizkörper liegen lassen. Er hätte genügend Zeit gehabt, ihre Schlüssel nachmachen zu lassen, falls er das gewollt hätte. Hatte er deshalb die Wohnung verlassen, während sie dort lag? Sie war die ganze Zeit davon ausgegangen, dass er sie erniedrigen wollte.

Sara ging zurück zur Tür und legte die Sicherheitskette vor. Sie benutzte sie zum ersten Mal. Die Kette bot nicht viel Schutz, das wusste sie, es würde aber ziemlichen Krach machen, falls er sie aus der Verankerung riss.

Es war schön, dass Johnny Melander nicht mehr Ziel ihrer Ermittlungen war. Andererseits wäre es angenehm gewesen, ihn hinter Gittern zu wissen, und nicht befürchten zu müssen, ihm irgendwo über den Weg zu laufen oder, noch schlimmer, unerwartet Besuch von ihm zu bekommen.

War es leichtfertig gewesen, mit ihm nach Hause zu gehen? Die Antwort schien auf der Hand zu liegen. Er war so ganz anders gewesen, als er auf den ersten Blick gewirkt hatte. Sie wusste, warum sie so schnell Vertrauen zu ihm gefasst hatte. Aber das war doch nur menschlich, rechtfertigte sie sich. Unter seinesgleichen fühlt man sich nun mal sicher.

Sara griff zur Fernbedienung und richtete sie auf den Fernseher, ließ den Daumen aber ein Stück über dem grünen Startknopf verharren. Sie stellte sich ihr Fenster von außen vor, malte sich aus, wie es blau aufleuchtete, und fühlte sich plötzlich schutzlos. Als könnte ihr Leben mit Leichtigkeit von der Straße aus gedeutet werden. Jetzt macht sie Licht in der Küche, jetzt sieht sie fern, jetzt geht sie ins Bett. Wie gelähmt stand sie mit der Fernbedienung in der Hand da und wusste nicht, was sie zuerst tun sollte. Die Vorhänge zuziehen und das Deckenlicht anschalten? Oder erst mal den Fernseher? Nie zuvor waren ihr solche Gedanken durch den Kopf gegangen, immer hatte sie sich zu Hause ganz selbstverständlich geborgen gefühlt.

Nachdem sie eine ganze Weile ratlos dagestanden hatte, legte sie die Fernbedienung weg und zog die Gardinen zu. Sie sank auf die Knie und schob ihre Dienstwaffe unter das Bett. Ihr war bewusst, dass es eine grobe Verletzung der Dienstvorschriften war, die Waffe mit nach Hause zu nehmen, aber außer ihr war niemand da, niemand würde je davon erfahren.

75

An den Wänden stapelten sich immer mehr Umzugskartons. Ninni hatte gerade die Arme in eines der offen stehenden Pappmäuler gesteckt, als sie draußen Motorengeräusche hörte. Es war fast zehn Uhr abends.

Fredrik kam mit Schuhen ins Wohnzimmer, umarmte sie und kniff ihr in den Po. Eher scherzhaft als lustvoll. Pflichtbewusst erwiderte sie seinen Kuss, jedoch ohne ihn mit ihren schmutzigen Händen zu berühren.

Er wich einen Schritt zurück, weil er vermutlich ihren Widerstand spürte, und warf einen Blick auf die Kartonberge.

»Wie kommst du voran?«

»Tja«, sagte sie, »ganz gut, aber es ist eine Wahnsinnsarbeit. Ich habe versucht, Simon dazu zu bringen, die Sachen in seinem Zimmer zusammenzupacken, aber er hat sich zu Greger verzogen. Sei froh, dass dir das erspart bleibt.«

Sein Blick bewölkte sich.

»Klar«, sagte er, »ich lache mir jeden Abend einen Ast, wenn ich erst um zehn nach Hause komme.«

»Vorgestern war es eher drei, und gestern bist du gar nicht aufgetaucht.«

»Ach ja, stimmt«, sagte er mit leicht theatralischem Unterton, »ich hatte das Vergnügen, mir eine verstümmelte Leiche in einer Blutlache auf Väddö anzugucken, und anschließend war noch ein amüsanter Besuch bei meinem Vater im Krankenhaus geboten. Ich habe es echt gut.«

Schweigend standen sie da und sahen sich einige quälende Augenblicke lang an, dann drehte sich Fredrik abrupt um und ging aus dem Zimmer.

»Jeder scheint zu glauben, dass ich mich irgendwie drücke«, hörte sie ihn sagen.

Er sprach mit sich selbst.

»Du denkst, ich drücke mich vor der Arbeit mit dem Umzug, und Göran denkt, ich drücke mich vor der Verantwortung, indem ich bald aufs Festland ziehe. Dabei arbeite ich jeden Tag sechzehn beschissene Stunden.«

Aus der Küche ertönte ein Scheppern. Hatte er etwas weggeworfen? Ninni wartete ab und zählte die Sekunden. Es war mucksmäuschenstill. Sie wartete noch eine Weile, dann ging sie ihm hinterher, stellte sich mit dem Rücken zu ihm an die Spüle und wusch sich gründlich die Hände. Nachdem sie sie abgetrocknet hatte, drehte sie sich um.

Fredrik saß mit verschränkten Armen am Kopfende des Küchentisches und blickte zur Seite. Sie hatte gerade das Gefühl, dies würde ein schwieriger Abend werden, als er die Schultern sinken ließ und sie ansah.

»Tut mir leid.«

Sie spürte, wie etwas in ihr weich wurde. Merkwürdig, dass die Stimmung so schnell umschlagen konnte.

»Ach«, sagte sie. »Es ist nur so trostlos, alles alleine zu machen. Schade, dass du nicht zu Hause bist.«

»Ich war bei der Wohnung.«

Da war etwas in seinem Blick.

»In Sickla?«

»Ja.«

Er stand auf und ging ein paar Schritte.

»Stell dir vor, wir hätten ein Boot. Eine Jolle oder ein kleines Motorboot. Die Lage ist dafür wie geschaffen.«

Ninni konnte sich ein Lachen nicht verkneifen.

»Unbedingt«, sagte sie. »Natürlich werden wir ein Boot haben.«

Boote waren eigentlich nicht ihr Ding, aber von Fredriks plötzlicher Begeisterung wurde ihr warm ums Herz. Es bedeutete ihr viel, dass er sich auf den Umzug an den Järlasee freute. Eine Weile hatte sie befürchtet, er wolle nicht wirklich dorthin und habe nur ihr zuliebe eingewilligt. So wie sie ihm zuliebe dem Umzug nach Gotland zugestimmt hatte.

»Oder ein etwas größeres Boot, damit wir Leute im Schärengarten besuchen können«, fuhr er fort.

»Ja.« Ninni nickte eifrig.

»Johan teilt sich mit seinen Geschwistern ein Häuschen auf Yxlan. Im August ist er immer ein paar Wochen dort.«

»Ach ja, Johan«, sagte sie. »Das ist lange her.«

»Ja, viele Dinge sind lang her. Hoffentlich wollen die überhaupt noch etwas mit uns zu tun haben.«

»Bestimmt wollen sie das.«

Fredrik streckte sich, gähnte ausgiebig und blinzelte.

»Es war ein langer Tag«, sagte er.

Er sah aber nicht müde aus. Die Bewegung und das Gähnen strahlten Energie aus.

Sie ging zu ihm und küsste ihn. Diesmal nicht aus Pflichtgefühl. Er betrachtete sie amüsiert, und sie merkte, dass sie übers ganze Gesicht strahlte.

»Ich glaube, es wird gut«, sagte sie.

»Das mit dem Boot?«, fragte er.

»Alles.«

Fredrik hob den Deckel von dem Topf, der noch auf der Spüle stand.

»Pasta marinara, davon muss ich mir unbedingt etwas nehmen. Dann sehen wir weiter, *anything could happen*.«

Bevor er sich einen Teller holte, kniff er ihr noch einmal in den Po. Sie betrachtete ihn von hinten, während er sich von dem Essen nahm, und beobachtete die Bewegungen seiner Hände und das Spiel seiner Muskeln unter dem T-Shirt. Es beruhigte, freute und erregte sie ein bisschen, ihn anzusehen. Es schien ihm so gut zu gehen, er wirkte so stark.

76

Erik Hedengren schloss das Büro ab, verabschiedete sich vom Oberkellner und verließ das voll besetzte Restaurant durch den Vordereingang. Es war ein typischer Freitagabend, die Leute waren trotz des schlechten Wetters in Feierlaune.

Vor etwas weniger als einer Stunde hatte er mit Mia gesprochen. Es war ihr wichtig, dass er nach Hause kam. Die Polizei halte draußen Wache, daher mache sie sich keine Sorgen, behauptete sie, aber die Familie sollte doch zusammen sein. An den langen Pausen hatte er gemerkt, dass sie mehr Angst hatte, als sie zugeben wollte.

Solange Erik mit seiner Arbeit im Magasinet beschäftigt gewesen war, hatte er sich sicher gefühlt. Dort würde ihm niemand etwas antun. Nicht vor siebzig Zeugen. Aber sobald er auf der Straße war, sah die Sache anders aus, und er konnte es sich nicht verkneifen, einen Blick über seine Schulter zu werfen.

Er überquerte den Platz. Auch in den anderen Kneipen war viel los, die Scheiben waren beschlagen, und die Kellner hetzten von Tisch zu Tisch. Die dicke Wolkendecke verdüsterte den Sommerabend, und sobald er den Platz verließ, hüllte ihn Dunkelheit ein.

Von belebten Straßen konnte keine Rede sein. Die wenigen Menschen, die unterwegs waren, hatten es eilig. Sein Herz erzitterte, und er ging mit etwas schnelleren Schritten die Södra kyrkogatan entlang bis zum Pacific Café, wo er einen Parkplatz hatte. Er zog den Autoschlüssel aus der Tasche. Noch fünfzig Meter zu Fuß. Dann würde er sich ins Auto setzen und zu seinem von der Polizei bewachten Haus fahren. Micke, Johanna und Peter waren alle überfallen worden, als sie allein waren. Peter hatte sich in einer Hütte mitten in der Pampa befunden. Dort hatte definitiv kein Streifenwagen vor der Tür gestanden. Was sollte passieren? Auf der Straße würde sich schon niemand auf ihn stürzen.

Erik glitt auf den Fahrersitz seines BMW. Er warf die Tasche mit dem Laptop auf den Beifahrersitz, schloss ab und klammerte sich ans Lenkrad.

Sollte er sich einen Bodyguard besorgen? Die Polizei konnte sie nicht ewig beschützen. Sein Kompagnon auf dem Festland hatte entsprechende Kontakte. An den Türstehern seiner Lokale in Visby hatte er wenig Freude. Außer Besoffene rauszuschmeißen, die sich danebenbenahmen, konnten sie nicht viel. Er brauchte jemanden, der die Augen offen hielt und möglichst bewaffnet war.

Er ließ den Motor an und fuhr rückwärts aus der Parklücke, machte jedoch eine Vollbremsung und würgte den Motor ab, als er auf dem Rücksitz eine Bewegung wahrnahm. Mit der linken Hand tastete er nach dem Türgriff, und mit der rechten fummelte er am Gurt herum, erst dann begriff er, dass es nur ein Schatten gewesen war.

Erik hauchte die Scheibe an. Verdammt, er war doch kein nervliches Wrack wie Andreas. Er musste sich zusammenreißen. Schon vor dem Einsteigen hatte er gesehen, dass niemand im Auto war.

Er warf einen verstohlenen Blick in Richtung Pacific, hoffte, dass niemand von seinen Angestellten ihn bemerkt hatte, und drehte erneut den Zündschlüssel. Ein Bodyguard. Nein, das ging nicht. Ein Leben, das Leibwächter erforderte, konnte er nicht ertragen. Doch was war die Alternative? Mussten sie am Ende doch zur Polizei gehen? Wie Peter gesagt hatte. Und Andreas. Die Situation hatte sich verändert. Es ging ums nackte Überleben. Er musste auch an Mia und die Kinder denken, durfte nicht ihr Leben aufs Spiel setzen.

Aber vorher würde er noch einmal mit Andreas reden. Sie mussten sich einig sein. Zusammen zur Polizei gehen. Konnte er jetzt noch zu Andreas fahren, oder war es dafür zu spät? Im Grunde war es scheißegal, er hatte sich entschieden.

Er parkte aus und fuhr los. Als er auf dem Lummelundsväg war, begann es wieder zu regnen. Große, schwere Tropfen explodierten auf der Windschutzscheibe. Er tippte den Hebel an, mit dem die Scheibenwischer eingeschaltet wurden, und fegte das Wasser vom Glas.

Einige Minuten später bog er nach Själsö ab. Nach nur hundert Metern bemerkte er ein Auto hinter sich. War das nicht derselbe Wagen, der kurz nach ihm durchs Söderport gefahren war? Ein weißer Kombi. Die Marke konnte er durch die verregnete Heckscheibe nicht erkennen.

Nach weiteren hundert Metern war ihm klar, was so seltsam an dem Auto war. Die Scheinwerfer waren ausgeschaltet.

Er trat aufs Gas, um Abstand zu dem verdunkelten Wagen zu halten. Sein Blick wanderte vom Rückspiegel auf die Fahrbahn. Im nächsten Augenblick war das Auto neben ihm. Es schob sich an einer Stelle vorbei, wo eigentlich kein Platz für beide war. Blech auf Blech. Das schrille Knirschen schmerzte in den Ohren.

Erik versuchte zu beschleunigen, aber der Wagen schien ihm nicht mehr zu gehorchen. Sosehr er auch aufs Gaspedal drückte und am Lenkrad kurbelte, wurde er doch immer weiter an den Straßenrand gedrängt. Das weiße Auto wollte ihn von der Straße rammen.

Er riskierte einen kurzen Seitenblick und entdeckte eine Person hinter dem Steuer, doch anstelle des Gesichts war nur ein schwarzer Schatten unter einer Kapuze zu erkennen. Er schaute wieder nach vorne. Demnächst würde er direkt ins Gelände rauschen. Er trat auf die Bremse. Warum war er nicht gleich darauf gekommen? Das andere Auto schoss ein Stück nach vorne, bremste aber auch bald. Sie waren höchstens zwei Wagenlängen voneinander entfernt.

Diesmal hatte er den Motor nicht abgewürgt. Er legte den Rückwärtsgang ein und gab Vollgas. Ein Knarren im Getriebe signalisierte, dass der Gang nicht richtig eingelegt war. Sein Herz stand still, er bekam kaum noch Luft. Er ging vom Gas, ruckelte und zerrte am Schaltknüppel. Jetzt aber Vollgas, schnell wenden und wegfahren. Das weiße Auto hielt rückwärts auf ihn zu. Er hörte die eigenen Reifen auf dem Schotter durchdrehen, dann fanden sie Halt, und sein Wagen raste los. Mit einer Hand am Lenkrad drehte er sich um, damit er besser sehen konnte.

Es knallte, und im selben Moment blieb das Auto stehen. Wie eine Marionette wurde er in den Gurt geschleudert, als der Wagen auf einen Baum traf. Verdammte Scheiße, wie ungeschickt von ihm. Direkt gegen einen Baum. Er musste hier weg, musste wenden. Rein mit dem ersten Gang.

Erneut wurde er herumgeschleudert, als der Fahrer des weißen Wagens ihm mit hoher Geschwindigkeit rückwärts in den Kühler krachte. Er war gefangen.

77

Johnny Melander blickte zu ihrem Fenster hinauf. Er konnte sie nicht mehr sehen. Im Zimmer waren die Vorhänge zugezogen, und zwischen Stoff und Rahmen blitzte nur ein schmaler Streifen Licht hervor. In der Küche hatte sie keine Gardinen, aber dort war der Winkel zu spitz, als dass man sie hätte sehen können, solange sie sich nicht direkt ans Fenster stellte. Und das vermied sie, nahm er an.

Sara Oskarsson. Er spürte, dass er Macht über sie hatte. Sie konnte ihm nicht widerstehen. Das wusste sie selbst. Deshalb versteckte sie sich. Den Frauen, mit denen er zu tun hatte, erging es oft so. Er sprach eine Seite von ihnen an, die sich unterwerfen wollte.

Die Frau dort oben war zwar in sein Allerheiligstes eingedrungen und hatte ihn bestohlen, in seinen privaten Sachen geschnüffelt und alles durchwühlt, was er besaß. Doch das hatte sie in ihrer Rolle als Polizistin gemacht, und es war im Schutz ihres beruflichen Kontextes geschehen. Wenn sie unter sich waren, hatte er die Macht.

Sie würde nicht davonkommen. Er konnte ihr das nicht durchgehen lassen. Irgendwie würde er es ihr zeigen, aber er wusste noch nicht, wie. Eine gewisse Finesse war vonnöten. Sie war bei der Polizei. Aber er war auch Polizist gewesen. Er wusste, wie es lief. Und wie man davonkam.

Der Regen wurde kräftiger. Die hohen Kirchenmauern hatten ihn geschützt, aber nun brachten sie nichts mehr. Schwere Tropfen prallten auf seine Stirn und liefen ihm übers Gesicht.

Sie war schlau, das hatte er schnell begriffen. Er konnte nicht mit ihr umspringen, wie er wollte. Doch das war Teil der Herausforderung. Letztendlich saß er am längeren Hebel. Das würde er ausnutzen. Wehtun würde er ihr nicht, zumindest nicht körperlich. Da gab es viel bessere Methoden.

Es schüttete noch immer. Die Jacke hielt ihn trocken, aber die Jeans war an den Oberschenkeln durchweicht. Er sah ein letztes Mal zu ihrem Fenster hinauf. Die Lichtstreifen rings um die Gardinen bewegten sich nicht, sie hielt still. Er verließ die Stelle unter dem Baum und ging eilig die Straße hinunter. Angst davor, bemerkt zu werden, hatte er nicht. Sie traute sich nicht einmal, aus dem Fenster zu gucken. Er fühlte sich sicher.

78

Waren die Türen abgeschlossen? Doch, er hatte die Zentralverriegelung eingeschaltet, sobald er sich in der Stadt ins Auto gesetzt hatte. Erik Hedengren nestelte das Handy aus der Tasche. 112. Nein, zuerst musste er es entsperren. Und sich dann bis zur Stelle durchklicken, wo man Ziffern eingab. Seine Hände zitterten. So viele endlose Augenblicke, bis man eine dreistellige Nummer wählen konnte.

Der Regen floss in Strömen über die Windschutzscheibe. Es war kaum etwas zu erkennen. Der dunkle Wald, der Schotterweg als etwas hellerer Streifen und das weiße Auto verwandelten sich in undeutliche Farbkleckse, die ununterbrochen die Gestalt veränderten, wenn sich das Licht im Wasserspiel auf der Scheibe brach. Bei dem Auto vor ihm wurde die Tür geöffnet. 112, mach schon. Warum wählte das Telefon nicht? Oder hatte er vergessen, den grünen Hörer zu drücken?

Eine Schattenfigur neben dem weißen Auto. Der Mann unter der Kapuze, der Mann ohne Gesicht. Er kam schnell näher. Hatte er etwas in der Hand? Ein Messer?

Im letzten Moment, bevor die Frontscheibe zersplitterte, warf sich Erik auf den Beifahrersitz.

Es regnete Glasscherben, und der Mann in seinem Rücken schlug immer wieder zu, um das Loch in der Scheibe zu vergrößern und die Splitter vom Rand zu entfernen. Es war nur noch eine Frage von Sekunden, wann er die Tür öffnen würde. Erik musste raus. Er krabbelte über den Beifahrersitz, schob gleichzeitig seine Finger unter den Türgriff und zog. Nachdem er die Tür aufgekriegt hatte, sprang er wie ein Kaninchen aus dem Auto.

Der Mann mit der Kapuze war ein Monster. Er konnte sich nicht mit ihm prügeln, aber er konnte fliehen, diese Möglichkeit blieb ihm, zu einem Haus laufen, wo Leute waren. Er ahnte, dass der Mann dann kehrtmachen würde. Vor den Augen anderer würde er ihn sicher nicht töten.

Das Monster war nicht stehen geblieben, um auf ihn zu warten, sondern umrundete bereits mit raschen Schritten das Auto. Erik rannte zwischen die Bäume, passte aber auf, wo er die Füße hinsetzte, damit er nicht an Wurzeln und Gestrüpp hängen blieb. Hinter sich hörte er die schnellen Schritte des anderen im Gras. Er schielte auf sein Handy. 112. Was war da los? Jetzt wählte das Telefon zumindest.

Das nächste Haus war nicht weit entfernt, aber er hatte dort seit dem vergangenen Sommer niemanden gesehen. Das übernächste war weitere zweihundert Meter entfernt und lag nicht so nah an der Straße. Er rannte in diese Richtung.

Seine Kehle war schon so trocken wie Sandpapier, und die Beine wurden immer schwerer. Blitzschnell warf er einen Blick über seine Schulter. Der Verfolger war ihm dicht auf den Fersen. Er war jetzt überzeugt davon, dass sich unter der Kapuze kein Gesicht befand, nur ein schwarzes Loch.

Erik hastete durch den Regen. Er durfte jetzt nicht nachlassen, musste weiterlaufen. Ihn verfolgte ein ganz normaler Mann. Verrückt und lebensgefährlich, aber ein Mensch aus Fleisch und Blut, genau wie er.

Jetzt sah er das Haus. Und ja, in einem der kleinen Fenster an der Rückseite brannte Licht. Er versuchte, um Hilfe zu rufen, bekam aber nur ein heiseres Keuchen heraus. Er stolperte über eine Wurzel, strauchelte, hing einen Augenblick in der Luft, kam aber wieder auf die Beine und rannte weiter.

»Hilfe!«

Diesmal klappte es.

»Hilfe! Rufen Sie die Polizei!«

Nicht mehr weit. Ein Blick über die Schulter. Der Verfolger war nah, aber nicht näher gekommen. Er musste durchhalten.

»Hilfe!«

Trotz des Regens hörte er einen scharrenden Stuhl und Schritte auf einem Dielenfußboden. Er würde es schaffen. Gerettet. Bald würde der Mann mit der Kapuze kehrtmachen und die Flucht ergreifen. Das Monster wollte keine Zeugen. Es schlich sich an, wenn die Leute alleine waren und niemand anders zusah.

Eine Verandatür öffnete sich mit einem trockenen Knacken, und ein Mann um die sechzig trat auf die Holzterrasse heraus.

»Hilfe«, rief Erik, »er will mich töten, er …«

Ein fester Stoß in den Rücken warf ihn der Länge nach zwischen Farn und Blaubeersträucher. Sein rechtes Knie schlug auf einer Wurzel oder einem Baumstumpf auf.

»Hilfe!«, schrie er und versuchte, den Blick des Verandamanns aufzufangen.

Er stemmte sich hoch. Er musste aufstehen und weiter. Da durchzuckte ein Blitz seine Schulter, ein unbarmherziger Schmerz, der ihn lähmte und wieder zu Boden warf. In seiner Benommenheit ahnte er, dass der Hieb eigentlich seinen Kopf hätte treffen sollen, aber danebengegangen war. Warum rief der Mann in dem Häuschen nicht die Polizei?

Eriks Blick fiel auf sein Handy. Er hatte es im Sturz verloren. Es lag einen halben Meter von ihm entfernt, aber das Display war ihm zugewandt.

»Notruf, wie können wir Ihnen helfen?«, hörte er eine entfernte Stimme aus dem Lautsprecher.

Erik Hedengren dachte, er sollte etwas sagen. Seine Lippen bewegten sich, aber er war nicht in der Lage, ein Wort zu artikulieren. Nicht ein einziges.

79

Der Boden unter ihm schwankte. War das wieder der Kopf? Er konnte nicht genau zwischen oben und unten unterscheiden. Aha, er befand sich in einem Boot, das war das Meer, die Wellen. Doch jemand schubste ihn und versuchte, ihn ins Wasser zu stoßen. Er würde zwanzig Meter in die Tiefe stürzen und unter der schwarzen Meeresoberfläche verschwinden.

»Fredrik.«

»Was?«

Ninni stupste ihn in die Seite. »Dein Handy.«

Jetzt hörte er es klingeln. Er hatte tief geschlafen, kämpfte sich in eine sitzende Haltung hoch und tastete nach dem Mobiltelefon auf dem Nachttisch. Er war zu müde, um zu lesen, was auf dem Display stand.

»Ja, hier Fredrik«, sagte er so deutlich wie möglich.

Die Stimme am anderen Ende klang um einiges frischer. Erlander war der Wachhabende heute Nacht.

»Wir haben eben einen Anruf von Mia Hedengren bekommen, wohnhaft in Själsö, das ist eine Nachbarin von den beiden Mordopfern dort. Ihr Mann ist nicht von der Arbeit nach Hause gekommen.«

Blitzschnell hatte Fredrik wieder einen klaren Kopf. Er sah auf den Wecker und konnte im Dunkeln mit Mühe die Zeiger erkennen. Zehn nach zwölf.

»Wie lange wird er schon vermisst?«

»Seit gut zwei Stunden. Der Oberkellner vom Magasinet hat uns gesagt, er sei dort gegen halb zehn gegangen. Sein Auto hatte er am Pacific Café abgestellt. Wenn man davon ausgeht, dass er fünf Minuten zum Auto braucht, hätte er spätestens um …«

»… zehn vor zehn zu Hause sein müssen«, ergänzte Fredrik. Er war jetzt hellwach.

»Selbst wenn wir einen Puffer hinzurechnen, weil der Oberkellner sich vielleicht in der Zeit geirrt hat, müsste er vor etwa zwei Stunden zu Hause gewesen sein.«

Zwei Stunden. Unter normalen Umständen wäre das mitten in der Nacht keinen Anruf wert gewesen.

»Steht das Auto noch am Pacific Café?«, fragte Fredrik.

»Das überprüfen wir gerade.«

»Hatte er denn gesagt, er würde um zehn kommen?«

»Nein, aber laut seiner Frau ist er freitags spätestens um elf zu Hause. Er geht nicht ans Handy.«

»Aber es klingelt?«

»Nein, es springt sofort die Mailbox an. Entweder ist es aus, oder die Batterie ist alle, oder er hat keinen Empfang.«

»Vielleicht hat er einen kleinen Abstecher gemacht«, sagte Fredrik.

Obwohl er selbst nicht daran glaubte.

Er sah wieder zum Wecker hinüber. Wie lange hatte er geschlafen? Eine Stunde. Trotzdem war er vollkommen klar im Kopf.

»Ich komme.«

»Nicht nötig«, erwiderte Erlander.

Fredrik wägte ab. Eine Stunde Schlaf. Das war nicht gut.

»Okay, dann warte ich einfach ab. Aber halt mich bitte auf dem Laufenden.«

»Wenn sich etwas tut, melde ich mich.«

Fredrik beendete das Gespräch und legte das Handy auf den Nachttisch. Er blieb auf der Bettkante sitzen und starrte in die Dunkelheit.

»Was war das denn?«, murmelte Ninni.

»Möglicherweise ist in Själsö was passiert.«

»Was? Schon wieder? Das ist doch verrückt.«

»Wir wissen noch nichts Genaues.« Er drehte sich zu ihr um. »Vielleicht ist alles in Ordnung.«

Er legte ihr eine Hand auf die Hüfte. Vor einer Stunde hatten sie sich geliebt, und danach hatte Fredrik geschlafen wie ein Stein. Er war überrascht, dass dieser Tag so positiv geendet hatte. Vielleicht hatte er einen Extragang eingelegt, eine Art Erschöpfungseuphorie.

An und für sich machte er sich über seine Fähigkeiten als Liebhaber keine großen Illusionen. Abgesehen von dem peinlichen Gefühl, dass Ninni ihn schlafend von sich heruntergewälzt hatte, konnte er sich an nichts erinnern. Er hoffte, dass er sich täuschte oder, falls er sich richtig erinnerte, zumindest nicht mittendrin eingeschlafen war.

»Du musst doch nicht noch mal hin?«

Er hustete. »Nein, jedenfalls noch nicht.«

Er blieb sitzen.

»Willst du dich nicht wieder hinlegen?«

»Doch.«

Er hätte todmüde sein müssen, fand es jedoch alles andere als verlockend, sich wieder unter der Decke zu verkriechen. Die drei Leichen flimmerten an ihm vorüber. Drei Stück. Es durften nicht vier werden.

»Leg dich jetzt hin.«

Er gehorchte. Sank aufs Kissen. Schloss die Augen. Er würde nicht schlafen können. Aber er musste schlafen. Heute Nacht brauchte er mindestens acht Stunden Schlaf, damit er nicht wieder mit diesen brutalen Kopfschmerzen aufwachte.

Momentan spürte er nichts. Kein Kopfweh, kein Lied im Kopf, keinen Schmerz, nur eine gewisse Schwere, als würde sein Kopf etwas mehr als sonst wiegen.

Waren das Nachwehen, oder war das eine Vorahnung?

Als er vier Stunden später aufwachte, war es bereits hell. Vorsichtig griff er nach dem Handy und studierte das Display. Kein verpasster Anruf. Dennoch befiel ihn das nagende Gefühl, etwas verschlafen zu haben, als hätte er eigentlich Bereitschaft gehabt.

Warum hatte der Wachhabende nicht angerufen? Er sollte ihn doch auf dem Laufenden halten.

Er betrachtete Ninni. Sie schlief fest. Er schlug die Decke zur Seite, tappte zum Stuhl, auf dem er am Vorabend seine Kleidung abgelegt hatte, nahm sie an sich, zog eine frische Unterhose und Socken aus dem Kleiderschrank und schlich sich aus dem Zimmer.

Simon hatte seine Schuhe mitten im Flur abgestreift. Sie stellten Fredriks einzigen Kontakt zu seinem Sohn dar, seit dieser von der Klassenfahrt zurückgekehrt war. Ein Zeichen seiner Anwesenheit.

Während die Kaffeemaschine loshüstelte, rief er Erlander an.

»Tut mir leid, die Lage ist unverändert. Hedengren wird noch immer vermisst. Wir fahnden nach ihm.«

Dass jemand, der zwei Stunden vermisst worden war, nach sechs Stunden immer noch vermisst wurde, hätte Fredrik nicht unbedingt als unveränderte Lage bezeichnet.

»Was habt ihr bisher unternommen?«

»Wir haben seinen üblichen Heimweg abgesucht, Nachbarn gefragt, den Wagen zur Fahndung ausgeschrieben.«

»Gibt es vielleicht irgendwelche Zeugen?«

»Ein Paar hat ihn vom Parkplatz des Pacific Café fahren sehen, aber sonst nichts.«

»Nichts?«

»Die Ausgangssituation ist nicht optimal. Es war dunkel, schlechtes Wetter. Die Leute sind nicht vor die Tür gegangen.«

»Könnte er abgehauen sein?« Fredrik dachte an Peter Malm.

»Hätte er das denn nicht seiner Frau erzählt? Oder wäre zu uns gekommen, wenn er Angst hatte?«

Fredrik betrachtete die zusammengeknüllten Kleidungsstücke auf dem Küchentisch. Er lehnte nackt an der Spüle. Der Dampf aus der Kaffeemaschine kitzelte ihn im Rücken.

»Ich komme.« Er legte auf.

Er duschte kurz. Hemd und Hose klebten an seiner feuchten Haut.

80

Ein Samstagmorgen im Polizeigebäude bedeutete im Normalfall absolute Flaute, aber heute hörte Fredrik Stimmen und Schritte durchs Haus hallen, noch bevor er in sein Zentrum vorgedrungen war.

Hinter dem grünen Panzerglas der Telefonzentrale klebte der zuständige Beamte am Bildschirm. Fredrik gab seinen Code ein und machte sich auf den Weg zu Erlander. Er fand ihn in seinem Zimmer am Telefon.

»Gibt's was Neues?«, fragte Fredrik, als Erlander aufgelegt hatte.

»Wir haben versucht, Hedengrens Handy zu orten. Es scheint ausgeschaltet zu sein, aber die letzte Position gestern Abend um 21:58 Uhr war Själsö.«

»Habt ihr einen genauen Standpunkt?«

»Leider gibt es da zu wenig Masten, wir können ihn nur auf einen etwa drei Kilometer langen Streifen eingrenzen, der im Prinzip ganz Själsö abdeckt. Kurz davor hatte er die 112 gewählt.«

»Was? Habt ihr den Anruf überprüft?«

»Er ist gespeichert. Das Problem ist nur, dass es kein Anruf war. Die Zentrale ist rangegangen, aber am anderen Ende hat sich niemand gemeldet.«

»Was macht ihr jetzt?«

»Wir suchen das Gebiet noch einmal ab.«

Fredrik eilte in sein Zimmer. Letztendlich jagten sie einen Menschen, auch wenn er das mitunter bezweifelte. Es musste möglich sein, ihn einzukreisen. Er durfte ihnen nicht ständig zwei Schritte voraus sein.

Er setzte sich an den Schreibtisch und versuchte, sich einen Überblick über den Stand der Ermittlungen zu verschaffen. Schnell hatte er festgestellt, dass seit dem Vortag nichts passiert war: Weder die Poolfirma noch der Küchenbauer aus Stenkyrka hatten sich gemeldet, und es stand zu befürchten, dass sie das auch nicht vor Montag tun würden.

Fredrik rief in Stenkyrka an, aber dort sprang sofort die Mailbox an. Vermutlich war das Telefon am Wochenende nicht besetzt. Er öffnete das Branchenverzeichnis, gab »Stenkyrka Bygg« ein und erfuhr, dass der Besitzer Henrik Holmström hieß und in Stenkyrka wohnte. Er wählte die Nummer des Festnetzanschlusses.

»Hallo, hier ist Henrik«, meldete sich eine müde Stimme.

Schnell erläuterte Fredrik sein Anliegen und unterstrich, wie wichtig es war.

»Richtig, ja. Nach dem Mord an Nordborg ist mir der Auftrag dort natürlich hin und wieder durch den Kopf gegangen.«

»Ich würde gerne wissen, ob Ihnen etwas aufgefallen ist, während Sie dort arbeiteten. Vielleicht irgendwelche Leute in der Umgebung oder etwas anderes.«

»Verstehe. Ich war zwar nicht vor Ort, aber ich kann Ihnen die Namen der Männer geben, die dort gearbeitet haben.«

»Vielen Dank.«

Henrik Holmström nannte Fredrik zwei Namen und die dazugehörigen Telefonnummern.

»Sie waren also gar nicht in Nordborgs Haus?«, vergewisserte sich Fredrik, nachdem er die Angaben notiert hatte.

»Doch, ich habe mir alles angesehen, bevor wir den Auftrag übernommen haben. Die Küche sollte umgebaut werden. Nordborg hatte schon selbst Hand angelegt, aber ich weiß nicht, was da in ihn gefahren war, er muss gewütet haben wie ein Berserker.« Henrik Holmström lachte in sich hinein.

»Wie meinen Sie das?«

»Es war ein einziges Elend. Er hatte sogar eine Außenwand beschädigt. Keine Ahnung, wie er das hingekriegt hat. Er hat aber selbst zugegeben, dass er zwei linke Hände hat, und das würde ich sofort unterschreiben.«

»Wann war das genau?«, fragte Fredrik.

»Vor anderthalb Jahren habe ich mir kurz vor Weihnachten alles angesehen, und nach den Feiertagen haben wir dann losgelegt.«

»Für Sie sah es also aus, als hätte jemand wie ein Berserker gewütet?«

»Ja. Ich hatte den Eindruck, dass dort jemand gearbeitet hatte, der nicht ganz richtig im Kopf war.«

Fredrik rief die beiden Tischler an, die den Auftrag ausgeführt hatten. Der eine war sauer, weil Fredrik ihn geweckt hatte, schluckte seinen Ärger aber hinunter, als er erfuhr, worum es ging. Beide bestätigten Holmströms Aussage. Die Küche sei nicht herausgerissen, sondern von einem Wahnsinnigen kurz und klein geschlagen worden. Andere Dinge waren ihnen nicht aufgefallen. Es war mitten im Winter und stockdunkel gewesen. Hin und wieder hatten sie einen Nachbarn gesehen, aber ansonsten niemanden.

Fredrik legte auf und dachte, dass ihre Alibis überprüft werden mussten. Sowohl das des Firmeninhabers als auch die seiner Angestellten. Es wäre blöd gewesen, den Mörder direkt vor der Nase zu haben und etwas so Naheliegendes zu vergessen.

Er stand auf und streckte sich. Nicht der leiseste Hauch von Kopfschmerzen. Vollkommen reglos verharrte er hinter dem Schreibtisch und horchte aufmerksam. Kein Lied. Nicht der winzigste Ton.

»Hallo.« Sara stand in der Tür. »Wie geht es dir?«

»Gut«, sagte er. »Komm rein.«

Er schob einige Papiere von der einen Seite des Schreibtisches auf die andere, um einen beschäftigten Eindruck zu machen und nicht wie ein Idiot zu wirken, der dastand und mystischen Klängen in seinem Kopf lauschte.

»Hast du was gefunden?«

»Ja, in der Tat. Ich habe mir heute Morgen die Verbindungsnachweise angesehen.«

Wie früh mochte sie ins Büro gekommen sein?

»Ich glaube, das hier könnte etwas sein, aber sei nicht gleich zu euphorisch, es ist nur der erste Schritt.«

»Für den Anfang kannst du mir ja mal erzählen, worum es geht«, sagte er.

Sie lachte. »Klar. Okay, Nordborgs Handy war der reinste Dschungel und das von Johanna Wrangel genauso …«

»Kein Wunder bei einem PR-Chef und einer Politikerin.«

»Also habe ich mit Peter Malm angefangen und die Kontakte verglichen. Johanna Wrangel scheint sich, wie wir uns schon gedacht haben, auf der gleichen Seite des Netzwerks wie Malm und Nordborg befunden zu haben. Die Nummern, die sowohl auf Nordborgs als auch auf Malms Telefonlisten immer wieder auftauchen, gehören den Nachbarn, also Hedengren, Widstrand, Fischer und einigen anderen.«

»Immer derselbe Kreis«, sagte Fredrik.

»Hauseigentümerverein, Golfclub, gemeinsame Grillabende, etwas in der Art.«

Hastig warf Sara einen Blick auf den Zettel in ihrer Hand.

»Die einzige Nummer, die alle drei verbindet, also auch Johanna Wrangel, gehört zu einer Prepaidkarte.«

»Eine einzige Nummer?«

»Ja.«

»Ich empfinde eine gewisse Euphorie«, bemerkte Fredrik.

»Die Karte lässt sich keiner Person zuordnen, aber ich kann mir die Verbindungsnachweise besorgen. Wenn wir Glück haben, bringt uns das voran.«

»Super«, sagte Fredrik. »Mach weiter.«

»Das Merkwürdige ist nur«, fuhr Sara fort, »dass die Telefonate mit diesem Prepaidhandy in Clustern vorkommen. Zuerst erscheint die Nummer mehrmals auf Malms Liste, dann auf Wrangels und zuletzt auf Nordborgs. Mit einer einzigen Ausnahme gibt es keine Überschneidungen.«

»Als hätte diese Person immer nur mit einem von ihnen zurzeit Kontakt gehabt?«

»Ja. Und das wiederum deutet darauf hin, dass es kein gemeinsamer Bekannter ist.«

Endlich etwas Auffälliges, das sich vielleicht entwirren ließ.

»Zu welchem Zeitpunkt erscheint die Nummer auf Nordborgs Liste?«, sagte Fredrik. »Wann fand der letzte Anruf statt?«

»Wenn du das genaue Datum wissen willst, muss ich nachsehen.«

»So ungefähr?«, drängte er sie.

»Mitte November, glaube ich. Also nicht vergangenen November, sondern vor anderthalb Jahren.«

Fredrik sah sie schweigend an.

»Was ist?«

»Der Berserker.«

»Wie bitte?«

Das Telefon klingelte. Fredrik warf einen Blick auf das Display, es war der Wachhabende.

»Warte, ich muss rangehen.«

Er hob ab.

»In Själsö ist eine männliche Leiche gefunden worden«, sagte der Wachhabende ohne Umschweife.

Fredrik spürte, wie der Boden unter seinen Füßen schwankte. Und diesmal träumte er nicht und befand sich auch auf keinem Boot.

81

Nach dem Regen am Vortag hatte der Himmel aufgeklart, aber die Feuchtigkeit hing noch in der Luft, und vom Meer näherte sich eine massive Wolkendecke. Das Sommerhäuschen, zu dem man sie gerufen hatte, stammte aus den Sechzigern und war von einer schwarzen Holzterrasse umgeben. Es lag in einer Sackgasse hinter einem anderen, größeren Gebäude.

Fredrik stieg aus dem Wagen und entdeckte Marko Petravic. Zusammen mit Gustav ging er auf den Kollegen zu. Einige Meter entfernt saß ein fremder Mann neben Gunilla Borg auf dem Rand der Terrasse.

»Ist das Hedengren?«, erkundigte sich Fredrik bei Marko.

»Nein, der Tote heißt Karl-Johan Ström.«

»Ström? Ist das sein Haus?«

Ein Ström war ihnen im Laufe der Ermittlungen noch nicht untergekommen, und Nordborgs und Malms Häuser waren ein ganzes Stück entfernt. Bestimmt zwei Kilometer.

»Ja, es gehört ihm.«

»Wie sieht es aus?«

»Er liegt im Haus, in der Küche, aber ich glaube, er wurde draußen getötet und erst dann hineingeschleift. Auf dem Fußboden und dort drüben auf der Terrasse sind Blutspuren.«

Marko zeigte auf eine Verandatür.

»Konntest du erkennen, wie er getötet wurde?«, fragte Fredrik.

»Schwer zu sagen, da ist viel Blut, aber ich schätze, ihm wurde der Schädel eingeschlagen.«

»Wissen wir genau, dass es Karl-Johan Ström ist?«, wollte Gustav wissen.

»Der Zeuge schien sich sicher zu sein.«

Fredrik ging zu Gunilla und dem Zeugen hinüber, während Gustav bei Marko blieb. Der Mann war um die siebzig. Er trug eine Jeans und eine abgewetzte Motorradlederjacke mit Schulterpolstern.

»Hallo, ich bin Fredrik Broman, Kriminalkommissar von der Polizei Gotland.« Er reichte ihm die Hand.

»Hannu Larsson.« Kraftlos erwiderte er den Händedruck.

Fredrik setzte sich neben ihn. »Kannten Sie Karl-Johan Ström?«

Der Mann starrte ihn an, als hätte er eine vollkommen unverständliche oder womöglich unverschämte Frage gestellt, dann wendete er sich ab und nickte langsam.

»Kalle war einer meiner ältesten Freunde. Wir hatten hier seit fast vierzig Jahren ein Sommerhaus.«

»Es tut mir wirklich leid«, sagte Fredrik.

Hannu Larsson nickte stumm.

»Haben Sie ihn hier kennengelernt?«

»Ja. Ihn und Birgitta. Aber sie ist vor drei Jahren gestorben.«

»Er hatte also keinen festen Wohnsitz hier?«

Hannu Larsson schüttelte den Kopf.

»Nein, aber seit er im Ruhestand war, ist er immer um diese Zeit hergekommen und bis September, Oktober geblieben.«

»Sie auch?«

»Ja.«

Hannu Larsson strich sich über die Oberschenkel. Hinter dem gequälten Gesichtsausdruck war ein drahtiger und jugendlicher Rentner zu erkennen.

»Wie kam es, dass Sie so früh hier waren?«

»Wir wollten zusammen aufs Festland. Er musste ein paar Dinge erledigen, und ich habe ein Enkelkind, das morgen Geburtstag hat.«

»Wie haben Sie ihn gefunden?«

Hannu Larsson blinzelte einige Male.

»Ich habe das Blut vor der Tür gesehen. Da habe ich mir natürlich Sorgen gemacht und gedacht, er hätte sich verletzt, also bin ich hinein und …«

Er fingerte an dem roten Tuch herum, das er sich um den Hals geknotet hatte.

»Ich habe gleich gesehen, dass er tot war, aber trotzdem bin ich zu ihm gegangen …«

Wieder verlor er den Faden.
»Ich musste mich vergewissern.«
»Ist Ihnen noch etwas aufgefallen?«
»Das Auto da.«
Hannu Larsson deutete auf einen silberfarbenen BMW neben einem dunkelgrauen Volvo. Die Stoßstange war gebrochen und die Motorhaube eingedellt.
»Das ist nicht Kalles Auto.«
»Der BMW?«, fragte Fredrik.
»Richtig. Der Volvo ist seiner, aber den BMW kenne ich nicht.«
Gustav sah Marko an. »Habt ihr das Kennzeichen überprüft?«
»Nein.«
»Macht das.«
Fredrik wandte sich wieder an Hannu Larsson, der mit seinen graublauen Augen in die Landschaft starrte.
»Was hat Karl-Johan vor dem Ruhestand gemacht?«
»Er war technischer Verwaltungschef in Vallentuna.«
Hannu drehte seine Handflächen nach oben und schien sie zu studieren. Es sah aus, als wollte er sich selbst aus der Hand lesen.
»Kannte er Michael Nordborg?«
»Nein.«
»Sie wissen, wer das ist?«
»Schon. Nordborg kannten die meisten in der Gegend hier.«
»Hatte er überhaupt keinen Kontakt zu Nordborg?«
»Sie sind sich höchstens bei Eigentümerversammlungen oder so über den Weg gelaufen.«
»Und mit Peter Malm hatte er auch nicht zu tun?«
»Ich glaube nicht. Bevor ich den Namen gestern in der Zeitung gelesen habe, wusste ich gar nicht, wer das ist.«
Fredrik hörte Schritte hinter sich und sah im Augenwinkel Ove um die Ecke kommen und neben Gustav stehen bleiben.
»Karl-Johan hat sich nicht zufällig an der Finkalkdebatte beteiligt?«
»Nein, das kann man nicht behaupten. Ich weiß, dass er da-

gegen war, aber beteiligt … Wir haben uns nur ein paar Mal darüber unterhalten.«

»Aber er war gegen den Abbau?«

»Ja, das weiß ich genau.«

Fredrik spürte, wie seine Aufmerksamkeit immer mehr zu Gustav und Ove wanderte, die in seinem Rücken gedämpft miteinander sprachen. Er wollte die Vernehmung gerade fortsetzen, als Gustav sich umdrehte und zu ihnen kam.

»Da ist etwas, das du dir ansehen solltest.«

»Kann ich erst mal das Gespräch hier beenden?«

»Komm besser sofort.«

Fredrik entschuldigte sich und stand auf. Ove winkte sie hinter das Haus.

»Da drüben im Farn liegt eine Leiche«, sagte er leise.

Er zeigte auf eine etwa zwanzig Meter vom Haus entfernte Stelle, wo zwischen zwei Fichten Farnkraut wuchs.

»Hedengren?«, fragte Fredrik.

»Schwer zu sagen«, meinte Ove und seufzte. »Der Kopf fehlt.«

Ohne Vorwarnung erscholl das Lied in voller Lautstärke. Es bohrte sich in ihn wie ein Messer aus Klängen und übertönte alle anderen Geräusche. Er sah, wie Ove die Lippen bewegte, wie Gustav gestikulierte und wie im Hintergrund Evas Technikbus eintraf. Aber bewusst war ihm nur der Schmerz.

82

Das Lied entließ ihn so schnell aus seinen Fängen, wie es gekommen war. Als der Anfall vorüber war, holte Fredrik einige Male tief Luft. Beinahe wäre er gestolpert. Ove und Gustav sahen ihn an. Hatten sie etwas gemerkt?

»Fünf Tote«, murmelte er.

Schwer bepackt kam Eva auf sie zu und zog für eine Weile die gesamte Aufmerksamkeit auf sich.

»Wir haben noch eine Leiche gefunden.« Ove zeigte in die Richtung des Fundortes.

Eva blieb ruckartig stehen und blickte hektisch vom einen zum anderen.

»Dann sind es jetzt fünf«, sprach sie aus, was Fredrik eben schon festgestellt hatte.

»Fängst du bitte mit der Leiche im Farnkraut an?«

»Ja.«

Sie stellte ihre Taschen ab, öffnete die eine und streifte sich ein Paar blaue Schuhschützer über, bevor sie vorsichtig in das Gestrüpp aus Heidekraut, Blaubeersträuchern und Farn stieg.

Fredrik versuchte, sich zu konzentrieren. Er durfte jetzt nicht zusammenklappen. Falls er es doch tat und sich eingestehen musste, dass seine Kräfte nicht ausreichten, musste er den Fall abgeben. Es wäre verantwortungslos gewesen, diese Sache, was immer auch dahintersteckte, das Lied, die Kopfschmerzen, zu verschleiern, und weiterhin die Ermittlungen zu leiten, obwohl er nicht in der Lage war, sein Bestes zu geben. Dann müsste er sich krankschreiben lassen.

Aber an dem Punkt war er noch nicht.

In seiner Tasche vibrierte das Handy. Auf dem Display blinkte Sara Oskarssons Name.

»Ja?«

»Ich glaube, ich habe etwas entdeckt«, sagte sie.

Er hörte das Lied, jetzt nur noch geflüstert, aber er wusste, dass sich dieses Flüstern jederzeit zu etwas anderem und viel Schlimmerem auswachsen konnte.

»Etwas?«

Nicht noch eine Leiche. Alles, nur das nicht.

»Ja. Es wäre gut, wenn du es dir mal ansehen könntest.«

Er schaute in die Richtung, wo der Tote lag. Eva beugte sich über den Körper, der Fredriks Blicken verborgen blieb.

»Wo steckst du?«

»Auf der Straße. Ein paar Hundert Meter vom Lummelundsväg entfernt.«

»Ich komme sofort.«

Fredrik ging zur Straße hinunter. Marko stieg aus einem der Streifenwagen und schlug die Tür hinter sich zu. Als er Fredrik erblickte, hob er die Hand, um ihn aufzuhalten.

»Der Halter ist Erik Hedengren.«

»Was?« Fredrik merkte, dass er Marko verständnislos anstarrte.

»Der BMW. Erik Hedengren ist der Fahrzeughalter.«

Fredrik blieb stehen, ohne den nun hoffentlich etwas weniger dämlichen Blick von Marko abzuwenden. Falls sich sein Wagen hier befand, handelte es sich bei dem Körper ohne Kopf höchstwahrscheinlich um Hedengren.

Sie schwiegen einige Sekunden, Marko mit hochgezogenen Augenbrauen.

»Teilst du den anderen bitte mit, dass es Hedengrens Auto ist?«

»Klar.«

Fredrik bedankte sich bei Marko und ging weiter zur Straße. Die Stimmen der Kollegen verklangen, dann war er allein mit dem Scharren seiner Schuhsohlen im Schotter.

Erik Hedengren gehörte zum selben Kreis wie Nordborg, Malm und Wrangel. Aber was war mit Ström? War er auch Teil des Netzwerks? Wenn man Hannu Larsson Glauben schenken durfte, sah es nicht danach aus.

Die Blumen am Straßenrand wurden von Bienen und Hummeln umschwärmt, in den Bäumen zwitscherten Meisen und Bachstelzen, und fünf Menschen waren tot. Spätestens jetzt würde die gesamte Gegend in Panik verfallen.

Sie mussten radikale Maßnahmen ergreifen. Ganz Själsö absperren, Wächter anheuern und nur noch Leute hereinlassen, die sich als Anwohner ausweisen konnten. Das hätten sie bereits am Donnerstag tun sollen, als Malm tot aufgefunden worden war.

Es würde einen Riesenwirbel um diese Geschichte geben, davon war er überzeugt. Aber im Nachhinein war man immer klüger. Was er selbstverständlich nicht sagen würde, wenn ihn ein Journalist anrief und zur Rede stellte.

Wie auf Bestellung klingelte das Handy. Zum Glück war kein Journalist dran, sondern Göran.

»Ich habe es gehört«, sagte der Kripochef.

»Du weißt leider noch nicht alles.«

Göran stöhnte in den Hörer. »Was denn noch?«

»Bei der Durchsuchung von Karl-Johan Ströms Grundstück haben wir eine weitere Leiche gefunden. Sie ist noch nicht identifiziert, aber es deutet einiges darauf hin, dass es sich um Hedengren handelt.«

Im Handy herrschte Totenstille.

»Wir müssen was tun«, sagte Fredrik. »Wir müssen die Leute hier schützen.«

»Am besten, indem wir den Mörder hinter Gitter bringen«, erwiderte Göran. Es war ein spitzer Unterton herauszuhören.

»Das ist mir bewusst«, sagte Fredrik, »aber bis dahin müssen wir ...«

»Okay, verstanden, du hast recht«, fiel Göran ihm ins Wort. »Ich kümmere mich darum. Konzentrier du dich darauf, das Arschloch zu finden. Nachdem er ein halbes Wohngebiet ausgelöscht hat, wird es doch irgendwelche brauchbaren Anhaltspunkte geben.«

Göran legte auf, bevor Fredrik etwas erwidern konnte.

83

Einige Hundert Meter von Karl-Johan Ströms Haus entfernt entdeckte Fredrik seine Kollegin Sara.

»Schau dir das mal an«, sagte sie und zeigte auf eine hohe Kiefer am Straßenrand. Ungefähr auf Kniehöhe wies der Stamm eine frische Kerbe auf, wo das helle Holz bloßlag. »Und da ist eine Reifenspur. Irgendwas muss hier passiert sein.«

Fredrik dachte an das, was er eben erfahren hatte. Ströms Haus war von hier aus nicht zu sehen, aber es war keine zweihundert Meter entfernt.

»Erik Hedengrens Auto steht verbeult neben Ströms Volvo.«

Sara drehte sich um. »Was hat es für eine Farbe?«

»Silber.«

Sie ging vor dem Baum in die Hocke.

»Wurde die Straße nicht heute Nacht abgesucht?«, fragte sie.

»Doch, aber der Wagen wurde offensichtlich übersehen. Ströms Haus liegt ja nicht direkt an der Straße, es ist halb verdeckt durch ein anderes Gebäude.«

»Aber …« Sara seufzte geräuschvoll.

»Und zirka zwanzig Meter vom Haus entfernt haben wir noch eine Leiche gefunden. Der Kopf ist weg, aber die Vermutung, dass es Hedengren sein könnte, liegt nicht gerade fern.«

»Scheiße.«

»Kannst du laut sagen.«

Sara legte die Hand auf die raue Baumrinde. »Vielleicht ist Hedengren mit seinem Wagen dagegengefahren. Hier ist jedenfalls ein Streifen hellgrauer oder silberner Farbe.«

Das Handy klingelte. Es war Gustav.

»Ja?«

»Wir können ihn uns jetzt angucken.«

»Habt ihr ihn inzwischen identifiziert?«

Während er Gustavs Antwort lauschte, ließ Sara ihn keine Sekunde aus den Augen.

Die Leiche lag bäuchlings im Farn. Oberhalb des Jackenkragens war nichts außer ein paar blutigen Hautfetzen zu sehen.

»Viel Blut ist das nicht«, sagte Eva, »und am Körper gibt es keine weiteren Verletzungen. Wir können wohl davon ausgehen, dass er durch Gewalteinwirkung auf den Kopf ums Leben gekommen ist und der Kopf anschließend abgetrennt wurde.«

»Wie bei dem da drinnen«, sagte Marko.

»Der hat seinen Kopf doch noch.«

»Gewalteinwirkung auf den Kopf, meinte ich.«

»In der Jacke steckte eine Brieftasche mit Erik Hedengrens Ausweis, seiner Kreditkarte, Visitenkarten und anderem«, fuhr Eva fort. »Die geschätzte Körpergröße stimmt mit den Meldedaten überein und die Haarfarbe ebenfalls, soweit man das aus der Körperbehaarung schließen kann. Auch die Kleidung passt zu den gestrigen Angaben der Ehefrau. Da er einen neuen Pass besitzt, können wir seine Zeigefinger mit dem Passregister abgleichen. Dann wissen wir es genau.«

Eva umrundete die Leiche, während Fredrik und die anderen aufmerksam zuhörten.

»Hier lag sein Handy.«

Sie zeigte auf eine Markierung mit der Ziffer drei, die zwanzig bis dreißig Zentimeter von Hedengrens ausgestreckter Hand entfernt in der Erde steckte.

»Die SIM-Karte ist entfernt worden.«

»Das war mir neu«, sagte Gustav.

»Ich schätze, der Täter hat sie herausgenommen, damit wir die Leiche nicht so schnell finden. Allerdings spielte das keine Rolle, weil wir hier sowieso keine exakte Position bekommen hätten.«

Ove kratzte sich stöhnend an der Stirn. Wer ihn gut genug kannte, merkte daran, dass er extrem frustriert war.

»Als ihn seine Ehefrau als vermisst gemeldet hat, war er also schon tot«, sagte Fredrik.

»Oder er lag im Sterben.«

Eva wandte sich dem Grundstück zu.

»Seht ihr die Spur, die von hier aus nach da drüben geht?« Sie streckte die Hand aus.

Zwischen Farn und Gestrüpp verlief eine Art frischer Trampelpfad. In vierzig Metern Entfernung, wo die Bäume dichter standen, endete er, aber Fredrik war sich sicher, dass man ungefähr bei dem beschädigten Baum an der Straße herauskam, wenn man in dieser Richtung weiterlief.

»Es sieht so aus, als wäre Hedengren aus dieser Richtung angerannt gekommen«, sagte Eva. »Beim ruhigen Gehen tritt man die Pflanzen nicht so hinunter.«

»Hedengren *und* der Täter.«

Alle drehten sich zu Sara um, die bislang geschwiegen hatte. Kurz und knapp erläuterte sie ihre Beobachtungen an der Straße:

»Es sieht so aus, als wäre Hedengren gegen einen Baum gefahren. Vielleicht ist er von der Straße abgedrängt worden und ist dann zu Fuß vor dem Täter geflohen.«

»Aber sein Auto steht da drüben, das passt doch nicht zusammen.« Ove zeigte auf den BMW, der hinter dem Volvo hervorblitzte.

»Hedengren muss ihn ja nicht selbst dort abgestellt haben«, sagte Fredrik.

»Du meinst, das könnte der Täter gewesen sein?«

»Ja.«

Eva nickte eifrig. »Dann passt es ja zusammen. Nachdem er Hedengren umgebracht hat, geht er zurück und fährt Hedengrens ramponiertes Auto weg, damit der Mord nicht so schnell entdeckt wird. Am Ende kehrt er zu seinem eigenen Wagen zurück und haut ab.«

»Du hast Karl-Johan Ström vergessen«, sagte Gustav. »Welche Rolle spielt er?«

Eva hielt sich beim Nachdenken die geballte Faust vor den Mund.

»Ström muss etwas gehört haben und aus dem Haus gekommen sein«, sagte sie. »Der Täter merkt, dass er beobachtet wird, und stürzt sich gleich, nachdem er Hedengren getötet hat, auf Ström. Dann schleift er ihn ins Haus. Dort fällt ihm ein Küchenmesser oder ein anderer Gegenstand in die Hände, mit dem er Hedengrens Kopf abtrennt. Dann parkt er das Auto um. Oder er macht das, bevor er Ström ins Haus schleppt und Hedengren den Kopf abschneidet. Im Auto sind bestimmt Blutspuren.«

Eva nahm eine der Taschen in die Hand und ging zusammen mit Fredrik und den anderen zum BMW. Sie öffnete die Fahrertür und fuhr mit dem Strahl einer starken Taschenlampe über den Sitz.

»Hier«, sagte sie. »Da brauche ich nicht einmal Spray.«

Sie richtete den Lichtkegel auf zwei dunkle Flecken ganz vorne an der Sitzfläche.

»Ihr werdet es gleich sehen.«

Sie feuchtete einen Wattebausch an, rieb damit über die Flecken, drehte sich um und hielt ihnen die Watte hin. Sie hatte sich rostrot gefärbt.

»Er hat Ström also nur erschlagen, weil er ihm in die Quere kam?«, fragte Ove.

Noch ein Grund, das ganze Gebiet abzusperren, dachte Fredrik. Hier schien niemand sicher zu sein.

Als er aufblickte, sah er Ströms Nachbarn in der schwarzen Lederjacke stoisch aufrecht davongehen.

84

Fredrik betrat das Haus von Karl-Johan Ström durch die offene Verandatür, die direkt ins Wohnzimmer führte. Er kam an einem grün emaillierten gusseisernen Ofen und zwei bequemen Sesseln mit Schaffellen darauf vorbei. Aus der Küche schlug ihm ein so schwerer Duft nach feuchtem Eisen entgegen, dass er Blut zu schmecken meinte. Karl-Johan Ström lag auf dem Küchenfußboden, sein Kopf war von einer großen dunklen und noch immer nicht vollständig geronnenen Blutlache umgeben. Seitlich des Körpers war Blut auf den lackierten Dielen verschmiert.

»Der Täter hat ein Eisenrohr oder etwas Ähnliches verwendet«, sagte Eva. »Er ist von einem einzigen Schlag auf die rechte Seite des Kopfes getroffen worden.«

Diese Seite lag auf dem Küchenfußboden und war deshalb für Fredrik und die anderen Personen, die sich in die Küche zwängten, schwer zu erkennen.

»Ein fester und gezielter Schlag. Er hat ihn oberhalb der Schläfe erwischt, wo der Schädel am dünnsten ist.« Sie tippte sich an den eigenen Kopf.

»Aber nicht hier drin, oder?«, fragte Ove.

»Nein, vor der Tür. Es gibt Spritzer an Wand und Tür und Rinnsale auf der Holzterrasse, wo er umgefallen ist. Der Täter hat ihn an den Armen ins Haus geschleift.«

»Keine Schuhabdrücke?«, fragte Fredrik.

»Überzieher«, erwiderte sie knapp.

»Der Täter steht also mittendrin auf und streift Schuhschützer über, bevor er aufräumt?«

»Angesichts der bisherigen Ereignisse überrascht mich das nicht besonders«, sagte Gustav.

»Wie auch immer.« Eva richtete ihre Aufmerksamkeit wieder auf die Leiche. »Ich glaube nicht, dass der Schlag sofort tödlich war. Ihr seht die Blutspuren an der Seite. Es scheint, als hätte er mit der Hand über den Boden gescharrt.«

Als Fredrik genau hinsah, erkannte er auf den Dielen tatsächlich deutliche Spuren von blutigen Fingern.

»Der Körpertemperatur nach zu urteilen, ist er seit gestern Abend tot, aber ob er gleich nach der Kopfverletzung oder erst zwei Stunden später gestorben ist, kann ich nicht sagen.«

Fredrik schnappte nach Luft. Es reichte jetzt. Sie mussten der Sache ein Ende bereiten.

»Zeit, dass wir loslegen«, sagte er. »Gustav und ich benachrichtigen Hedengrens Frau.«

Gustav fing seinen Blick auf und sah zur Seite. Zum dritten Mal innerhalb von einer Woche würden sie vor trauernden Angehörigen stehen.

»Ove, du sprichst mit den Angehörigen von Ström, sobald du weißt, dass sie unterrichtet worden sind. Es gibt zwei Söhne auf dem Festland. Versuch herauszufinden, ob Ström irgendetwas mit einem der anderen Opfer zu tun hat oder ob unsere Theorie stimmt, dass er einfach nur zur falschen Zeit am falschen Ort war«, sagte Fredrik und drehte sich zu Sara um. »Und du machst weiter mit den Verbindungsnachweisen. Sieh nach, ob Hedengren dazugehört. Und natürlich Ström. Überprüf alle Leute, die in der Gegend wohnen. Wir brauchen jemanden, der uns erzählen kann, worum es hier geht. Irgendjemanden, der noch am Leben ist.«

»Ich habe mir die Schäden an Hedengrens Auto mal genauer angesehen«, sagte Marko, »und Spuren von weißem Lack entdeckt.«

»Bist du sicher, dass es nicht die Grundierung ist?«, fragte Eva.

»Ganz sicher«, erwiderte Marko.

Seine Stimme klang mild. Falls er das Gefühl hatte, seine Kompetenz werde infrage gestellt, verbarg er das geschickt.

»Wir gehen an die Öffentlichkeit«, sagte Fredrik. »Wir bitten um Hilfe bei der Suche nach einem weißen Auto mit Unfallschäden. Vermutlich an der vorderen oder hinteren Stoßstange.«

Dann drehte er sich zu Gustav um. »Sollen wir gehen?«

Sie hatten das Wohnzimmer zur Hälfte durchquert, als Eva ihnen hinterherrief: »Ich hätte es beinahe vergessen. Dieser Zettel mit den kyrillischen Buchstaben. Das ist Weißrussisch.« Sie sah aus dem Küchenfenster.

»Und was steht drauf?«

»Es ist eine Einkaufsliste für Baumaterialien. Bretter, Gipsplatten, Schrauben, so ein Zeug.«

Baumaterial. Hatte Malm etwa auch umgebaut, oder hatte sich die Liste von Nordborgs Renovierung zu ihm verirrt?

Wie ein Berserker, dachte Fredrik und trat auf die blutverschmierte Terrasse hinaus.

85

Ove hatte schon von der schwindelerregenden Aussicht von Hedengrens Adlernest erzählt. Selbst unter den zugegebenermaßen unangenehmen Umständen waren Fredrik und Gustav beeindruckt.

Mia Hedengren saß ihnen stumm gegenüber. Sie sah blass und übermüdet aus. Das Haar hing ihr ins Gesicht. Die beiden Kinder saßen in einem anderen Teil des Hauses vor einem Bildschirm. Eine leise Melodieschleife, die in unregelmäßigen Abständen von merkwürdigen Toneffekten unterbrochen wurde, drang bis zu ihnen.

Mia Hedengren hatte seit der Todesnachricht geschwiegen und keine Miene verzogen, als man sie fragte, ob nicht jemand vorbeikommen solle, um ihr beizustehen und sich um die Kinder zu kümmern.

Fredrik veränderte seine Sitzhaltung.

»Können wir sonst etwas für Sie tun?«, erkundigte er sich.

Mia Hedengren sah ihm in die Augen, antwortete aber nicht. Er fühlte sich hilflos.

Nackte Füße kamen schnell näher, ein kleines blondes Mädchen in einem geblümten Schlafanzug stand in der Tür. Fredrik schätzte sie auf fünf. Als sie ihn und Gustav erblickte, zögerte sie. Die Polizisten begrüßten sie lächelnd. Gustav fragte sie nach ihrem Namen. Das Mädchen holte tief Luft.

»Denise.«

Sie rannte auf ihre Mutter zu, krabbelte auf ihren Schoß und flüsterte ihr etwas ins Ohr. Endlich erwachte Mia Hedengren zum Leben.

»Natürlich, mein Schatz, ich komme«, sagte sie mit leiser, aber fester Stimme.

Mit dem Mädchen auf dem Arm stand sie auf und sah Fredrik und Gustav an.

»Ich bin gleich wieder da.«

Fredrik blickte den beiden hinterher. Die Mutter mit dem Kind, das immer noch glaubte, einen Vater zu haben. Er drehte sich zu Gustav um.

»Und?«

»Das werden wir sehen, wenn sie zurückkommt.«

Gustav sah aus dem Fenster. Fredrik tat es ihm nach. Die dicke Wolkenbank hatte die Küste erreicht. Das Meer sah grau und tot aus.

Nach einigen Minuten kam Mia Hedengren zurück. Sie hielt ein ausgetrunkenes Glas Kakao in der Hand. Erst als sie wieder saß, schien sie es zu bemerken. Sie stellte es auf den Tisch. Ihre Hand zitterte.

»Ich kann kaum denken«, sagte sie langsam. Ihr Gesicht war vollkommen ausdruckslos. »Können Sie mir das erklären?«

Nein, dachte Fredrik, das können wir nicht. Ihre Frage hallte in seinem Kopf wider.

»Ist gestern irgendwas passiert, das anders war als sonst?«, fragte Gustav schließlich.

Barmherzig füllten seine Worte die Stille aus.

»Nein«, antwortete Mia Hedengren. Sie senkte den Blick, und Fredrik glaubte, sie würde sich wieder in sich zurückziehen, doch dann sprach sie weiter: »Bis Erik verschwand, war alles wie immer.«

»Hat er nichts gesagt?«, fragte Gustav. »War er wegen irgendetwas beunruhigt?«

Mia Hedengren sah sie verbissen an. »Alle in Själsö machen sich Sorgen, aber ich dachte, solange hier ein Streifenwagen vor der Tür steht, wären wir sicher.«

Es fiel Fredrik schwer, ihrem Blick standzuhalten, aber ihm auszuweichen wäre noch schwieriger gewesen. Sollte er das Handtuch werfen? Zu Göran gehen und ihn bitten, den Fall an jemand anderen zu übergeben?

Mia Hedengren strich sich die Haare aus dem Gesicht, sie fielen ihr aber sofort wieder in die Stirn.

»Wissen Sie, ob Ihr Mann mit Michael Nordborg und Peter Malm irgendwelche Geschäfte gemacht hat, oder gab es Dinge, die sie möglicherweise in Gefahr oder in Konflikt mit jemand anderem gebracht haben?«, fragte er.

Ihr Körper erbebte fast unmerklich, als spielte sich unter der Oberfläche etwas ab, das sie nur erahnen konnten.

»Weiß ich nicht«, sagte sie. »Wir waren Nachbarn. Es waren nette Leute, wir haben gemeinsam was unternommen, wie Nachbarn das eben so machen. Meine Güte …«

Sie hielt inne und streckte Fredrik in einer Art flehenden Geste die Arme entgegen.

»Wir sind normale Menschen, wir … Nachdem das mit Michael passiert war, haben Erik und ich darüber gesprochen, dass es bestimmt etwas mit Finkalk zu tun hat. Erik war sich ganz sicher. Aber jetzt … Das ist doch ein Albtraum, verstehen Sie das nicht …«

Ihre Stimme überschlug sich, und sie sackte mit den Händen auf dem Kopf nach vorn, aber der große Ausbruch blieb aus. Mit einem tiefen Seufzer richtete sie sich wieder auf und strich sich ein paar Haare aus dem Gesicht, die an der Nase hängen geblieben waren.

»Es ist also nichts Besonderes vorgefallen, und Erik hat auch nichts erzählt?«, wollte Fredrik wissen. »Es kann ruhig ein wenig zurückliegen.«

»Nein.«

»Gar nichts?«, übernahm Gustav. »Es kann auch etwas sein, was Ihnen vollkommen unbedeutend erscheint. Oder hat einer von den Nachbarn vielleicht etwas erwähnt?«

»Nein«, wiederholte sie, runzelte aber dann die Stirn. »Oder doch. Da war etwas. Als der andere Polizist herkommen sollte …«

»Ove Gahnström?«, fragte Gustav.

»Ja, bevor er kam …«

Sie blickte zur Seite und schüttelte den Kopf.

»Alles kann von Bedeutung sein«, sagte Gustav.

Mia Hedengren seufzte und fuhr fort: »Erik hat gesagt, ich solle das Badezimmer nicht erwähnen. Mit keiner Silbe, denn sonst müssten wir Strafe zahlen.«

»Das Badezimmer?«, hakte Fredrik nach.

»Ja. Vielleicht ist es lächerlich, aber ich verstehe ja, dass alles auf den Tisch muss, egal, wie blöd es sich anhört.«

Gustav nickte aufmunternd.

»Was war denn mit dem Badezimmer?«, fragte Fredrik.

»Das war Schwarzarbeit. Wir haben ein neues Badezimmer für die Mädchen gebaut und die Leute schwarz beschäftigt. Erik hat gesagt, niemand dürfe davon wissen. Aber es war ja gar nicht die Rede davon.«

»Wer hat die Arbeiten denn ausgeführt?«

»Keine Ahnung«, sagte sie. »Ich habe den Mann nur einige Male gesehen und kaum ein Wort mit ihm gewechselt. Ich glaube nicht, dass er überhaupt Schwedisch konnte.«

»Woher kam er, wenn er kein Schwede war?«, fragte Fredrik.

»Weiß ich nicht, vielleicht aus Polen?«

»Was veranlasst Sie zu der Vermutung, er könnte Pole gewesen sein?«

»Seine Art zu reden. Wir haben Englisch gesprochen, und er hatte einen starken Akzent. Ich weiß es nicht genau, aber ich hatte auf jeden Fall das Gefühl, er wäre Pole oder Russe oder so.«

»Ein Osteuropäer?«

»Ja.«

»Wie sah er aus?«

Mia Hedengren starrte Fredrik an, dann begann sie zu weinen. Sie hielt sich die Hände vors Gesicht, stand langsam auf und ging zu einem kleinen Sofa hinüber. Darauf rollte sie sich zusammen und bohrte das Gesicht in ein Kissen. Durch Stoff und Füllung hindurch war ein leises Schluchzen zu hören.

Fredrik wechselte einen Blick mit Gustav, stand auf und ging zu ihr. Nachdem er ihr ein wenig Zeit gelassen hatte, hockte er sich neben das Sofa.

»Frau Hedengren«, sagte er vorsichtig. »Wir sollten jemanden anrufen. Gibt es jemanden, den Sie gerne hier hätten?«

Es dauerte eine Weile, dann richtete sie sich auf.

»Wollen Sie sich jetzt mit diesem Schwarzarbeiter befassen? Erik ist tot, und Sie wollen Verbrecher aus uns machen.«

»Natürlich nicht«, sagte Fredrik. »Aber wir müssen überprüfen, ob dieser Mann etwas mit der Sache zu tun hat.«

Sie hörte auf zu weinen und strich sich mit den Zeigefingern über die Haut unter den Augen. »Glauben Sie, er hat Erik umgebracht?«

»Das wissen wir nicht, aber wir können es nicht ausschließen. Wir müssen herausfinden, wer der Mann ist.«

Sie wischte sich mit dem Zeigefinger eine letzte Träne ab.

»Er hatte hellblonde, ziemlich kurze Haare«, sagte sie. »Wie ein Sportler oder Bodybuilder sah er aus. Und er ist so gegangen.«

Sie zog die Schultern hoch und ließ den Oberkörper einige Male hin- und herschwingen.

»Groß, klein?«

»Nicht so groß wie Erik. Eins achtzig vielleicht.«

Mia Hedengren stellte die Füße auf den Boden und lehnte sich zurück. Sie strich ihre Haare zurück und zwirbelte sie zusammen. Rings um die Augen war ihr blasses Gesicht rotfleckig.

»Wann war er hier?«, fragte Fredrik.

»Das ist fast zwei Jahre her. Im Spätsommer vor zwei Jahren hat er angefangen. Mitte August, glaube ich, nach unserem Urlaub.«

»Hat er auch für andere Nachbarn gearbeitet?«

Mia Hedengren nickte. »Er hat bei Peter gewohnt. Ich glaube, ihm hat er das Badezimmer renoviert.«

»Er hat bei Peter Malm gewohnt?«

»Ja.«

»Auch während er Ihr Badezimmer renoviert hat?«

»Ja. Wenn ich mich recht erinnere, hat er die ganze Zeit dort gewohnt.«

»Und wie lange war das?«

»Vielleicht ein halbes Jahr. Ich weiß, dass er irgendwann vor dem Sommer etwas für Andreas und Lisa gemacht hat.«

»Das Ehepaar Fischer?«

»Ja. Und im November hat er für Michael und Camilla gearbeitet. Nordborgs, meine ich. Aber das ist wohl nicht so gut gelungen, denn sie mussten sich anschließend jemand anders holen, der alles neu gemacht hat.«

Fredrik spürte, wie auf einmal jeder Zweifel von ihm abfiel. Gewütet wie ein Berserker. Vor anderthalb Jahren war bei Nordborgs etwas passiert.

»Waren das alle, für die er gearbeitet hat?«, fragte er.

Sie überlegte. »Soweit ich weiß, ja«, sagte sie dann.

Michael Nordborg, Peter Malm und Erik Hedengren. Sie hätte ihm auch eine Liste der Mordopfer aus Själsö geben können. Bis auf Andreas Fischer – der lebte noch.

86

Unbeabsichtigt stapften Fredrik und Gustav im Gleichschritt durch den Kripoflur, als Gustavs Handy klingelte. Schweigend hörte er eine Weile zu, dann drehte er sich zu Fredrik um.

»Andreas Fischer ist heute nicht zur Arbeit gekommen.«

Nicht der auch noch, dachte Fredrik.

»Er ist krankgeschrieben«, fuhr Gustav fort.

Die Kollegen hatten kostbare Zeit verloren, indem sie in seine Arztpraxis gefahren waren.

»Dann sollen sie ihn zu Hause aufsuchen.«

»Sie sind schon unterwegs«, erklärte Gustav.

Fredrik hielt ihn am Oberarm fest. »Sag ihnen, sie sollen verdammt vorsichtig sein. Früher oder später wird dieser Irre über Fischer herfallen.«

Vorausgesetzt, ihre neuesten Theorien trafen zu, aber Fredrik wollte kein Risiko eingehen.

Gustav sprach eine Weile mit der Streife, die zu Andreas Fischers Schutz losgeschickt worden war, und legte dann auf. Im Flur trennten sich die beiden, und Fredrik ging in sein Zimmer. Er rief Sara an.

»Wie läuft's?«

»Ich komme rüber«, sagte sie.

Wenige Sekunden später schoss sie um die Ecke und blieb vor Fredriks Schreibtisch stehen.

»Ich glaube, ich habe etwas.«

Sie klopfte auf einen Stapel gefalteter DIN-A4-Blätter.

»Ja?«, fragte er ungeduldig.

»Von der anonymen Prepaidkarte ist auch bei Erik Hedengren und Andreas Fischer angerufen worden und umgekehrt. Genau wie bei den anderen drei treten die Telefonate clusterweise auf.«

»Und was ist mit Ström?«, fragte Fredrik.

»Nein, es gibt keine Gespräche mit Ström. Außer den genannten Personen wurde sonst niemand in Själsö oder auf ganz Gotland angerufen.«

»Dann haben wir also Telefonate mit den vier Mordopfern und einer weiteren Person, die noch am Leben ist und mindestens drei der Toten kennt«, sagte Fredrik. »Viel eindeutiger kann es ja nicht werden.«

»Nein, wohl kaum. Aber ich habe noch mehr.«

Sara wedelte mit dem Papierstapel.

»Mit dieser Art von Prepaidkarte kann man billig ins Ausland telefonieren. Es gab über hundert Telefonate mit Weißrussland.«

Fredrik ging unruhig ein paar Schritte durch den Raum.

»Dann passt ja alles zusammen«, fasste er zusammen. »Das muss der Schwarzarbeiter sein, der die Einkaufsliste in Malms Nachttisch geschrieben hat. Er hat für Nordborg, Wrangel, Malm und Hedengren gearbeitet. Vermutlich auch für Fischer. Wann fanden die Telefonate mit Fischer und Hedengren statt?«

Sara faltete die Zettel auseinander und blätterte hastig.

»Mal sehen, Anfang Juni mit Hedengren und im August mit Fischer.«

Fredrik dachte eine Weile nach.

»Bei Nordborg ist etwas vorgefallen. Schließlich haben sie eine gotländische Firma damit beauftragt, die Arbeit zu Ende zu bringen. Nordborg hat offenbar behauptet, er habe die alte Küche selbst herausgerissen, aber laut Küchenbauer sah es eher so aus, als hätte dort ein Berserker gewütet.«

»Ist der Nutzer dieser Prepaidkarte unser Mörder?«

»Ich glaube, ja.«

Fredrik ging wieder an den Schreibtisch.

»Wir müssen Fischer vernehmen.«

Er hielt inne und sah Sara an.

»Weißt du, wen er in Weißrussland angerufen hat?«

Auf Saras Stirn wurden ein paar Falten sichtbar.

»Da war Schluss. Das muss die Reichskripo mit Interpol klären.«

»Klingt, als könnte das ewig dauern.«

»Manchmal hat man auch Glück. Ich kann jedenfalls nicht mehr tun.«

Das Telefon klingelte. Fredrik riss den Hörer an sich.

»Hier Fredrik Broman?«

»Andreas Fischer ist in die Psychiatrie eingeliefert worden«, sagte Gustav.

»Wann war das?«

»Spätnachts offenbar.«

Fischer war nur einen Katzensprung vom Polizeigebäude entfernt gewesen, während die Streife eine halbe Stunde wie verrückt nach ihm gesucht hatte.

»Sind sie auf dem Weg dorthin, oder sollen wir jemand anders hinschicken?«

Neugierig verfolgte Sara das Gespräch, so gut sie konnte.

»Sie sind unterwegs und müssten jeden Moment dort sein.«

»Okay, dann sollen sie das ruhig übernehmen.«

Fredrik gab nicht viel auf die Sicherheit in den öffentlichen Krankenhäusern, aber in psychiatrischen Kliniken war sie vermutlich noch am ehesten gewährleistet.

»Willst du ihn vernehmen?«

In welchem Zustand mochte sich Fischer befinden? Wahrscheinlich in keinem guten, wenn er soeben in eine schwedische Nervenklinik eingeliefert worden war.

»Wir befragen als Erstes seine Frau. Wie heißt sie?«

»Lisa Fischer.«

»Ist sie bei der Arbeit, zu Hause oder auch irgendwo eingeliefert worden?«

»Zu Hause«, erwiderte Gustav kurz.

»In zwei Minuten fahren wir los«, sagte Fredrik.

Er legte auf.

»Andreas Fischer ist in der Psychiatrie«, sagte er zu Sara.

»Das habe ich schon vermutet.«

Fredriks Blick blieb an einer Mailboxnachricht hängen, die er noch gar nicht bemerkt hatte. Die Nummer erkannte er auf Anhieb. Es war das Krankenhaus Danderyd.

Er wollte erneut zum Hörer greifen, als in seinem Kopf leise ein allzu vertrautes Lied erklang.

87

Lisa Fischer war nicht zur Arbeit gegangen, sondern zu Hause geblieben. Das kurze kastanienbraune Haar klebte platt am Kopf, und die schwarze Schminke um die Augen war verlaufen.

»Ich weiß, dass Ihr Mann in der Klinik ist«, sagte Fredrik.

Lisa Fischer nickte.

Sie saßen im Wohnzimmer. Es war mit einer türkisfarbenen Couch, zwei Lehnstühlen und einem verschnörkelten Tagessofa eingerichtet, die rings um einen niedrigen weißen Tisch drapiert waren. Auf dem Fußboden lag ein großes Star-Wars-Raumschiff von Lego.

»Hat er gesagt, warum es ihm so schlecht ging? Etwas ausführlicher, meine ich?«

»Nein. Es war einfach zu viel für ihn. Erst Micke, dann Peter und jetzt Erik.«

»Sie meinen, weil Erik Hedengren nicht nach Hause gekommen ist?«

Lisa sah ihn fragend an.

»Ihr Mann wurde doch heute Nacht eingeliefert?«, wandte Fredrik ein. »Da wusste doch noch niemand von Eriks Tod.«

»Stimmt natürlich«, sagte Lisa Fischer. »Aber Mia hat uns gestern Abend gegen elf angerufen und gefragt, ob Erik bei uns sei. Andreas hat total heftig darauf reagiert.«

»Hat er gesagt, warum?«

»Nein. Er ist hier auf und ab gelaufen, konnte nicht schlafen, bekam die Sache mit Erik nicht aus dem Kopf und versuchte es auch gar nicht erst. Am Ende hat er nur noch zitternd dagesessen und überhaupt nicht mehr reagiert.«

Lisa Fischer strich sich über den Oberarm.

»Ich habe ihm gesagt, dass wir in die Klinik müssen. Andreas ging es schon einmal ähnlich schlecht. Das ist zwar schon eine Weile her, aber seitdem weiß ich, wann es so weit ist.«

Sie seufzte tief und fuhr mit beiden Händen über den Sofabezug.

»Ich habe Mira geweckt und sie gebeten, sich um Arvid zu kümmern, falls er aufwachen sollte, und dann sind wir losgefahren.«

»Aber er hat Ihnen im Laufe des Abends nicht erzählt, was ihm durch den Kopf ging, seit Sie wussten, dass Erik nicht nach Hause gekommen war?«

»Nein, er hat nur ständig wiederholt, das Ganze sei ein Albtraum, die reinste Hölle. Solche Sachen.«

»Haben Sie in den letzten Jahren umgebaut?«

Lisa Fischer sah ihn verwundert an.

»Ich meine, haben Sie das Badezimmer renovieren lassen oder etwas Ähnliches?«, erläuterte er.

»Ach so, ja, stimmt. Vor ein paar Jahren haben wir in einem der Schlafzimmer einen neuen Fußboden legen lassen.«

»Ein paar?«

»Im Sommer ist es zwei Jahre her.«

»Wer hat die Arbeiten ausgeführt?«

Sie lächelte bemüht, als fände sie das Thema merkwürdig.

»Ich weiß nicht mehr, wie er hieß.«

Sie senkte den Blick und strich ein unsichtbares Staubkorn von ihrer blauvioletten Cordhose.

»Wir wissen, dass er wahrscheinlich schwarz gearbeitet hat«, sagte Gustav, »aber wir fragen nicht deshalb. Wir glauben, es könnte für die Ermittlungen relevant sein.«

»Die Sache ist ja nun schon eine Weile her«, sagte Lisa Fischer. »Ich habe den Handwerker kaum gesehen.«

»Und wenn Sie ihn beschreiben müssten?«

»Tja …«

Sie dachte eine Weile nach.

»Er war ziemlich jung, fünfundzwanzig, dreißig, muskulös, also eher auffällig, wie ein Ringer. Das ist alles, woran ich mich erinnere.«

»Sonst nichts?«

»Nein. Oder doch … Er war ja kein Schwede und konnte kein Schwedisch, aber …«

Sie machte eine Pause, lächelte kurz.

»Ja, wie soll ich sagen, er sah so westlich aus. Hell, irgendwie.«

Sie lachte verschämt und erstarrte dann mitten in der Bewegung.

»Glauben Sie, dass er derjenige ist, der …«

»Das wissen wir nicht«, sagte Gustav, »aber er könnte eine wichtige Rolle spielen.«

»Inwiefern?«

»Das wollen wir ja herausfinden.«

Sie erschauerte.

»Was, wenn er zurückkommt? Er hat vier von fünf Nachbarn umgebracht. Was, wenn er zu uns kommt?«

Sie starrte Gustav an und verlangte eine Antwort.

»Wir haben die Straße abgesperrt und bewachen die ganze Gegend«, sagte Fredrik. »Sie können sich vollkommen sicher fühlen.«

»Das haben Sie zu Erik und Mia offenbar auch gesagt. Und das hat ja nicht so gut geklappt, oder was würden Sie sagen?«

Sie lachte schrill und wandte sich ab. Nichts außer ihren angestrengten Atemzügen durchbrach die Stille.

88

Allmählich mussten sie es verstehen.

Dazu musste er es ihnen erklären. Sie würden es nicht sofort begreifen, aber irgendwann würden sie die Puzzleteile zusammenfügen. Eigentlich war ihm egal, ob sie es kapierten oder nicht. Doch diejenigen, die er getötet hatte, durften nicht zu Opfern werden. Der selbstgerechte PR-Chef, die Politiknutte, der schüchterne Wirtschaftsprüfer, der Kneipenkapitalist und der ängstliche Arzt.

Der Alte, der plötzlich aufgetaucht war, hatte alles verwässert. Er war tatsächlich ein Opfer, das ließ sich nicht leugnen, aber was war ihm schon anderes übrig geblieben? Hätte er ihn am Leben gelassen, wäre alles andere vergeblich gewesen.

Vielleicht war er zu langsam vorgegangen. Er wollte gründlich und sicher arbeiten, aber manchmal bedeutete Schnelligkeit auch Sicherheit. Das Netz zog sich zu. Er musste fertig werden, solange er wieder verschwinden konnte.

Er griff nach der Wasserflasche, schraubte den Verschluss ab und trank in großen Schlucken. Er betrachtete die Landschaft. Viele Äste waren kahl und hatten den Winter noch nicht abgeschüttelt. Ein plötzlicher Anflug von Heimweh überkam ihn. Normalerweise kannte er keine solchen Gefühle, aber nun merkte er, dass er schon viel zu viel Zeit auf der platten Insel mitten in diesem widerspenstigen und stürmischen Meer verbracht hatte.

Schnelligkeit konnte auch Sicherheit bedeuten.

Er schraubte den Verschluss wieder zu und spürte, wie die Kohlensäure als langgezogenes lautloses Rülpsen seine Kehle emporstieg. Es war Zeit, das Ganze zu beenden. Dass Fischer in die Klinik eingeliefert worden war, machte die Sache nur noch einfacher. Es hätte ihn gewundert, wenn das Haus nicht mittlerweile bewacht würde.

Er setzte sich aufrecht hinters Lenkrad. Er brauchte einen Spaten und eine Sprühdose mit weißer Farbe. Einen Spaten konnte er in jedem Schuppen klauen, die Farbe war ein größeres Problem. Er beschloss, beide Sachen in einem Baumarkt in Visby zu kaufen.

Er musste es ihnen erklären, sich anschließend um Fischer kümmern und dann verschwinden. Spätestens morgen Vormittag würde er die Insel verlassen. Er fühlte sich sicher. Das Netz zog sich zu, das stimmte, aber er hatte keine Spuren hinterlassen. Solange sie ihn nicht auf frischer Tat ertappten, hatten sie keine Chance, und das würde nicht passieren.

Er ließ den Motor an. Es war so weit.

89

Oberarzt Bertil Runesson betrachtete sie durch zwei schmale Sehschlitze.

»Ich glaube nicht, dass Sie Andreas Fischer in diesem Zustand vernehmen können.«

Runesson nahm die Hände aus den Taschen seines weißen Kittels und stemmte sie in die Seiten. Sein Haar war hellgrau, fast weiß, die Bartstoppeln waren mehrere Tage alt.

Gustav konnte sich ein Seufzen nicht verkneifen.

»Es geht um fünf Morde, und im schlimmsten Fall werden es noch mehr«, sagte er. »Da könnten Sie doch eventuell über Ihren Schatten springen …«

Der Arzt streckte die Hand aus, um ihn zu bremsen.

»Ich verbiete Ihnen nicht, ihn zu befragen. So habe ich es nicht gemeint. Ich bezweifle jedoch, dass Sie etwas Vernünftiges aus ihm herausbekommen werden.«

Sie standen vor den Türen zu der geschlossenen Abteilung, wo Runesson sie einige Minuten hatte warten lassen.

»Gut«, sagte Fredrik. »Können wir jetzt rein?«

Wortlos drehte Runesson sich um und hielt eine elektronische Schlüsselkarte vor das Lesegerät neben der Tür. Er ließ Fredrik und Gustav den Vortritt.

»Müssen wir noch etwas wissen?«, fragte Fredrik.

Durch die hohen Fenster fiel fahles Licht herein. Der Boden war grau gesprenkelt und glänzte vor Bohnerwachs, die Wände waren kalkweiß. Der Arbeitsplatz schien auf Runesson abgefärbt zu haben.

»Setzen Sie ihn nicht zu sehr unter Druck, das könnte einen gegenteiligen Effekt haben. Einen anderen Rat kann ich Ihnen nicht geben.«

Die Schuhsohlen schlugen auf den glatten Boden.

»Haben Sie ihm etwas gegeben?«

»Wenn ein Patient mit schweren Panikattacken zu uns kommt, behandeln wir ihn medikamentös, ja.«

»Hat er gesagt, wovor er Angst hat?«, wollte Fredrik wissen.

»Sie wissen, dass ich Ihnen das nicht sagen darf«, erwiderte Runesson, ohne ihn anzusehen.

»Wenn es um Mord geht, dürfen Sie schon.«

Runesson hüstelte trocken. »Andreas Fischer hat nichts gesagt, was mir das Recht gäbe, die Schweigepflicht zu brechen.«

Sie gingen weiter und bogen nach rechts ab. Dort saß Marko Petravic, der mit der Aufgabe betraut war, Fischers Zimmer zu bewachen. Man hätte meinen können, er wäre ein wenig überqualifiziert dafür. Marko stand auf. Fredrik begrüßte ihn und ging auf ihn zu.

»Ich hoffe, die treiben einen Wachmann auf«, sagte er. »Damit dir dieser Job hier erspart bleibt.«

»Es ist, wie es ist«, meinte Marko.

In der Zwischenzeit hatte der Arzt die Zimmertür geöffnet.

»Bitte sehr.«

Sie gingen zu Fischer hinein. Es war ein helles kleines Einzelzimmer. Andreas Fischer lag angezogen auf dem gemachten Bett.

Bertil Runesson berührte seinen Unterarm.

»Hier sind zwei Kripobeamte, die mit Ihnen reden möchten. Ist das in Ordnung?«

Andreas Fischer sah zuerst Runesson und dann Fredrik und Gustav an. Seine Augen wirkten groß und sorgenvoll. Ängstlich?

Er antwortete nicht, schwang aber die Beine über die Bettkante, stand auf und setzte sich in einen Lehnstuhl zwischen Fenster und Nachttisch. Fredrik sah sich nach einer Sitzgelegenheit um und entdeckte am Fußende des Bettes einen Hocker. Er holte ihn und setzte sich Fischer gegenüber. Gustav blieb neben Runesson stehen.

Fredrik versuchte, Andreas Fischers Blick aufzufangen. Nach einer Weile gelang es ihm.

»Guten Tag«, sagte er. »Ich heiße Fredrik Broman und kläre die Morde an Ihren Nachbarn auf.«

»Ja?«

Andreas Fischer wirkte präsent, aber etwas müde. Das lag

vermutlich an den Medikamenten, die man ihm verabreicht hatte.

»Ich habe gehört, dass Sie vor ein paar Jahren einen Handwerker beschäftigt haben, der bei Ihnen einen neuen Fußboden gelegt hat.«

Fischer sagte nichts, aber sein Blick flackerte, als hätten ihn Fredriks Worte nicht kaltgelassen.

»Derselbe Handwerker hat bei Michael Nordborg, Peter Malm und Erik Hedengren gearbeitet. Vermutlich auch bei Johanna Wrangel. Es wäre hilfreich, wenn wir wüssten, wer dieser Mann ist.«

Er machte eine Pause. Andreas Fischers Finger öffneten und schlossen sich wie Blütenblätter.

»Wie heißt er?«

Fredrik hatte freundlich und deutlich gesprochen. Er hatte keinen Druck ausgeübt. Es bestand kein Grund, nicht sofort zur Sache zu kommen.

»Wissen Sie das?«, fügte er hinzu, als Fischer weiterhin schwieg.

Nachdem er ihm noch ein wenig Zeit gelassen hatte, fuhr er fort:

»Es könnte von immenser Wichtigkeit sein, herauszufinden, wer diese Person ist.«

Fischers Finger bewegten sich, seine Augen wanderten zwischen Fredrik, Gustav und Runesson hin und her.

»Ist irgendetwas vorgefallen, als er bei Michael Nordborg gearbeitet hat? Herr Fischer?«

Sie sahen sich in die Augen, schienen aber trotzdem nicht in Kontakt zu treten. Lag das an seinem Gesundheitszustand oder an den Medikamenten? Fredrik warf Runesson einen Blick zu, bekam aber keine Unterstützung.

»Die Renovierungsarbeiten bei Nordborg hat ein anderer Handwerker fertiggestellt«, fuhr Fredrik fort. »Wie kam es dazu?«

Keine Antwort.

»Hat er Sie bedroht?«

Andreas Fischers Kopf fiel nach vorn. Er sackte auf dem Stuhl in sich zusammen, seufzte tief und starrte auf seine Hände.

»Ich weiß, dass dieser Mann, der bei Ihnen und den anderen renoviert hat, ein Schwarzarbeiter war und vermutlich keine Aufenthaltsgenehmigung hatte, aber das interessiert mich nicht. Ich will ihn zu fassen kriegen, um weitere Morde zu verhindern. Können Sie mir dabei helfen?«

Fischer sagte etwas, sprach aber so leise, dass Fredrik nur einzelne Silben hörte.

»Ich verstehe Sie nicht richtig.« Vorsichtig rückte er mit seinem Hocker näher und beugte sich nach vorn. »Könnten Sie das bitte wiederholen?«

Fischers Hände, die sich die ganze Zeit bewegt hatten, schossen nun in die Höhe. Er umfasste damit seinen Kopf, beugte sich vor und gab einen gequälten Laut von sich. Diesmal war es kein Wort, da war sich Fredrik sicher.

Fischers Arme zitterten, sein Körper zog sich krampfartig zusammen. Dann fiel er mit einem unheimlichen Plumpsen auf den Fußboden und kratzte sich ruckartig und unkontrolliert an den Armen. Ein Heulen drang aus seiner Kehle. Es klang wie ein Schrei, der sich mühsam einen Weg bahnte, aber nicht genug Kraft erlangte.

Runesson trat mit raschen Schritten ans Bett, drückte den Notruf und hockte sich neben den zuckenden Körper auf den Fußboden.

»Herr Fischer!«

Der Arzt legte eine Hand auf seinen Rücken, seine Stirn war von Sorgenfalten zerfurcht.

Fredrik stand auf. »Können wir etwas tun?«

Die Tür ging auf, und ein Krankenpfleger trat ein.

»Oje«, sagte er, »das sieht aber nicht gut aus.« Er wirkte abgebrüht und engagiert zugleich.

Marko stand direkt hinter ihm. »Ist etwas passiert?«

»Ja, aber es hat nichts mit deiner Arbeit zu tun«, sagte Gustav beruhigend.

»Zehn Milligramm Diazepam«, sagte Runesson zu dem Pfleger, der auf dem Absatz kehrtmachte und aus dem Zimmer verschwand. Runesson sah Fredrik an.

»Sie müssen jetzt gehen«, sagte er.

»Das verstehe ich«, antwortete Fredrik. »Es tut mir leid.«

Sie bewegten sich auf die Tür zu. Andreas Fischer wimmerte und stöhnte, und dazwischen kamen wieder diese einzelnen Silben.

Ob sie etwas zu bedeuten hatten?

90

Als Fredrik und Gustav ins Kommissariat zurückkehrten, kam Sara aus ihrem Zimmer.

»Mir ist eine Idee gekommen«, sagte sie. »Ich habe überprüft, ob jemand von den Passagieren, die gemeinsam mit Peter Malm die Fähre nach Nynäshamn genommen haben, nach Visby zurückgekehrt ist. Das heißt rechtzeitig, um am Freitagabend Hedengren und Ström umbringen zu können.«

Fredrik zog die Augenbrauen hoch.

»Es waren einige, aber wenn man sich auf die ausländischen Namen beschränkt, ist die Liste schon viel kürzer.«

Sie reichte Fredrik ein Blatt Papier.

Es handelte sich um höchstens dreißig Namen. Einer war mit grünem Marker hervorgehoben. Fredrik verstand sofort, warum. Er klang russisch oder zumindest osteuropäisch.

»Habt ihr …«

»Wir haben angefangen, die Hotels und Jugendherbergen durchzutelefonieren«, fiel sie ihm ins Wort.

Der Name erinnerte überhaupt nicht an die Silben, die Andreas Fischer im Krankenhaus gemurmelt hatte. Fredrik überflog den Rest der Liste. Es schienen vor allem deutsche und englische Namen zu sein, einer klang serbisch.

»Wir müssen alle überprüfen. Gute Idee.«

Er gab ihr das Blatt zurück.

»Wie war es bei Fischer?«, fragte Sara.

Fredrik und Gustav wechselten einen raschen Blick.

»Schießt schon los«, sagte sie.

Doch bevor einer von ihnen das Wort ergreifen konnte, kam Ove aus seinem Zimmer.

»Auf einem Waldweg zwischen Othem und Boge hat jemand einen weißen Kombi mit einem Unfallschaden am Heck gesehen. Heute Morgen gegen sieben.«

Plötzlich schien die Luft unter Strom zu stehen. Obwohl niemand ein Wort sagte, spürte Fredrik, dass alle dasselbe dachten: Das war er. Das war ihr Mörder. Zur Hölle mit Telefon- und Passagierlisten. Sie waren schon viel näher dran.

»Wir fahren gleich los.«

91

Andreas Fischer fiel zurück ins Bett und starrte die Tür an.

Er war bereits tot. Er wusste es. Es war so offensichtlich. Er brauchte nicht einmal zu fragen.

Er würde durch die Tür kommen, vollkommen ungehindert, genauso wie er zu allen anderen gelangt war. Die Fenster waren vergittert, abgeschlossen und hatten keine Griffe. Von dort würde er nicht kommen.

Trotzdem sah er ihn dort draußen. Er versuchte, sich innerlich zu wappnen, aber in unregelmäßigen Abständen – alle fünf Minuten, einmal in der Stunde? Viel zu oft jedenfalls – stützte er sich auf die Ellbogen, drehte sich zum Fenster um, und sein Blick erhaschte gerade noch sein Gesicht oder einen Schatten.

Der Schreck. Jedes Mal. Jetzt kommt der Tod. Er quälte ihn, schlich sich ans Fenster und starrte ihn an, als wollte er ihn markieren wie einen Baum, der gefällt werden sollte.

Aber nein, es war niemand dort. Niemand weit und breit. Keine Menschenseele. Er würde durch die Tür kommen, die er müheloser öffnete als die Ärzte, Schwestern und Pfleger auf der

Station. Er würde direkt auf ihn zukommen. Ihn erwürgen. Ihm ein Messer ins Herz stoßen. Ihm einen Stein an die Stirn hauen.

Das Sterben würde wehtun. Er dachte an Messer, an andere Körper, an Operationen. Wie oft hatte er Chirurgen sich darüber beschweren hören, dass der Patient beim ersten Schnitt verkrampfte. Weil die Betäubung zu leicht war.

Doch das hier würde ohne Narkose stattfinden. Narkose – eine abschüssige Ebene, die mit dem Tod endete. Galt nicht das Gleiche für das Leben?

Er beugte den Kopf nach hinten. Der Schatten wich zurück, doch er war immer noch da. Jetzt würde er ins Haus eindringen. Ihm blieb das Herz stehen, er spürte, wie der Puls schwächer wurde und schließlich ganz weg war. Er war schon tot und kalt. Das Herz schlug nicht mehr. Trotzdem lag er hier. Noch immer rasten in dem stillen Blut die Gedanken. Wie lange würden sie bleiben? Wie lange hielt das Leben an, wenn das Blut nicht mehr zirkulierte? Wann erloschen die Synapsen?

Er drehte den Kopf nach hinten. Dort war er, drückte sich an die Fensterscheibe, glotzte. Nein, das stimmte nicht. Dort war nichts. Alles Einbildung. Micke, Peter, Erik. Auch das war Einbildung. Weil er krank war. Von Anfang bis Ende, alles fand nur in seinem Kopf statt. Aber es würde vorübergehen. Früher oder später wäre es vorbei. Er würde daraus erwachen. Niemand war tot. Er nicht und auch niemand sonst.

Der schwarze Fluss. Der Schatten, der Tod. Es gab kein Zurück. War es nicht besser zu sterben? Doch was hatte er eigentlich getan? Nichts. Nicht viel. Eigentlich musste er nicht sterben. Er sollte leben dürfen.

Jetzt schlug sein Herz wieder. Langsam. Höchstens vier Schläge in der Minute. Doch die Laute kamen nicht von seinem pochenden Herzen. Da waren Schritte auf dem Flur. Er hörte sie deutlich. Schritte, die direkt auf seine Tür zukamen. Sie klangen nach Tod.

92

Es war zwölf nach vier nachmittags. Fredrik und seine Kollegen starrten auf einen menschenleeren Feldweg etwa einen Kilometer nördlich vom Kalkbruch im Wald zwischen Boge und Othem. Ein schmaler gewundener Weg mit tiefen Traktorreifenspuren und einem Grasstreifen in der Mitte. Kein Auto weit und breit.

Der Zeuge, ein vierzigjähriger Mann in Arbeitskleidung mit neongelben Reflexstreifen, zeigte auf eine zehn Meter entfernte Stelle.

»Genau da stand er«, sagte er. »Ein Stück abseits vom Weg.«

»War jemand im Auto?«, fragte Gustav.

»Nein.« Der Mann kniff ein Auge zusammen. »Das heißt, ich bin ja nur vorbeigefahren. Keine Ahnung. Ich habe jedenfalls niemanden gesehen.«

»Und der Wagen hatte einen Unfallschaden?«

»Ja. Die Stoßstange war gebrochen, und die Karosserie hatte oberhalb davon eine kräftige Beule.«

»Hinten oder vorne?«

»Hinten«, sagte der Mann.

Er zupfte an seinem Mützenschirm.

»Hatte der Wagen ein schwedisches Kennzeichen?«, fragte Fredrik.

»Das nehme ich an. Ein ausländisches wäre mir mit Sicherheit aufgefallen.«

Von Weitem hörte man die großen Maschinen im Kalkbruch dröhnen. Steine knallten auf Ladeflächen.

Fredrik drehte sich um und ging ein Stück den Weg entlang. Der Hundeführer spielte mit seinem Hund und warf ihm eine Belohnung hin. Die einzige Stelle, die der Hund angezeigt hatte, war möglicherweise ein Ort, wo der Fahrer des Wagens kurz zum Pinkeln angehalten hatte.

Es war neun Stunden her, dass der Zeuge ihn gesehen hatte. Das Auto und die Person am Steuer konnten sich mittlerweile am anderen Ende der Insel befinden. Oder auf dem Festland. Aber Fredrik war sich sicher, dass er noch da war. Hätte er Gotland verlassen wollen, wäre er mit der Morgenfähre gefahren, aber der Zeuge hatte das Auto um sieben gesehen, also genau zur Abfahrtszeit. Mit anderen Worten: Der Täter war noch nicht fertig. Er musste noch etwas zu erledigen haben, was das Risiko rechtfertigte, entdeckt und festgenommen zu werden. Was stand noch aus? Andreas Fischer?

Fredrik machte kehrt und ging zurück zu der Stelle, wo der Zeuge den weißen Kombi gesehen hatte. Eva hatte sich vornübergebeugt und fotografierte etwas auf der Erde. Sie blickte auf, als sie seine Schritte im Schotter hörte.

»Reifenspuren«, sagte sie. »Ich habe sie mit Fotos verglichen, die ich auf der Straße in Själsö gemacht habe, und es handelt sich um den gleichen Reifentyp.«

Er filterte ihre Vorbehalte heraus. Von wegen gleicher Reifentyp. Es lag doch wohl auf der Hand, dass hier der Täter mit dem Auto entlanggefahren war, mit dem er zuvor Hedengren in Själsö gerammt hatte. Alles andere war zu unwahrscheinlich. So viele Zufälle gab es einfach nicht.

93

Während Fredriks Abwesenheit hatte der Empfang einen weiteren Anruf vom Krankenhaus Danderyd entgegengenommen. Es war typisch von seinem Vater, dem Krankenhaus nicht die Nummer seines Handys, sondern die Festnetznummer in der Dienststelle zu geben.

Er klickte die Telefonnotiz vom Bildschirm weg.

Es war zehn nach sieben. Durch die Wolkendecke war dieser Frühsommerabend ungewöhnlich dunkel. Bis jetzt hatten sie sich vier Personen von Saras Liste näher angeschaut. Alle konnten ausgeschlossen werden, weil sie ein Alibi hatten. Das galt auch für den Mann mit dem russisch klingenden Namen. Ein weißer Kombi mit Unfallschaden war nirgends gesichtet worden.

Schnell wägte Fredrik die Alternativen ab, dann griff er zum Hörer und rief Bertil Runesson an.

»Wie geht es Fischer?«, fragte er.

»Unverändert.«

»Hat er noch etwas gesagt?«

Runesson machte eine übertrieben lange Pause. Fredrik drängte ihn, obwohl er genau wusste, was das Schweigen zu bedeuten hatte.

»Hat er denn irgendwas gesagt?«

»Wir haben doch schon über dieses Thema gesprochen«, sagte Runesson müde.

»Es hätte ja sein können, dass er uns unbedingt etwas mitteilen will«, sagte Fredrik.

»Falls er das tut, werde ich mich umgehend melden, das verspreche ich Ihnen.«

»Danke, ich weiß das zu schätzen«, sagte Fredrik. »Er hat also nicht gesagt, dass er uns wiedersehen möchte? Oder sonst etwas erwähnt, das wir unbedingt wissen sollten?«

»Er hat fast gar nicht gesprochen, seit Sie hier waren.«

Was vermutlich eher an den verabreichten Medikamenten als an der Vernehmung lag, dachte Fredrik.

»Sie könnten nicht vielleicht versuchen, mit ihm zu reden?«

»Wie meinen Sie das?«

»Möglicherweise hält Andreas Fischer Informationen zurück, mit deren Hilfe wir den Mörder fassen könnten.«

Es gelang ihm nicht, seine Verärgerung vollständig zu unterdrücken.

»Ich kann ihn nicht für Sie vernehmen«, sagte Runesson. »Das ist nicht meine Aufgabe.«

»Nein, natürlich nicht.« Fredrik bemühte sich um einen freundlichen und überzeugenden Tonfall.

Ihr einziger wertvoller Zeuge war komplett zusammengebrochen. Diese Ermittlungen schienen ständig in Sackgassen zu enden. Sogar die guten Ideen.

»Sie können ja einfach Augen und Ohren offen halten«, bat er.

Er hörte Runesson in den Hörer atmen.

»Ich werde sehen, was ich tun kann«, sagte er schließlich. »Falls Fischer etwas sagt, was Sie meiner Ansicht nach weiterbringt, melde ich mich. Wollen wir so verbleiben?«

»Das klingt ausgezeichnet.«

Fredrik bedankte sich bei Runesson und legte auf. Hastig strich er mit den Fingern über die Tastatur und starrte auf den dunklen Bildschirm. Er konnte es nicht länger ignorieren. Sie hatten zweimal versucht, ihn zu erreichen.

Er klickte die Telefonnotizen noch einmal an und studierte sie, als handelte es sich um Beweismaterial. Zweimal dieselbe Telefonnummer. Er hatte gerade den Hörer in die Hand genommen, als an seine Tür geklopft wurde.

Göran Eide kam mit drei schnellen Schritten ins Zimmer. »Wie kommt ihr voran?«

»Seine Identität haben wir noch nicht, aber wir sind ihm auf den Fersen.«

»Dem Schwarzarbeiter?«, hakte Göran nach.

»Ja. Und ich glaube, Andreas Fischer weiß etwas. Das Problem ist nur …«

»Dass er vollkommen durchgedreht ist«, ergänzte Göran.

»Na ja«, sagte Fredrik. »Ich glaube, er hat ziemlich zu kämpfen. Verrückt ist er nicht, aber er ringt mit sich selbst und mit dem, was er weiß.«

»Und ihr bekommt nichts aus ihm heraus?«

Fredriks Diagnose schien Göran nicht ganz zu überzeugen.

»Nein.«

»Zumindest haben wir in Själsö alles unter Kontrolle. Heute Nacht wird niemand ermordet.«

Seine Worte blieben in der Luft hängen. Fredrik hatte das Gefühl, als würden sie sich aus den Sätzen losreißen und sich von einer Garantie zu einem Fluch umgruppieren: *Heute Nacht in Själsö ermordet*.

Das Telefon klingelte. Fredrik warf einen Blick auf die Nummer. Danderyd. Zum dritten Mal heute.

»Das ist das Krankenhaus. Mein Vater.«

Er deutete auf das Telefon.

»Geh besser dran.« Göran verschwand aus dem Zimmer.

Fredrik nahm den Hörer ab. Es war eine Schwester von der Station 72.

»Ich habe heute schon mal versucht, Sie zu erreichen«, sagte sie.

»Das habe ich gerade erst gesehen«, redete er sich heraus. »Ich war nicht im Büro.«

»Ihrem Vater geht es schlechter. Und die Antibiotika schlagen nicht an.«

»Ist sein Zustand dramatisch?«

»Für einen älteren Menschen ist eine Lungenentzündung eine große Belastung, wenn er ohnehin schon krank ist«, erklärte die Krankenschwester.

»Meinen Sie, er könnte daran sterben?«

»Im Moment sieht es nicht danach aus, aber wenn sich sein Zustand weiterhin verschlechtert, kann es lebensbedrohlich werden. Deshalb wollte ich mich melden. Wir geben ihm jetzt ein anderes Penicillinpräparat und hoffen, dass wir damit ein besseres Ergebnis erzielen.«

Fredrik holte tief Luft. Er fühlte sich seltsam leicht. Sollte er hinfahren?

Auf der Tischplatte vibrierte das Handy. Er erkannte Bertil Runessons Nummer, die er selbst vor wenigen Minuten gewählt hatte.

»Würden Sie meine Mobilfunknummer notieren? Dann erreichen Sie mich besser«, sagte er zu der Schwester.

»Das wäre natürlich gut«, meinte sie.

Er gab ihr die Nummer. Sie wiederholte sie langsam und umständlich. Als er auflegte, war sein Handy verstummt. Sofort rief er Runesson zurück.

»Ist etwas passiert? Hat er etwas gesagt?«, entfuhr es ihm.

»Nicht direkt«, sagte Runesson, »aber ich hatte Ihnen ja versprochen, Augen und Ohren offen zu halten.«

»Und?«

»Das hier ist ein Grenzfall …«

Jetzt mach es nicht so kompliziert, dachte Fredrik. Du hast angerufen, also spuck aus, was du zu sagen hast.

»Ich habe einen Notizblock gesehen, auf den Fischer das Wort Agmyr geschrieben hat.«

»Agmyr?«

»Ja.«

Fredrik schrieb es auf.

»Er hatte das Blatt so hingelegt, dass man das Wort mühelos lesen konnte«, fuhr Runesson fort. »Ich habe es als Botschaft an uns hier in der Klinik oder eventuell an Sie interpretiert.«

Das kannst du interpretieren, wie du willst, dachte Fredrik.

»Agmyr, war das alles? Sonst nichts?«

»Nein.«

Agmyr. Er wusste, was Ag war. Eine Art Reet, das hier auf Gotland wuchs und traditionell zum Dachdecken verwendet wurde. Hin und wieder sah man noch immer Häuser mit Agdächern. Also ein Agmoor?

»Haben Sie ihn danach gefragt?«

»Ich habe ihn gefragt, was das ist, aber er hat mir keine Antwort gegeben.«

Agmyr. Warum hatte Andreas Fischer Agmyr geschrieben? Bevor Fredrik sich für den Anruf bedankte und auflegte, bat er Runesson sicherheitshalber, das Wort zu buchstabieren. Es bestand aus genau den fünf Buchstaben, die er vermutet hatte.

Nachdem er das Wort eine Weile angestarrt hatte, gab Fredrik es bei Google ein. Abgesehen von dem, was er ohnehin wusste, erfuhr er, dass Ag in Moorgebieten wuchs und dass es auf Gotland ein Moorgebiet namens Träskmyr gab, das unter Naturschutz stand. Außerdem war Agmyr offensichtlich ein beliebtes Wort in Kreuzworträtseln.

Er seufzte. Wenn Fischer sich wieder ausreichend im Griff hatte, um mit seiner Umwelt zu kommunizieren, warum tat er das dann nicht auf verständlichere Weise? Das hier war doch Mist. Ein sinnloses Fragment aus einem verwirrten Hirn.

Er versuchte, sich an die misslungene Vernehmung von Fischer zu erinnern. Was hatte er ihn gefragt? Er hatte ihn gebeten, einen Namen zu nennen. Agmyr. Das war vielleicht auch ein Nachname.

Er startete eine Personensuche und erhielt sofort ein Dutzend Treffer, alle in Südschweden, keinen auf Gotland. Bei so wenigen Menschen musste es ein recht junger Name sein. Vielleicht waren die Personen miteinander verwandt. Sie mussten überprüft werden. Er wollte die Liste gerade ausdrucken, als sein Blick auf die zusammengefaltete Gotlandkarte im Regal fiel.

Er breitete sie auf dem Schreibtisch aus. Nach einer Weile entdeckte er im nördlichen Teil der Insel das Naturschutzgebiet Träskmyr, das von einer grünen Linie umgeben war. Er sah genauer hin. Im Umfeld gab es mehrere Moore. Hätte Andreas Fischer das Träskmyr gemeint, dann hätte er sicher nicht Agmyr geschrieben. Es war bestimmt die bessere Idee, nach der Familie Agmyr zu forschen, auch wenn er sich nicht viel davon versprach.

Beim Zusammenfalten der Karte entdeckte er es. Agmyr. Ein unbedeutender Fleck, so winzig, dass nicht einmal die Striche Platz hatten, die auf der Karte Moorgebiete symbolisierten. Also gab es ein Agmoor namens Agmyr. Es befand sich in Hangvar, und der nächste Hof hieß Austers. War das ein Anhaltspunkt?

Fredrik legte die Karte wieder auf den Tisch und sah auf die Uhr. Halb acht.

Agmyr.

Wenn man sich beeilte, brauchte man mit dem Auto höchstens zwanzig Minuten. Natürlich war es nur eine Vermutung, aber er musste der Sache nachgehen.

Er überlegte einen Augenblick, ob er Gustav bitten sollte, ihn zu begleiten, beschloss aber, alleine hinzufahren. Höchstwahrscheinlich würde er ohnehin nur eine sumpfige Waldlichtung anstarren. Sonst nichts.

94

Er hatte nicht lange gebraucht, um die Unterschiede in der Vegetation zu bemerken. Wenn man nichts Bestimmtes suchte, wäre einem die Sache vermutlich nicht aufgefallen, aber er wusste genau, was und wo er suchen musste.

Der selbstgerechte PR-Chef hatte ihm den Weg ausführlich beschrieben. Die Worte waren ihm genauso leicht über die Lippen gekommen, wie die Flüssigkeit aus seinem verätzten Auge geflossen war.

Bevor er seine erste Frage stellte, hatte er ihn lange leiden lassen. Er sollte wissen, dass er ihm, ohne zu zögern, wehtun würde.

Beeinträchtigt durch Seile und Klebeband hatte er gezuckt und gekrampft. Wegen des Knebels in seinem Mund und der Klebestreifen darüber waren die Schreie kaum zu hören gewesen, aber die Angst in seinen Augen war nicht zu übersehen. Falls je ein Blick ein Schrei gewesen war, dann dieser.

Nachdem er den Lappen herausgezogen hatte, holte er sich alle Antworten, die er brauchte. Sie kamen schnell und präzise, die Stimme war heiser vom Schreien. Er brauchte nicht zweimal zu fragen und bezweifelte keine Sekunde, dass der festgeschnürte Mann die Wahrheit sagte. Dabei hatte er versucht, die Frau auszusparen. Eine sinnlose Überlegung, da er sie ohnehin schon kannte. Pavel hatte ihm von der Frau mit der Küche erzählt. Er brauchte nur den Namen. Sobald der Selbstherrliche das begriffen hatte, brauchte er nur seinen Schwerpunkt vom einen Fuß auf den anderen zu verlagern, um den Widerstand des Mannes hinwegzufegen. Im Bruchteil einer Sekunde hatte er sie verraten. Danach hatte der Mann ihn angefleht und ihre Unschuld beteuert. Mit einer Handbewegung hatte er ihn zum Schweigen gebracht.

In seinen Augen war die Frau nicht weniger schuldig als die anderen. Auch sie war ein Arschloch, das ohne Skrupel jemanden ausnutzte, der bereits ganz unten war. Für ihn waren sie alle schuldig. Und sie würden dafür büßen. Jeder Einzelne.

Er stieß den Spaten in die Erde. Die Erde war schwer und feucht, aber er war stark und an harte Arbeit gewöhnt und kam schnell voran. Er erweiterte das Loch und schaufelte schweigend die Erde weg. Während des Grabens dachte er daran, dass er bald wieder zu Hause sein würde. Und dass er lange weg gewesen war. Er hatte in Erwägung gezogen, nicht in seine Heimat zurückzukehren, aber in diesem Land zu bleiben war ausgeschlossen. Hier war er ein Mörder. Er dachte an alles, nur nicht an das, worauf er in der Grube stoßen würde.

Er arbeitete hart und wurde allmählich steif, seine Arme fühlten sich schwer an, er spürte die Milchsäure in ihnen. Er verringerte das Tempo ein wenig, machte aber keine Pause.

In nur einem Meter Tiefe stieß der Spaten auf felsigen Untergrund. Tiefer war die Erdschicht nicht. Er vergrößerte das Loch nun behutsamer. Die Arbeiter vor ihm hatten eine Maschine benutzt. Anders als er hatten sie nicht im Schweiße ihres Angesichts gebuddelt. Sie hatten es leicht gehabt. Viel zu leicht. Doch nun waren bald alle tot.

Vorsichtig jetzt.

Mitten in der Bewegung hielt er inne. Sein Körper wurde schwer, wie gelähmt. Er konnte den Spaten nicht mehr halten und ließ ihn los. Das war nicht die Milchsäure. Er atmete oberflächlich und viel zu hektisch. Er dachte, er wäre auf alles gefasst gewesen, aber auf den Schmerz beim Anblick seines Bruders war er nicht vorbereitet.

Er blickte zum langsam dunkler werdenden Himmel hinauf und schrie wie ein verwundetes Tier.

95

Fredrik passierte die abgesperrten Zufahrtsstraßen nach Själsö. Göran schien recht zu haben. In Själsö hatten sie alles unter Kontrolle. Heute Nacht würde niemand sterben.

Er raste weiter in Richtung Norden. Um diese Jahreszeit hielten weder Wohnmobile noch sonderlich viele Traktoren den Verkehr auf. Lummelunda und Stenkyrka ließ er rasch hinter sich und bog in Ire nach Austers und Agmyr ab.

Vielleicht hatte er übereilt gehandelt. Was erwartete er eigentlich? Was wollte Fischer ihnen mit dem Wort Agmyr zeigen, falls es überhaupt etwas zu bedeuten hatte?

Ein Sumpfgebiet. Seine Gedanken wanderten zu einer Leiche. Ins trübe Wasser geworfen, verborgen unter Gestrüpp. Wessen Körper war es? In diesem Fall gab es doch schon viel zu viele Tote.

Die Straße wurde schmaler und kurviger. Eine Ansammlung von struppigen kleinen Höfen. Am Straßenrand lagen schmutzige Silosäcke. Nach fünf Kilometern blieb er stehen, um die Karte zu studieren. Die Abzweigung nach Agmyr musste jeden Moment auftauchen. Langsam fuhr er weiter. Der Schotter spritzte unter den Reifen. Er kam an einem Haus vorbei, das unbewohnt wirkte, gleich dahinter ging rechts der Weg ab. Ein kurzer Blick auf die Karte. Hier musste es sein. Noch ein Kilometer bis Agmyr.

Das war nicht weit, aber die Straße war schlecht. Er musste vorsichtig fahren und um große Löcher herumlenken, die der Regen am Vortag mit Wasser gefüllt hatte. Er kam durch einen lichten Wald und erahnte hin und wieder Stellen mit andersartiger Vegetation. Moore? Dann öffnete sich der Wald noch mehr und offenbarte einen kleinen See, der allmählich in eine Fläche aus hohen Grasbüscheln und kleinen schwarzen Tümpeln überging. Hin und wieder Gestrüpp.

Fredrik hielt an und schaltete den Motor ab. Er stieg aus und ging auf das Moor zu, sah sich um, versuchte, die Landschaft zu lesen und etwas Auffälliges zu entdecken. Irgendetwas, das erklärte, warum Andreas Fischer seinem Psychiater einen Zettel hingelegt hatte, auf dem Agmyr stand.

Er verlangsamte seinen Schritt, weil er meinte, etwas gehört zu haben. Reglos stand er da und lauschte, aber die Stille war fast ohrenbetäubend. Kein Auto in der Ferne, nicht einmal der Ansatz eines Flügelschlags. In der Stille ein starker Duft. Würzig und leicht sumpfig.

Als er weiterging, sank er ein wenig in die feuchte Erde ein. Er hätte Stiefel anziehen sollen. Nun, er wollte sich ja auch nur einen Eindruck verschaffen. Falls er nichts Brauchbares entdeckte, würde er besser ausgerüstet zurückkommen. Vielleicht sollte er die Feuerwehr rufen, die hatten die richtigen Gerätschaften, um den See und das Moor abzusuchen.

Ein Geräusch ließ ihn abrupt innehalten. Dann sah er ihn. Einen Mann. Gar nicht weit entfernt. Höchstens zehn Meter. Er stand vor einem Gebüsch und hielt einen Spaten in der einen Hand. Wie eine Waffe.

Fredrik zögerte nicht. Er zog die Dienstwaffe aus dem Holster und richtete sie auf den Mann.

»Polizei!«, rief er. »Lassen Sie den Spaten fallen!«

In der kurzen Zeit, die Fredrik gebraucht hatte, um die Waffe zu ziehen, hatte sich der Mann zur Seite bewegt und war gleichzeitig ein Stück auf ihn zugekommen.

»Polizei! Stehen bleiben!«

Der Mann wandte sich ihm direkt zu. Er trug eine dunkelblaue Kapuzenjacke und nasse schmutzige Jeans. Die Kapuze baumelte ihm am Rücken hinunter, sodass Fredrik deutlich sein Gesicht erkennen konnte. Er hatte kurze blonde Haare und blaue Augen. Sein Körper wirkte stämmig und muskulös. War das der Schwarzarbeiter? Der vor anderthalb Jahren bei Nordborg gewütet hatte wie ein Berserker?

Was machte er hier?

In einer unglaublich raschen Bewegung kam er einen Schritt auf ihn zu und schleuderte dabei den Spaten mit voller Wucht auf Fredrik. Wie ein Projektil flog das Werkzeug mit der Schnittkante voran auf ihn zu. Hals über Kopf warf sich Fredrik zur Seite. Er spürte den Luftzug, als der Spaten an ihm vorüberschoss.

Fredrik landete mit einem lauten Platschen auf dem Boden und versank in etwas Feuchtem und Matschigem, bevor er sich mit ausgestreckter Pistole auf den Rücken rollte.

Der Mann war schon weit weg. Er war schnell, sprang geschickt auf die Grasbüschel und Steine, um nicht einzusinken und an Geschwindigkeit einzubüßen. Jetzt erst bemerkte Fredrik das Auto, auf das der Mann zurannte. Der weiße Kombi stand hinter ein paar Bäumen verborgen. Von der Stelle, wo er sein eigenes Auto abgestellt hatte, war der Kombi überhaupt nicht zu sehen gewesen.

»Stehen bleiben!«

Der Mann raste weiter. Fredrik hielt seine Pistole nach oben und gab einen Warnschuss ab. Der Mann reagierte nicht einmal auf den Knall. Er war jetzt an seinem Wagen angelangt. Während er die Tür aufriss, drückte Fredrik noch einmal ab. In der Hoffnung, der Mann würde glauben, dass er auf ihn zielte, schoss er flach über das Autodach hinweg.

Was immer der Mann glaubte, er scherte sich nicht darum. Bevor Fredrik sein eigenes Auto erreicht hatte, schlitterte der weiße Kombi die löchrige Straße entlang und verschwand in verwegenem Tempo zwischen den Bäumen.

Fredrik rutschte hinters Lenkrad, legte die Pistole auf den Beifahrersitz, steckte den Schlüssel ins Zündschloss und ließ den Motor an. Kaum hatte er den Wagen gestartet, drückte er den Alarmknopf am Funkgerät. Er legte den ersten Gang ein und lenkte seinen Wagen auf die Fahrbahn. Dann raste er dem weißen Kombi hinterher, spürte aber, dass sein rechtes Vorderrad einsackte. Hastig legte er den Rückwärtsgang ein, um sich zu befreien, während die ersten Rückrufe kamen.

»Ich verfolge den weißen Kombi in Agmyr bei Ire«, sagte er laut.

»Du meinst den Tatverdächtigen aus Själsö?«

»Ja, genau den.«

Der Reifen drehte in der feuchten Erde durch und bohrte sich nur noch tiefer ein. Schnell legte Fredrik den ersten Gang ein.

»Ich habe Angst, ihn zu verlieren«, sagte er. »Aber er ist es. Hundertpro. Lasst alles andere stehen und liegen. Wir haben jetzt die Gelegenheit, ihn zu schnappen.«

»Okay. Ich habe deine Position auf dem Schirm.«

Das Auto war bis zur Achse in der schwarzen Pampe versackt. Aus eigenem Antrieb würde er hier niemals herauskommen.

»Siehst du ihn?«, fragte der Mann in der Zentrale.

»Nein, ich stecke hier fest.«

Der Mann beendete das Gespräch, und Fredrik hörte, wie der allgemeine Alarm rausging. Er streckte die Hand aus und schaltete den Motor ab.

Im Moment konnte er nichts tun. Er lehnte sich zurück und steckte die Pistole wieder ins Holster. Fredrik war froh, dass er nicht auf den Mann geschossen hatte. Sich zur Seite zu werfen war die richtige Entscheidung gewesen. Wäre er stehen geblieben, hätte ihn das scharfe Spatenblatt am Hals getroffen.

Erst jetzt merkte er, dass er keuchte. Er bemühte sich, ruhiger zu atmen, und lauschte besorgt, ob demnächst das Lied erklingen würde.

96

Fredrik stieg aus, streifte Gummihandschuhe über und ging den Spaten suchen. Er lag einige Meter von der Stelle entfernt, wo er sich zu Boden geworfen hatte. Auf dem Weg zum Kofferraum erhaschte er im Seitenspiegel einen Blick auf sich selbst: nass und voller Erde.

Er verstaute den Spaten und klopfte seine Kleidung mit den Händen ab. Viel brachte es nicht.

Dann zog er die Handschuhe aus und ging zu der Stelle zurück, wo er den Mann zuerst gesehen hatte. Die Erinnerung daran ließ ihn kurz innehalten. Er hatte noch genau vor Augen, wie er nichts ahnend dem mit einem Spaten bewaffneten Mörder in die Arme gelaufen war.

Fredrik zog seine Pistole. Er sah sich um und lauschte aufmerksam, bevor er seine Waffe in Richtung Boden richtete und weiterging.

Der Täter musste einen ganz bestimmten Grund gehabt haben, hierherzukommen, und den Spaten hatte er vermutlich nicht mitgenommen, um sich gegen unvermutet auftauchende Kriminalpolizisten zu wehren.

Gab es ein siebtes Opfer, das er hier verschwinden lassen wollte? Aber warum sollte er es hier vergraben, wenn er sich bei den vorangegangenen Morden auch nicht die Mühe gemacht hatte, die Leichen zu verstecken? Und vor allem: Was hatte dieser Ort mit der ganzen Sache zu tun?

Während Fredrik weiterging, warf er hektische Blicke nach links und rechts. Bald war er an der Stelle angekommen, wo er den Mann gesehen hatte. Doch ihm fiel nichts Besonderes auf.

Langsamer ging er ein Stückchen weiter, sicherheitshalber mit erhobener Waffe. Nichts. Dann noch ein paar Schritte. Vorsichtig umrundete er das Gebüsch.

Auf einmal blickte er in Erik Hedengrens tote Augen. Instinktiv umklammerte er die Waffe noch fester. Hektisch sah er sich nach rechts und links um, aber er war allein. Allein mit Hedengrens abgeschnittenem Kopf.

Der Schädel war auf einen etwa meterhohen Pfahl gespießt, und das Gesicht war ihm zugewandt. Die halb geöffneten Augen verschwammen hinter einem Grauschleier. Über die rechte Gesichtshälfte war Blut gelaufen. Fredrik machte einen Schritt zur Seite. Der Schädel war zerschmettert, aber nicht mit einem einzigen gezielten Schlag wie der von Ström, sondern mit einer ganzen Salve von Schlägen.

Die Stange mit dem Schädel steckte im Erdreich hinter einer Grube. Sie war frisch ausgehoben. Daher also der Spaten. Zwei große Erdhaufen lagen daneben. Das Ganze sah aus wie eine Kultstätte.

Aus der Ferne hörte Fredrik ein Rufen. Er konnte nicht erkennen, ob er aus dem Wald oder in seinem Kopf erklang. Dieser verdammte Kopf. Er war so nah dran gewesen, aber alleine und unvorbereitet. Er hatte gehofft und sich geradezu ausgemalt, dass er in Agmyr die Lösung finden würde, aber mit dem Täter hatte er nicht gerechnet. Würden sie noch eine Chance bekommen? Nachdem er wusste, dass sie es gesehen hatten, würde er versuchen, das Auto loszuwerden.

Hedengren auf dem Pfahl neben der Grube. Ein Grab. Aus irgendeinem Grund war es wichtig, dass er dort war. Als Zeichen oder Markierung. Die Grube war so tief, dass Fredrik nicht den Grund sehen konnte. Er machte einen weiteren Schritt nach vorn. Es reichte nicht. Noch einen.

In seinem Kopf ging alles durcheinander, drehte sich immer schneller im Kreis, seine Füße wurden immer leichter. Die Verwirrung zwang ihn am Rand der Grube auf die Knie. Die Waffe in der rechten Hand lag schwer auf dem Boden. Lange blieb er so sitzen und konnte den Blick nicht von dem Schädel losreißen, der ihn von unten mit leeren Augenhöhlen anstarrte.

97

Der Trubel rings um das Moor hatte den ruhigen Platz verändert. Äste knackten unter den Füßen der vier Kollegen, die das Gebiet absuchten. Vögel mit Jungen gaben kurze schrille Warnrufe ab.

Mithilfe einer Aluleiter stieg Eva Karlén aus dem metertiefen Grab. Der Pfahl war mittlerweile von Erik Hedengrens Kopf befreit worden. Ein Scheinwerfer leuchtete direkt in die Grube.

Eva hatte die Leiche oder vielmehr die Überreste eines Körpers freigelegt. Im Großen und Ganzen handelte es sich um ein Skelett. Gelbgraue Knochen und Teile von Sehnen. Auf dem Kopf noch Flecken mit Haut und Haaren. Das Skelett hatte Schuhe an den Füßen und einen Gürtel umgeschnallt, an dem noch Spuren einer Hose hingen.

Eva stellte sich neben Fredrik, der gemeinsam mit Gustav am Rand der Grube gewartet hatte.

»Dass er nicht erst seit letzter Woche hier liegt, sieht jedes Kind. Übrigens auch nicht erst seit einem Monat.«

»Er?«, fragte Fredrik.

»Ich bin mir sicher, dass es ein Mann ist. Das lässt sich anhand von bestimmten Größenverhältnissen feststellen, aber das soll natürlich ein Arzt überprüfen.«

»Und der Tote ist nicht heute vergraben worden? Ich meine, er könnte doch auch hierhergebracht worden sein?«

»Nein. Die Erde, die ich entfernt habe, war fest und kompakt.« Sie zeigte in die Grube. »Der liegt hier schon eine ganze Weile.«

»Der Mann im weißen Kombi hat ihn also ausgegraben?«

»Ja.«

Fredrik wechselte die Seite, damit ihn der Scheinwerfer nicht blendete.

»Ich habe verschieden große Knöpfe gefunden, vermutlich von einem Hemd«, fuhr Eva fort. »Die Hose besteht aus Kunstfasern, deshalb ist auch noch so viel davon übrig. Für die Schuhe gilt dasselbe.«

Sie waren schwarz und erinnerten an Laufschuhe.

»Das sind Arbeitsschuhe«, sagte Eva. »Sie haben Stahlkappen und verstärkte Sohlen.«

»Tragen nicht Tischler und Zimmerleute solche Schuhe?«, fragte Fredrik.

»Ja, Tischler könnte gut sein. Sie sind relativ leicht. Andere Handwerker auf dem Bau oder Arbeiter im Kalkbruch zum Beispiel tragen schwereres Schuhwerk.«

Fredrik betrachtete die schmutzigen Beine in der Grube.

»Reichen anderthalb Jahre für eine so fortgeschrittene Verwesung?«, fragte er.

»In dieser Erde, ja«, antwortete sie.

»Wenn das der Schwarzarbeiter ist«, dachte Gustav laut, »wer ist dann der Mann im weißen Kombi?«

»Und warum sollte er ihn ausgraben?«, fragte Fredrik.

Im Wald wurde es allmählich feucht und kalt.

Gustav verschränkte die Arme und rollte die Schultern nach vorne.

»Vielleicht war ihm klar, dass Fischer zusammenbrechen und alles preisgeben würde. Und ist deshalb hergekommen, um die Leiche woanders zu verstecken.«

»Aber wenn diese Leiche eine Bedrohung für den Täter darstellt und Fischer davon wusste, warum hat er uns dann nicht schon längst davon erzählt?«, fragte Fredrik.

»Weil die Dinge komplizierter sind«, sagte Gustav. »Der Täter hatte irgendetwas gegen Fischer und die anderen in der Hand.«

»Und das muss eine viel größere Sache sein als eine schwarz renovierte Küche. Wenn Fischer etwas weiß oder falls sie alle etwas gewusst und bewusst verschwiegen hätten, was uns hätte helfen können, diesen Wahnsinnigen zu stoppen, dann muss in der anderen Waagschale etwas sehr Schwerwiegendes gelegen haben.«

Fredrik ging um die Grube herum und zurück zum Ausgangspunkt.

»Vielleicht der da«, sagte Eva.

»Was meinst du?«, fragte Gustav.

»Vielleicht hat er quasi in der anderen Waagschale gelegen. Er war das, was der Täter gegen sie in der Hand hatte.«

Fredrik sah zuerst Eva und dann Gustav an und dachte nach.

»Bei Nordborg hat jemand gewütet wie ein Berserker«, sagte er dann. »Der Auftrag wurde nicht fertiggestellt. Irgendetwas ging schief. Es gab Streit. Sie haben ihn erschlagen.«

»Warum?«, fragte Gustav.

»Das müsste Fischer wissen«, meinte Fredrik und zeigte auf das Skelett in der Grube. »Falls unsere Theorie stimmt, weiß er Bescheid.«

»Und der Täter tötet aus Rache?«, fuhr Gustav fort.

»Und die Opfer sind eigentlich Mörder?«, fragte Eva, bevor Fredrik den Mund aufmachen konnte.

Fredrik stand eine Weile schweigend da und ging im Geiste alles noch einmal durch. War das, was er eben behauptet hatte, wirklich logisch?

»Fischer weiß es«, sagte er. »Wenn er das mit dem Moor wusste, weiß er alles.«

98

Zwischen fünf und sechs war auf dem Flur viel los gewesen. Da bekamen die Patienten das Essen serviert. Einige im Speisesaal, andere in ihrem Zimmer. Becher und Besteck aus Plastik und Gitter vor den Fenstern. Panzerglas. Insofern erinnerte es an ein Gefängnis, dachte Marko Petravic.

Die Patienten hier konnten auf dumme Gedanken kommen, aber Schaden wollten sie meistens nur sich selbst zufügen. Die allzu Selbstzerstörerischen wurden fixiert. Marko konnte es verstehen. Auch wenn die Station rund um die Uhr bewacht wurde, war es notwendig. Die Schwestern und Pfleger konnten nicht die ganze Zeit handlungsbereit sein.

Er selbst schlug sich mit dem gleichen Problem herum. Er musste auf alles achten, durfte nichts als selbstverständlich betrachten und sollte es gleichzeitig nicht übertreiben. Zwischendurch musste er sich in dem leeren Flur entspannen, damit er sofort hellwach war, wenn die Tür aufging.

Das Gerenne auf dem Flur war kontinuierlich weniger geworden. Die Patienten hatten ihre Abendmedikamente bekommen. Nun war seit fast einer halben Stunde niemand mehr an ihm vorübergegangen. In fünfundvierzig Minuten würde die Ablösung kommen.

Ruckartig stand er auf, reckte sich und streckte die Arme so weit wie möglich über den Kopf. Dann stellte er sich auf die Zehenspitzen, ließ sich wieder auf die ganze Fußsohle sinken und berührte mit den Fingerspitzen den Boden.

Er richtete sich auf und ging ein paar Schritte in Richtung Hauptgebäude.

In der Norra Hansegatan hörte er einen Lastwagen vorbeifahren. Abgesehen von einigen besonders leistungsstarken Motoren, drangen die Geräusche von Pkws nicht bis zu ihm durch.

Hinter den verschlossenen Türen hallten Schritte durch den Flur und verschwanden im Gang nebenan. Er machte kehrt und wanderte zu seinem Stuhl zurück, setzte sich aber nicht. Er wollte eine Weile auf den Beinen bleiben und sich bewegen. Das hatte nicht unmittelbar etwas mit seiner Aufgabe zu tun. Er machte es, um nicht zu erstarren. Weder korperlich noch im Kopf. Indirekt hatte es also schon mit seiner Tätigkeit als Wache zu tun.

Erneut hörte er Schritte. Sie verstummten, dann klickte das Schloss, und ein Pfleger oder möglicherweise ein Arzt öffnete die Tür und eilte durch den Flur. Meistens ließ sich der Unterschied leicht erkennen, aber diesmal war er sich unsicher. Der Mann trug eine weiße Hose und einen weißen Kittel. Eine etwas merkwürdige Kombination. Die meisten Mediziner trugen zivile Kleidung mit einem weißen Kittel darüber und die Krankenschwestern und Pfleger eine weiße Hose und dazu einen Kasack, aber immer stimmte das nicht. Dieser Typ schien nicht einmal dreißig zu sein, war also vermutlich ein Pfleger.

Er nickte Marko kurz zu, als er mit großen Schritten an ihm vorüberging. Marko grüßte freundlich zurück. Es dauerte einige Sekunden, bis er den säuerlichen Schweißgeruch bemerkte. Der Kerl musste dringend unter die Dusche. Marko rümpfte unfreiwillig die Nase und wendete sich instinktiv ab, damit der andere es nicht bemerkte. Der hatte ihm zwar den Rücken zugewandt, aber trotzdem.

Als er seine Gesichtszüge wieder unter Kontrolle hatte und aufblickte, war der andere bereits auf dem Weg zurück. Marko hatte gar nicht gemerkt, dass er kehrtgemacht hatte, und war so überrascht, dass er instinktiv nach seiner Waffe griff. Der Pfleger breitete lachend die Arme aus, dann wandte er den Blick ab und ging weiter.

Markos rechte Hand entspannte sich. Er verfolgte die Schritte des Pflegers über den blanken Fußboden. Genau in dem Moment, als der Mann in dem flatternden weißen Kittel an ihm vorbeikam, drehte er sich um. Der Schlag mit der Linken kam schnell und ohne Ankündigung, aber Marko konnte noch den Arm heben, um ihn abzuwehren. Besonders fest hatte der andere nicht zugehauen. Marko packte das Handgelenk des Mannes und zwang ihn zu Boden.

Erst als er den heftigen Schmerz in der Magengrube spürte, begriff er, dass der Schlag nur ein Ablenkungsmanöver gewesen war. Das Messer drang tief in seinen Körper ein und schlitzte ihm von oben nach unten den Bauch auf. Im nächsten Moment trugen ihn die Beine nicht mehr. Kraftlos fiel er nach vorn und wurde von dem Mann fast behutsam auf die Seite gelegt, damit er keinen unnötigen Lärm machte. Der Boden an seiner Wange fühlte sich kalt an, die Beine taub, die Finger schliefen ein. Schnell schrumpften seine Gedanken auf etwas zusammen, das nicht viel mehr als Anwesenheit war. Er nahm an, dass es sich so anfühlte zu sterben.

99

Auf der linken Seite sah Fredrik das Krankenhaus. Er hatte gerade ein Telefonat beendet und stöhnte laut.

»Wie läuft es?«, fragte Gustav.

»Schleppend. Die wollen alle keine Entscheidung fällen, bevor sie Runesson nicht erreicht haben.«

Fredrik hatte sich während der gesamten Fahrt um eine Erlaubnis bemüht, erneut mit Andreas Fischer zu sprechen.

Sie fuhren auf den Besucherparkplatz. Fredrik sah auf die Uhr am Armaturenbrett. Vor über sechzehn Stunden war er zu Hause losgefahren. Zwei komplette Arbeitstage.

Allmählich war er mit seiner Geduld am Ende. Während sie

auf den Haupteingang zugingen, wählte er Markos Nummer, damit er sie hereinließ. Er war schließlich schon drin. Aber Marko meldete sich nicht. Verärgert rief er den Wachhabenden an, um sich zu erkundigen, ob Marko abgelöst worden war.

»Er müsste oben sein. Um zehn hat er Schluss.«

»Ich rufe ihn noch mal an, also wartet bitte noch, bis ihr versucht, ihn zu erreichen.« Fredrik legte auf.

Sie standen vor dem Eingang.

»Was hat er gesagt?«, fragte Gustav.

»Marko müsste hier sein.«

Auch beim zweiten Mal ging Marko nicht ans Telefon, obwohl Fredrik es länger klingeln ließ. Schließlich sprang die Mailbox an.

Fredrik sah Gustav an.

»Warum meldet er sich nicht?«

»Das hört sich nicht gut an.«

Fredrik ließ seinen Blick über den Parkplatz schweifen, entdeckte aber keinen weißen Kombi.

»Wir gehen rein«, sagte er.

Sie machten sich sofort auf den Weg zu der Station, wo Andreas Fischer behandelt wurde. Gustav versuchte es noch einmal bei Marko, während Fredrik die Krankenschwester anrief, mit der er vom Auto aus gesprochen hatte. Sie meldete sich fast sofort und stand vor ihnen, bevor sie den Eingang der Station erreicht hatten.

»Es tut mir leid, dass ich nicht zurückgerufen habe, aber ich konnte Dr. Runesson nicht erreichen.«

Beinahe verdeckte ihr langes schwarzes Haar das Namensschild an ihrem Kasack.

»Das macht nichts«, sagte Fredrik, »aber wir müssen jetzt auf der Stelle zu Andreas Fischer.«

Die Schwester lächelte sie freundlich an.

»Bevor ich mit Runesson gesprochen habe, kann ich Sie nicht …«

»Es geht jetzt nicht um eine Vernehmung«, fiel Fredrik ihr ins Wort. »Es könnte etwas passiert sein. Wir müssen uns vergewissern, dass alles in Ordnung ist.«

Ihr Lächeln verflüchtigte sich, aber den Ernst der Lage schien sie trotzdem nicht begriffen zu haben.

»Ob alles in Ordnung ist? Das ist doch gar nicht Ihre Aufgabe!«

»Er ist möglicherweise in Gefahr, und Sie wissen das«, sagte Fredrik.

Gustav zeigte auf die Tür. »Wir müssen jetzt rein.«

Endlich schien sie zu begreifen. Mit zitternden Fingern zog sie ihre elektronische Schlüsselkarte aus der Tasche, hielt sie vor das Lesegerät und drückte die Klinke hinunter.

»Ich verstehe nicht …«

Ihre eben noch so ruhige Stimme bebte plötzlich nervös. Erneut drückte sie die Karte an das Lesegerät. Meine Güte, dachte Fredrik, kann sie nicht einfach die beschissene Tür aufmachen?

»Irgendwas muss passiert sein. Das Lämpchen leuchtet grün, aber …«

Gustav reagierte blitzschnell. Mit wenigen großen Schritten rannte er zum Feuerlöscher an der Wand, löste ihn aus der Verankerung und hob ihn auf Schulterhöhe.

»Weg!«, rief er.

Die Krankenschwester machte einen Schritt zur Seite. Fredrik packte sie am Arm und zog sie noch ein Stück von der Tür weg. Gustav ließ den Feuerlöscher mit voller Wucht gegen das Schloss krachen, und die Tür öffnete sich sperrangelweit.

Das Blut auf dem unwirklich weißen Fußboden sah schwarz aus. Mitten in der Lache lag Markos ausgestreckter Körper, sein Gesicht war schneeweiß. Die Tür zu Andreas Fischers Zimmer stand weit offen. Fredrik bemerkte eine Bewegung in der Türöffnung.

Er und Gustav zogen gleichzeitig ihre Dienstwaffen und rannten durch den Flur.

»Polizei! Stehen bleiben!«, brüllte Fredrik.

Schritte hallten von den Wänden wider, schnelle Schritte. Das Herz schlug ihm von der Anstrengung bis zum Hals. Jetzt hing es von ihnen ab. Andreas Fischers Leben lag in ihren Händen.

Dann stand er plötzlich im Flur, der Mann aus Agmyr, und hielt Andreas Fischers Hals umklammert. In der anderen Hand ein Messer. Die Klinge blutrot. Der weiße Kittel war an der einen Seite mit Blutspritzern bedeckt.

Fredrik blieb abrupt stehen, hob mit beiden Händen seine Waffe, spürte Gustav an seiner Seite.

»Polizei«, sagte er.

»Stay where you are«, sagte der Mann in akzentfreiem Englisch.

Er drückte Fischer das Messer an den Hals und ging rückwärts durch den Flur. Fischer wurde hilflos mitgeschleift, seine Fersen glitten über den Boden, die Augen waren starr vor Schreck.

Fredrik machte einen Schritt nach vorn.

»I said, stay where you are.«

Er war lauter geworden. Fredrik blieb stehen. Seine Waffe war immer noch auf den Mann gerichtet, der sich jetzt rückwärts entfernte. Andreas Fischers Mund stand halb offen, blieb aber stumm, die Augen waren zwei bodenlose Löcher.

Fredriks Zehenspitzen berührten fast die Blutlache, die eine unfassbar große Fläche im Flur bedeckte. Ein Gedanke ratterte ihm unbarmherzig durch den Kopf: einen so großen Blutverlust überlebt kein Mensch.

Der Mann in der weißen Klinikkleidung machte einen Schritt zurück und rutschte auf dem Blut aus. Blitzschnell fuhr das Messer über Fischers Hals, dann war der Mann auf den Knien. Fischer hustete und hielt sich die Hand an die Kehle. Der Mann hinter ihm stützte sich mit den Fingern der freien Hand am Boden ab. Fredrik versuchte, ihn ins Visier zu nehmen, aber Andreas Fischer schwankte hilflos in der Schusslinie.

Der Mann hob das Messer und sah Fischer an, als wollte er es ihm in den Rücken rammen, schien aber zu begreifen, dass er dann ihren Waffen ausgeliefert gewesen wäre. Stattdessen drehte er sich komplett um und raste durch den Flur.

Während der Mann nach rechts in einen Quergang verschwand, machte Fischer ein paar wacklige Schritte und brach auf dem Boden zusammen.

Fredrik und Gustav rannten zu ihm. Es blieb ihnen nichts anderes übrig, als durch die Blutlache zu rasen und das letzte Stück auf unsicheren, glitschigen Schuhsohlen zurückzulegen. Gustav kniete sich neben Fischer, und Fredrik ging neben ihm in die Hocke.

Ein tiefer Schnitt verlief quer über den Kiefer und den Hals hinunter. Es blutete stark, aber die Halsschlagader schien nicht verletzt zu sein. Fischer war bei Bewusstsein, sein verängstigter Blick flackerte wild hin und her. Gustav drückte mit der bloßen Hand auf die Wunde an seinem Hals.

»Es wird alles gut«, sagte Fredrik. »Sie werden überleben.«

Gustav blickte auf. »Lauf hinter ihm her. Ich komme klar.«

»Sicher?«, fragte Fredrik.

»Ja.«

Fredrik stand auf. Einen Augenblick lang sah er in Markos Augen, die sich in der Blutlache spiegelten.

»Und Marko?«

»Das siehst du doch. Hau ab jetzt. Aber sei vorsichtig.«

Fredrik drehte sich um und rannte in dieselbe Richtung wie der Mann. Hinter sich hörte er Gustav rufen: »Wir haben hier zwei Männer mit tiefen Schnittwunden! Holen Sie Hilfe, schnell! Zwei Schwerverletzte!«

Laute Rufe und schnelle Schritte hallten durch den Flur. Fischer würde jeden Moment professionelle Hilfe bekommen. Marko dagegen war nicht mehr zu helfen. In Fredrik wurde es stockfinster, als er an den jungen Mann dachte, der vor weniger als einem Jahr auf die Insel gekommen war.

Die blutigen Schuhsohlen klebten am Boden und erzeugten ein knatterndes Geräusch. Am Ende des Flurs blieb er stehen und richtete seine Sig Sauer auf eine offene Tür, die in die Freiheit führte. Verschlossene Türen waren kein Hindernis für diesen Mörder, so viel hatte er bereits verstanden.

Fredrik machte einen entschlossenen Schritt durch die Türöffnung, richtete seine Waffe nach links, doch da war niemand, und wandte sich dann blitzschnell in die andere Richtung.

100

Ein Rascheln ließ Fredrik zusammenschrecken, aber es war nur ein zusammengeknülltes Stück Papier, das der Wind über den Asphalt wehte.

Der Mann hätte sich hinter einem der Autos auf dem Parkplatz verstecken können, doch Fredrik nahm an, dass er das Krankenhausgelände bereits verlassen hatte. Das passte besser zu ihm. Er war schnell. Und unberechenbar.

Mit dem Handy am Ohr rannte Fredrik auf eine Öffnung im Zaun zu. Er versuchte, den Wachhabenden ans Telefon zu kriegen.

In der Luft lag eine Kühle, die nicht da gewesen war, als sie aus dem Auto stiegen. Die Wolkenbank hatte sich über die Stadt gelegt und nagte schon an den Dächern.

»Ich bin im Krankenhaus«, sagte er, als sich endlich jemand meldete. »Petravic ist verwundet, Stichverletzung.«

Tot, dachte er, wollte es aber nicht sagen.

»Fischer ist auch verletzt. Der Täter hat das Krankenhaus verlassen, befindet sich aber noch ganz in der Nähe.«

Erst jetzt wurde ihm klar, was das bedeutete. Nicht mehr ganz so kontrolliert fuhr er fort: »Scheiße, er ist hier draußen. Ganz in der Nähe.«

»Kannst du ihn beschreiben?«, fragte der Wachhabende.

»Weiße Klinikkleidung, aber die kann er auch ausgezogen haben. In dem Fall Jeans und dunkle Kapuzenjacke. Kräftig gebaut, hellblond, aber das wisst ihr ja.«

»Okay. Alles klar. Bleib so lange in der Leitung.«

Fredrik überprüfte seinen Akku, bevor er sich die Kopfhörer in die Ohren steckte und das Handy in die Brusttasche seiner Jacke rutschen ließ.

Während er weiterrannte, hielt er Ausschau nach einem weißen Arztkittel mit Blutspritzern oder einer weißen Hose, sah aber nichts dergleichen. Falls der Mann die Kleidungsstücke ausgezogen hatte, was höchstwahrscheinlich der Fall war, hatte er sie mit Sicherheit gründlich versteckt.

Er wusste, dass der Wachhabende alle verfügbaren Beamten einsetzen würde. Bereits jetzt war vermutlich ein Dutzend Kollegen auf der Jagd nach dem Mann. Zu Fuß und mit dem Streifenwagen. Was konnte er tun, was sie nicht auch konnten?

Er musste eine Entscheidung fällen. Wenn der Täter in ein Fahrzeug gestiegen war, hatte er die Stadt bereits verlassen, aber Fredrik glaubte nicht, dass er sich noch trauen würde, den weißen Kombi zu benutzen. Im Lauf der nächsten vierundzwanzig Stunden würde jedes Auto, das entfernt an einen weißen Kombi erinnerte, kontrolliert werden.

Fredrik sah aufs Meer hinaus. Hätte er selbst zu Fuß die Flucht antreten müssen, wäre er in diese Richtung gegangen. Links lag das Polizeigebäude, und in einer Einfamilienhaussiedlung bestand ein größeres Risiko, Aufmerksamkeit zu erregen, als innerhalb der Stadtmauer. Bald wäre es dunkel, und in den verwinkelten Gassen der mittelalterlichen Stadt konnte man leichter entkommen. Unten im Hafen konnte man sich an Land und im Wasser auf irgendwelchen Booten verstecken. Und dort war auch die Fähre. Der Ausweg. Wenn der Täter dazu in der Lage war, verschlossene Türen ohne Schlüssel zu öffnen und zu morden, ohne Spuren zu hinterlassen, würde er sicher eine Möglichkeit finden, am nächsten Tag die Kontrollen zu umgehen.

Fredrik ging quer über die Norra Hansegatan in Richtung Zentrum und fragte im Vorbeigehen eine Frau, ob ihr ein Mann in weißer Krankenhauskleidung begegnet sei. Natürlich starrte sie ihn fragend an. Der nächsten Person, die er um Hilfe bat, hielt er erst seinen Dienstausweis unter die Nase.

Niemand hatte ein weißes Gespenst auf der Flucht durch die Stadt gesehen.

»Ist einer von den Irren ausgebrochen?« Ein Mann um die zwanzig lachte ihn an. Er hatte eine rothaarige Frau neben sich.

»Nein, kein Irrer.«

In den Kopfhörern war es still. Er hatte sich eine Art Rückmeldung erhofft, einen Lagebericht.

Fredrik ging über einen Parkplatz vor einem Einkaufszentrum. Als Täter hätte er diesen Weg gewählt, um hier seine Fährte mit den Gerüchen von Tausenden anderer Leute zu vermischen. Er wäre an der Tankstelle vorbeigegangen, da Benzin und Motoröl einen Hund vielleicht ablenken würden.

Als er durch das Österport lief, schlich sich Nebel die Pflastersteine hoch, der vom Meer zu kommen schien. Zwei Straßen weiter, in der leicht abschüssigen Hästgatan, füllte weißlicher und undurchdringlicher Dunst die Gassen. Mit jedem Schritt in Richtung Wasser drang er tiefer in den Nebel ein, bis er vollständig von ihm umhüllt war.

Hierher war auch der Täter gekommen. Das war vollkommen klar. Ein Mann auf der Flucht fühlte sich vom Nebel angezogen. Aber wie sollte Fredrik ihn finden, wenn er kaum die Hand vor Augen sah?

Vom Meer war ein langgezogenes Tuten zu hören. Ein Nebelhorn oder eine Schiffssirene. Mit der Waffe in der Hand ging er weiter. Plötzlich wurde ihm klar, dass er jeden Augenblick auf den Täter stoßen konnte.

»Und, Broman, wie läuft's?«

Der Wachhabende war wieder an seinem Ohr.

»Ich glaube, er ist hier unten im Nebel«, antwortete Fredrik.

»Ja, der hat uns gerade noch gefehlt.«

»Ich gehe mal hinunter zum Jachthafen.«

»Okay. Ich schicke ein paar Männer zur Verstärkung hin. Bald sind all unsere Leute auf den Beinen.«

Fredrik ging weiter bergab.

»Was ist mit Petravic?«

Er fragte, obwohl er es bereits wusste. Die Frage zu stellen hieß, um ein Wunder zu bitten, und deshalb musste es sein.

Einen Augenblick war es still. Dann antwortete der Wachhabende: »Er hatte keine Chance. Er war vollkommen zerschnitten. In der Mitte durch, hat einer der Ärzte gesagt.«

Der Nebel schluckte den Hall von Fredriks Schritten.

»Wir haben den Arztkittel gefunden. In der Tasche steckte eine Schlüsselkarte.«

Böse Vorahnungen brannten in seinem Bauch.

»Wie ist er daran gekommen?«

»Weiß ich nicht, aber Gewalt scheint er nicht angewendet zu haben.«

Mitten in all dem Unerträglichen eine kleine Erleichterung.

»Und Fischer?«

»Der wird überleben. Das habe ich zumindest gehört.«

Fredrik ging weiter den Hang hinunter, jeder Schritt ein Stoß durch seinen Körper. Fischer würde überleben. Vielleicht hatte ihre Vorgehensweise ihn gerettet. Trotzdem fiel es ihm schwer, sich darüber zu freuen.

»Leg jetzt auf. Ich sage den Leuten, dass sie Kontakt mit dir aufnehmen sollen, wenn sie unten am Hafen sind.«

Fredrik tat, was der Wachhabende gesagt hatte, und ging langsam weiter.

Andreas Fischer war in diese Mordgeschichte verstrickt. Auf welche Weise, konnte er im Moment noch nicht sagen. Aber er wusste etwas, was er verschwiegen hatte. Andersherum wäre es besser gewesen. Fischer statt Petravic. Noch besser, wenn sie fünf Minuten eher gekommen wären und beide gerettet hätten.

Oder würde er selbst in diesem Fall tot daliegen? Bei dem Gedanken hielt er seine Waffe höher.

Wieder einmal hatten sie den Täter unterschätzt. Wer war diese nicht aufzuhaltende Mordmaschine?

Weit entfernt jaulte ein Nebelhorn. Der schneidende Schrei ins weiße Nichts wollte gar nicht enden. Er wurde immer schriller, ließ nicht nach. Er schien sich in seinem Kopf festgebissen zu haben, als hätte er sich mit dem Nebel dort eingeschlichen und gäbe nun keine Ruhe mehr.

Nein, jetzt nicht. Auf keinen Fall. Da tutete kein Nebelhorn, das war sein verdammter Dachschaden. Er atmete einige Male tief, aber kontrolliert ein und aus und starrte in die Leere. Ein nettes kleines Lied, ein unschuldiger Grundton, damit konnte er leben, aber mehr ertrug er nicht.

Das Handy summte in seinem Ohr.

»Ja«, flüsterte er.

»Ist da Fredrik Broman?«, fragte eine Frauenstimme, die ihm nicht bekannt vorkam.

In seinem Hinterkopf ein Singen. Wo war der Wachhabende abgeblieben? Wer war die Frau?

»Ja.«

Wachsam starrte er in den Nebel.

»Ich heiße Andrea Suttner und bin Krankenschwester im Krankenhaus Danderyd, Station 72.«

»Ihr Anruf kommt ungelegen.«

»Verstehe«, sagte die Stimme im Kopfhörer, »aber es ist wichtig. Es tut mir leid, Ihnen mitteilen zu müssen, dass Ihr Vater Gunnar Broman gestorben ist. Mein Beileid.«

Gestorben? Unmöglich. Sie wollten doch anrufen, falls sich sein Zustand verschlechterte. So waren sie verblieben.

Der Kopfschmerz versetzte ihm einen Schlag in den Nacken und zwang ihn in die Knie. Er stützte die Hände auf den Oberschenkeln ab, beugte sich vornüber, Schweiß brach ihm aus. Der Nebel fühlte sich kalt und feucht an.

Ganz leise die Stimme in seinem Ohr.

»Hallo?«

Allmählich ließ der schlimmste Schmerz nach, aber es war nur die Spitze. Seine Gedanken trübten sich.

Dann war er da, der Schatten im Nebel, nur wenige Meter von ihm entfernt. Eine dunkle Jacke. Er hob die Hand mit der Waffe und folgte ihm, dabei lauschte er angestrengt, um seine eigenen Schritte von denen des anderen zu unterscheiden, aber es vermischte sich alles mit dem Ton in seinem Kopf.

Der Schatten bog um die Ecke und war wieder weg. Fredrik erhöhte das Tempo. Jeder Schritt ein schmerzhafter Stoß. Tiefe Atemzüge durch die Nase.

Er jagte durch den Nebel, der sich um seine Arme und Beine zu schlingen schien. Jagte? Wen denn? War da überhaupt jemand vor ihm, und wieso war er sich so sicher, dass es der Täter war? Seine Schritte durch das undurchdringliche Weiß wurden immer schneller und härter.

Dort. Blondes Haar, dunkle Kapuzenjacke.

»Polizei! Stehen bleiben!«

Auf seinen Ruf hin verschwand der Mann.

Fredrik rannte jetzt noch schneller, blieb jedoch immer wieder ruckartig stehen, um zu horchen. In der Leere, die sie umgab, klangen die fliehenden Schritte des anderen wie ein Flüstern.

Die Straßenlaternen gingen an. Das erleichterte die Orientierung, umgab ihn aber dort, wo sie am hellsten leuchteten, mit Mauern von noch grellerem Weiß.

Als er eine Straßenlaterne im Rücken hatte, sah er unter der nächsten eine Gestalt.

»Stehen bleiben!«

Der Mann blieb nicht stehen. Fredrik wunderte sich nicht. Er wusste, dass der andere nicht stehen bleiben würde. Nicht einmal, wenn Fredrik einen Warnschuss abfeuerte. Aufhalten würde er ihn nur, indem er direkt auf ihn schoss.

Trotzdem gab er einen Warnschuss ab, weil er dazu verpflichtet war. Sie befanden sich mitten im Stadtzentrum, doch die Umstände erlaubten es. Die Kugel würde aufs Meer hinausfliegen.

Ein Täter, der sich nicht aufhalten ließ. Ein Täter, gegen den kein Kraut gewachsen war. Ein Täter, der bereits sechs Menschenleben auf dem Gewissen hatte. Zumindest wussten sie von sechs Toten. Was blieb Fredrik anderes übrig?

Ganz nah jetzt, deutlich zu erkennen unter der nächsten Laterne. Nicht zu hoch zielen. Fredrik blieb stehen, umfasste die Pistole mit beiden Händen, richtete sie auf das Bein des Mannes und legte den Zeigefinger um den Abzug.

Wieder weg. Er hatte zu lange gezögert. Was, wenn er es gar nicht war? Wenn Fredrik auf einen unschuldigen Passanten schoss? Was, wenn der Schuss danebenging, ein Kellerfenster durchstieß und ein schlafendes Kind traf?

»Polizei! Stehen bleiben!«

Wer würde nicht stehen bleiben, wenn jemand Polizei rief und einen Warnschuss abgab? Kein unschuldiger Passant jedenfalls. Der Schmerz und der Ton in seinem Kopf verlangsamten seine Bewegungen. Er war gerade kein guter Polizist. Er kämpfte mit Übelkeit. Widerlicher Kopfschmerzübelkeit.

Er rutschte auf einem feuchten Pflasterstein aus und unterdrückte einen Fluch. Nächste Straßenlaterne, neue Chance, der

Mann ein Schattenriss im Nebel. Sie waren jetzt unten am Meer, hinter der Silhouette keine Häuser.

Fredrik zielte, hielt ganz still, ging leicht in die Knie und drückte ab.

Der Nebel schluckte den Knall, und der Umriss war verschwunden. War er gefallen, oder hatte er sein Ziel verfehlt? Fredrik horchte, hörte aber keine Schritte. Er eilte zu der Stelle, wo er den Täter zuletzt unter der Straßenlaterne gesehen hatte, und blieb mitten im gelblichen Schein stehen, der den Nebel befleckte. Sah sich um. Niemand, so weit sein Auge reichte, aber das war nicht weit.

Er war da irgendwo. Verletzt? Vielleicht nur knapp außerhalb seines Sichtfelds. Fredrik umklammerte die Pistole. Ein Stück entfernt schlugen die Wellen gegen den Kai. Ein weiches Zischen ertönte, wenn sie sich zurückzogen. Das Nebelhorn tutete. Nein, sein Kopf tutete. Der Schmerz kroch allmählich über die Seite nach vorn, und er legte sich die Hand an die Schläfe. Der Kopf wurde eins mit dem Nebel, alles verschwamm, und im Nebel nichts als Schmerz.

Saß er auf der Erde? Wie war es dazu gekommen? Kies zwischen seinem Schuh und dem Pflasterstein. Er versuchte, sich umzudrehen und sich einen Überblick zu verschaffen. Direkt unter der Laterne. Hier sollte er sich lieber nicht befinden, hier im Licht. Auch wenn man nur einige Meter weit sehen konnte, war das nicht gut. Doch er kam nicht auf die Beine. Sich wegrollen, ging das? Hauptsache, raus aus dem Lichtschein.

Nun waren da Schritte, eindeutig, und dort war der Schatten. Er kam direkt auf ihn zu. Er lief nicht mehr weg. Er kam auf ihn zu wie ein Messer, das den Schmerz und das eintönige Lied zerteilte. Gab es ihn überhaupt? Fredrik hob seine Pistole. Hatte er sie entsichert? Nur Nervosität, Hindernisse und Gedanken, die ihm in die Quere kamen. Er hatte doch gerade geschossen. Zweimal. Noch sechs Schüsse übrig. Er brauchte nur zu zielen.

»Stehen bleiben.«

War das überhaupt ein Flüstern gewesen? Was hatte der Mann

im Krankenhausflur gesagt, als er Fischer mit dem Messer am Hals wegschleifte?

»Stay where you are.«

Fredrik legte den Finger um den Abzug. Der Blonde in der dunklen Kapuzenjacke türmte sich vor ihm auf. Fredrik drückte ab.

Drückte er ab?

101

Fredrik starrte in eine gräuliche Leere. Diesmal wies ihm keine nikotingelbe Decke den Weg. Nach einer Weile bemerkte er den feinen Sand unter seinen Fingerspitzen. Sein Hinterkopf lag bleischwer auf dem harten Untergrund.

Er hatte geträumt, sein Vater wäre tot. Er hatte geträumt, er würde einen Mann im Nebel jagen.

Dann wurde sein Kopf klar, und er setzte sich auf. Ihm war immer noch schwindlig und ein wenig übel, aber die Kopfschmerzen hatten nachgelassen.

Seine Dienstwaffe? Er drehte sich um. Ja, da lag sie. Er nahm sie an sich und stand langsam auf. Während er sich aus dem Lichtschein entfernte, sah er sich in alle Richtungen um. Niemand da. Nur die Wellen am Kai. Er blieb stehen. Waren das Stimmen? Wenn, dann in weiter Ferne.

Mit der linken Hand fischte er das Handy aus der Brusttasche und warf einen Blick auf das Display. Drei entgangene Anrufe. Einer aus dem Krankenhaus Danderyd. Zwei vom Wachhabenden. Er rief zurück. Es dauerte eine Weile, bis sich jemand meldete.

»Hallo, Broman. Wir haben uns schon Sorgen gemacht. Wieso bist du nicht ans Telefon gegangen?«

»Ging nicht. Ich hatte ihn direkt vor der Nase.«

Das war eine gute Antwort, fand er. Nachdem er es gesagt hatte, wurde ihm klar, dass es wahr war.

»Hast du ihn erschossen?«

Woher wusste er das denn?

»Haben wir ihn?«

»Die Streife, die dir entgegenkommen sollte, hat ihn bewusstlos unten am Jachthafen aufgefunden. Es sah so aus, als hätte er gerade versucht, ein Boot loszumachen, als er umkippte.«

Wie spät war es eigentlich? Wie lange hatte er unter dieser Straßenlaterne gelegen?

»Kommt er durch?«, fragte er.

»Keine Ahnung. Ich weiß nicht, was er für Verletzungen hat.«

Ungelenk und steif steckte Fredrik seine Dienstwaffe ins Holster zurück. Bewusstlos. Dann war zumindest einer der beiden Schüsse ein Treffer gewesen. Er blickte aufs Meer hinaus, das er nicht sehen konnte. Als er sich den Täter auf einem Boot im Nebel vorstellte, drehte sich alles. Es hätte niemals funktioniert. Auf der Ostsee hätten sie ihn geschnappt. Oder etwa nicht?

»Du hast ihn also erschossen?«

»Ich habe auf ihn geschossen. Mehr weiß ich nicht.«

»Okay. Kommst du jetzt her?«

Fredrik streckte sich. Sein Körper war müde und taub.

»Ja, ich komme.«

»Wie geht es dir?«, fragte der Wachhabende. »Du klingst müde. Soll dich jemand fahren?«

»Nein, keine Sorge. Ich komme schon zurecht.«

Fredrik drückte das Gespräch weg. Vielleicht hätte er doch das Angebot des Wachhabenden annehmen sollen. Sein Kopf fühlte sich wattig an, und das Herz in seinem erschöpften Körper schlug dumpf. Warum hatte er ihn nicht gebeten, ihm ein Auto zu schicken?

Er kehrte dem Meer den Rücken zu und ging durch den Nebel zurück.

102

Andreas Fischer war immer noch angeschlagen, aber seitdem er sich entschlossen hatte, alles zu sagen, war ihm leichter ums Herz. Er hatte keine Angst mehr, weder vor der Strafe noch vor der Schande. Beides hatte er verdient. Zu diesem Schluss war er letztendlich gekommen.

Vorsichtig betastete er den Verband, der den rechten Teil seines Halses und ein Stück Kiefer bedeckte. Wenn er mit den Fingern draufdrückte, schmerzte es. Anfang nächster Woche würden die Fäden gezogen werden.

»Sie hatten einen Anruf von Erik Hedengren bekommen«, sagte der Kommissar, der ihm gegenübersaß.

»Das war am Abend, gegen acht, glaube ich. Er sagte, ich müsste zu Micke hinüberkommen. Dort sei etwas Ernstes vorgefallen.«

Andreas Fischer faltete die Hände, um sich selbst davon abzuhalten, am Verband herumzufummeln.

»Mit Micke meinte er Michael Nordborg?«

»Genau.«

Fredrik Broman sah müde aus, als hätte der Fall ihm zugesetzt. Andreas Fischer hatte ihn von ihrer letzten Begegnung jünger und lebendiger in Erinnerung.

Es waren sechs Tage vergangen, seit Pavels Bruder in einem blutigen Arztkittel in sein Krankenzimmer gekommen war, ihn als Geisel genommen und mit einem Messer verletzt hatte. Er hatte das Gefühl gehabt, ein Gespenst zu sehen. Jeder hätte davon einen Knall kriegen können, für ihn war es der erste Schritt zur Besserung gewesen.

»Wieso hat Erik Hedengren angerufen und nicht Michael Nordborg?«, fragte der Kommissar.

»Ich glaube, Erik hat einfach das Kommando übernommen. Was genau passiert ist, weiß ich ja nicht, aber nach allem, was sie mir erzählt haben oder besser gesagt, was ich davon begriffen habe … Jedenfalls herrschte große Aufregung, und es war nicht leicht …«

Andreas verstummte. Die Sache war alles andere als klar gewesen.

»Geben Sie bitte nur wieder, was Sie gesehen haben und was passiert ist. So gut es geht«, sagte Broman.

Er versuchte, sich zu konzentrieren. Mehr konnte er nicht tun. Einen kleinen Beitrag leisten.

»Ja. Ich war natürlich schnell drüben. Als ich reinkam, sah ich gleich das Chaos. Die fast fertige Küche war vollkommen demoliert. Alles lag in Trümmern. Auch ein Stuhl war kaputt. Ich weiß nicht, ob er damit zugeschlagen hat.«

»Nordborg?«

»Nein, Pavel, als er die Küche kurz und klein schlug.«

»Ich verstehe«, sagte Broman. »Ich werde versuchen, Sie nicht mehr zu unterbrechen.«

Andreas Fischer erzählte weiter von dem Abend vor anderthalb Jahren, an dem er allmählich begriffen hatte, dass Pavel tot war und dass Erik und Micke ihn getötet hatten. Schon vor dem Eintreffen von Andreas und Peter hatten sie Pavel in Plastikfolie gehüllt und ins Badezimmer geschleppt, damit ihn niemand sah.

Alle waren aufgelöst und geschockt. Er hatte eine Weile gebraucht, um zu begreifen, was genau sich abgespielt hatte.

Bei dem Streit war es um Geld gegangen. Pavel hatte das Thema selbst angesprochen, weil der Auftrag in den kommenden Tagen beendet gewesen wäre. Er wollte sichergehen, dass sie über den nötigen Betrag verfügten. Er wollte verschwinden, sobald er den letzten Nagel eingeschlagen hatte, wie er sich ausdrückte.

Es war von Anfang an vereinbart gewesen, dass er den Großteil des Geldes bekommen würde, wenn er die Arbeit erledigt hatte. Das hatte er selbst so gewollt. Jedenfalls hatte Erik es so dargestellt. Er und Micke hatten zuerst den Kontakt zu Pavel gehabt und ihn mitgebracht. Es war auch ausgemacht gewesen, dass man ihm Kost und Logis abziehen würde. Pavel hatte während der gesamten Zeit bei Peter gewohnt und mitgegessen.

Andreas hatte Schwierigkeiten, nachzuvollziehen, an welchem Punkt die Sache eigentlich schiefgegangen war und ob Pavel einen Teil der Abmachung nicht mitbekommen oder vielleicht einfach nicht verstanden hatte. Als er erfuhr, welche Summe er am Ende ausbezahlt bekommen sollte, warf er Micke vor, ihn hinters Licht geführt zu haben.

»Wie viel hat er denn bekommen?«

»Zweitausend im Monat«, sagte Andreas Fischer. »Das klingt nach wenig, und das ist es ja auch. Aber wir dachten, dass es dort, wo er herkam, trotzdem viel wert war und beide Seiten einen Vorteil davon hätten. Er hatte keinerlei Unkosten, während er hier war, wir haben ihm sogar die Fähre bezahlt, und deswegen konnte er alles, was er bei uns verdiente, ohne Abstriche mitnehmen. So gesehen ...«

Andreas verstummte, sah Fredrik Broman in die Augen und begriff, dass er keineswegs um eine Erklärung gebeten worden war, warum sie sich für eine so niedrige Bezahlung entschieden hatten. Die Wahrheit war wohl, dass sie sich keine großen Gedanken gemacht hatten. Erik hatte ihm und Peter ein günstiges Angebot unterbreitet, und sie hatten die Gelegenheit beim Schopf gepackt.

Wenn man Erik und Micke Glauben schenken wollte, hatte sich Pavel immer mehr in Rage geredet, und als sie nicht nachgeben wollten, hatte er die Küche, die gerade fertig geworden war, kurz und klein geschlagen. Micke hatte versucht, ihn davon abzuhalten, aber da Pavel so aggressiv gewesen und außerdem mit einem Vorschlaghammer ausgerüstet war, hatte ihm der Mut gefehlt, sich ihm ernsthaft in den Weg zu stellen.

Als alles in Trümmern lag, hatte er damit gedroht, zu den anderen zu gehen und dort das Gleiche zu tun. Angeblich hatte Micke erneut versucht, Pavel zu beruhigen – zumindest hatte er es Andreas gegenüber so dargestellt –, aber da habe sich Pavel auf ihn gestürzt. »Ich bin wirklich kein Schläger, aber ich war gezwungen, mich zu verteidigen«, hatte Micke gesagt. Er hatte versucht, sich zu wehren, und schließlich, nachdem er mehrere Schläge eingesteckt hatte, mit einem Werkzeug auf Pavel eingedroschen. Wahrscheinlich ein Schraubenschlüssel. Genau in diesem Moment hatte Erik Pavel gepackt und seinen Kopf gegen die Mauer gedonnert. Ein- oder zweimal.

Andreas war ins Badezimmer gegangen. Eigentlich wollte er nicht, aber er fühlte sich verpflichtet. Sich zu vergewissern, ob Pavel wirklich nicht mehr lebte, war das Mindeste, was er tun konnte.

Sie hatten ihn in mehrere Meter Baufolie eingewickelt, und Andreas hatte den Verdacht, dass er ganz unabhängig von dem Zustand, in dem er sich vorher befunden hatte, darin erstickt wäre.

Trotzdem packte er Pavel aus. Der Puls war so schwach, dass er ihn kaum wahrnahm, aber Pavel war noch am Leben. Es entbrannte eine Diskussion über die Frage, ob man ihn ins Krankenhaus bringen sollte oder nicht. Peter Malm war dafür, die anderen waren vor allem verwirrt und verängstigt. Sie fragten Andreas, ob er glaube, dass Pavel eine Überlebenschance habe, falls er medizinisch versorgt würde, und er hatte geantwortet, er schätze diese ausgesprochen gering ein, könne es aber nicht mit Sicherheit sagen.

Während sie dastanden und die Sache verhandelten, war Pavel gestorben. Andreas erinnerte sich, dass er einen routinemäßigen Blick auf die Uhr geworfen hatte. Es war achtzehn Minuten nach acht Uhr abends gewesen.

Im Vernehmungsraum wurde es still. Andreas hörte Fredrik Broman atmen. Schließlich fragte der Kommissar: »Haben Sie einen Wiederbelebungsversuch unternommen?«

Andreas senkte den Blick. Er konnte nicht antworten, die Muskeln in seinem Körper spannten sich an, als wollten sie sich gegen die bleierne Wahrheit zur Wehr setzen. Er hatte ihn sterben lassen. Das war nicht nur ein Gesetzesbruch, sondern ein Verstoß gegen alles, woran er glaubte. Die Einsicht kam gleichzeitig mit den Tränen. Er begriff auch, dass er mehreren seiner Nachbarn und einem Polizisten das Leben hätte retten können, wenn er es gewagt hätte, etwas früher den Mund aufzumachen.

Wäre er in jener Nacht, als Peter vorschlug, zur Polizei zu gehen, seinem inneren Impuls gefolgt, könnten Peter und Erik noch am Leben sein. Stattdessen hatte er auf Erik gehört. Und nun waren alle tot.

Andreas glaubte zwar nicht, noch genug Kraft zu haben, aber nach zwanzig Minuten Pause willigte er in eine Fortsetzung der Vernehmung ein.

Sie waren zu viert in Nordborgs Auto Richtung Norden gefahren. Die Leiche lag im Kofferraum. Sie hatten Erik an einem Hof abgesetzt, wo er sich einen Traktor ausleihen wollte, und waren schon mal zu dem Moor gefahren. Erik hatte immer darauf bestanden, dass sich alle beteiligten. Andreas nahm an, dahinter steckte die Absicht, alle mitverantwortlich zu machen und fester aneinander zu binden. Auf diese Weise minimierte er das Risiko, dass einer von ihnen zur Polizei ging und die Wahrheit sagte, weil er das Gefühl hatte, nicht viel zu verlieren zu haben.

Erik hatte Andreas gefragt, wo die Leiche am schnellsten verwesen würde.

Mit dem Traktor ging alles ganz schnell. Es war kalt gewesen, aber die Temperatur lag noch über null, kein Bodenfrost. Die Plastikfolie entfernten sie, auch das, um die Verwesung zu beschleunigen. Er wusste nicht, was damit passiert war. Erik oder Micke musste sie entsorgt haben.

Dann waren sie zurückgefahren und hatten zu Hause bei Micke und Peter alle Spuren beseitigt.

»Es muss aber doch Nachbarn gegeben haben, die ihn gesehen haben. Er war doch über ein halbes Jahr dort?«, fragte Fredrik Broman.

»Die Nachbarn waren ja wir«, sagte Andreas. »Und selbst wenn ihn mal jemand hat vorbeihuschen sehen, warum sollten sich die Leute nach ihm erkundigen? Er war ein Handwerker.«

Fredrik Broman streckte sich und stützte die Ellbogen auf die Armlehnen.

»Und Johanna Wrangel? Stand es nie zur Debatte, sie an jenem Novemberabend anzurufen?«

Andreas Fischer schüttelte den Kopf. »Es war natürlich bescheuert, sie in die Sache hineinzuziehen. Aber wenn es um Johanna Wrangel ging, konnte Micke nicht klar denken, wahrscheinlich wollte er so wahnsinnig gerne alles für sie in Ordnung bringen.«

Obwohl Erik und Micke Pavel erschlagen hatten, konnte Andreas seine Hände nicht in Unschuld waschen. Er hatte geschwiegen, die anderen geschützt und die Leiche mit vergraben.

Im Grunde hatte er sich schon lange vorher schuldig gemacht. Sie alle waren schuldig. Vielleicht sogar Johanna Wrangel.

Vorsichtig strich er mit den Fingerspitzen über die Bandage. Er hatte Pavel nicht näher kennengelernt, konnte sich aber an seine freundlichen Augen erinnern. Wahrscheinlich hatte nur Peter Malm eine Art Beziehung zu ihm aufgebaut. Peter hatte erzählt, er habe versucht, etwas Kluges über einen russischen Schriftsteller fallen zu lassen, Dostojewski oder möglicherweise Puschkin, woraufhin ihm in Form eines zehnminütigen Vortrags auf die Finger geklopft worden war. Offenbar hatte er alles missverstanden.

Er dachte an Pavels freundlichen Blick, doch schon bald schoben sich andere Bilder davor: die toten Augen unter der Plastikfolie, der irre Gesichtsausdruck des Bruders, als er Andreas aus dem Krankenzimmer schleifte. Er erinnerte sich an das Messer an seiner Kehle und das Gefühl, wie es ihm in den Hals geschnitten hatte.

103

Sara Oskarsson stand hinter der Gardine und sah hinaus. Nicht auf die Straße hinunter, sie folgte nur mit dem Blick ihrem Verlauf. In die Ferne. So verharrte sie kurz und achtete anschließend darauf, die Vorhänge sorgfältig wieder zuzuziehen, sodass kein Spalt einen Einblick erlaubte.

Sie ging in die Küche und setzte sich auf den Stuhl ganz an der Wand. Dort war sie von außen nicht zu sehen, wobei er sie bestimmt bemerkt hatte, als sie hinaussah.

Falls er überhaupt da war.

Unten fiel mit einem Knall die Haustür ins Schloss. Vier Abende wartete sie jetzt schon. Saß am Tisch und hoffte darauf, gesehen zu werden. Horchte. Die Tür war schon öfter ins Schloss gefallen, nachdem sie sich gezeigt hatte, aber hinter niemandem, der zu ihr wollte.

Die Schritte auf der Treppe gingen weiter bis zu ihrer Etage. Sie waren in der Wohnung deutlich zu hören. Die Küche war ein Resonanzraum für alles, was sich im Hausflur abspielte. Die Schritte verklangen, dann erklangen sie erneut. Jemand kam schnell auf ihre Tür zu. Als das Klingeln in ihrer kleinen Wohnung explodierte, zuckte Sara zusammen.

Sie stand auf. Am Hals wurde ihr heiß, die Kehle fühlte sich an wie aus Sandpapier. War es jetzt so weit? War er es wirklich? Sie zählte langsam bis drei, bevor sie zur Tür ging. Es konnte ja tatsächlich jemand anderes sein.

Mit zitternder Hand drehte sie den Schlüssel um und öffnete.

»Ach, hallo!«

Johnny Melander.

Saras Mund war zu trocken, als dass sie ein Wort herausbekommen hätte. Er drückte die Tür auf und betrat die Wohnung. Sie wich zurück. So hatte sie sich das nicht vorgestellt.

»Schön, dich wiederzusehen.«

Jetzt hätte sie wirklich antworten können. Er drang noch weiter in ihre Wohnung vor und lächelte sein breites Lächeln. Ein zudringliches Grinsen, das nach ihr griff wie eine Hand und das ihr bei ihrer ersten Begegnung gefallen hatte. Sie erregt hatte. Das musste sie zugeben.

»Darf ich reinkommen?«

Er lachte auf.

»Was für eine Frage eigentlich. Ich bin ja schon drin.«

Wieder wich sie zurück. Er reichte ihr die Hand. Wollte er sie berühren? Er griff nach ihrem Handgelenk. Nicht anfassen wollte er sie. Er wollte sie ergreifen. Schnell zog sie die Hand zurück.

Er lächelte dieses zudringliche Lächeln. Offenbar war er überzeugt, dass es funktionierte, und in gewisser Weise tat es das auch. Nicht genauso wie vorher, aber irgendwie schon.

»Sara, hör doch auf«, sagte er in einem Tonfall, als spräche er mit einem Kleinkind. »Du weißt, dass du es willst.«

Wieder streckte er die Hand aus. Jetzt konnte sie sich nirgendwo mehr verstecken. Sie ließ es geschehen. Das musste sein, damit sie Nein sagen konnte.

»Fass mich nicht an.«

Seine Hand lag schwer auf ihr.

»Fass mich nicht an. Ich sage das nicht noch einmal.«

Gierig knetete Johnnys Hand ihre Brust. Sie war nicht bei Trost. Was für ein Risiko sie einging! Seine Hand drückte zu. Sie war keine zehn Zentimeter von ihrem Hals entfernt.

»Sonst passiert was?«

Diese breite Grinsen. Die Zähne trieften vor Spucke. Er streckte die Zungenspitze heraus und ließ sie lasziv über die Zahnreihen gleiten. Jetzt reichte es. Sie hatte nie gezögert, sondern nur befürchtet, dass sie zögern würde. Ihre rechte Hand schnellte nach vorne und legte die Handschelle so schnell um Johnnys rechtes Handgelenk, dass sie selbst überrascht war.

»Sara ...«

Er schrie vor Schmerz, als sie seinen Arm nach hinten bog und beide Handschellen hinter seinem Rücken anlegte. Vor Erleichterung musste sie lachen. Johnny fluchte. Sara lachte lauter, konnte gar nicht mehr aufhören zu lachen, als wäre dies ihr lustigstes Erlebnis seit ewigen Zeiten.

Sie hielt ihn an den Handschellen fest und schob ihn von sich weg, damit er ihr keine Kopfnuss gab oder auf andere dumme Gedanken kam.

»Jetzt kommst du mit aufs Kommissariat.«

Er wollte sich zu ihr umdrehen, und sie war gezwungen, seine Arme nach oben zu drücken, bis er sich beruhigt hatte.

»Hör auf, Sara. Du hast nichts in der Hand. Das weißt du.«

Er versuchte sich an einem Lachen, aber es klang gekünstelt.

»Wir werden uns über die Speicherkarten und die Festplatten aus deinem Waffenschrank unterhalten. Über die Frauen in den Videos.«

»Die Frauen? Welche Frauen?«

Plötzlich wirkte er wieder selbstbewusst.

»Mit Gåta Larsson können wir anfangen. Und mit mir.«

Er schwieg.

»Du kommst mit. Dann bist du mich los. Ich werde die Ermittlungen nicht leiten. Wir sehen uns vor Gericht wieder.«

Sie öffnete die Tür und scheuchte ihn vor sich her.

»Pass auf, dass du nicht auf der Treppe stolperst.«

Sara ruckte an den Handschellen und marschierte mit ihm los. Den USB-Stick hatte sie in der Tasche. Darauf befanden sich ihre eigenen Dateien und die von Gåta Larsson. Wenn das publik wurde, würden sich die anderen Frauen sicher auch melden. So lief es meistens.

Wie die Kollegen und Nachbarn reagieren würden, wusste sie nicht, aber was immer sie dazu sagen würden – das war es wert. Der Kerl würde seine Strafe bekommen.

104

Fredrik blickte in das Kielwasser der Fähre. Gotland war immer noch als schmaler Streifen am Horizont zu sehen. Es war strahlendes Wetter, und auf dem Sonnendeck herrschte Gedränge. Hochsaison. Der Sommer hatte nicht am Mittsommerabend geendet, ganz im Gegenteil. Glück oder Treibhauseffekt? Er glaubte an Letzteres und hoffte Ersteres.

Ein letztes Mal war er durch das leere Haus gegangen. Hatte eine Runde durch die Schlafzimmer im Obergeschoss und die Küche, das Wohnzimmer und den Flur unten gedreht. Als all ihre Möbel und ihre in Kartons verpackten Besitztümer mit dem Umzugswagen verschwunden waren, erschienen ihm die Räume fremd. Er hatte mit Wehmut oder einer Art Phantomschmerz gerechnet, aber rein gar nichts empfunden. Er wollte nur noch los.

Ninni und Simon hatten dieselbe Fähre wie der Umzugslaster

genommen, während Fredrik noch zum Saubermachen geblieben war. Es war harte Arbeit gewesen. Aber für die Endreinigung fünfzehntausend Kronen an eine Frau zu zahlen, die nassforsch behauptete, die Hälfte davon ginge ohnehin ans Finanzamt, hätte er nicht übers Herz gebracht.

Sein letzter Arbeitstag hatte vor einer Woche stattgefunden, und nun hatte er noch drei Wochen Ferien vor sich, bevor es in Stockholm losging. Die meiste Zeit würden sie darauf verwenden, die Wohnung einzurichten. Und die nach Tabak riechende Wohnung seines Vaters auf Vordermann zu bringen, die nur zehn Minuten Fußweg von ihnen entfernt lag.

Was war aus seinem Plan geworden, näher bei seinem Vater zu wohnen? Nichts. Sie hätten sich überall eine Wohnung kaufen können. In Enskede, in Solna, auf Lidingö. Jetzt spielte es ja keine Rolle mehr. Doch nun wohnten sie am Järlasee, in fußläufiger Entfernung von gar nichts.

Als Fredrik begriff, dass sein Vater wirklich tot war, überkam ihn ein unangenehmes Gefühl von Freiheit. Alles schien plötzlich möglich und gleichzeitig vollkommen uninteressant zu sein. Ein Elternteil zu verlieren und in einem weißen Sarg mit einer Rose auf dem Deckel auf dem Waldfriedhof zu begraben, gehörte zu den normalsten Dingen, die erwachsene Menschen zu tun hatten. Das Hab und Gut der Eltern in Kartons zu verstauen, so wie er in dem Haus auf Gotland seinen eigenen Besitz eingepackt hatte, war ebenfalls völlig normal. Aufheben, wegwerfen, verschenken. Etwas war zu Ende. So etwas machte man nicht jeden Tag, aber es war normal.

Wenige Tage nach dem Begräbnis war er gemeinsam mit Göran Eide und der Bezirkspolizeichefin erneut aufs Festland gefahren, um an Markos Beerdigung teilzunehmen. Es war das einzige Mal, dass er Verwendung für die neuen Schulterklappen hatte. Am Tag darauf hatte auf Gotland ein Trauergottesdienst stattgefunden.

Fredrik legte die Arme auf die lackierte Reling und warf einen Blick auf die Insel, die gerade am Horizont verschwand. Er hatte ein letztes Mal beim Polizeigebäude gehalten, um sich von Gustav zu verabschieden. Sie trafen sich auf dem Besucherparkplatz. Fredrik wollte nicht hineingehen, nachdem er bereits seinen Ausstand gefeiert hatte. Er würde seine Kollegen vermissen, aber Gustav würde ihm auch als Freund fehlen.

Seine Zeit als Polizist auf Gotland hatte sich vollkommen anders entwickelt, als er erwartet hatte. Es hatte nicht gut angefangen und noch schlimmer geendet.

Nein, das war vielleicht übertrieben. Vieles war auch positiv gewesen. Das meiste sogar. Aber sein letzter Fall auf Gotland war der widerwärtigste gewesen. Er schwankte zwischen Mitgefühl für die Familien, Frauen und Kinder, die es so hart getroffen hatte, und Verachtung für die Gier, die das Ganze ins Rollen gebracht hatte.

Er hatte schon öfter in Fällen ermittelt, in denen legale oder illegale Einwanderer für eine schlechte Bezahlung gearbeitet hatten, die zu einer miserablen geworden war, nachdem sich der Auftraggeber auch noch die Unterkunft in einem zugigen Schuppen hatte erstatten lassen.

Fredrik hatte den Mann, auf den er im Nebel geschossen hatte, nicht vernommen. Es galt als ungünstig, wenn derjenige, der bei der Ergreifung eines Täters Gewalt hatte anwenden müssen, ihn auch verhörte. Aus naheliegenden Gründen. Er hatte jedoch vom Nachbarzimmer aus zugehört, als Gustav und Sara mit Zmitser Velitjuk, dem Bruder von Pavel, sprachen.

Von einem Verhör konnte kaum die Rede sein. Zmitser Velitjuk hatte seinen Namen, den Wohnort und seine Nationalität bestätigt, anschließend auf die Schussverletzung hingewiesen und gesagt, er sei müde und brauche Ruhe.

Den Namen hatten sie mit der Unterstützung von Interpol und der Reichskriminalpolizei von den weißrussischen Behörden bekommen. Sein Bruder Pavel hatte die Prepaidkarte verwendet. Nachdem sie Zmitser gefasst hatten, waren sie innerhalb von Tagen an die restlichen Angaben gekommen.

Zmitser Velitjuk war ein ehemaliger Militär. Nachdem es wiederholt zum Streit mit Kollegen und Vorgesetzten gekommen war, hatte man ihn vor einem Jahr entlassen. Die Informationen waren spärlich, aber zwischen den Zeilen ließen sich psychische Probleme und ein Hang zu Gewalttätigkeit herauslesen.

Er war unter holländischem Namen nach Schweden eingereist und weiter nach Gotland gefahren. In Weißrussland war er bei der Infanterie gewesen. Bei der Reichskriminalpolizei ging man wie selbstverständlich davon aus, dass er beim Nachrichtendienst tätig gewesen war und mithilfe alter Kontakte an den niederländischen Pass gekommen war. Das hätte auch seine Geschicklichkeit im Töten und seine Fähigkeit erklärt, keine verwertbaren Spuren zu hinterlassen. Und sein Talent, durch geschlossene Türen zu gehen. Alles Spekulationen, aber abwegig waren sie nicht.

Auch was den Rest betraf, handelte es sich um Vermutungen: Zmitser Velitjuk war nach Schweden gekommen, um seinen verschwundenen Bruder zu suchen. Dass er auf Gotland beginnen musste, wusste er sicherlich schon bei seiner Ankunft. In Anbetracht der vielen Telefonate von Pavel Velitjuks Prepaidkarte musste er seinem Bruder einiges über seine Aufträge berichtet und vielleicht sogar erzählt haben, wo und für wen er arbeitete.

Fredrik hatte sich lange den Kopf darüber zerbrochen, warum Zmitser Velitjuk zuerst Michael Nordborg heimgesucht hatte und nicht Peter Malm, bei dem Pavel gewohnt hatte. Möglicherweise war Nordborg als Person des öffentlichen Lebens leichter zu finden gewesen, vielleicht hatte Pavel ihm gesagt, dass bei Nordborg alle Fäden zusammenliefen. Auf jeden Fall hatte er alles, was er nicht schon vorher gewusst hatte, von Nordborg erfahren. Die vollständigen Namen von allen Leuten, für die Pavel gearbeitet hatte, aber auch, was die Männer mit ihm gemacht und wo sie sich der Leiche entledigt hatten.

Dann hatte er Rache genommen. Gnadenlos. Vier von denjenigen, die in seinen Augen schuldig waren, hatte er ermordet. Und darüber hinaus einen Nachbarn und einen Polizisten, die zufällig im Weg gewesen waren. Der fünfte Mord war ihm misslungen.

Grämte er sich deswegen in der Zelle? Fühlte er sich schuldig am Tod der Unschuldigen?

Welches Bild mochte er sich eigentlich von den Ereignissen gemacht haben? Das von Fredrik setzte sich aus Ermittlungsdetails und den Aussagen von Andreas Fischer zusammen. Vermutlich hatte er etwas ganz anderes vor Augen als die Erzählung, die Zmitser Velitjuk auf seinem Rachefeldzug im Sinn gehabt hatte. Ob er überhaupt die Nuancen begriffen hatte, die unterschiedlichen Grade von Verantwortung, wenn man zum Beispiel Erik Hedengren und Johanna Wrangel verglich? Und wenn ja, hatte er sich darum geschert?

Einmal während des Verhörs hatte sich Zmitser Velitjuk in Richtung Spiegel gedreht, weil er begriffen hatte, dass sich dahinter jemand befand. Er hatte Fredrik mit demselben ausdruckslosen Gesicht angesehen wie Gustav und Sara. Fredrik konnte seine Taten nicht verstehen, aber er hatte auch nichts für diejenigen übrig, an denen er sich gerächt hatte.

Das letzte Stückchen Gotland war hinter dem Horizont verschwunden. Auf dem ruhigen Meer war weit und breit kein Schiff zu sehen. Die Fähre befand sich ganz allein auf der Ostsee. Der Fall war abgeschlossen, das Haus verkauft, und in seinem Kopf war es angenehm still. Seit jenem Abend im Nebel hatte sich das Lied nicht mehr bemerkbar gemacht.

Fredrik ging unter Deck und setzte sich auf seinen Platz im Bugsalon. Sie hatten etwa die Hälfte der Strecke zurückgelegt. Noch war im Westen kein Land zu sehen, aber dort würde es auftauchen, direkt vor ihm, in ungefähr einer Stunde, und Stück für Stück aus dem Meer aufsteigen. Die Zukunft.

Danksagung

Ein großes Dankeschön an Daniel Åhléns von der Polizeibehörde Gotland, der dieses Manuskript und alle früheren Bücher der Serie kritisch gelesen hat. In der Regel bin ich seinem Rat gefolgt, nur manchmal habe ich mich anders entschieden und der Erzählung zuliebe auf polizeiliche Korrektheit verzichtet.

Danke auch an Magnus Frank von der gotländischen Polizei für seine wertvollen Detailkenntnisse und Annelie Eldh, Elsa Håstad, John Häggblom, Jonas Niklasson, Kristoffer Leandoer, Sara Lindegren, Karin Linge Nordh, Lena Stjernström, Bea Uusma und Peter Westenfelder.